Quart*buch*

Drei *Blender* sind unterwegs nach China: Der Radiojournalist und Frauenheld Suárez Salcedo aus Paris, der weltfremde deutsche Sinologe Dr. Gisbert Klauss, der seine erste selbständige Reise macht, und der intrigante Schriftsteller und Studentinnen-Verführer Nelson Chonchén treffen in Peking aufeinander. Aus unterschiedlichen Gründen suchen alle drei dasselbe verschollene Manuskript: die Gründungsschrift der *Boxer*, einer mächtigen und gewalttätigen Sekte.

Die Boxer haben ihre Ohren überall und verlieren die drei durch die fremde Stadt irrenden, aufgeplusterten Herren keine Sekunde aus den Augen. Seitdem der berüchtigte *Boxer-Aufstand* im Jahr 1900 brutal niedergeschlagen wurde – unter Beteiligung deutscher Truppen –, fahndet nämlich die Sekte nach der Gründungsschrift, und ausgerechnet die *Blender* sind ihr auf der Spur.

Ein parodistischer Roman, der bis zu einem großen Showdown am Schluß virtuos mit dem Genre des Agentenromans spielt.

»Graham Greene und John Le Carré sind die literarischen Referenzen von Santiago Gamboas Blendern, *die in die Fremde reisen, um auf sich selbst zu treffen.«* Ricard Ruiz Garzón, La Razón

Santiago Gamboa
Die Blender

Roman

Aus dem kolumbianischen Spanisch
von Stefanie Gerhold

Verlag Klaus Wagenbach Berlin

Meinen geliebten Orientreisenden
Analía, Tomás und Sergio

Ich wollte nicht zum Geheimdienst,
ich wollte also auch nicht Spion werden.
Es waren die Umstände,
der Krieg, eine Vorliebe für düstere Orte, Haß ...

Graham Greene, Interview

Denn worauf beruht eigentlich die Situation eines zweitrangigen Schriftstellers, wenn nicht auf einer einzigen, riesigen Abfuhr? Die erste und erbarmungslose Abfuhr verpaßt ihm der gewöhnliche Leser, der sich ganz entschieden nicht an seinem Werk ergötzen will. Die zweite und schändliche Abfuhr verpaßt ihm seine eigene Wirklichkeit, die er nicht auszudrücken verstand. Doch die dritte Abfuhr und Tracht Prügel, die schändlichste von allen, wird ihm von seiten der Kunst verpaßt, bei der er Zuflucht suchte, die aber seine Unfähigkeit und Unzulänglichkeit verachtet. Und das macht das Maß der Schande voll bis zum Rande. Hier beginnt die komplette Obdachlosigkeit.

Withold Gombrowicz, Ferdydurke

Erster Teil

1 *Ein Mann, versteckt in einem Schuppen*

Ich bin ein einfacher Schreiber. Das gleich vorneweg, denn die Geschichte, die ich zu erzählen habe, ist nicht meine eigene; ich habe also das, weshalb sie sich zu erzählen lohnt, nicht selbst erlebt. Gänzlich bedeutungslos ist mein Anteil allerdings nicht, doch darüber dürfen Sie selbst urteilen. Im übrigen geht es mir fast immer so, und das ist vielleicht der Grund, warum ich Schreiber geworden bin. Ich erzähle gerne nach, was andere mir berichten, und jede Episode, noch die traurigste, hätte mich, wäre sie mir passiert, glücklich gemacht. Niemand klage mir über Traurigkeit. Sie ist besser als gar nichts.

Ich bin in Peking und verstecke mich aus Gründen, auf die ich noch zu sprechen komme, im Fengtai Distrikt in einem Schuppen. In einer fensterlosen Halle, in die das Hupen der auf dem Yuyuantan-See kreuzenden Boote dringt, das Schnauben der Lokomotiven am Nordbahnhof. Meine Identität darf ich vorerst nicht enthüllen. Und außer, daß ich Schreiber bin, darf ich auch nicht verraten, welche Mission mich hierherführt. Den ganz Neugierigen will ich nur noch das Rätsel aufgeben, daß ich dunkle Kleidung trage und Régis heiße. Wer bin ich? Sie erfahren es noch.

Die mich suchen, kennen mich vermutlich; vor ihnen habe ich mich versteckt, auch wenn sie sich in Wirklichkeit nicht für mich interessieren, sondern für etwas, das sich vorübergehend in meinen Händen befindet und das ich als *lebendes Objekt* definieren würde. Sprich: etwas, das ist und doch nicht ist, das körperliche Substanz besitzt, aber keine Seele hat. Um dieses Objekt zu beschützen, bin ich seit Tagen hier drinnen, verfolge konzentriert den sich kräuselnden Rauch, der zum Licht aufsteigt, und den

Schein, der von oben hereinfällt und klare Säulen in der Luft bildet. Wenn man so lange allein ist – mein einziger Kontakt zur Außenwelt ist ein junger Mann, der mir Essen bringt und die Abfälle mitnimmt –, beginnt man, das Leben besser zu begreifen. Wenigstens das eigene Leben oder diese Ansammlung von Erinnerungen, Sehnsüchten und Rückschlägen, die wir Leben nennen. Als müßte man erst Abstand gewinnen, um klarzusehen. Ob man aus der Perspektive des Todes nachdenken kann? Nun, das kann ich nicht beantworten. Ich bin Schreiber und kein Philosoph, und dennoch, wenn man sich eine Zeitlang seiner Freiheit beraubt sieht, beginnen die Gedanken unweigerlich, wie Fledermäuse zu kreisen, und von da zu Epiktet ist es nur ein kleiner Schritt.

Da wäre noch meine Verbindung zu dem Objekt, auf das ich aufpasse. Strenggenommen hält das Objekt mich gefangen, denn meine Gegner sind vorerst reine Abstraktion; ich habe sie noch nicht gesehen. Ich bin wie der Drache in der Sage, der den Schatz hütet. Von einem durchgebrochenen Stuhl aus, auf dem ich sitze, betrachte ich ihn stundenlang. Ich bin zu dem Schluß gekommen, daß es ein seltsamer Schatz ist, dessen Bestandteile für sich genommen keinen Wert besitzen: Tinte, Karton und Papier. Das Ganze ist mehr wert als die Summe seiner Teile, und in diesem Fall bestimmt der Inhalt den Wert, vorausgesetzt, man kann ihn entziffern. Sie werden bereits erraten haben, daß es sich um ein Manuskript handelt. Ein altes chinesisches Manuskript. Leider reichen meine Sprachkenntnisse nicht aus, um es zu lesen, meine Gefangenschaft würde sonst anders aussehen. Aber man hat mir ohnehin gesagt, daß ich es nicht lesen dürfe, es ist vorsorglich luftdicht versiegelt in einer Plastiktüte verpackt. Diese Vorsichtsmaßnahme ist natürlich unnötig und zeigt nur, daß man nicht gerade blindes Vertrauen zu mir hat.

Das Objekt vor mir ist also erst mal eine Hülle aus kaffeebraunem Plastik. Daß sich darin ein Manuskript befindet, weiß ich, weil ich es gesehen habe, nur so komme ich auf alle diese Gedanken. Wenn ich das nicht wüßte, wäre es nur eine Tüte. Es ist viel menschlicher, finde ich, wenn man weiß, was man beschützt. Als ich den Auftrag angenommen habe, habe ich natürlich gefragt, ob ich dabei mein Leben einsetzen müsse. Ich bekam eine beunruhigende Antwort: »Das ist nicht nötig, Régis, wenn sie Sie finden, verlieren Sie es sowieso.« Ich habe viel über diese Worte nachgedacht, ich habe sie sogar aufgeschrieben. Sie erinnern mich an diese Geschichte von dem Wahrsager, der von den Entführern seiner Tochter folgenden Brief bekommt: »Wir geben Ihnen Ihre Tochter nur zurück, wenn Sie vorhersagen, ob wir Sie Ihnen zurückgeben.« Was soll er antworten? Der Satz, den man mir gesagt hat, macht mich ähnlich stutzig. Wie bei dem Objekt, auf das ich aufpasse, glaube ich, daß seine Bedeutung über die Summe seiner Wörter hinausgeht. Das muß die Sprache sein, die Gott benützt. Mir, einem einfachen Schreiber, ist das zu hoch, ich kann auch so schreiben. Jetzt habe ich aber genug über mich geredet. Kommen wir zu der Geschichte, sie ist lang und duldet keinen Aufschub. Es ist an der Zeit, die erste der Personen anzuhören.

2 *Jemand, der durch die Welt treibt*

Ich heiße Suárez Salcedo. Mein Vorname ist unwichtig; besser gesagt, er ist mir ein bißchen peinlich, darum will ich ihn erst mal nicht sagen. Später vielleicht, wenn wir uns besser kennen. Ich bin ein ganz normaler Mensch, einer von denen, die pünktlich ihre Steuern zahlen, sich über eine Beförderung freuen und im Flugzeug bei der Landung klatschen, die hin und wieder aus dem Tritt kommen, nicht mehr ein noch aus wissen und Trost brauchen. Aber das Wichtigste ist, daß ich, gebürtig in Bogotá, seit fast zwanzig Jahren in Paris lebe; ich bin zweiundvierzig, Journalist, und meine Sendungen kommen auf Bändern zu einhundertsiebzig Rundfunksendern in ganz Lateinamerika.

Ich arbeite beim staatlichen französischen Rundfunk und werde dafür bezahlt, daß diese Sendungen pünktlich jeden Donnerstag an ihre vielfältigen Bestimmungsorte verschickt werden. In den Reportagen geht es um verschiedene Themen aus Gesellschaft, Kultur, Wissenschaft und auch Politik, allerdings ist es nicht unsere Aufgabe, Frankreichs Skandale in der Welt aufzudecken – *Frankreich in der Welt* heißt auch die Sendung –, ganz im Gegenteil: Wir sollen die guten, vorbildlichen Seiten herausstellen. Wenn es nötig ist, nehmen wir natürlich kein Blatt vor den Mund, schließlich herrscht in diesem Land Pressefreiheit. Unser Chef, Monsieur Casteram, würde niemals eine kritische Sendung verhindern. Und ich schon gar nicht, wie käme ich dazu, sollen meine Redakteure nur tuscheln, was ich mit meinen langen Ohren, die bis zu den Kaffeeautomaten reichen, natürlich mitbekomme; sollen sie mir nur die schlimmsten Vorwürfe an den Kopf werfen, ich lehne jedenfalls nur Arbeiten ab, die schlecht sind; wenn ich sehe, daß noch nicht einmal ein Gottesdienst für den Heiligen Geist in der *Église Américaine* – sie ist die nächste von unseren Studios am Quai de Grenelle – die Sache retten kann. Dann kenne ich kein Erbarmen, schließlich muß man auch an sich denken, und entweder bitte ich den Redakteur, seinen Beitrag noch mal zu überarbeiten, oder er besitzt Größe und zerknüllt ihn zu Bandsalat, zielt und befördert ihn auf direktem Weg in den Papierkorb.

Ansonsten führe ich ein ganz normales, um nicht zu sagen langweiliges Leben – allein daran sieht man schon, was die bevorstehenden Ereignisse für ein Abenteuer für mich waren, mehr dazu später. Nach einer zweiten gescheiterten Beziehung entschied ich mich, allein zu leben und für gelegentliche Affären offen zu sein, solange sie nicht die Züge einer festen Beziehung annehmen würden. Und so habe ich mir, auch ohne ein zweiter Tyrone Power zu sein, ein kleines Netz an »Freundinnen« aufgebaut, mit denen ich am Wochenende ausgehe, und am Montag aus den Augen, aus dem Sinn, oder besser gesagt, aus dem Sinn natürlich nicht, aber ich fühle mich nicht verpflichtet, anzurufen und zu fragen, wie geht's dir, was machst du gerade, oder wie fühlst du dich heute morgen, also alles das, was man als Paar zueinander sagt. In Paris leben viele Leute allein und sind dieser Art Kontakte zugeneigt, was natürlich ein großer Vorteil ist. Noch dazu ist die Tendenz steigend, wie ich in einem Artikel in der *Libération* in der Beilage *Vie Moderne* gelesen habe: »Single-Paare« werden sie genannt.

Aber der Reihe nach:

Von meiner zweiten Frau, Corinne, sechsunddreißig Jahre alt, Französin, gebürtig aus Lille, Angestellte bei der Mapfre-Versicherung, Agentur Place de Clichy, habe ich mich nach einer Szene getrennt, die so peinlich ist, daß ich gar nicht weiß, ob ich sie überhaupt erzählen kann. Ich versuch's einfach mal. Eines Tages kam ich früher als gewohnt nach Hause, weil aufgrund eines spontanen Streiks der Reinigungskräfte mein Schachklub im XIV. Arrondissement, in dem ich zwei Abende in der Woche spiele, geschlossen war. Ich kam also nach Hause, zog die Schuhe vor dem Eingang aus, um das Parkett nicht zu zerkratzen (Forderung von Corinne), und goß mir ein Glas fettarme Milch ein, das ich zu den kalorienreduzierten Keksen trinken wollte. Angezogen von der Musik, ging ich mit dem Glas in der Hand zum Arbeitszimmer, um nachzusehen, was Corinne machte, und um sie zu überraschen, und als ich durch die einen Spalt weit geöffnete Tür blickte, sah ich sie auf dem Rücken liegen. Ich wagte nicht, sie zu begrüßen, denn sie befand sich in einer merkwürdigen Körperhaltung. Seltsam. Dann schob ich ein wenig die Tür auf und sah, daß der Computer an war. Was machte sie? Sie hatte die Hose bis zu den Knien heruntergelassen, den Slip auf die Oberschenkel und hatte die Kopfhörer auf. Ich schlich mich von hinten an, wollte ihr schon einen neckischen Klaps auf die Schulter geben und sagen: »Hier bin ich, Liebling, ich bin bereit!«, als ich zwischen ihren Beinen so eine Kamera sah, die man an den Computer anschließen kann. Reflexartig sah ich hoch auf den Bildschirm, was ich bis jetzt nicht getan hatte, da wäre mir fast ein Schrei entfahren, denn auf dem Hauptfenster war ein furchteinflößender schwarzer Phallus mit geschwollenen Adern zu sehen, und natürlich fehlte auch die ihn streichelnde Hand nicht. Eine Hand, die natürlich üppig mit Fingerringen bestückt war. Seitlich standen die letzten Sätze, die sie schriftlich ausgetauscht hatten, bevor sie sich die Hosen runtergelassen und die Mikrofone in die Hand genommen hatten, und aus dem Augenwinkel las ich beschämt: »Ich will den geilen Schwanz in meinem Mund, tritt mich, fick mich in den Arsch.« Ich spürte die Wut in mir aufwallen, doch in dem Moment hörte ich sie stöhnen; trotz der Kopfhörer war es unglaublich, daß sie meine Anwesenheit nicht bemerkte. Sie war dabei zu kommen, und ich zog mich zurück. Dann schrie sie etwas, das ich nicht verstand, und genau in dem Moment war die Platte zu Ende, *Der Dreispitz* von Manuel de Falla, falls es jemanden interessiert.

Verwirrt ging ich aus der Wohnung, und als ich kurz darauf wieder zurückkam, ging ich pfeifend den Flur entlang, als ob nichts gewesen wäre. »Corinne, *chérie*, bist du zu Hause?« Sie begrüßte mich aus dem Arbeitszimmer, »Ich bin hier, Liebling! Ich komme gleich.« Aus der Küche rief ich ihr zu, daß ich nicht zum Schach spielen habe gehen können, weil die Reinigungskräfte gestreikt hätten, und sie erwiderte von drinnen, daß das schade sei, aber auch nicht so schlimm, so könnten wir früher essen und noch eines der Videos anschauen, die wir im Blockbuster ausgeliehen hatten. Dann sagte sie noch: »Warte, ich geh' aus dem Internet, ich bin ganz wild danach, über die europaweite Legalisierung der Policen zu recherchieren.« Corinne war, wie gesagt, Versicherungsagentin.

Als sie auf mich zukam, verließen mich die Kräfte; es kostete mich übermenschliche Anstrengung – weshalb ich übrigens gleich wieder Sodbrennen bekam –, um mich zivilisiert, beherrscht, pariserisch zu zeigen.

Es war gar nicht der Betrug, der mich so bestürzte – ich weiß auch nicht, ob man das wirklich Betrug nennen kann –, sondern die Nonchalance, mit der sie ihn vor mir verbarg. »Es ist nicht das erste Mal«, sagte ich mir, »sie hat es schon oft gemacht.« Auf einmal war Corinne wie eine Fremde. Mein Gott, nicht nur mein gegenwärtiges, auch mein vergangenes Leben erschien plötzlich in einem anderen Licht. Auf einmal erinnerte ich mich an die tausend und eins Nächte, in denen sie später ins Bett gegangen war, weil sie noch im Internet arbeitete, und plötzlich hatte ich den Verdacht, daß diese Hand ein Gesicht hatte, und das Gesicht eine Stimme, und daß in seinen Erinnerungen, wer weiß in welcher Stadt, in welchem fernen Land, die zarten Falten ihres Geschlechts eingeprägt waren, der Rhythmus ihres Zuckens, ihr erregter Atem, und daß dieser jemand morgens auf dem Weg zur Arbeit an sie dachte, unvermittelt auf der Straße stehenblieb oder in der Arbeit auf dem Klo onanierte, mit diesem Bild im Kopf, mit dieser von den Computermikrofonen verzerrten, metallischen

Stimme, oder noch schlimmer, daß er seinen Freunden in der Bar erzählte, ich treib's mit einer kleinen Franzosenbiene, sie hat gelbe Haare und einen rosigen Kitzler, ihr Mann muß ein ganz schöner Schlappschwanz sein, und bestimmt liebkoste er, wenn er schlafen ging, eine andere Frau und sagte ihr gute Nacht, Liebling, so wie Corinne es zu mir sagte, wenn sie sich endlich entschloß, ins Bett zu kommen.

»Ich habe gesehen, was du gemacht hast«, brachte ich hervor, »wem gehört dieser Phallus?«

Zuerst stritt sie alles ab, aber nach zwei Minuten merkte sie, daß es sinnlos war. Ihre Reaktion war heftig und durchlief zwei Phasen: Zuerst versicherte sie mir, daß es nur ein Spiel sei und sie diesen Menschen gar nicht kenne, überhaupt sei sie zum ersten Mal in einen Porno-Chat reingegangen; auf der zweiten Stufe beschuldigte sie mich mit juristischen Argumenten, ihre Intimsphäre verletzt zu haben. Der Mietvertrag unserer Wohnung am Boulevard Arago, gleich an der Kreuzung Avenue des Gobelins, lief zum Glück auf meinen Namen, so daß ich ihr sagte, das Glas Milch noch immer in der Hand:

»Ich gehe jetzt ins *Gaumont* am Montparnasse und schaue mir *Ghost Dog* von Jim Jarmusch an. Wenn ich zurückkomme, brauchst du nicht mehr hierzusein.«

Meine einzige lateinamerikanische Geste, die zumindest für Pariser als typisch lateinamerikanisch gelten würde – für sie waren wir alle Machoschweine –, bestand darin, daß ich im Gehen das Glas an die Wand warf, zurück blieben Scherben und ein großer weißer Fleck auf der Tapete. Es war eine dieser schrecklichen Tapeten, mit denen die meisten Pariser Wohnungen ausgestattet sind.

Natürlich habe ich mir nicht den Film angesehen, sondern bin ins Bastille-Viertel und habe mich im *L'Oiseau du Feu* betrunken, aber das hat Corinne nie erfahren; sie hat auch nicht erfahren, daß ich um zwei Uhr morgens in den Canal Saint-Martin gekotzt habe, sie verflucht und dieses ferne Land verflucht habe, das mich in einer Nacht wie dieser wieder einmal im Stich ließ, nur seinetwegen weinte ich vor Sehnsucht, Schmerz, Lachen, Ekel, denn solange ich mit Corinne zusammen gewesen war, hatte ich das nicht zugelassen, weil ich fürchtete, sie könnte mich zu fremd finden, was ich im Grunde immer gewesen war und immer sein würde, trotzdem hatte ich mich davor gefürchtet, daß sie mir zum hundertsten Mal diese Vorhaltungen machen und damit auch noch recht haben würde, mein Land war einfach an allem und jedem, dem kleinsten Bauchweh schuld, und trotzdem weine ich jedesmal, wenn ich betrunken bin, um das, was ich dort gelassen, was ich verloren und vergessen habe, schon gar in einer solchen Nacht, in der ich die Schmach eines prallen Schwanzes hatte ertragen müssen, der vielleicht auch noch einem Neger aus Barranquilla oder dem Chocó gehörte, und nichts anderes tun konnte, als in der Ferne zu weinen und zu fluchen, was noch nicht einmal die gleichgültig vorüberfahrenden Taxifahrer beeindruckte. Schlimmer als Leiden ist nur noch, wenn sich niemand darum kümmert, daß man leidet.

So trat Corinne aus meinem Leben ab.

Meine vorherige Erfahrung mit einer Frau liegt etwas länger zurück, aber warum soll ich sie nicht kurz erzählen? Sie war wie ich aus Medellín und hieß Liliana, war – wie ich – Philologiestudentin an der Universität in Vincennes. Sie wollte – ebenfalls wie ich – Schriftstellerin werden, aber anders als bei mir waren ihre Idole Georges Perec, Alain Robbe-Grillet, Claude Simon, also die Autoren des französischen *nouveau roman*. Ich dagegen mochte Camus, Malraux, Genet und Céline, außerdem gefiel mir Varga Llosa, was zu endlosen Diskussionen zwischen uns führte, denn für sie war der einzige Lateinamerikaner, der etwas taugte, Severo Sarduy. Am schlimmsten war es, wenn wir uns unsere Texte gegenseitig zum Lesen gaben. Für sie war ich ein Epigone des neunzehnten Jahrhunderts, der nichts kapiert hatte, und in meinen Texten spiegelte sich nichts außer meiner geistigen Armut. Ich wiederum warf ihr vor, realitätsfern zu sein und ein

Mysterium um etwas zu hüllen, das weder mysteriös noch reizvoll war, und überhaupt seien die Erzähltexte, an denen sie sich inspiriere, in erster Linie sterbenslangweilig. Auf diese Weise spitzte sich unser Wortgefecht immer weiter zu; Liliana schrie mich an: »Mittelmäßiger Sastreaner!«, was ich erwiderte mit: »Strohdumme Deleuzianerin!« Wie meistens bei solchen Streits ging es bald gar nicht mehr um Bücher, sondern wir warfen uns alle möglichen Beleidigungen an den Kopf: »Fettarsch«, schrie sie mich an, und ich: »Schreibender Bauerntrampel!« und so weiter, bis zwei Möglichkeiten übrigblieben: Entweder schlug einer von uns beleidigt die Tür hinter sich zu, oder wir fingen an zu heulen, warfen uns einander in die Arme und baten uns um Verzeihung, denn in unserem tiefen Innern wußten wir beide, daß keiner von uns auch nur das geringste Talent besaß und unsere gegenseitigen Kränkungen nur dazu dienten, unseren Frust über die Mittelmäßigkeit unseres eigenen Schreibens und die Unerreichbarkeit unserer Träume abzureagieren. Bis wir eines schönen Tages in großer Gefaßtheit und Traurigkeit beschlossen, Schluß zu machen, um uns nicht länger zu quälen, denn wir waren uns einig, daß jeder von uns ein deprimierendes Spiegelbild des anderen war.

»Wenn ich dich an deinem Tisch schreiben sehe«, gestand sie mir an diesem Nachmittag, »sehe ich mich meinen belanglosen Schwachsinn kritzeln, die Blätter mit Geschichten vollschreiben, die niemanden interessieren.«

»Aber mich interessieren sie, Lili«, antwortete ich ihr, was glatt gelogen war, denn in Wirklichkeit fand ich sie ebenfalls einfach nur langweilig.

Endlich ging sie, und wir beide atmeten auf. Wir blieben natürlich Freunde, manchmal verbrachten wir sogar ein gemeinsames Wochenende oder gingen zusammen aus. Aber nichts darüber hinaus. Irgendwann heiratete sie einen sehr netten Franzosen, Architekt, glaube ich, sie laden mich ein- oder zweimal im Jahr in ihre reizende Wohnung in der Nähe der Bastille zum Essen ein.

Wir sprechen nie über Bücher, und vor allem erkundigen wir uns nie, was das Schreiben macht. Es ist besser so.

Ich weiß gar nicht, wie und warum ich darauf gekommen bin, das alles zu erzählen. Wahrscheinlich habe ich mir gedacht, daß es nicht unwichtig ist zu wissen, wer ich bin. Eigentlich aber muß ich von dem seltsamen Anruf erzählen, den ich gestern bekommen habe. Ich saß in meinem Kabuff – »Büro« kann man das hier nicht nennen –, als das Klingeln des Telefons mich aus meiner Konzentration riß. Ich hörte gerade ein schlecht gemachtes Feature über die Zubereitung koscherer Hamburger im Marais und versuchte herauszufinden, ob man den Beitrag reparieren konnte oder ob ich ihn dem Autor besser vor die Füße werfen und in Kauf nehmen sollte, daß er mir die Pest oder Schlimmeres an den Hals wünschte und mich als Antisemiten beschimpfte. Wo war ich stehengeblieben? Ach ja, das Telefon. Träge hob ich ab, doch ich nahm mich sofort zusammen. Monsieur Casteram bat mich dringend in sein Büro. Er, der Chef, hat ein richtiges Büro, denn als französischer Staatsangestellter findet er Geschmack daran – was ihn von den restlichen Staatsangestellten auf der Welt nicht unterscheidet –, daß sich Hierarchieunterschiede in so etwas zeigen.

Als ich sein Büro betrat, saß dort bereits ein gewisser Monsieur Pétit, ein glatzköpfiger Gnom und frustrierter Fettkloß, den ich noch nie in der Redaktion gesehen hatte. Casteram stellte ihn mir als jemanden aus den oberen Sphären des staatlichen Rundfunks vor und sagte mir, daß ich die Koffer packen solle, denn am nächsten Tag würde ich mit diesem Herrn nach Hongkong und von dort weiter nach Peking reisen, wo wir eine Reportage über Katholiken in China machen würden.

»Unsere Hörer wollen ausgefallene Themen« – philosophierte Casteram und machte zwischen jedem Satz eine Pause, in der er einen kleinen Rülpser ausstieß – »und heutzutage, mein lieber Suárez Salcedo, sind Katholiken in kommunistischen Staaten ein Topthema. Überlegen Sie doch nur, was nach dem Besuch von

Papst Wojtyla in Kuba los war. Ein Medienspektakel. So etwas in der Art stelle ich mir vor, verstehen Sie?«

»Und warum ausgerechnet jetzt?« wagte ich zu fragen.

»Der Sommer hat uns etwas … ausgedörrt«, redete er weiter. »Ja. Das ist das Wort: ausgedörrt. Es gibt keine großen Themen. Unsere Sendeanstalten verlangen nach ein bißchen Farbe. Es ist der richtige Zeitpunkt, um ein paar Themen noch mal vorzuholen, und das hier ist eines der größeren.«

Casteram erklärte mir, daß dieser verschrobene Pétit einer der Koordinatoren zwischen unseren Partnersendern auf der ganzen Welt sei. Ein hohes Tier. Während Casteram redete, sagte Pétit gar nichts und wischte sich mit einem ekligen Taschentuch über die verschwitzte Glatze. Er war der typische Beamte mit abgetragenem Anzug und Krawatte, was so perfekt zu seinem Wesen paßte, als wäre er damit auf die Welt gekommen. Die Anweisung schlug wie ein Meteorit mitten im Büro ein, ich war perplex.

Im Grunde habe ich nichts gegen China. Im Gegenteil, China fasziniert mich. Aber um ehrlich zu sein, kam es mir jetzt gerade etwas ungelegen, denn ich saß schon an der Planung für den September, und die Hälfte der Redakteure war noch im Urlaub. Außerdem machte ich gerade eine Diät, was ich jetzt rein auf persönlicher Ebene sage, und für eine Diät ist nichts schädlicher als eine Dienstreise, die einen aus den täglichen Gewohnheiten bringt und immer Anspannung bedeutet, und in dieser Situation treibt es einen erfahrungsgemäß an Hotelbüfetts und in Fast-food-Restaurants, was unter ernährungstechnischen Gesichtspunkten ein Übermaß mit Kalorien, Fett und Cholesterin bedeutet. Aber gut. Es war nicht das erste Mal, daß man mich von einem Tag auf den anderen an Orte wie Nairobi, Jakarta oder Tegucigalpa schickte und mir gerade einmal Zeit gab, den Koffer zu packen. Meine Chefs waren launenhaft, und manchmal reichte ein Beitrag in einem Sender der Konkurrenz oder eine Bemerkung bei einem Cocktailempfang, damit sie sich etwas in den Kopf setzten. Es gab ja uns, ihre Spielfiguren, die sie in den Einsatz schicken konnten.

Als ich erfuhr, daß ich nach Peking reisen sollte, tat ich das, was jeder Franzose tun würde, ich zog die in jedem Bücherregal stehende alte Gallimard-Ausgabe von Henri Michaux' *Ein Barbar in Asien* heraus und suchte die Seiten über China. Das Buch stand tatsächlich im Regal – was in meinem Fall hieß, daß es *nicht* zu den Büchern gehörte, die meine Ex-Frau Corinne mitgenommen hatte –, also setzte ich mich zum Lesen, in Reichweite ein Sojasprossensandwich und eine Flasche *Perrier* mit Zitronenaroma. Ich las also, bis ich auf eine Stelle stieß, die meine Aufmerksamkeit erregte. Es handelte sich um eine Reihe von Beschreibungen chinesischer Typen.

Ein paar davon zitiere ich:

»Bescheiden, schon fast geduckt, man könnte sagen phlegmatisch, mit Luchsaugen und Filzpantoffeln, schleicht leise, hat die Hände in den Ärmeln, Jesuit, sieht aus, als könnte er kein Wässerchen trüben, ist aber zu allem bereit.«

Ich dachte an die Chinesen in dem Heft *Der blaue Lotus* von Tim und Struppi. Es ging noch weiter:

»Gelatinöses Gesicht, und plötzlich springt eine flinke Maus heraus.«

Diesen letzten Satz verstand ich, offen gesagt, nicht ganz. Ich las ihn also noch einmal, aber es blieb dabei.

»Er hat etwas von einem Trinker, etwas Aufgeschwemmtes; als stünde etwas zwischen ihm und der Welt.«

In welchem Jahr hatte Michaux diesen Unsinn geschrieben? Jeder hat schon mal einen Chinesen gesehen. In jeder europäischen und amerikanischen Großstadt leben Chinesen, warum muß man sie beschreiben? Das verstand ich nicht. Was für eine unglaubliche Arroganz, einfach die Höhe!

Im Gegenzug beschloß ich, eine Typologie des Franzosen zu entwerfen:

»Von furchtsamem, knausrigem Wesen – letzteres nennt er selbst ›sparsam‹ – und spießig. Arbeitsam. Diszipliniert. Hat Angst, daß seine Nachbarn ihn bei der Polizei anzeigen, darum dreht er beim Fernsehen immer die Lautstärke runter. Die anderen sollen auf keinen Fall denken, daß er dumm ist, darum zeigt er sich nie überrascht, und wenn er die ägyptischen Pyramiden vor sich hat. Er hat zwei große Sorgen: intelligenter zu wirken, als er ist, und sehr beschäftigt zu sein. Von jung an denkt er an seine Pensionierung, aber wenn es mit fünfundsechzig so weit ist, bekommt er Depressionen, was bis zum Selbstmord führen kann. Die jungen Frauen machen ein böses Gesicht, wenn ein Mann ihnen ein Kompliment hinterherruft, und weigern sich manchmal, mit einem zu schlafen, nur weil sie am nächsten Morgen früh aufstehen müssen. Sie lieben gutes Essen, gönnen es sich aber selten, weil es sehr teuer ist. Ihre Weine sind exzellent. Angeblich haben sie das Parfüm erfunden, weil sie sich nicht waschen, aber das ist nicht restlos gesichert. Sie sind blond, haben vorspringende Augen und knittrige Haut. Sie glauben, daß die Welt ein Raubtiergehege wäre, wenn es Frankreich nicht gäbe, und damit haben sie nicht ganz unrecht. Durch einen Irrtum haben sie den Champagner erfunden.«

Als ich es noch einmal durchlas, fühlte ich mich gemein, aber Michaux hatte schließlich angefangen. Ich ging zurück ans Bücherregal und zog die Pléiade-Ausgabe der Gesammelten Werke von André Malraux heraus. Schon seltsam. Noch ein Asienbegeisterter, mit einem ganz ähnlichen Namen. Nur drei Buchstaben sind anders. Ich schlug *Die Versuchung des Okzidents* auf und las mehrmals den letzten Satz: »Eine Versuchung überwunden zu haben bedeutet Erkenntnis, das ist eine der Stärken des menschlichen Geistes«. Die Tränen schossen mir in die Augen, die Haare auf meinem Unterarm stellten sich auf wie Igelstacheln. Malraux' Esprit ergriff mich; ich weiß, das ist ein bißchen lächerlich, aber ich kam nicht dagegen an. Und warum war ich so aufgewühlt? Nun, ich wäre einfach gerne so ein Schriftsteller geworden wie er. Ich hatte natürlich nicht sein Talent, trotzdem sagte ich mir – und sage es bis heute manchmal zu meinen wenigen Freunden –, daß ich nicht die Möglichkeiten hatte, weil ich Geld verdienen mußte und keine Zeit hatte. Insgeheim weiß ich, daß das falsch ist; wenn jemand schreiben will, schreibt er, und wenn er dafür in der Nacht aufstehen, seinen Schlaf opfern, in Bussen und Cafeterien arbeiten muß. Mir fehlte es eben an Mut, an Entschlossenheit, und das bohrt manchmal in mir, wenn ich wach liege oder wenn ich über den Durst getrunken habe und die Schuld auf mein Land schiebe, das mich als erstes im Stich gelassen hat, ich heule vor Wut, trinke mehr, und am Ende führe ich endlose Telefonate nach Bogotá, weil ich spüren will, daß nicht alles verloren ist, daß mein Name in dieser Stadt noch Gefühle weckt.

Die Begabung Malraux' und anderer Schriftsteller, die ich bewundere, hält mir meine Feigheit wie einen Spiegel vor. Aber was soll's, ich komme besser zu meiner Geschichte zurück.

Wenn ich nach Hongkong, und weiter nach Peking reisen würde, dachte ich mir noch, sollte ich auch einige Passagen aus *Die Eroberer* und *So lebt der Mensch* lesen. Nachdem ich also das Sojasandwich gegessen – und mich an den Kühlschrank geschlichen hatte, wie ich zugeben muß, und drei Bissen Gänseleberpastete und mehrere große Schlucke aus einer Flasche *Vouvray* genommen hatte –, setzte ich mich in meinen Lesesessel, wo ich bald in einen tiefen, erholsamen Schlaf fiel.

Um sieben Uhr morgens weckte mich das Klingeln des Telefons, und da erst bemerkte ich, daß ich mich im Wohnzimmersessel befand, mit Malraux' Buch auf den Knien. Verdammt, dachte ich, wer kann das um diese Uhrzeit sein?

»Ich bin's, Pétit«, hörte ich eine Stimme. »Ich hole Sie in einer Viertelstunde ab. Wir fahren zur chinesischen Botschaft und von dort zum Flughafen. Der Flug geht um elf. Vergessen Sie Ihren Paß nicht.«

Nachdem er das gesagt hatte, legte er auf; ich starrte den Hörer an und begriff nicht ganz. Eine Viertelstunde? Ich hechtete zum Kleiderschrank, zerrte meinen Koffer heraus und stopfte alles hinein, was ich fand. In einen kleineren Koffer packte ich mein digitales Sony und mehrere Kassetten – die schweren Nagra-

Aufnahmegeräte hatten wir schon seit einiger Zeit ausrangiert, was mein Rücken mir jeden Tag dankte.

Ich duschte schnell, fuhr mir mit dem Elektrorasierer über die Wangen und sammelte mein Toilettenzeug zusammen, vor allem die *Chitosano*-Pillen, eine organische Wirkstoffkombination, die die Fettaufnahme um 30 Prozent reduziert. Selbstverständlich nahm ich diese Strapazen aus rein medizinischen Gründen auf mich, Eitelkeit war mir nicht nur vollkommen fremd, sie wäre bei mir auch sinnlos gewesen. Aus der Küche holte ich noch ein paar Tüten Orangensaft, einen Apfel und einen Naturjoghurt, null Prozent Fett. Dann drehte ich Gas und Wasser ab, und schon schrillte wieder eine Klingel, diesmal war es die Haustür.

Pétit wartete neben einem schwarzen Renault 21 auf mich, den er auf dem Gehweg geparkt hatte. Nachdem er grüßend die Hand gehoben hatte, verschwand er sofort hinterm Steuer, anstatt mir beim Einladen des Gepäcks zu helfen. Daß ich diesen Mann von Anfang an unsympathisch fand, dürfte klar geworden sein, trotzdem muß ich einfach noch sagen, daß er an diesem Morgen einen unglaublich lächerlichen Anblick bot: Über einem offenstehenden gestreiften Hemd hatte er eine Weste wie ein Fotograf aus einer Bananenrepublik an, allerdings war es keine echte, sondern eine billige Nachbildung von irgendeinem Straßenstand in Belleville. Darüber trug er eine leichte Jacke, dazu eine khakifarbene Baumwollhose und sandalenartige Latschen ohne Strümpfe, so daß er seinen Mitmenschen den Anblick seiner verfetteten und rosaroten Knöchel zumutete. Das sollte wohl die offizielle Kluft des französischen Kolonialbeamten in »heißen Ländern« sein. Aber wie gesagt, alles an Pétit war abstoßend: wie er schwitzte, der plumpe Bauch, das gräßliche Wabbelkinn, der Naphtalingeruch, der aus den Nähten seiner Kleider kroch, die kahle, schweißbeperlte Kopfhaut mit dem spärlichen Haarkranz.

Pétit parkte vor der chinesischen Botschaft in zweiter Reihe, nahm meinen Paß und sagte mir, daß ich warten solle. Ich war versucht, auszusteigen und in einer Brasserie einen Kaffee mit

Croissant zu frühstücken – es fing schon an mit der Nervosität –, aber ich fürchtete, daß mein Kollege das nicht gut fände. Ich wartete also, trommelte mit den Fingern aufs Handschuhfach und überlegte, ob ich das Radio anmachen sollte, denn um diese Uhrzeit war schon einiges in der Welt passiert, und ich hatte noch nicht den Nachrichtenüberblick von *France Info* gehört, was mir nach all den Jahren im freiwilligen Exil zur Sucht geworden war.

Nach zwanzig Minuten kam Pétit zurück. Er stieg ein, ohne ein Wort zu sagen, warf mir meinen Paß hin, und wir fuhren zum Flughafen Roissy. Ich trommelte weiter aufs Handschuhfach, bis er an einer Ampel einen haßerfüllten Blick auf meine Finger warf. Da gab ich Ruhe. Was für ein seltsamer Typ. Ich hatte noch nie einen Journalisten gesehen, der sich so verhielt, obwohl es unter Journalisten natürlich alle Arten von Menschen mit ihren guten und schlechten Seiten geben kann. Am Flughafen geschah etwas Seltsames: Anstatt den Wagen ins Parkhaus zu fahren, überreichte Pétit den Schlüssel einem grau gekleideten Herrn, der offenbar schon auf uns wartete, aber niemand stellte ihn mir vor. Dann schleppten wir die Koffer zu den Schaltern der Fluggesellschaft Cathay Pacific, wo ich leider feststellen mußte, daß wir Tickets für die Economy Class hatten. Ich wäre lieber mit Air France geflogen, dann hätte ich wenigstens Punkte für mein Milesprogramm gesammelt, aber Pétit sagte, daß die Cathay an dem Tag die einzige Maschine nach Hongkong sei. Nach seiner widerwilligen Antwort stellte ich keine weiteren Fragen mehr, aber ich seufzte bei dem Gedanken, in der VIP-Lounge zu entspannen, etwas Leckeres zu essen, dazu einen Orangensaft zu trinken und Zeitung zu lesen.

Wir setzten uns in einen der kalten Wartesäle, und in einem Anfall von Freundlichkeit fragte ich Pétit, ob er Kinder habe.

»Nein«, sagte er trocken. »Warum fragen Sie?«

»Das ist eine wohlerzogene Art, ein Gespräch zu beginnen«, antwortete ich. »Immerhin verreisen wir gemeinsam.«

»Wir reden schon noch, wenn der Moment gekommen ist …«

Nachdem er das gesagt hatte, verfiel er wieder in Schweigen; damit es nicht peinlich wurde, zog er irgendwelche Papiere aus seinem Aktenkoffer und studierte sie, als wäre es seine Scheidungsakte. Angenervt stand ich auf, um eine Runde durch den Dutyfree-Shop zu drehen. Eigentlich, dachte ich, war Pétit nicht nur ungepflegt, sondern ein arroganter Widerling. Unmöglich, sich vorzustellen, wie dieser Mensch anderen eine Freude sein sollte. Aber wer weiß, nach ein paar Drinks an Bord oder spätestens bei unserer Ankunft würde sich vielleicht seine Tiefgründigkeit nach außen kehren, und alles sähe anders aus. Ich hielt mich nicht für einen streitsüchtigen Menschen. Wenn Pétit stur bleiben wollte, war das sein Problem.

Jetzt hatten wir erst mal eine lange Reise vor uns. Wir mußten ganz Asien überqueren, der Sonne entgegenreisen und würden um sieben Uhr morgens in Hongkong ankommen. Mit dieser Situation war ich vertraut, normalerweise las ich viel, weshalb auch die sorgfältige Auswahl eines guten Buchs so wichtig war, es durfte weder zu schwierig noch zu leicht sein: etwas, das einen interessiert und nicht ermüdet, das einen für viele Stunden unterhält. Nach dem Abendessen, zu dem ich normalerweise reichlich Wein trinke, genehmige ich mir je nach Gemütslage ein paar Whiskys oder Gins, das letzte Glas zu dem Spielfilm, der bei allen Fluggesellschaften nach dem Essen gezeigt wird. Danach schlafe ich meistens bald ein, eingelullt vom Alkohol und dem Schaukeln des Flugzeugs. Zugegeben, ich hoffe immer, daß es Turbulenzen gibt, denn wenn die Reise allzu ruhig verläuft, habe ich das Gefühl, als säße ich in einem riesigen, sterbensöden Wartesaal. Ach, Hongkong, was bist du weit weg!

3 *Einige Begebenheiten aus dem Leben von Doktor Gisbert Klauss, Philologe, und seiner aberwitzigen Suche*

Im Leben von Doktor Gisbert Klauss sind wie bei vielen Geistesgrößen, die zu höheren Weihen in den Wissenschaften bestimmt sind, die Spuren von Kindheit und Jugend weitgehend verblaßt. Aufgewachsen ist er im Westfalen der fünfziger Jahre, genauer gesagt, in einem Nest namens Bielefeld, und alle, die in den Zeitungen über ihn schreiben – nachdem er in die Schlagzeilen geriet –, bestätigen, daß er als Junge stets einen Ball auf dem Fuß hatte. Aber das Schicksal, dieser dunkle Vogel, der ohne, daß wir ihn rufen, über uns flattert und seinen Schnabel überall hineinsteckt, hatte selbigen voll von Fußballspielern und wollte, daß ihm am rechten Bein ein Band riß. Das Leben des Jungen nahm eine Wende, und er wechselte von den Sportplätzen in die Studierstube. Gisbert war von robuster Natur, und das Schicksal, das erst so garstig zu ihm gewesen war, beschloß, ihn mit einer anderen großen Leidenschaft zu entschädigen: der Philologie. Er schrieb sich an der Universität zu Köln ein und widmete seinen wachen Geist der Sinologie, dem Studium der chinesischen Sprachen und Kulturen.

Über sein Studentenleben in Köln ist ebenfalls wenig bekannt, seine Leidenschaft nahm ihn jedoch offenbar so sehr in Anspruch, daß an normale Dinge wie die holde Weiblichkeit oder ausgiebiges Feiern nicht zu denken war. Dafür zumindest spricht, daß Gisbert Klauss erst sehr spät geheiratet hat, und zwar eine kleine Angestellte der Universität Hamburg, wo er seine brillanten Vorlesungen hielt. Auch ohne Charakterologe zu sein, kann man sich denken, daß die Verbindung zwischen Gisbert Klauss und Jutta

Krugg eine der Ehen war, bei denen sie von Bewunderung und der Aussicht auf sozialen Aufstieg geleitet war und er von der Notwendigkeit, das praktische Leben zu bewältigen. Es versteht sich von selbst, daß sie nie Kinder bekommen haben.

Seine Leidenschaft für die Sinologie erwachte, als er den Italiener Mateo Ricci entdeckte; nach Marco Polo und dem Franziskaner Juan de Piano war der legendenumwobene Jesuitenpfarrer unter den Europäern einer der besten Kenner der sich im Osten öffnenden Welt, die wir China nennen und die in der Landessprache »Reich der Mitte« heißt.

Das Leben Mateo Riccis, der im Jahr 1582 – zwei Jahre nach dem Tod des portugiesischen Hidalgos Luís de Camões, dem Autor der Lusiaden – die Küste vor Macao erreichte, hatte alles zu bieten, was die Leidenschaft eines Philologen wecken kann. Allem voran eine sagenhafte Auffassungsgabe, dank derer er in sagenhaft kurzer Zeit Chinesisch lernte. Den Chroniken zufolge sprach er nach nur einem Jahr fließend, eine Leistung, die sich, um ein bekanntes Bild heranzuziehen, mit der Errichtung der Chinesischen Mauer messen ließe. Durch seine grenzenlose Lernfähigkeit erwarb sich Ricci die Gunst der kaiserlichen Gouverneure und bekam von ihnen die Erlaubnis, sich in der Provinz Guandong in der Mitte des Reichs niederzulassen, von wo aus er eine Reihe von Reisen in das ländliche China unternahm, bis er irgendwann nach Peking kam – das war 1601, er blieb dort bis zu seinem Tod im Jahr 1610 – und damit zum kaiserlichen Hof, wo er wohlwollend aufgenommen wurde, da der Kaiser sich für sein sagenhaftes Gedächtnis interessierte.

Welche Mnemotechnik wandte Mateo Ricci an? Er selbst sprach vom »Gedächtnistheater«, das man sich als eine räumliche Ordnung der Ideen, Abstrakta und Essenzen vorstellen muß, selbige wurden nach semantischer Nähe oder lautlicher Ähnlichkeit den verschiedenen Logen dieses großen Theaters zugeteilt. Um eines seiner zahlreichen Wissensgebiete aufzurufen, wandelte Ricci in Gedanken durch diese Räume, bis er fündig wurde, wie ein Gewandmeister, der in der Requisite ein Kostüm sucht, und das Unglaubliche, niemals wieder Erreichte, war, daß er dafür nur wenige Sekunden brauchte. Diese übernatürliche Fähigkeit kam der Ausbreitung der Jesuiten in China durchaus zugute, denn der wißbegierige Kaiser ließ Ricci freie Hand, solange dieser ihm und seinen Gästen hin und wieder sein grenzenloses Gedächtnis gleich einer Zirkusattraktion vorführte.

Ricci soll sich vor seiner Orientreise vorgenommen haben, sich den gesamten Wissensschatz der christlichen Kultur *anzueignen*, denn er wollte dieses Wissen nach China tragen, aber zum Transport dieses Wissens, das sich in enormen Büchern und Traktaten befand, von denen es in vielen Fällen auch nur ein Exemplar gab, fehlte es ihm an Platz. Um also mit leichtem Gepäck reisen zu können, entschloß er sich, es in sein Gedächtnis zu verfrachten.

Damit war Gisberts Interesse für den Missionar Mateo Ricci erwacht. Wie der Kaiser von China und viele andere träumte Gisbert davon, diese Gedächtnisleistung, die sich philologische Gesetzmäßigkeiten zunutze machte und dennoch ein Wunder war, wiederholen zu können. Eine Sprache ist, wie jeder Philologe weiß, nichts anderes als die Übersetzung einer Ordnung des Universums in ein grammatikalisches System. Das erspart zwar niemandem das Lernen, erleichtert aber das Verständnis, da die Struktur einer Sprache mehr oder weniger systematisch der Weltsicht der Gesellschaft, die sie geschaffen hat, folgt. Jede Gesellschaft prägt ihre Sprache also auf die ihr eigene Weise, unabhängig davon, daß es in allen Sprachen sich wiederholende Grundmuster gibt wie die Unterscheidungen von Genera, Numeri, Casus, wie die Funktionen von Pronomen, Plural und Singular, verbaler Tempusbildung etc.

Die vom Latein abgeleiteten Sprachen, um ein Beispiel zu nennen, sind alle gleich aufgebaut. Ihre Unterschiede beruhen lediglich auf dem individuellen Verlauf der »Romanisierung«, also der regionalen Entstehung der romanischen Sprachen aus dem gemeinsamen Stamm, dem Latein. Natürlich gibt es noch andere, ebenso starke Sprachstämme, man denke an das Germanische oder Semitische; auf der anderen Seite gibt es die amerikanischen indogenen Sprachen, von denen laut Unesco einhundertsiebenundsechzig überlebt haben und bei denen man trotz der Strukturähnlichkeiten bislang keinen gemeinsamen Stamm finden konnte. Und mittendrin ist das Chinesische, die wichtigste der tibetisch-chinesischen Sprachen; sie selbst wiederum ist ein Bündel aus Dialekten und abgeleiteten Sprachen wie das Mandarin oder Kantonesische, die, was sehr ungewöhnlich und sicherlich eine der großen Leistungen der Geschichte der Menschheit ist, eine einzige Schrift gebrauchen, die die Grundlage anderer Sprachen der Region bildet, etwa des Japanischen oder Koreanischen.

Und hier hakte Gisberts Verdacht ein: Wenn Mateo Ricci in so kurzer Zeit diese Sprache erlernen konnte, dann zweifellos nur, weil er ein System gefunden hatte, das die chinesische Sprache mit den indoeuropäischen Sprachen verband. Oder mit allen Sprachen, womit er das Universalgesetz der Sprache entdeckt hätte, die biblische Sprache, die bei der babylonischen Verwirrung verloren gegangen war, als Gott an jenem unglückseligen Vorabend der Philologie beschloß, den Menschen für seinen Hochmut zu bestrafen und ihn zum Nichtverstehen zu verdammen. Vielleicht hatte Ricci in seinem »Gedächtnistheater« dieses vollkommene System, die Ursprache, gefunden.

Vielleicht, dachte Gisbert, stammte diese Sprache direkt von dem göttlichen Idiom ab, mit dem das Universum erschaffen worden war. Den Evangelien nach gebrauchte Gott diese Sprache, um die Welt zu bevölkern, um die Natur zu erfinden, Tier für Tier, Baum für Baum, um die Geschmäcker zu erschaffen, die Ordnung von Leben und Tod, Wechselfälle und Reue, Ungerechtigkeit und Sieg, Niederlage und Schmerz. Alles, dachte Gisbert, hatte bei der Schöpfung einen Namen bekommen, und diese göttliche Sprache mußte irgendwo ihre Spur hinterlassen haben. Nach ihr zu suchen hieß, sich auf ein Mysterium einzulassen, denn sobald man auch nur eines ihrer Worte ausspräche, wäre man vermutlich mit Gott gleich, man *wäre* Gott und damit ein Schöpfer.

Der fleißige Gisbert Klauss sprach bereits Griechisch, Spanisch, Englisch, Französisch, Italienisch und Portugiesisch. Er hatte Kenntnisse des Russischen und anderer slawischer Sprachen wie dem Polnischen und Serbokroatischen erworben und verstand Arabisch, Türkisch und Hebräisch. Außerdem hatte er, wenn auch auf rein theoretischer Ebene, einige malaiisch-polynesische Sprachen studiert. Sein großes Ziel war die chinesische Sprache, wobei er unter »Chinesisch« zumindest Mandarin und Kantonesisch verstanden wissen wollte, und wenn er damit so weit sein würde, wollte er seinen Wissensdurst mit Quechua, Suaheli, Baskisch und Ungarisch stillen – beide Sprachen scheinen eine gemeinsame Wurzel zu haben –, ferner mit Eskimo und Maori. Am weitesten mit dem Erlernen von Sprachen war ein Neuseeländer namens Harold Williams (1876–1928) gekommen, Korrespondent der *Times* auf den pazifischen Inseln, der achtundfünfzig Sprachen korrekt sprach, und auch wenn Gisbert ihn nicht unbedingt übertreffen wollte, setzte er sich doch zum Ziel, früher oder später wie Ricci die Essenz der Sprache zu finden und damit das universale System, diese Blackbox aller Sprachen entschlüsseln zu können, was ein unschätzbarer Beitrag zur philologischen Wissenschaft sein würde. Ein anderes Sprachgenie, das Gisbert faszinierte, war Richard Burton, allerdings nicht der berühmte Schauspieler und Ehemann Elizabeth Taylors, sondern der unvergessene englische Konsul in Triest um das Jahr 1872, der Übersetzer von *Tausendundeine Nacht,* der nach Borges »in siebzehn Sprachen träumte und fünfunddreißig beherrschte, unter denen sich drawidische, semitische, indoeuropäische und äthiopische befanden«. Wo ist die Grenze des Gedächtnisses? Auf diese Frage haben die Wissenschaftler noch keine Antwort gegeben, und somit konnte Gisbert getrost von seiner Unendlichkeit ausgehen. Ricci war sein Vorbild, ihm wollte er in aller Bescheidenheit folgen.

Als er sich in die chinesische Sprache vertiefte, entdeckte er ihre Poesie und Romane, sie faszinierten ihn so sehr, daß er sich ihnen mit zunehmender Begeisterung widmete und sein multilinguales Vorhaben vorübergehend ruhen ließ. Etwas Neues nahm in seinem Kopf Gestalt an, ein neues System offenbarte sich ihm. Wie jeder nach Perfektion strebende Geist hatte Gisbert Klauss sich selbstverständlich ausgiebig dem Studium der Literatur gewidmet. Er hatte die Gedichte Goethes und François Villons genossen, er kannte das Werk Dante Alighieris und Cervantes', er hatte Eça de Queiroz und Walt Whitman gelesen, Milton und San Juan de la Cruz, Ibn Arabi und William Blake, Quevedo und Omar Khayam, Shakespeare und Heine; kurzum, die Liste seiner Lektüren wäre so lang wie die feuchten Gänge der Universitätsbibliothek zu Köln, dennoch hatten die Antennen des Philologen und Forschers diese anderen Signale, die die Literatur aussendet, nie erfaßt.

Und jetzt auf einmal kam die große Wende. Als er sich in die chinesische Literatur vertiefte, überkam ihn eine Ergriffenheit, gegen die sein Geist machtlos war. Die Klarheit und Genauigkeit der Verse Li Pos, um ein bekanntes Beispiel zu nennen, elektrisierten auf ihm unergründliche Weise jede einzelne Faser seines Herzmuskels. »Was ist das für ein seltsames, mir sich nicht erschließendes System, das mich so mit Glück erfüllt?« fragte er sich eines Nachts, als er vor einer Seite von Lin Shu saß und vor Erregung zitterte. Der dunkle deutsche Himmel, der durch eine Luke der Bibliothek hereinblickte, gab darauf keine Antwort. Diese Seiten ergriffen sein Seele, dagegen war sein Verstand, die Waffe seines Berufs, machtlos und zerbrach wie eine gläserne Lanze. »Dieses System heißt Literatur«, sagte er sich eines Nachts, »ich hatte es die ganze Zeit vor der Nase und nie entdeckt«.

Aus philologischer Sicht war es unerklärlich, wie ein einzelner Text Lust erzeugen sollte. Wenn man etwa bei einem Satz von Lin Shu jedes Wort durch ein Synonym ersetzte – also ohne den Sinn auch nur minimal zu verändern –, war diese heimtückische Wirkung dahin. Gisbert machte diese und noch viele andere Proben, bis er zu dem Ergebnis kam, daß sich das *System* den ihm bekannten Regeln entzog und man die Wirkung eines literarischen

Texts vielleicht erklären und auch herausfinden konnte, wie diese Wirkung zustande kam, aber sobald man versuchte, eine Theorie aufzustellen, scheiterte man an der Unwiederholbarkeit des Phänomens. Zu wissen, wie ein bestimmter Text funktioniert, half einem nicht weiter, einen anderen Text zu verstehen, es handelte sich also nicht um universales, nachprüfbares Wissen, sondern um einen *Eindruck*, ein Wort, auf das Wissenschaftler wie er allergisch reagieren. Trotzdem konnte er sich der dunklen Macht dieses Universums nicht entziehen; er war glücklich und gleichzeitig verstört, daß er diese Tür geöffnet hatte, die er vermutlich nie wieder würde schließen können.

Er beschloß also, beiden Leidenschaften ihren Platz in seinem Leben einzuräumen, was zur Folge hatte, daß sein Philologenehrgeiz auf ein normales Maß schrumpfte. Er wollte nicht mehr jede freie Minute der wissenschaftlichen Arbeit widmen, denn nun brauchte er regelmäßig eine Dosis dieser jüngst entdeckten Lust, der zweckfreien Lektüre, die seinen Geist so beschwingte. Obwohl Gisbert seine großen Träume also aufgegeben hatte, konnte sich seine Karriere sehen lassen. Er wurde außerordentlicher Professor an der Philologischen Fakultät der Universität Hamburg, stieg mit der Zeit zum geschäftsführenden Institutsdirektor auf und Jahre später zum Lehrstuhlinhaber.

Als Gisbert Klauss zum ersten Mal *Die Geschichte der vertauschten Namen* von Wang Mian las, durchlief ihn ein wohliger Schauder. Dieses Buch war vollkommen. Die zarte Harmonie und die Geschichten darin besaßen jenes Gewand des Schwierigen, das ihm als Philologen wohlvertraut war und ihn über den ästhetischen Genuß hinaus intellektuell forderte. Wang Mian schien für ihn geschrieben zu haben, und trotzdem, wie unterschiedlich waren ihre Leben: Wang Mian verachtete die akademische Welt, der er, Klauss, angehörte. Mian war ein maßloser Verschwender, Klauss ein gewissenhafter und artiger Bürger mit ausgeglichenem Bankkonto. Wang Mian starb an Armut und Alkohol, während Klauss nach über zwanzig Jahren, die er in die Sozialversicherung einzahlte, eine Pension in Aussicht hatte, die ihm, sollten Katastrophen wie Weltkrieg oder Machtübernahme durch die *Skinheads* ausbleiben, ein friedliches Alter versprach. Kurzum: zwei gegensätzliche Persönlichkeiten, aber mit verwandten Seelen. »Nur die Welt der Literatur kann solche entfernten Pole zusammenbringen«, dachte Gisbert. In einem waren sie sich immerhin ähnlich, das war ihre Vorliebe für Schnaps, denn Gisbert, der als Sohn seines Landstrichs dem Bierschaum entstiegen war wie Venus dem Meer, hatte in seiner DNA eine zusätzliche Kette, LDNB: »Leichte Dipsomanie Nicht Bedrohlich«, und die, wie die Bezeichnung nahelegt, niemals bedenkliche Ausmaße annahm; vielmehr machte ihn diese kleine Schwäche etwas nahbarer, denn nach dem dritten Glas bekam die kühle Art des Wissenschaftlers einen Hauch menschlicher Wärme, vor allem vor einem guten Fußballspiel, es mußte nicht einmal die deutsche Nationalmannschaft bei einem internationalen Turnier gewinnen. Natürlich träumt ein jeder davon zu glänzen, doch letztendlich gibt es nichts Beruhigenderes, als zu wissen, daß man dem Rest der Sterblichen gleich und ein ganz gewöhnlicher Mensch ist.

Schließlich übersäten Gisberts Artikel über Mians Werk die universitären Publikationen, so daß er sich in der akademischen Welt einen gewissen Ruf erwarb. Das machte ihn glücklich, denn obwohl er mit seinen Abhandlungen über die Graphie chinesischer Ideogramme weitaus wichtigere Beiträge zur Sinologie geliefert hatte – was ihn auch stolz machte und seiner Eitelkeit schmeichelte –, waren es doch die Artikel über literarische Werke, für die sein Herz schlug und aus denen sich, warum soll man es nicht sagen, ein zweiter Strang seiner Dozentenlaufbahn entwickelte. Dank seines wissenschaftlichen Erfolgs auf dem Gebiet der Graphie-Forschung hatte Gisbert in der Philologischen Fakultät der Universität Hamburg mittlerweile eine recht hohe Stellung und bezog ein Gehalt, das ihm die nötige Ruhe gab, um sich als weltabgewandter Denker zu geben, der abwesend durch die Welt der Essenzen wandelte, weit erhaben über den schlammigen Pfaden, auf denen die Mehrheit der Sterblichen ihr dröges Leben voranschleppte.

Seine große Entdeckung machte Gisbert bei einem Aufenthalt in Paris, an einem der Bücherstände am Seineufer – den berühmten *bouquinistes*: Dort fand er ein Buch über China, das er nicht gelesen hatte und das sofort seine Aufmerksamkeit erregte. Es war das *Tagebuch* des französischen Schriftstellers und Reisenden Pierre Loti, Mitglied der *Académie Française*, über seine Erfahrungen als Offizier bei einem Militäreinsatz gegen das chinesische Reich im Jahr 1900. »Der Boxerkrieg«, dachte Klauss und zog einen Fünfzig-Franc-Schein aus der Brieftasche, reichte ihn dem *bouquiniste* und verzog sich mit dem antiquarischen Fund ins Hotel.

Nebenbei sei gesagt, daß die Parisreise eine Idee seiner Frau Jutta gewesen war. Sieben Jahre lang hatte die geduldige Frau ihm jeden Sommer diesen Vorschlag gemacht und damit den besessenen Sinologen genötigt, eine Ausrede zu ersinnen: daß Paris zu dieser Jahreszeit mit Touristen überschwemmt sei; daß er an einem Artikel für die Semesterpublikation der Fakultät arbeiten müsse; daß er sich mitten in den Vorbereitungen für den Kongreß über die historische Wandlung des Ideogramms Tang befinde. Alles mögliche. Aber diesmal fand er auf die stille Beharrlichkeit seiner Frau keine Entschuldigung, also blieb dem Herrn Professor keine andere Wahl, als die Koffer zu packen und frühmorgens in einen Zug zu steigen, wovor ihm ernsthaft graute, denn er hatte wie sein geliebter Jules Verne noch nie seine Scholle verlassen. Das Wissen führte ihn in die Ferne, das genügte ihm. Nichts, noch nicht einmal seine geliebte chinesische Kultur, war ihm bis jetzt ausreichender Grund gewesen, um seinen Hintern in einen Flugzeugsitz zu drücken und ihn an irgendeinem Ort einer fernen Weltgegend wieder zu erheben. Zum Glück war Paris nicht gar so weit weg.

Aber zurück zu dem Buch, in das Gisbert Klauss augenblicklich versank.

Der junge französische Offizier Pierre Loti erreichte nach langer Reise auf der *Redoutable*, einem französischen Kriegsschiff mit

Truppenverstärkung und Munition, am 24. September des Jahres 1900 am Golf von Petschili die chinesische Küste und ging an einem Strand bei Ninghai an Land. Die Boxer waren bereits stark dezimiert, Peking war von den alliierten Mächten eingenommen, nur in abgelegenen Gegenden gingen die Kämpfe weiter. »An diesem Strand gibt es alles«, schreibt Loti – »zwischen den Säcken mit Erde, die dort überstürzt zur Verteidigung aufgetürmt worden sind. Kosaken, Österreicher, Deutsche, Engländer der *Royal Navy*, direkt neben unseren Marinesoldaten; kleine japanische Soldaten, die überraschend schmucke Militärs sind in ihren neuen Uniformen im europäischen Stil; blonde Damen des russischen *Roten Kreuzes* und *bersaglieri* aus Neapel, die Hahnenfedern an ihre Tropenhelme gesteckt haben.« Gisbert, der immer glücklicher wurde über seinen Fund, ergötzte sich an der Beschreibung der ersten Pagode, die Loti zu Gesicht bekam: »Ganz nah taucht zwischen den Bäumen ein altes, graues Gebäude auf, mit geschwungenem, zweistufigem Dach, dicht besetzt mit Drachen und Ungetümen … Es ist eine Pagode.« Gisbert schmunzelte.

An diesem Abend brach er sein Versprechen und schickte Jutta nach etwas Wurst, Baguette, Käse, Schinken und Bier und kündigte an, er wolle diesen Abend im Hotelzimmer verbringen, um das Buch zu lesen. Als Entschädigung gab er ihr mehrere Hundert-Franc-Scheine, damit sie sich eine Vorführung anschauen gehen konnte, die er schmuddelig fand und von der sie träumte: das *Folies Bergère*. Und so war jeder zufrieden: Er vertiefte sich im *Hôtel de Buci* in einem bequemen Hotelsessel in die abenteuerliche Reise Lotis, während sie sich köstlich amüsierte und damit Gisberts Vorurteil gegen den typischen Deutschen bestätigte, der in Paris als erstes ins *Lido* rennt – was er tags zuvor über sich hatte ergehen lassen müssen –, und weil es gar so schön war, noch ins *Folies Bergère* mit seinen ach so frivolen Tanzdarbietungen.

Als Gisbert allein war, öffnete er eine Dose König Pilsener, machte einen ordentlichen Bissen in eines der Brote und versank wieder in dem Buch. Nach dem Staunen bei der Ankunft bekam die Erzählung einen düsteren Ton, denn wie der junge französische Offizier sich Peking näherte, begegnete er nur noch Tod, Zerstörung, verbrannter Erde. Loti reiste in einer Dschunke, einem kleinen Schiff, den Pei-Ho flußaufwärts, begleitet von fünf chinesischen Dienern und zwei mit ausreichend Gewehren und Munition versorgten Soldaten. Das Wasser war schwarz von Blut, und immer wieder tauchten Leichen auf, die mit aufgeblähten Bäuchen auf dem Wasser trieben, menschliche Gliedmaßen im Schilf und Geier, die mit Brocken Menschenfleisch aufflogen.

So geht die ganze Reise. Immer wieder halten sie an und verbringen die Nacht in Militärzelten. In einem Dorf am Flußufer sieht Pierre Loti eines frühen Morgens, wie russische Soldaten alte, geschnitzte Möbel aus den Häusern holen, um damit ein Lagerfeuer nachzulegen. Je mehr er sich Peking nähert, desto düsterer wird das Panorama um ihn herum. »Zerstörungswut und Schlächterei haben sich über diese unglückselige Stadt der Himmlischen Reinheit hergemacht«, schreibt er, »in die Truppen acht oder zehn verschiedener Nationen einmarschiert sind. Sie mußte in mehreren Wellen der Gewalt den Ausbruch uralten Hasses erleiden. Zuerst brachen die Boxer über sie herein. Danach kamen die Japaner, kleine und heroische Soldaten, über die ich mir kein Urteil erlaube, doch sie töten und zerstören wie barbarische Heere aus alten Zeiten. Auch von unseren russischen Freunden will ich nicht schlecht reden; sie haben mit den Tartaren benachbarte Kosaken geschickt, Sibirier mit mongolischem Einschlag, die allesamt bewundernswerte Kämpfer sind, aber ein asiatisches Verständnis vom Krieg bewahrt haben. Dann sind grausame Reiter aus Indien als Gesandte Großbritanniens gekommen. Amerika hat seine Söldnertruppen geschickt. Kein Stein stand mehr auf dem anderen, als schließlich die Italiener, Deutschen, Österreicher und Franzosen mit ihren Rachegelüsten gegen die unmenschlichen Chinesen eintrafen.«

Gisbert fiel auf, daß Loti alle Zerstörungsgewalt den Asiaten anlastete, und das stieß ihm auf, denn alle Soldaten, speziell die deutschen, hatten entsetzliche Grausamkeiten begangen und damit schon einmal gezeigt, was für Schrecken das gerade angebrochene Jahrhundert noch bringen sollte. Lotis Buch war reich an Details, und Gisbert leckte sich genüßlich über die Lippen, während er von den beiden Sixpacks, die er in dem kleinen Kühlschrank der Minibar verstaut hatte, die vierte Dose König Pilsener öffnete und sich jede einzelne Szene vorstellte.

An einem kleinen Palast, an dem er vorbeikommt, erblickt Loti die untere Hälfte eines Frauenkörpers, und als er sich daraufhin in den Winkeln umsieht, findet er neben einer toten Katze den Kopf in einem Sack. An anderer Stelle macht er die abstoßende Beobachtung, daß bestimmte westliche Soldaten (er sagt nicht, aus welchem Land) zum Servieren und Schneiden des Fleischs Sargdeckel als Unterlage verwenden. Aber das entsetzlichste Bild ist der makabre Fund der letzten Verteidiger Pekings. Loti schreibt:

»Heute morgen haben wir einen Haufen Leichen gefunden; die letzten Verteidiger der Kaiserlichen Stadt, die in die Grube ihres großen Bollwerks gefallen sind, einer über dem anderen, in den Verrenkungen ihres Todeskampfs. Raben und Hunde, die bis auf den Grund des Lochs vordringen, haben sie ausgeweidet und ihre Gedärme und Augen aufgefressen; es ist ein Gemenge aus Gliedmaßen, an denen kaum noch Fleisch hängt; man sieht die roten Wirbel ihrer Rückgrate, verhakt in Kleiderfetzen. Fast alle tragen noch ihre Schuhe, aber keine Kopfbedeckung mehr. Mit Hunden und Raben sind andere Chinesen zu dem tiefen Loch vorgedrungen und haben ihnen die Haare ausgerissen, um Zöpfe daraus zu machen. Künstliche Zöpfe sind bei den Männern in Peking in Mode; bei allen Leichen um uns herum ist der Zopf samt Kopfhaut abgerissen, so daß die Schädelplatte freiliegt.«

Diese Enthüllungen verursachten bei Gisbert, der bereits das zweite Sixpack angerissen hatte, eine leichte Irritation: Hatte Loti das alles wirklich *gesehen*? Er zumindest würde so einen Anblick nicht überleben. Und schon gar nicht wäre er in der Lage, ihn aufzuschreiben. Ihn irritierte die Unbeteiligtheit, mit der sich Loti den Schrecken ansah. Da war etwas, das sich ihm entzog, das er nicht begriff, denn nach seinem Verständnis war das Betrachten bestimmter Greuel, wenn sich die schlimmste Seite des Menschen offenbart, eine nicht mitteilbare Erfahrung, wie mystische Visionen dieses undurchdringlichen göttlichen Gesichts, von denen einige Dichter sprechen. Aber das hatte Gisbert sich nur angelesen, nicht selbst erfahren. »Was weißt du schon vom Leben, Herr Professor?« sagte ihm eine Stimme ins Ohr, stichelnd, was sicher damit zu tun hatte, daß nur noch eine Dose da war und in einem hinteren Winkel seines Gehirns die Idee Gestalt annahm, die Minibar zu öffnen und sich eines der winzigen Whiskyfläschchen zu kredenzen. Es blieb nicht bei der Idee, Gisbert setzte sie mit dem Ziel, den köstlichen und vertrauten Genuß des letzten König Pilseners auszudehnen, sogleich in die Tat um, er bückte sich vor dem Kühlschrank, öffnete ihn, holte ein Fläschchen Johnnie Walker Black Label heraus und goß seinen Inhalt in eines der Gläser, die der Zimmerservice in einem Akt der Barmherzigkeit als Zahnputzbecher ins Bad gestellt hatte. Er bewunderte Schriftsteller sehr, aber das hier machte ihn ratlos. Es handelte sich um ein Tagebuch, was letztlich hieß, daß es keine zielgerichtete Handlung besaß; sein Inhalt war der Alltag, die Dinge, wie sie sich ereignet haben, manchmal unzusammenhängend, reich an Bildern. »Das Leben, Herr Professor, das Leben«, sagte diese Stimme immer weiter, da hob er den Telefonhörer ab, wählte die Nummer der Rezeption und erteilte in einigermaßen akzentfreiem Französisch den Auftrag, man möge ihm deutsches Bier der Marke König Pilsener besorgen, er gebe auch gutes Trinkgeld, aber es müsse bitte schnell gehen, sehr schnell.

Ein neues theoretisches Problem hatte sich in seinem Kopf festgesetzt, es war die Frage, wie Erlebnisse ausgedrückt wurden. Wie viele Schriftsteller haben die Wahrheit erzählt und dabei unter *Wahrheit* das verstanden, was sie selbst erfahren, gerochen, berührt hatten? Gut. Céline hatte zwei Kriege erlebt, war Soldat gewesen, Arzt, und war festgenommen worden, weil er antisemitische Pamphlete verbreitet hatte. Sein Leben bot Nahrung für seine Bücher. Henry Miller saß zu Hause, während vor seinem Fenster die Stadt brodelte, er litt, vögelte, bekam Gonorrhöe – er sagte Tripper dazu – und schrieb. Das Leben, das Leben. Oder Proust und Thomas Mann. Ein Klopfen an der Tür riß ihn aus seinen Gedanken, er sah verärgert auf die Uhr, das würde doch nicht Jutta sein, dann wäre es vorbei mit Nachdenken. Aber nein, es war noch zu früh; als er öffnete, stand der Hoteljunge vor ihm und überreichte ihm zwei Sixpacks seines geliebten Biers. Er machte eines auf, leerte das Whiskyfläschchen und setzte sich wieder, bei ausgeschaltetem Licht, denn, so seine Überzeugung, bei dämmriger Atmosphäre ließ es sich am besten nachdenken.

Der erste Schluck, eiskalt und schaumig, schon waren seine Gehirnzellen stimuliert. Er dachte an Salgari und Jules Verne: Sie lebten nicht, sie stellten sich das Leben vor. Was in ihren Büchern steht, fußt nicht auf eigenen Erlebnissen oder konkreten Erfahrungen. Aber ist das, was ausschließlich aus unseren Gedanken, aus unserer Vorstellungskraft rührt, nicht auch Erfahrung? Hier lag der Kern des Problems. Die Träume, die Ideen, die nächtlichen Grübeleien, denen der Mensch sich hingibt, um die Sprödheit des Lebens zu ertragen, sind sie nicht vielleicht auch real? Gisbert war in seinem Element, schließlich hatte sich auch sein Leben zwischen Büchern abgespielt. Seine skoliosegeschädigte Wirbelsäule hatte die Form einer über Bücher gebeugten Gestalt. Seine Augen waren an Leseleuchten und die angenehme Dämmrigkeit von Lesesälen angepaßt. Er lebte in seinem Gehirn eingeschlossen wie in einem türenlosen Haus mit nur zwei kleinen Balkonen, von denen aus man auf die Straße blicken kann, ohne mit ihr Kontakt aufzunehmen. Das Knacken des Dosenverschlusses und der Schaumspritzer auf seinem Hemd stifteten ihn zu dem Gedanken an, daß das mondäne Leben vielleicht doch seinen Reiz besaß. Warum nicht? Es ist seltsam, sagte er sich. Seine Fußballeidenschaft – eine schmerzliche Kindheitserinnerung – bereitete ihm größtes Vergnügen, was in seinen Augen die Bestätigung lieferte, daß es keineswegs schlecht war, sich hin und wieder die Füße mit Schlamm zu beschmutzen, auch wenn man sich zu Höherem geboren sah. Auch Camus spielte Fußball, und einmal hatte er erklärt, das größte, was ihm im Leben gelungen sei, sei ein Freistoßtor gewesen. Vielleicht, dachte Klauss, fehlte seinem Organigramm mehr Zugang zum wirklichen Leben. Wäre er wie Loti in der Lage, ein Tagebuch zu schreiben? Zu diesem Thema fiel ihm etwas ein. Es war eine Klassifizierung der menschlichen Charaktere des französischen Psychologen René Lésaine. Er unterschied in drei Typen: nervöse, sentimentale und leidenschaftliche, und diese wiederum waren in aktive und passive unterteilt. Nach Lésaine wäre der Tagebuchschreiber das natürliche Ergebnis des »nervösen Passiven«. Er hatte noch nie darüber nachgedacht, aber vermutlich würde sein Tagebuch letztlich ein Notizbuch voller Ideen, Abstraktionen und Konzepte, im Stil von Withold Gombrowicz. Er sollte es einmal ausprobieren. Das wäre ein interessantes Experiment. Aber wie? Lotis Seiten, dessen Schrift in dem Dämmerlicht kaum zu entziffern war, hatten ihn angestachelt. Vielleicht war mit seinen sechsundsechzig Jahren der rechte Zeitpunkt gekommen, um seinem Leben noch einmal einen Kick zu geben. »Das Leben, das Leben, Herr Professor, was weißt du schon vom Leben?« schrie weiter in seinem Kopf diese ohrenbetäubende Stimme, ein Kobold, ein nervöser Jiminy Grille, der immer dann vorlaut wurde, wenn der Alkohol die Abgründe hinter seinem Intellekt sichtbar machte.

Kurz darauf ging die Tür auf, und der Lichtschwall spülte Jutta in die Mitte des Zimmers. Sie hatte erhitzte Wangen.

»Du hast eine sehr unterhaltsame Aufführung verpaßt, Herr Professor«, sagte sie vorsichtig. »Ich hoffe, du hast nicht zuviel getrunken.«

»Wir fahren morgen zurück nach Hamburg, meine Liebe«, gab er, ohne sie anzusehen, zurück. »Ich muß Vorbereitungen für eine Reise treffen.«

Sie sah ihn überrascht an.

»Eine Reise …?«
»Ja, du hast richtig gehört.«
»Aber … wohin denn?«
»Nach Peking.«

4 *Ein Mann, versteckt in einem Schuppen (II)*

Gestern abend hörte ich Geräusche aus dem finsteren Teil des Schuppens, woraufhin ich beschloß, die Tüte unter meinem Gewand zu verstecken. Erst dann fand ich ein wenig Schlaf. Das Problem ist, daß jeder mein Feind sein kann. Er hat für mich kein Gesicht. Es kann dieser oder jener sein – das sage ich jetzt so dahin, denn eigentlich bekomme ich hier gar niemanden zu Gesicht. Die Mitglieder der Sekte – sie nennt sich *Die Weiße Lilie* –, die um jeden Preis das, was ich verstecke, finden sollen, sind vollkommen unauffällige Menschen. Büroangestellte, Taxifahrer, Friseure, sogar Funktionäre der Kommunistischen Partei. Jeder kann es sein, das macht meinen Feind unsichtbar. Macht ihn zu Luft. Es ist, als würde man gegen ein Abstraktum kämpfen. Gegen das Böse an und für sich, zum Beispiel. Das Böse, das in uns hinein- und wieder hinausgeht, das zerstört und zersetzt, was wir sind, was wir sein wollen, und das manchmal, nur manchmal, ein primitiver Impuls ist, der uns Kraft gibt. Warum gibt es das Böse? Darauf weiß ich keine Antwort, denn als bescheidener Diener Gottes respektiere ich die Mysterien – und das ist auch des Rätsels Lösung: Ich bin ein Priester und trage die Soutane. In der Einsamkeit meines Verstecks war meine einzige Beschäftigung, dieses Gebet zu schreiben:

Gebet des gefangenen Priesters

Gott, hier in meiner Einsamkeit,
allein, umringt von Stille,
will ich Dir eine Frage stellen.

Eine einfache Frage,
bescheiden,
wie ich es bin,
ich demütiger Mensch.
Meine Frage lautet:
Warum hast Du das Böse geschaffen?
Ich meine damit,
und verzeih mir meine Unbedarftheit:
Wenn es in Deinen Händen lag, es zu erschaffen oder nicht,
warum hast Du es getan?
Das soll kein Urteil sein, nein,
mein Gott, wie käme ich dazu.
Ich begreife es nur nicht,
und meine Einsamkeit, so dachte ich,
gibt mir Gelegenheit,
Dich danach zu fragen.
Ich gelobe, was Du mir sagst,
bleibt unter uns.
Wie sehr würde es mich beglücken,
eine Antwort zu bekommen.
Ich habe es nicht eilig.
Meine Feinde
haben mich noch nicht gefunden.

Es mag etwas paranoid sein, aber ich habe beschlossen, die Tüte auch tagsüber unter meinem Gewand zu verstecken. So ist sie näher bei mir und Fleisch von meinem Fleisch.

Ich weiß nicht, aus wessen Feder das Manuskript stammt, ich weiß nur, daß die Sektenmitglieder es verehren. Neben ihren buddhistischen Grundlagen und Ritualen bildet es den Kern ihrer Lehre. Darum suchen sie so fieberhaft danach. Sie haben es vor hundert Jahren verloren, als sie fast ausgelöscht wurden und ihre Führer in blutigen Schlachten fielen. Ich kenne die Geschichte nicht sehr gut, denn ich bin erst kurze Zeit hier; ich weiß nur, daß sie sich damals »Geheimgesellschaft der Gerechten und Harmonischen Fäuste« nannten, später wurden sie unter dem Namen Boxer bekannt. Es ist keineswegs außergewöhnlich, daß sie die Verse eines Dichters verehren. Bei dieser Art Gruppierungen ist das häufig so. Die Caodaisten in Vietnam verehren Victor Hugo, und eine Geheimgesellschaft in Südkorea betet den Ökonomen und Spekulanten George Soros an.

Wie ich habe sagen hören, würden sie die Jahrtausendwende gerne mit der Wiederbeschaffung des Manuskripts begehen, wovon sie sich neuen Zulauf zu ihrer Sekte versprechen. Jahrelang glaubten sie den Text verloren, bis sie kürzlich durch eine kleine Unvorsichtigkeit von seiner Existenz erfuhren. Es war einer jener dummen Zufälle, die in der Geschichte teuer bezahlt werden. Das Manuskript schlummerte vergessen in der Bibliothek der Katholischen Französischen Kirche, hier in Peking, wo es während des Neubaus der Französischen Botschaft ausgelagert worden war. Warum hatte sich dieser Text überhaupt in der ehemaligen französischen Vertretung befunden? Ich weiß es nicht mehr. Jedenfalls hatte es dort in einem der verstaubten Archive gelegen und war später in diese Kirche geschafft worden. Wie gesagt, es war wirklich ein dummer Zufall: Eine junge Frau, eine Philologiestudentin, suchte Informationen über die Geschichte der Missionierung und ließ sich von einem Assistenten ins Archiv führen. Dort brachten sie ein paar Stunden zu, und anschließend gingen sie ins Refektorium, um etwas zu trinken. Dort sagte die junge Frau, daß in dem Archiv erstaunliche Funde zu machen seien, und erwähnte unter anderem das Manuskript – meinen jetzigen Gefangenenwärter –, und im selben Augenblick kam ein Putzmann mit seinem Wischmop an ihrem Tisch vorbei. Als dieser den Titel des Manuskripts aufschnappte, kreischte er auf und beschuldigte den Hilfsbibliothekar, etwas Heiliges zu besitzen, das ihm nicht gehöre, dann floh er.

Als ich erfuhr, was geschehen war, hatte der Hilfsbibliothekar das Manuskript bereits vorsichtshalber aus dem Archiv entfernt;

ich berief unverzüglich die Kirchenvorstände ein, also die Herren Oslovski und Sun Chen, welche sich wiederum an die französische Botschaft wandten – schließlich gehörte ihr das Manuskript mit dem Titel *Weite Transparenzen der Luft* oder so ähnlich –, um sie über das Geschehene zu informieren. Dann ging alles sehr schnell: Man bat mich, erst einmal das Manuskript aufzubewahren, und brachte mich sicherheitshalber hierher.

Noch in derselben Nacht kam es zur Katastrophe. Vermummte drangen in die Kirche ein, brachen die Tür zum Archiv auf, fesselten die wachenden Mönche und machten sich auf die Suche nach dem Manuskript, sie warfen Regale um und zertrümmerten Schränke. Als sie es nicht fanden, knöpften sie sich den Hilfsbibliothekar vor, der in der Sakristei schlief, und befahlen ihm, das Manuskript herauszugeben oder ihnen zu sagen, wo sie es hingebracht hatten. Er sagte, daß er nichts wisse, bestätigte ihnen allerdings, daß man es aus dem Archiv fortgeschafft habe. Sie trieben ihm Spieße unter die Fingernägel. Sie stießen ihm eine Blechdose in den Anus und schütteten kochendes Wasser hinein. Wie durch ein Wunder ist er am Leben geblieben. Er sagte nichts, weil er nichts wußte. Um weitere Komplikationen zu vermeiden, beschloß Oslovski das einzig Vernünftige, das Manuskript in Gottes Namen dieser Sekte auszuhändigen, und als ich gerade mein Einverständnis dazu geben wollte, kam die Weisung aus Paris: »Nicht aushändigen. Wir schicken jemanden, der es aus Peking herausholt. *Tenez bon*!«

5 *Auch wenn es keine Peruaner mehr gibt, Poesie wird es immer geben*

Nelson Chouchén Otáloras Leben war voller Widersprüche: Er haßte die akademische Welt, zu der er selbst gehörte; er verabscheute Literaturkritiker, obwohl er selbst einer der angesehensten Hispanoamerikas war, und er verachtete die Poesie, die von allen literarischen Forschungsfeldern, die er reich mit Beiträgen bescherte – Lästermäuler sprachen von Logorrhöe – sein stärkstes war. Nelson wurde vor 45 Jahren in Cuzco geboren, der Hauptstadt der Inkas und des Vizekönigreichs, und hatte eine beispielhafte Karriere gemacht: Student der Philologie an der San-Marcos-Universität, dort Auszeichnung für seine Monografie über die *Peruanischen Traditionen* von Ricardo Palma, anschließend Promotion in Austin mit einer Arbeit über den peruanischen Surrealismus – *Salazar Bondy revisited* –, erfolgreicher Autor zahlloser Artikel, darunter besonders zu erwähnen *South/Deep/ Incarian Poetry* und die Untersuchung *The »Cholo« and the »Blanquiñoso« in the Peruvian Contemporary Narrative,* mit der er endgültig den Olymp der Hispanistik in den Vereinigten Staaten erklommen hatte.

Mit den Jahren war Nelson ein in sich ruhender, selbstbewußter Intellektueller geworden, der sich auf seinem Lehrstuhl an der Austin University den Hintern breitsaß, er war im reinen mit sich und seinen Widersprüchen, die er sogar als belebend empfand, er stand über den Dingen, und vor allem über der bei Andenbewohnern so verbreiteten Krankheit namens Heimweh. Ihm machte Peru nicht wie vielen anderen Peruanern – etwa César Vallejo – das Herz schwer, seine einzige Bindung an dieses »unglückselige

Land«, wie er es nannte, war sein suchtartiger Konsum der Limonade *Inca-Kola,* von der er drei Liter täglich trank, den letzten zum Ausklang des Tages mit einigen harmlosen Spritzern Tanqueray Gin, das schmeckte köstlich und beschwingte das Gemüt.

Das literarische Werk Nelson Chouchén Otáloras hatte bereits, um es mit Borges zu sagen, die »hohe Ehre, gedruckt zu werden«, erhalten, wenn auch bislang nur in vom Autor – also von ihm selbst – bezahlten Ausgaben und dem einen oder anderen Universitätssammelband. Mit einer Erzählung über das Inkareich, *Atahualpas letzte Feder,* gewann er den Kurzgeschichtenwettbewerb der Zeitschrift *Caretas,* und mit diesem Text wurde er in einigen Anthologien in die Riege seiner Schriftstellerkollegen aufgenommen. Seine sechs Romane, *Der Blick nach Westen, Die Geschichte des Minenarbeiters Atahualpa, Darf's noch ein Pisco sour sein?, Lima mit Limone, Die Nachtigall von Apurímac* und *Cuzco Blues,* waren bereits im Exil entstanden und in einigen spanischen Zeitschriften aus Miami und Los Angeles wohlwollend besprochen worden – meist stammten die Artikel von Bekannten, in einem Fall sogar von ihm selbst. Sein lyrisches Werk, von dessen sieben Titeln *Tagesanbruch in Cuzco, Steine/Wasser/Schlamm* und *Die Standhaftigkeit der Candelaria Limón* hervorzuheben sind, wurde – auf Empfehlung ihm verbundener Professoren – in vielen Seminaren zur lateinamerikanischen Lyrik gelesen und machte ihm Poetensen nord- wie südamerikanischer Herkunft gefügig, die erst seine lyrische Performance und Lucho-Gatica-Stimme bewunderten und dann dem Charme seines indianisch-asiatischen Gesichts erlagen.

Doch wie nicht anders zu erwarten, genügte das Nelson nicht. Er wollte als Romancier des lateinamerikanischen Booms anerkannt werden, er wünschte sich nichts sehnlicher, als sich in goldenen Lettern in einer Reihe mit den großen Namen stehen zu sehen: Vargas Llosa, Cortázar, García Márquez, Cabrera Infante, Fuentes und Chouchén Otálora …! Daß die Zeit des Booms längst vorbei und Julio Cortázar gestorben war, hinderte ihn nicht daran, sich in seinem Arbeitszimmer oder in dem vor sich hin schuckelnden Zug zur Universität in die Vergangenheit zu träumen, er sah sich, wie er in Barcelona im Haus des Verlegers Carlos Barral mit García Márquez, Vargas Llosa und Donoso einen wichtigen Literaturpreis feierte, und er sah sich auf Fotos mit Neruda und Carlos Fuentes. Manchmal erfand er, angestiftet von einigen Pisco Sours, Telefongespräche mit Julio Cortázar, in denen der Autor von *Rayuela – Himmel und Hölle* ihn zu sich nach Hause einlud:

»Nelson, willst du nicht über Ostern in mein Häuschen in Saignon kommen?« sagte Julio Cortázar. »Octavio Paz und Marie José kommen auch. Ich habe ihnen versprochen, daß du auch dasein wirst. Sie wollen dich unbedingt kennenlernen. Octavio schreibt an einem Essay über deine Romane, er will ihn mit dir durchsprechen.«

»Ich weiß nicht, Julio«, antwortete Nelson. »Ich muß zu einer Vortragsreihe über meine Lyrik im *Instituto de Cooperación Iberoamericana* in Madrid und anschließend nach Kopenhagen, wo die dänische Ausgabe von *Cuzco Blues* vorgestellt wird. Du siehst, es ist ein bißchen schwierig.«

»Gut, Nelson«, beharrte Julio Cortázar, »dann komm wenigstens für ein paar Tage. Hier kannst du dich erholen, einen guten Bordeaux trinken und mit lieben Freunden zusammensein, reicht das nicht für einen alten *Cronopio* wie dich?«

Selbstverständlich machte Nelson vom Boom den großen Sprung zur Weltliteratur, und so bekam er imaginäre Anrufe von William Styron, der sich mit ihm unbedingt über seinen Roman *Another pisco sour, buddy?* austauschen wollte, der soeben in einer Startauflage von 100 000 und abgesegnet von der New Yorker Kritikerszene bei Viking Press erschienen war; Präsident François Mitterrand war so beeindruckt von den Antworten Chouchén Otáloras in Bernard Pivots Literatursendung *Apostrophes*, daß er ihn zu einem privaten Mittagessen in den Elysée-Palast einlud, und man munkelte, er wolle ihn zusammen mit Milan Kundera und Julio Cortázar zum Ritter der Ehrenlegion erheben. Und zu

Haus begrüßte ihn eine Nachricht von Susan Sontag auf dem Anrufbeantworter, die mit ihm und Salman Rushdie nächste Woche im *Four Season's* am New Yorker Central Park zum Mittagessen gehen wollte. Die Sontag sagte: »Salman rechnet mit deiner Unterstützung im Namen Lateinamerikas, Nelson, enttäusche ihn nicht!«

Von solchen Träumen gewiegt, schlief Nelson im Zug oder in seinem Arbeitszimmer ein, bis ihm die Wirklichkeit die Augen öffnete und er sehen mußte, daß die gesamte Tausenderauflage seiner Romane, die er hatte drucken lassen, bis auf wenige Exemplare in Plastikhüllen verpackt bei ihm zu Hause lagerte, denn jedesmal, wenn er in einer der drei spanischen Buchhandlungen Austins vorbeischaute – sie hatten sein Buch in Kommission genommen –, um sich zu erkundigen, ob er Exemplare nachliefern müsse, sagte man ihm dasselbe: »Nein, lieber Herr Professor, ich habe noch immer die zehn, die Sie mir gebracht haben.« Nur einmal empfing ihn der Buchhändler von *Cristóbal Colón* mit einer guten Nachricht: »Heute morgen haben wir einen *Cuzco Blues* verkauft, Doktor. Jemand hat danach gefragt.« Guten Mutes verließ Nelson das Geschäft, aber als er abends nach Hause kam, zerstob der Traum, denn seine Frau begrüßte ihn mit den Worten: »Wo zum Teufel hast du deine Bücher hingeschafft? Ich wollte doch Tante Gertrudis eines schenken, aber ich habe sie nirgendwo gefunden, ich mußte es wohl oder übel kaufen, aber, was wolltest du mir eigentlich erzählen?« »Nichts«, antwortete Nelson, »nichts.«

Nur was die Präsenz in nordamerikanischen Universitätsbibliotheken anging, zog er mit den von ihm bewunderten – und manchmal auch gehaßten – Autoren des Booms gleich. In den Bibliographien waren die Kärtchen aller seiner Bücher unter Ch oder unter O und manchmal auch unter beiden Buchstaben zu finden, denn Nelson spendete seine druckfrischen Bücher immer großzügig den Bibliotheken in den Vereinigten Staaten und anderen Ländern, zu denen er Kontakte besaß. Zusammen mit den

Empfehlungen, die *seine* Professoren den Studenten gaben, würde er sich auf diese Weise früher oder später einen Namen machen, wenn ihm das Schicksal nicht schon eher zulächelte, denn alljährlich reichte er pünktlich seine Manuskripte bei den wichtigsten spanischen Literaturpreisen ein, und erst an zweiter Stelle in Lateinamerika. Damals war die Lage nicht anders als vor dem Boom, und um als lateinamerikanischer Autor etwas zu gelten, mußte man erst in Spanien bekannt werden.

Und so schloß er sich mindestens einmal pro Trimester mit einer Flasche Pisco ein, um die Beratungen der Jurys abzuwarten, die in den letzten fünfzehn Jahren seinen Büchern leider nicht die gebührliche Aufmerksamkeit geschenkt hatten. Nelson setzte die Flasche an den Mund und träumte von den Worten, die er an die Presse richten würde, feilte an seiner Rede, die er auswendig wußte und die mit den Worten begann:

»Ein Preis ist ein Akt der Großzügigkeit, er bedeutet größere Ehre dem, der ihn gespendet hat, als dem, der ihn empfängt, darum möchte ich heute abend den Mitgliedern der Jury gratulieren und danken, und besonders den Organisatoren ...«

Aber es geschah immer dasselbe: nichts. Es passierte nichts. Nie bekam er den glückverheißenden Anruf, nie drang von weit her eine Stimme zu ihm, die nach ihm verlangte: »Ist Nelson Chouchén zu sprechen? Ich rufe vom Verlag soundso an.« Das Telefon, das er sich auf den Schoß gestellt hatte, gab keinen Ton von sich; ein einziges Mal klingelte es, jemand hatte sich verwählt, und Nelson blieb fast das Herz stehen. Gekränkt schickte er den Anrufer zum Teufel und warf den Telefonapparat an die Wand.

Um so eifriger sammelte er die Absagebriefe, die sämtliche spanischen – und einige lateinamerikanischen Verlagshäuser ihm für jedes seiner Bücher geschickt hatten, denn er verfolgte den hämischen Plan, sie irgendwann, wenn er berühmt geworden war, ans Licht zu bringen. »Sehr geehrter Autor, unsere Lektoren legen uns nahe, Ihre Entwicklung aufmerksam zu beobachten, dennoch sind wir zu dem Schluß gekommen, daß Ihr Werk nicht in unsere

Programmreihe paßt.« »Wir erkennen in Ihrem Text gelungene Passagen und das Streben nach einem eigenen Stil, trotzdem möchten wir ein weiteres Buch von Ihnen abwarten.« Jedesmal, wenn so ein Brief bei ihm eintraf, machte er daraus ein Ereignis. Er öffnete ihn nicht sofort, sondern wartete bis zum Abend und traf sich mit ein paar befreundeten Professoren auf ein Gläschen – alle Lateinamerikaner und alle wie er Schriftsteller oder Dichter, die noch keinen Verlag gefunden hatten –, um den geschlossenen Umschlag herumzuzeigen und die Phantasie spielen zu lassen. Nachdem sie einiges gebechert hatten, rückte der Höhepunkt näher, und Nelson wählte einen Freund aus, der den Brief vorlesen sollte:

»Verdammte Hacke, du wirst berühmt werden ...«, sagte er zu dem Auserwählten. »Das kannst du noch deinen Enkeln erzählen: ›Ich habe Nelson Chouchén Otálora den Brief vorgelesen, in dem man seinen ersten Roman gekauft hat‹.«

Der Betroffene kippte noch ein Glas, um die Kehle zu putzen, blickte feierlich in die Runde und las vor: »Vielen Dank, daß Sie uns Ihr drittes Manuskript geschickt haben, leider müssen wir Ihnen jedoch mitteilen, daß unsere Lektoren sich nicht entscheiden konnten ...«

Von diesem Augenblick an bis zur Sperrstunde des Lokals zogen Chouchén Otálora und seine Freunde über die marktwirtschaftlichen Kriterien der Verlagshäuser her, über Philistertum und Arroganz der Verleger, über die Gefügigkeit ihrer Autoren, die sich den Marktgesetzen zuliebe prostituierten und schuld daran waren, daß die echte Literatur – welche sie schrieben – verachtet, geringgeschätzt wurde, das ging so lange, bis einer von ihnen, zum Beispiel Nelson, die letzten des bei dem betreffenden Verlag erschienenen Titel in Erinnerung rief, was für neuen Zündstoff sorgte, denn nun konnte man jedes Buch zerpflücken und mit so freundlichen Attributen wie »sprachverhunzend« oder »altbacken« bedenken. Zur Sperrstunde hin, wenn Nelson den Brief bereits sorgfältig zusammengefaltet und zur Überführung in sein

Archiv weggesteckt hatte, kam das Gespräch auf Edgar Allan Poe, der wie sie nie die Gunst der Verlage genossen hatte; auf Baudelaire, der, wäre er nicht Adliger gewesen, verhungert wäre; auf Malcolm Lowry, der trotz der Absagen von den Verlegern zehn Jahre an einem Buch schrieb; auf den unglücklichen Kafka, und so beruhigten sich irgendwann die Gemüter, und Chouchén Otálora und seine Freunde machten sich auf den Heimweg, es sei denn, zu später Stunde ging unserem Autor mit seinem vom Alkohol glühenden, aparten Gesicht noch irgendeine Studentin oder Bardame ins Netz.

Und mit eben diesem chinesisch anmutenden Gesicht hat es auch zu tun, daß Nelson in diese Geschichte gehört. Chouchén ist eine Peruanisierung von Shou-shen und der Nachname seines Großvaters, der als junger Mann im Februar 1901 aus China nach Peru emigrierte, an Bord eines Handelsschiffs, das von Kanton aus über Hongkong, Manila und Neu Guinea Kurs auf Callao, den Hafen Limas, nahm. Der Großpapa mit Vornamen Hu nannte sich Juan Chouchén und siedelte nach ein paar Monaten von Lima nach Cuzco um, denn in der Hauptstadt gab es für einen neu angekommenen chinesischen Bauern nicht viel zu holen. Da war noch ein weiterer Grund, denn Hu beziehungsweise Juan hatte zwar seine Jugendjahre in Peking verbracht, stammte eigentlich aber aus Lijiang, einer Stadt in der Provinz Hunan oben in den Bergen, die in ihrem Baustil über die weite Entfernung hinweg etwas mit Cuzco gemeinsam hatte, die Lehmhütten und die Art der Pflasterung in einigen Straßen. Das genügte ihm: Juan Chouchén fühlte sich in Cuzco wohl, weil es ihn an Lijiang erinnerte, er blieb dort, erwarb ein Stück Grund in der Nähe der Stadt und säte Mais. Nach einiger Zeit heiratete er eine Indiofrau und bekam einen Sohn. Sechzig Jahre später wurde sein Enkel geboren. Nelson lächelte stolz, wenn er sich auf der Terrasse der Universitätsbibliothek an die Brüstung lehnte und auf den langen und dornigen Weg seiner Sippe zurückblickte. Ein glänzender Aufstieg, sagte er sich, denn wie hätte dieser arme Emigrant, Hu Shou-shen, ahnen sollen, daß sein Enkel, sein einziger Enkel, Sohn armer Bauern, Amerika erobern und womöglich auch noch in die Literaturgeschichte Einzug halten sollte. Die Hinterlassenschaft dieses Familienstrangs bestand aus einer kleinen Truhe voller Briefe und Papiere des Großvaters, die Nelson wie einen Schatz hütete, sich aber noch nie genauer angesehen hatte, obwohl jede der in der Mehrzahl auf chinesisch geschriebenen Seiten von Juan Chouchén ins Spanische übersetzt worden war, vielleicht mit dem insgeheimen Wunsch, einer seiner Nachkommen möge die Spur zu den Ursprüngen der Familie verfolgen.

»Ich wollte Amerika erobern, doch Amerika hat mich erobert«, schrieb Nelson in einem seiner Gedichte und paraphrasierte damit, nahe am Plagiat, eine Zeile des Dichters William Ospina, die da heißt: »Ich wollte den Urwald erobern, doch der Urwald hat mich erobert.« Aber Chouchén war Pragmatiker und hielt sich mit solchen Petitessen nicht auf. Aus dieser Gedichtzeile, die so gut wie von ihm war, sprach seine tiefe Überzeugung, niemals nach Peru zurückzukehren, denn er haßte den dort grassierenden Rassismus, diesen dumpfen Minderwertigkeitskomplex, der sich bei ihm als lästige Paranoia niederschlug, denn immer, wenn irgendwo jemand lachte, glaubte er sofort, dieser jemand mache sich über ihn lustig, vor allem, wenn dieser jemand ein Weißer war, und wenn die Weißhäuter, wie er sie nannte, gar in Gruppen auftraten, war es gar nicht mehr auszuhalten, dagegen hatten auch die achtzig Stunden Psychoanalyse nichts ausrichten können.

Da die Welt voller Neider war, war Nelson Chouchén ein ständiges Angriffsziel seiner Kollegen an der Universität. Sein erbittertster Feind hieß Norberto Flores Armiño, ein Paraguayer, Professor an der Cornell University, und ihr Zwist gründete sich darauf, daß beide, Norberto und Nelson, sich mit denselben Themen befaßten. Beide hatten über den indigenen Roman geforscht, beide hatten erschöpfende soziohistorische Interpretationen über Alcides Arguedas, Ciro Alegría und Miguel Ángel Asturias geschrieben; in denselben Jahren kamen sie auf die Lehre Lacans, und schließlich, zu beider Unglück, öffneten sie sich beide der Psychokritik und Hypertextualität. Ständig gerieten sie aneinander, da die Publikationsreihen der Universitäten, auf die sie angewiesen waren, um Punkte für ihre Lebensläufe zu sammeln, sich entscheiden mußten: entweder der eine oder der andere. Selbiges galt auch für Kongresse und Fachtagungen über Themen, die sie beide behandelten.

Norberto Flores Armiño hatte den offenen Kampf eröffnet, als er einen Artikel Nelsons über Miguel Ángel Asturias mit folgenden Sätzen verriß:

»Ich kann nur meiner Verwunderung Ausdruck verleihen und sehe mich zu der Vermutung veranlaßt, daß mein geschätzter Kollege aus Austin, Nelson Chouchén, das Konzept der »kognitiven Verbannung‹ mißgedeutet hat, wenn er es aus seiner Lektüre von *Maismenschen* ableitet, doch angesichts seiner ansonsten unbestrittenen fachlichen Kompetenz bin ich geneigt zu glauben, daß es sich um ein Versehen handelt, denn hier liegt ganz eindeutig eine »epithetische Paronomasie‹ vor.«

Als Nelson das las, packte ihn die Wut:

»Was glaubt dieses Würstchen eigentlich?« brüllte er und setzte sich kochend vor Wut an den Computer. »Eine reinwürgen willst du mir? Du wirst schon noch begreifen, mit wem du dich angelegt hast, du Dummkopf. Troja soll brennen!«

Und so begann er Krieg, denn in dem Artikel, den Chouchén gerade über die Poetik des Raums in *Trink mein Blut, trink meine Tränen* schrieb, setzte er nun zur Gegenoffensive an:

»So sehr sich einige meiner Kollegen, darunter der von mir bewunderte Flores Armiño aus Cornell, auf einen methodischen Ansatz versteift zu haben scheinen und noch in jedem Klappentext eine »epithetische Paronomasie« sehen, handelt es sich hier ganz offensichtlich um ...«

Auf diese Weise entstand eine zweigeteilte Landkarte der Universitäten in den Vereinigten Staaten: Die einen luden Chouchén

Otálora auf ihre Tagungen ein, die anderen Flores Armiño. Chouchéns Nachteil war, daß er zusätzlich Literatur schrieb, was den Angriffen Flores Armiños eine offene Flanke bot, ebenso dessen jugendlichem Gefolge aus angehenden Professoren und nach den Sternen greifenden Nachwuchsgenies, die, wenn es nötig gewesen wäre, mit Messern auf die Leute Chouchéns losgegangen wären, denn sie hatten bereits begriffen, daß man – um von der Karriereleiter nicht abzurutschen –, bei jeder Fehde, die die akademische weite Welt erschütterte, Farbe bekennen mußte.

Einmal schrieb der Ecuadorianer Lorenzo Pons Estévez, einer der mutigsten Kämpfer aus dem Lager Flores Armiños, folgende Kritik über Cuzco Blues, den sechsten Roman von Chouchén Otálora:

»Selbst wenn José María Arguedes während eines Schluckaufanfalls geschrieben hätte, hätte er nichts entfernt so Lachhaftes zustande gebracht wie Professor Chouchén Otálora mit seinem Text, in dem trotz der vielen Schwächen und ärgerlichen Orthographiefehler eine schenkelklopfende Launigkeit auf plastischste Weise vermittelt wird, die zweifelsohne typisch ist für diese, dem Autor allzugut bekannte Weltgegend.«

Pons Estévez' Besprechung erschien in der Trisemester-Zeitschrift der Universität Chicago, und als die Nummer auf Chouchén Otáloras Schreibtisch flatterte, trommelte dieser wutentbrannt sein Fußvolk zusammen und holte zu einem gewaltigen Gegenschlag aus.

»Wir werden diesen Schwachköpfen das Fürchten beibringen.«

Der Plan sah vor, Flores Armiños E-Mail-Account an der Cornell University zu knacken und von dort aus eine gefälschte Mail an Pons Estévez abzuschicken, anschließend sollte die Mail wie durch ein Versehen an sämtliche Internetforen der Universität und damit an sämtliche Philologische Institute der Vereinigten Staaten gelangen. Drei Tage darauf gelang es ihnen mit Hilfe eines geschickten Hackers, folgenden Text in das System einzuschleusen:

Von: floresarmiño@cornell.edu.com
An: ponsestevez@unichicago.edu.net

Lieber Loló:
Du bist in letzter Zeit so ausweichend. Hab ich irgendwas falsch gemacht? Ach, süßer Schnuck, Du bist aber auch empfindlich. Wer weiß, was sie Dir über mich erzählt haben, und vielleicht stimmt's auch noch. Nein, Unsinn. Komm doch am Wochenende, und alles wird gut. Sei nicht böse, mein Herz. Du sollst meine Rosette haben, rot wie eine Mohnblume, versprochen, und ich bring einen süßen Studenten mit, der ist total schwul und hat einen Schwanz wie ein heißgelaufener Maschinenkolben.

Sag mir, daß Du kommst. Bitte.
Love, Norby

Der Skandal war unbeschreiblich. Norberto Flores Armiño wurde ins Rektorat von Cornell gerufen und aufgefordert, eine schriftliche Erklärung über das Geschehene abzugeben. Nicht anders erging es Lorenzo Pons Estévez in Chicago, nur kam bei ihm erschwerend hinzu, daß er ein außerordentlicher Professor war und sein Vertrag damit zum Ende des Trimesters problemlos aufgelöst werden konnte. Aus der Sicht des Rektorats war das Problem nicht die sexuelle Neigung der beiden Professoren, sondern daß sie selbige mit Studenten auslebten. Darum hörte sich ein Disziplinargericht an, was beide zu sagen hatten – Flores Armiño beispielsweise versicherte, noch nie das Wort ›Rosette‹ gebraucht zu haben –, und beauftragte den Webmaster der Universität von Cornell zu prüfen, ob es stimme, wie die Beschuldigten beibrachten, daß diese Zeilen ein perverser Hacker geschrieben habe. Die Untersuchung dauerte mehrere Wochen, während der sie im Unklaren gelassen wurden, doch das Ergebnis war nicht eindeutig. Die Sache war unlösbar, weil die Codes des Accounts offenbar nicht aufgebrochen worden waren. Schließlich erklärte ein Informatikspezialist, es sei durchaus möglich, daß sich ein unsichtbarer Hacker eingeschleust habe. Vielleicht, vielleicht auch nicht.

Dieser Zweifel rettete ihnen den Kopf, aber auch nachdem von den Rektoraten der Freispruch kam – man hatte auch unter der Studentenschaft ermittelt –, blieben sie beliebte Ziele von Spott und Hohn. Einmal rief jemand in den Universitätsgängen Flores Armiño »Norby!« nach, und Hunderte von Studenten brachen in ein Gelächter aus, daß der Professor fast einen Herzinfarkt erlitten hätte. Aber am schlimmsten war es zu Beginn des neuen Trimesters, als eine Gruppe Aktivisten der Vereinigung He-Men, die für die Rechte homosexueller Studenten eintrat, sich mit Transparenten vor das Rektoratsgebäude in Cornell stellte: »Lorenzo und Norberto, wir halten zu Euch!« stand auf einem Spruchbanner. Ein anderes lautete: »Thelma & Louise / Loló & Norby. You are alive!«

Flores Armiño wußte, daß hinter dem ganzen Ärger sein Erzrivale Nelson Chouchén stand, dieses »elende Schlitzauge«, wie er ihn insgeheim nannte. Aber er konnte ihn nicht direkt angreifen, denn das hätte nur seine eigenen Gemeinheiten ans Licht gebracht. Also beschloß er, in aller Ruhe auf Rache zu sinnen. Ein paar Monate zu warten machte nichts. Irgend etwas würde sich schon bieten.

Nelson Chouchén hingegen vergaß die Angelegenheit nach und nach, als sich die Wogen glätteten und Flores Armiño nichts von sich hören ließ, und als der Frühling kam, verwandte er seine freie Zeit darauf, an einem Versepos über die Entführung Atahualpas zu arbeiten, allein an seinem Computer zu spielen und vor allem die Gedichte Emily Dickinsons und William Carlos Williams auswendig zu lernen, um sie einer puertoricanischen Studentin namens Darcy vortragen zu können, einer wuschelhaarigen Schwarzen mit Prachtarsch, in die er sich verguckt hatte.

Wie immer im Leben des Universitätsprofessors siegte die Leidenschaft über die Lyrik, und eines Abends, nach einem Privatvortrag in *Harvey's Pub*, gelang es Nelson annäherungsweise, sein Vorhaben in die Tat umzusetzen. Als sie ziemlich viel getrunken und sich schon zum Abschied die Hände und ziemlich viele Küßchen gegeben hatten, erreichte er, daß die Puertoricanerin ihn in ihr Zimmer in einem düsteren Studentenwohnheim einlud. Während sie kurz ins Bad zum Pinkeln verschwand und er dem Plätschern zuhörte, überflog er aus reiner Neugierde die Bücher, die das Mädchen auf dem Nachttisch liegen hatte. Eines ließ ihn aufmerken: *Spiel mit dem Feuer* von Wang Shou. Er schlug die erste Seite auf und fing an zu lesen, und während er noch den Schwindel des Alkohols bekämpfte, kam auf einmal die Puertoricanerin aus dem Bad und warf sich auf ihn. Das Buch rutschte, wie bei Paolo und Francesca in Dantes *Göttliche Komödie*, auf den Teppich. Sie wälzten sich herum. Einmal lag sie auf, einmal unter seinem Körper, sie knutschte ihn ab, kreischte: Papi, ich komme, ja, Papacito, ja, so, komm, sie blies ihm einen, biß ihm in die Eier, packte einen seiner Finger, benetzte ihn mit Spucke und steckte ihn sich in den Arsch, sie bohrte ihm die Zunge ins Ohr, nuckelte an seinen Brustwarzen, in den Achselhöhlen, lutschte an seinen Zehen, biß ihm in den Bauch, sagte, tu mir weh, Professorchen, ich bin deine Sklavin, stoß mich, Papi, ja so, wow, tut das weh, vögel mich, fick mich, ich bin total verdorben, ramm ihn mir in den Arsch, mein Gebieter, *put your load on me*, aber nach kurzer Zeit gab sich Nelson, gebadet in Spucke und Schweiß, geschlagen und zündete sich eine Zigarette an.

»Entschuldige«, sagte er. »Ich habe zuviel getrunken.«

»Ach, Papi, gefall' ich dir etwa nicht?«

»Aber nein, Dummerchen. Das passiert mir, wenn ich trinke. Das nächste Mal wirst du schon sehen.«

Irgendwann schlief Darcy ein, und Nelson hob das Buch vom Boden auf. Wang Shou war ein chinesischer Romanschriftsteller, von dem er noch nie gehört hatte, er nahm seine Lektüre wieder auf und dachte, daß er eigentlich noch nie ein Werk aus diesem fernen, geheimnisvollen Land gelesen hatte, das irgendwie auch seines war. Die Geschichte spielte in Peking in den achtziger Jahren, der Protagonist war ein junger Draufgänger.

Nelson Chouchén las bis sechs Uhr morgens mit einer Besessenheit wie seit seinen Jugendjahren in Lima nicht mehr, als er in den Cafés der Avenida Chiclayo die Erzählungen Julio Ramón Ribeyros verschlungen hatte. Dann stand er vorsichtig auf, suchte seine Kleider zusammen und trug sie auf Zehenspitzen ins Bad, wo er sich möglichst lautlos anzog. Bevor er ging, warf er noch einen Blick auf Darcy, die nackt auf der Decke lag und schnarchte. »Mannometer«, sagte er und ließ seinen Blick zu ihrer Taille gleiten, »die sieht so harmlos aus, und dabei hat sie mich ganz schön dumm dastehen lassen!« Gleich würde ihn seine Frau im Gästehaus der Universität anrufen, denn auch wenn Nelson Chouchén nie über sie sprach und auch nicht mit ihr ausging, war er seit sechzehn Jahren verheiratet.

Seine Frau war Peruanerin und hieß Elsa Paredes. Zu Hause, wenn kein Besuch da war, sagte sie »mein Chinese« zu ihm und er »meine Indianerin« zu ihr. Sie liebte ihn, wie man sich in langen Ehen liebt: ohne recht zu wissen, warum, ohne sich viele Fragen zu stellen, ohne sich zu erinnern, daß dieser Brummbär, den sie nach jedem Mal, das er einen über den Durst getrunken hatte, mit Aspirin füttern mußte, damit er sie nicht weiter »Scheiß Indianerin« nannte, einmal ein Unbekannter gewesen war, der sie mit seinem ganzen Charme zum Tanzen aufgefordert hatte. Sie lebten in einem Einfamilienhaus in einem Ort vierzig Kilometer vor Austin, doch unter der Woche bewohnte Nelson eines der geräumigen, um nicht zu sagen luxuriösen Apartments, die die Universität für Gastprofessoren bereithielt. Dazu war er nicht berechtigt, aber der Verwalter dieser Wohnungen, ein gewisser Gary Russo italienischer Abstammung, war sein Kumpel, er ließ ihn einfach dort wohnen und nahm zum Dank dafür gerne Einladungen zu Kongressen an. Gary Russo vertrat nämlich eine Literaturwissenschaftsprofessur und eigenwillige Ansichten über die Werke Marcuses, Steiners und Derridas.

Wie es der Zufall wollte, mußte Nelson Chouchén an diesem Tag die Liste der geladenen Professoren für eine Fachtagung über Jorge Icaza zur Vorlage beim Rektorat fertigstellen. Die Ecuadorianer standen bereits fest, es waren drei: der Romancier Ramón Roncancio über Icazas Einfluß auf den modernen Roman; Crispín Rocafuerte, Dekan an der Universität in Cuenca, und Aristides Chivitá, Leiter des Kulturressorts bei der Zeitung *El Comercio*, aus Quito. Mit allen dreien wäre er dann quitt, denn Roncancio hatte vor Jahren dem Verlag El Conejo in Quito *Cuzco Blues* vorgeschlagen, und auch wenn es nicht geklappt hatte, stand er noch immer bei ihm in der Schuld – die kursierende Ausgabe von *Cuzco Blues* hatte er natürlich aus eigener Tasche bezahlt, auch wenn er das niemandem sagte, sie trug das Markenzeichen Campodónico, Lima. Der zweite auf der Liste, Crispín Rocafuerte, war ein alter Kumpel von ihm, der ihn vor zwei Jahren zu einem Literarischen Kolloquium an der Universität Cuenca zu dem Thema »Das andinische Universum und der Klassenkampf im Werk Manuel Scorzas« eingeladen hatte; außerdem veröffentlichte er im Jahresheft der Fakultät alles, was er ihm schickte. Aristides Chivitá schließlich kannte er nicht näher. Er schuldete ihm nichts, aber er wollte ihn sich heranziehen für den Fall, daß in Ecuador irgendwann eines seiner Bücher erscheinen würde. Mit ihm ins Gespräch zu kommen konnte nicht schaden.

Soweit war alles klar, die Einladung umfaßte Reise, Hotel, Spesen und Honorar – hinzu kam die Ehre, im Audimax einer amerikanischen Universität vorzutragen –, aber da waren noch sechs unbeschriebene Kästchen. Also zog Nelson die Schublade seines Schreibtischs auf und holte sein Notizheft heraus, in dem er alle Gefälligkeiten verzeichnete. Rasch überblätterte er die Seiten mit den »Schulden von anderen«, bei »Eigene Schulden« hielt er inne. Er erwog mehrere Möglichkeiten. Es wäre interessant, José Varela Reyes aus Paris IV., Sorbonne, zu gewinnen, sagte er sich, immerhin schuldete er diesem schlauen Hund schon zwei Gefallen, nicht eingerechnet die Zechabende und Nuttenbesuche, die er ihm bezahlt hatte. Aber José Varela Reyes war Mediävist. Was tun? Ihm ging ein Licht auf, und er schrieb sogleich eine Mail:

Von: condorpasa@yahoo.com
An: varelarey@wanadoo.fr

Verehrter Kollege,
altes Haus,
wie Du vielleicht weißt, rückt die Tagungswoche über das Werk Jorge Icazas näher. Natürlich weiß ich, daß das nicht gerade Dein Thema ist, aber ich frage mich, ob wir nicht dem Einfluß irgendeines mittelalterlichen Heldenepos auf Amerika nachgehen könnten, ich denke etwa an *Caballero im geborgten Frack.* Wenn Dir etwas einfällt, mein Guter, laß es mich wissen, dann setze ich Dich auf die Liste.

Gruß,
Prof. Nelson Chouchén Otálora

Unter »eigene Schulden« stand noch ein gewisser Guillaume Dupont von der Universität in Lyon, aber da die Franzosen auf diese Dinge nicht soviel geben, wollte er ihn eher nicht dazunehmen, er würde damit nur einen Platz verschwenden, noch dazu waren die Franzosen sterbenslangweilig, sie rauchten und tranken nicht und redeten den lieben langen Tag über Barthes und Bachelards *Poetik des Raums*. Da war noch ein spanischer Kritiker, Jesús Elías Cadena, ein unerbittlicher Kolumnist mehrerer hochangesehener Tageszeitungen Lateinamerikas und Spaniens und Edelfeder einiger erlesener Fachzeitschriften. Mit ihm ließe sich eine hübsche Karambolage über drei Banden spielen, denn sein Kollege Aristóteles Pacheco Triviño aus Boston hatte gerade einen Essay über die Figur der Mutter in den Volksliedern der peruanischen Kreolen verfaßt. Wenn Elías Cadena dem Professor aus Boston geneigt war, würde er zu der Tagung in Austin kommen, und das würde Pacheco Triviño auf das Konto »Schulden von anderen« verschieben, wo er ihn auch haben wollte, denn ihm war zu Gehör gekommen, daß er bereits an einem weiteren Buch über »die Bedeutung des Vaterlandstolzes« im lateinamerikanischen Gegenwartsroman arbeitete, und, so dachte Nelson Chouchén, er könnte doch ein Kapitel *Cuzco Blues* oder einem anderen Werk von ihm widmen oder gleich allen zusammen.

So ging das den ganzen Morgen, er überlegte hin und her, schrieb Namen auf und radierte sie wieder aus, verschickte E-Mails, bis er gegen Mittag eine endgültige Liste, versehen mit einigen wenigen Fragezeichen, ins reine schrieb.

Nachdem er gegessen und in seinem Apartment auf dem Sofa ein erquickliches Mittagschläfchen gehalten hatte, ging Nelson Chouchén in die Bibliothek, um nach weiteren Büchern des chinesischen Schriftstellers zu suchen, der ihn eine ganze Nacht bei der Stange gehalten hatte. Wie hieß er noch? Er suchte in seiner Hosentasche nach dem Zettel, richtig, Wang Shou. Er tippte den Namen ein, aber der Computer zeigte nur einen Eintrag an, und zwar das Buch, das er gelesen hatte. Also suchte er unter »chinesischer Gegenwartsroman«, woraufhin eine Reihe Namen erschien. Da er keinen davon kannte, wählte er auf Gutdünken einen aus: Liu Yan, *Der Schatten der blauen Lilie*. Er bestellte es und kehrte kurz darauf mit dem Buch unterm Arm in sein Büro zurück. An diesem Nachmittag hatte er keinen Unterricht, so daß er sich die Schuhe ausziehen, die Tür schließen und sich zum Lesen aufs Sofa legen konnte. Durch das geöffnete Fenster kam ein laues Lüftchen herein. Die durch die Jalousie gedämpft hereinfallende Sonne verbreitete ein ideales Licht zum Lesen.

Aber nach kurzer Zeit schrillte das Telefon, was Nelson Chouchén vom Sofa aufschrecken ließ. »Verflucht«, brummte er, dann nahm er den Hörer ab.

»Herr Professor Chouchén? Ich bin Ramón Roncancio.«

Das war der ecuadorianische Schriftsteller, dem er an diesem Morgen gemailt hatte, ob er nicht zu der Tagung kommen wolle.

»Ja, am Apparat. Wie geht es Ihnen? Was für eine Überraschung«, begrüßte ihn Nelson.

»Ich hoffe, daß ich Sie um diese Uhrzeit nicht störe, Herr Professor.«

»Sie haben mich gerade noch erreicht, ich bin auf dem Sprung. Was gibt's?« – Nelson setzte sich an seinen Schreibtisch und spielte mit einem Bleistift.

»Ich habe Ihre liebenswürdige Einladung erhalten, Herr Professor, ich nehme sie natürlich an. Sie schreiben, ich möge mich mit Ihnen in Verbindung setzen, da dachte ich, ich rufe gleich mal an.«

»Ja, sehr nett von Ihnen, sehr nett«, wiederholte Nelson. »Ich wollte mit Ihnen etwas besprechen.«

»Ich bin ganz Ohr, Herr Professor«, antwortete Roncancio.

»Also, es ist etwas Vertrauliches.«

»Nur zu. Sagen Sie schon, Herr Professor.«

»Also, bei solchen Angelegenheiten ist eine kleine Geste der Dankbarkeit üblich, verstehen Sie, was ich meine? Wir hatten eine ganze Menge Leute zur Auswahl, aber wir haben uns für Sie entschieden.«

Nelson setzte eine Pause und ließ Roncancio kommen:

»Nun, das ehrt mich sehr, Herr Professor. Wirklich.«

»Sehen Sie, in Ihrem Fall wäre es sehr gern gesehen, vor allem im Hinblick auf zukünftige Einladungen von seiten der Universität, wenn Sie sich erkenntlich zeigen würden, und sei es nur durch eine bescheidene Erwähnung in Ihrem Vortrag.«

»Wen soll ich denn erwähnen, Herr Professor?«

»Nun, jemanden von hier aus der Fakultät«, antwortete Nelson dezent.

»Ah, verstehe, aber selbstverständlich, Herr Professor«, sagte Roncancio. »Stellen Sie sich vor, bevor ich Sie angerufen habe, habe ich mir gesagt, daß ich mich bei Ihnen öffentlich bedanken will. Ist das nicht Telepathie?«

»Wenn Sie meinen, aber verstehen Sie, förmliche Danksagungen sind eine Sache, aber denkbar ist vielleicht auch etwas mit ein wenig mehr inhaltlicher Substanz. Sie kennen doch meine Bücher, nicht wahr?«

»Ich bitte Sie, Herr Professor, Sie wissen doch, daß ich das Menschenmögliche getan habe, um *Cuzco Blues* bei El Conejo unterzubringen. Aber dann kam die Papierkrise und dann die Druckerschwärzekrise, und dann kam Bucaram und hat das Land in die Scheiße geritten, mit Verlaub, na ja, Sie wissen doch, wie das ist.«

»Sicher, sicher«, wiegelte Nelson ab. »Das meine ich gar nicht, ich rede über meine anderen Bücher. Die früheren.«

Die Frage war natürlich rein rhetorisch gewesen, denn diese früheren Bücher waren in Peru so gut wie nicht vertrieben worden, und in den Vereinigten Staaten waren sie ausschließlich an die Literaturwissenschaftsinstitute gelangt, an die er sie eigenhändig geschickt hatte.

»Nein, Herr Professor«, antwortete Roncancio etwas nervös, »denken Sie bloß, ich hatte nicht das Vergnügen, sie zu lesen.«

»Schade, schade, und ich könnte mir keine nettere Aufmerksamkeit denken, als wenn Sie in Ihrem Vortrag über Jorge Icaza auf seinen Einfluß auf mein Werk eingehen würden, das fände ich wirklich sehr schön, denn, ehrlich, ohne die Lektüre von *Huasipungo* hätte ich mein eigenes literarisches Werk nicht so schreiben können.«

»Sicher doch«, sagte Roncancio, »allein schon in *Cuzco Blues* ist dieser Bezug mehr als evident.«

»Es ist Ihnen aufgefallen?«

»Aber sicher, Herr Professor.«

»Gut«, schloß Nelson, »reden wir nicht länger. Morgen früh schicke ich Ihnen per Eilkurier meine anderen Bücher, und Sie bereiten etwas Kleines vor, setzen Sie sie alle ein wenig zueinander in Verbindung. Ach so, in etwa vierzehn Tagen wird Sie unser Sekretariat anrufen, um mit Ihnen die Formalitäten wie Reiseunterlagen und Honorar zu regeln, einverstanden?«

»Aber sicher, Herr Professor, ich warte erst mal auf Ihre Bücher. Es tut mir leid, daß Sie sie mit der Eilpost schicken, das ist sicher furchtbar teuer.«

»Ach was, Ramón«, sagte Nelson, »wir haben hier an der Universität eine Poststelle. Ich schicke sie also morgen weg, und wir sehen uns beim Kongreß, ja?«

»Wunderbar, Herr Professor. Und Sie wissen, ich bin ganz zu Ihren Diensten.«

Nelson legte auf und sah aus dem Fenster. Es wurde bereits Abend. Das war ein guter Tag gewesen. Er hatte sich ein Abendessen beim Chinesen verdient, und dann früh ins Bett mit diesem chinesischen Schmöker, den er aufgestöbert hatte. Darcy solle ihn an diesem Abend bloß nicht anrufen. Am besten, er würde den Anrufbeantworter so einstellen, daß er nach dem ersten Klingeln ansprang. Doch als er zu dem Restaurant spazierte, erinnerte er sich an etwas, das seine Pläne komplett über den Haufen warf, er hatte überhaupt nicht daran gedacht: Es war der zweite September! »Mein Gott, wie konnte ich das nur vergessen?« In wenigen Stunden würde in Spanien eine Jury den Literaturpreis der Stadt Úbeda vergeben, bei dem er drei Manuskripte (unter verschiedenen Pseudonymen) eingereicht hatte: *Darf's noch ein Pisco Sour sein?*, *Cuzco Blues* und *Lima mit Limone*, eine der Teilnahmebedingungen war zwar, daß das Werk unveröffentlicht sein mußte, aber dort in Spanien würde niemand draufkommen, daß er sie in Lima hatte drucken lassen. Mit rasendem Herzen ging er zum Drugstore, kaufte eine Flasche Pisco und eilte in sein Apartment in der Erwartung, daß vielleicht eine Nachricht auf dem Anrufbeantworter war.

Er hatte mehrere Nachrichten, aber keine aus Spanien. Die einzige interessante stammte von Darcy: »Ich rufe vom Handy an, mein Schätzchen. Ich bin im *Pizza Hut* und langweile mich zu Tode. Ich hab' meinen Mini an, und bei der Hitze gehe ich ohne Höschen. Vorhin habe ich mir auf der Toilette den String ausgezogen. Und ihn in meine Mappe gesteckt. Wenn du immer noch nicht verstehst, ist dir nicht mehr zu helfen. Ruf mich nachher an.« Nelson war an diesem Abend nicht auf solche Geschichten aufgelegt, denn vielleicht, wer weiß, würde er endlich sein ersehntes Treffen mit dem Ruhm haben, und dann könnte er Darcy anrufen, wann immer er wollte, und es gäbe tausende Stringtangas in irgendwelchen Taschen.

Nachdem der Anrufbeantworter auf das erste Klingeln eingestellt war und sich so die Anrufe bequem filtern ließen, schlüpfte er in seine Pantoffeln, warf seine Krawatte aufs Bett und legte eine CD von Chabuca Granda ein, was, wie er meinte, Glück brachte. Dann ging er in die Küche. Er preßte ein Dutzend Zitronen aus, goß den Saft in das Gefäß des Mixers und fügte zwei Eiweiß, Puderzucker und die gesamte Flasche Pisco hinzu. In einem nächsten Arbeitsschritt zertrümmerte er fünfundzwanzig Eiswürfel und mischte alles zusammen. Er probierte und befand, daß noch eine Spur Zucker fehlte, ein kleines Löffelchen. Na? Perfekt, so mußte es sein. Er goß sich ein großes Glas ein und stellte den Krug in den Kühlschrank, damit das Eis nicht so schnell schmolz, und begab sich mit ein paar Tanzschritten ins Wohnzimmer.

Das Klingeln des Telefons zerfetzte ihm die Nerven. Der Anrufbeantworter sprang sofort an, er hörte mit dem Ohr am Lautsprecher und der Hand am Hörer zu.

»Ich bin's, Elsa, mein kleiner Chinese, bist du da? Ich rufe an, um dich daran zu erinnern, daß heute dieser Preis ...«

Er hob ab und sagte ja, meine Indianerin, ich bin da, danke, daß du mich erinnerst, ich leg' jetzt auf, um die Leitung nicht zu blockieren. Ciao.

Die Musik Chabuca Grandas und die Pisco Sours entführten ihn in peruanische Landschaften, während seine enthemmte Phantasie ihm alle möglichen Szenarien vorspielte: Er sah einen Artikel von Gabriel García Márquez, der in elf Zeitungen der ganzen Welt gleichzeitig erschien und in dem der Autor die Erscheinung seines preisgekrönten Romans ankündigte: »Ein fabelhafter Schriftsteller«, lautete der Titel. Er nahm einen ordentlichen Schluck Pisco Sour und korrigierte sich, der Artikel trug jetzt die Unterschrift von gleich zweien, García Márquez und José Saramago: »Ein wahrhaftiger Schriftsteller.« Darunter ein Foto mit folgender Unterschrift: »Der preisgekrönte Schriftsteller Chouchén Otálora und die beiden Nobelpreisträger auf ihrem Spaziergang durch die Straßen von Úbeda.«

Wieder klingelte das Telefon, Nelson verschluckte sich und mußte husten. Aus dem Anrufbeantworter drangen die Worte:

»He Papi, ich bin's, Darcy. Mir ist immer noch zum Sterben langweilig, ich sitze auf meinem Schatzkästchen. *I wanna see you*, Schweinigel. Ruf mich gleich an, wenn du das abhörst. *Bye.*«

Er beschloß, den Hörer nicht abzuheben, und ging stattdessen an den Kühlschrank, um sich das Glas vollzuschenken. Aber in den nächsten Stunden klingelte das Telefon nicht wieder, und irgendwann schlief Nelson im Vollrausch auf dem Sofa ein, den Kopf neben dem Telefonapparat.

Es muß acht Uhr morgens gewesen sein, als es endlich klingelte, und Nelson, der den Anrufbeantworter noch am Abend ausgeschaltet hatte, fuhr hoch.

»Ja, bitte?«

»Professor Chouchén Otálora?«

»Ja, am Apparat …«

»Ich rufe vom Rektorat der Universität an. Man erwartet sie heute vormittag um elf Uhr vor dem Disziplinarausschuß.«

Er war wie versteinert. Was konnte da passiert sein? Mit bleiernem Kopf und zittrigen Knochen begann er sich anzuziehen. Bestimmt sann Flores Armiño auf Rache. Um elf ging er ins Rektorat und wurde dort von einem Disziplinarausschuß genötigt, vor allen Leuten sein Telefonat mit dem ecuadorianischen Schriftsteller Ramón Roncancio anzuhören, das er am Vortag geführt hatte. Man beschuldigte ihn des Mißbrauchs seines Einflusses, kündigte ihm seinen Kongreß über das Werk Jorge Icazas und verweigerte ihm, in den nächsten fünf Jahren ähnliche Veranstaltungen zu organisieren. Die schlimmste Demütiung war, daß eine öffentliche Bekanntmachung seines schuldhaften Vergehens vierzehn Tage lang an den Anschlagbrettern der Universität ausgehängt werden würde, auf der er sich durch seine Unterschrift mit den Disziplinarmaßnahmen einverstanden erklärte. Anderenfalls müsse er den Lehrstuhl abgeben.

»Die können mich am Arsch lecken«, sagte er sich. Er war es leid, es Flores Armiño heimzuzahlen, obwohl ihm am Morgen, noch bevor er die Vorwürfe gegen sich gehört hatte, die Idee gekommen war, Hunderte von Flugblättern mit den Gesichtern von Norby und Loló, umrandet von einem Herzen, zu verbreiten.

Aber er ließ davon ab. Er setzte sich in den Zug und fuhr nach Hause, um sich für die restliche Woche krankschreiben zu lassen. Dann beantragte er eine Beurlaubung wegen seines angeblichen nervösen Schocks, was das Rektorat gütigerweise genehmigte – wahrscheinlich, um ihm die Demütigung vor seinen Studenten zu ersparen, schließlich war er ein gestandener Professor mit zehn Jahren Berufserfahrung –, und als Elsa ihn fragte, was zum Teufel er mit der vielen Freizeit anfangen wolle, antwortete Nelson:

»Ich reise nach Peking, meine Indianerin, um meine Wurzeln zu suchen. Irgendwann muß man zu seinen Ursprüngen zurückkehren! Dann werde ich einen verteufelt guten Roman schreiben und als berühmter Mann zurückkommen, und dann können uns alle den Buckel runterrutschen, und du und ich ziehen nach Paris, wie findest du das, mein Liebling?«

6 *Von Paris nach Hongkong*

Die Maschine der Cathay Pacific startete pünktlich. Ich hatte Glück, denn ich hatte einen Platz am Notausgang und damit ausreichend Beinfreiheit. Pétit zog sich neben mir die Schuhe aus, schlüpfte in einen schrecklichen Wollpulli und entfaltete auf seinen Beinen den aktuellen *Figaro*. Wie grob, wie geschmacklos. Beim Packen hatte ich mir schließlich noch das erstbeste Buch als Reiselektüre aus dem Regal gezogen, ich habe bereits erzählt, unter welchem Zeitdruck ich aufbrechen mußte. Zum Glück war mir *Das Ende einer Affäre* von Graham Greene, einem meiner Lieblingsautoren, in die Hände gefallen. Für alle Fälle hatte ich in meinem Koffer noch die *Gesammelten Werke* von Malraux und *René Leys*, einen reizenden kleinen Roman des exzentrischen Reisenden Victor Segalen, den ich vor Jahren gelesen hatte und aus dem mir unter anderem ein paar Szenen in Pekinger Freudenhäusern in Erinnerung geblieben waren, die mir vielleicht nützlich sein konnten.

Die Zeit verging, man brachte uns den Aperitif – ich bestellte eine Flasche Weißwein –, und Pétit las noch immer *Le Figaro*. Ich wußte nicht, was an einer Zeitung so interessant sein sollte. Immer wieder linste ich zu ihm hinüber, um herauszufinden, was er jetzt schon wieder las. Einmal war er in die Meinungsseite vertieft, auf der etwas über die Risiken des Kosovokonflikts für Europa stand; ein andermal verschlang er auf der Wirtschaftsseite eine Analyse über den Fall des Euro mit dem Titel *Wohin steuert Duisenberg?* Später las er einen erschöpfenden Bericht über das Fußballspiel zwischen Paris St. Germain und Auxerre, ein Null zu Null unentschieden. Sagenhaft, was für langweilige Dinge dieser Mann in sich hineinfraß. Noch verwunderlicher war, daß er immer wieder ein Büchlein, eine Art Taschenkalender, hervorzog und sich Notizen machte, als wäre Zeitunglesen ein Quell der Inspiration.

Nach dem Abendessen, angeregt vom Wein und einigen Whiskys, unternahm ich einen weiteren Anlauf, um mit ihm ins Gespräch zu kommen.

»Entschuldigen Sie, Herr Pétit«, sagte ich, »arbeiten Sie eigentlich schon lange als Direktor des Radiosenders?«

»Erst zwei Jahre. Und Sie? Wie lange sind Sie schon Journalist?«

Na endlich, dachte ich. Irgendwann hatten Alkohol und Müdigkeit seinen Widerstand ja brechen müssen.

»Länger als zehn Jahre«, antwortete ich und winkte der Stewardeß, uns zwei weitere Drinks zu bringen.

»Was wollen Sie eigentlich in Frankreich?« fragte er und wischte sich über seine fettige Stirn. »Gibt es in Ihrem Land keine Radios?«

»Doch, natürlich.«

»Warum sind Sie dann hier?«

»Ganz einfach: Ich lebe in Paris, darum arbeite ich auch in Paris. Wenn ich in Kolumbien leben würde, würde ich dort arbeiten.«

»Alle Welt will in Frankreich leben«, meinte er. »Und so geht es uns auch. Ich will nicht wissen, wo wir enden werden. Sagen wir lieber, ich weiß es sehr wohl: bis hier in der Scheiße« – er hielt sich die Hand an die Glatze. »Kapieren Sie das nicht? Frankreich kann nicht das Armenhaus für die ganze Welt sein.«

»Ich bin zum Studieren gekommen und geblieben«, sagte ich. »Ich bin nicht arm, ich bin geblieben, weil es mir hier gefallen hat.«

»Ach ja. Und was ist mit Ihrem Land? Gefällt es Ihnen dort nicht?«

»Kolumbien macht mich närrisch, trotzdem fliege ich so oft dort hin, wie ich kann. Es gibt übrigens auch Franzosen, die in Kolumbien leben, wußten Sie das?«

Die Stewardeß kam mit zwei Plastikbechern, Eis und zwei Fläschchen Johnnie Walker. Pétit grunzte.

»Das normale ist doch, daß jeder in seinem Land lebt. Uns würden viele Probleme erspart bleiben.«

Endlich wurden die Lichter ausgeschaltet, und der Film begann. Es war schrecklich. Sie zeigten *Dr. T. and the women* von Robert Altman mit Richard Gere und Helen Hunt. Sie mag ich ganz gerne, aber ihn ertrage ich nicht. Also beschloß ich, noch ein bißchen zu lesen und dann zu schlafen.

Wir kamen frühmorgens in Hongkong an. Aus dem Fenster sah man eine dichte Nebelschicht, darunter das glitzernde Meer, mehrere Inseln. Beim Aussteigen aus dem Flugzeug fluchte Pétit.

»Was für eine Affenhitze.«

Ihm rann der Schweiß herunter. Zwei feuchte Flecken zierten sein Hemd unter den Achseln.

Hongkongs Flughafen Kai Tak ist hochmodern; die Klimaanlage funktionierte so gut, daß ich mir die Jacke überziehen mußte.

Als wir den Einreiseschalter passiert hatten, ging Pétit vor, und zu meiner Überraschung – ich war davon ausgegangen, daß er ein Taxi suchte – erwartete uns jemand. Ein Franzose Mitte fünfzig, in Leinenanzug, weißem Hemd und Krawatte. Als ich ihm die Hand gab, murmelte er einen Namen, »Jean-Pierre Gassot«, und fügte hinzu: »Konsul von Frankreich.« Nicht schlecht, zum ersten Mal in meinem Leben empfing mich ein Diplomat am Flughafen. Dieser Pétit mußte wirklich sehr wichtig sein.

Dann fuhren wir in die Stadt hinein.

Das unglaubliche Verkehrsaufkommen, die riesigen, neonbeleuchteten Hinweisschilder über den Fahrbahnen, die Feuchte der Luft überwältigten mich. Von der salzigen Luft stumpf gewordene Hochhaustürme ragten bedrohlich über uns in den Himmel. Jede Stadt, in die man zum ersten Mal kommt, ist beunruhigend.

»Wie war die Reise?« fragte Gassot.

»Nicht der Rede wert«, antwortete Pétit trocken und nahm mir damit die Möglichkeit, auch etwas zu sagen.

Kurz darauf hielt Gassot an einer stark befahrenen breiten Straße an, und wir betraten ein Einkaufszentrum, das sich als Hotellobby herausstellte. *Prince* Hotel hieß es, und nach den Hoteljungen in Livree und mit weißen Handschuhen zu urteilen, die am Eingang unser Gepäck in Empfang nahmen, war es keine schlechte Adresse. Pétit riß mir an der Rezeption den Paß aus der Hand und erledigte alle Formalitäten selbst. Ich sah ihn verstört an. Warum tat er das? Ich war volljährig. Ich sprach Englisch, und das war nicht meine erste Auslandsreise. Aber gut, ich hatte begriffen, daß ich nicht zu viele Fragen stellen durfte.

»Wenn Sie wollen, gehen Sie hoch und duschen Sie«, schlug Gassot vor. »Ich erwarte Sie in einer halben Stunde in der Cafeteria.«

Das Zimmer war groß, mit Blick über die Stadt. In der Ferne waren ein Meeresarm und eine Skyline aus Wolkenkratzern zu sehen. Auch Gassot war nicht gerade die Geselligkeit in Person, aber ich rechnete ihm an, daß er uns Zeit zum Duschen gab. Das war eine menschliche Geste. Als mein Blick auf das Telefon fiel, dachte ich, daß ich gerne jemanden gehabt hätte, den ich hätte anrufen können. Jemanden, dem ich hätte sagen können: »Ich bin gut angekommen, die Reise war ganz entspannt, mach dir keine Sorgen.« In dem Moment schien mir Corinne weiter weg denn je.

Wie neugeboren ging ich hinunter, ich hatte mir ein frisches Hemd und eine Leinenhose angezogen, das leichteste, was ich in meinem Koffer gefunden hatte. Gassot trank einen Kaffee und las Zeitung, die *South China Morning Post*. Neben ihm wippte Pétit ungeduldig mit dem Fuß.

»Was haben Sie so lange gemacht? Wir haben eine halbe Stunde gesagt.«

»Ach, bin ich etwa zu spät?« – Auf meiner Uhr betrug die Verspätung gerade einmal drei Minuten.

»Ich wollte Sie schon anrufen«, tadelte mich Pétit. »Gehen wir frühstücken.«

Im Speisesaal waren auf großen Platten allerlei Speisen angerichtet: Hähnchen mit Curry, fritiertes Gemüse, scharf gewürztes Fleisch. So frühstückte man hier?

»Hier ist es üblich, am Morgen eine herzhafte Mahlzeit zu sich zu nehmen«, erklärte Gassot. »Bedienen Sie sich, Sie werden es nicht bereuen.«

Kurze Zeit später brachen wir auf.

Das französische Konsulat lag auf der Insel Hongkong gegenüber Kowloon, ein ziemlich teures Pflaster. Angesichts der Wolkenkratzer kam ich aus dem Staunen nicht mehr heraus. Die *Bank of China* zum Beispiel sah aus, wie aus Eis erbaut. Ein gigantischer Stalagmit. Nachdem wir einige Runden gedreht hatten, fuhr Gassot in eine Tiefgarage, stellte den Wagen ab und führte uns zu einem Aufzug, der uns in den sechsundsechzigsten Stock brachte. Ich mußte darauf achten, nicht zu nah ans Fenster zu treten, sonst wurde mir schwindlig.

»Bleiben Sie hier«, sagte mir Gassot und zeigte auf ein Sofa im Vorzimmer.

Als ich allein war, sah ich mich flüchtig um: drei ziemlich häßliche Bilder, auf denen der Eiffelturm, Sacré-Cœur und Nôtre Dame zu sehen waren, ein Zeitschriftenhalter mit Touristikbroschüren über Frankreich, in der Mitte ein Tisch mit einem Aschenbecher, ein ausgeschalteter Fernseher, vier geschlossene Türen, die Eingangstür eingerechnet, und ein Gang, der, soweit ich es sehen konnte, vor einer weiteren geschlossenen Tür endete. Ich spielte mit einem Bleistift, pfiff, stand auf. Dreimal ging ich um den Tisch.

Endlich ging die Tür auf, und Pétit kam heraus.

»Kommen Sie!«

Gassot saß hinter einem Schreibtisch, er hatte die Füße hochgelegt.

»Gut, Herr Suárez Salcedo. Sagen Sie, sind Sie denn zum ersten Mal in China?«

»Ja, es ist das erste Mal«, sagte ich, »allerdings gehe ich mit großer Begeisterung in das chinesische Viertel in Paris, vor allem in das Restaurant *Tricotín*, die Raviolisuppe mit Garnelen finde ich exzellent.«

Meine Ausführung wurde in keiner Weise gewürdigt. Sie schien fehl am Platz zu sein, ich bemerkte, wie Pétit und Gassot sich verständnislos ansahen.

»Warum erzählen Sie uns das?« fragte Pétit forsch.

»Ich wollte nur das Eis brechen«, erwiderte ich. »Manchmal hilft eine heitere Anekdote, um die Stimmung aufzulockern. Aristoteles Onassis machte das mit den Bankiers. Das steht in seiner Biographie.«

»Gut«, sagte Gassot und nahm die Füße vom Tisch, »es ist wichtig, daß Sie zum ersten Mal hier sind. Wir haben das natürlich überprüft, ich wollte nur noch einmal nachfragen. Manchmal wechseln Leute vom Radio oder vom Theater aus künstlerischen Gründen ihren Namen.«

»Ich habe nie meinen Namen gewechselt«, sagte ich, »obwohl ich zugeben muß, daß ich nahe daran war.«

»Und warum?« fragte Gassot.

»Er ist mir ein bißchen peinlich. Hören Sie, ich hoffe, Sie bekommen keinen falschen Eindruck von mir. Ich bin kein Prominenter oder so.«

»Ich weiß, ich weiß«, antwortete Gassot, während Pétit wieder in eisiges Schweigen sank.

Er sprach weiter:

»Ich gehe davon aus, daß Sie darüber informiert sind, was Sie in Peking zu tun haben.«

»Ja«, sagte ich, »ich soll eine Reportage über Katholiken in China machen, über ihre Situation, Geschichte, Brauchtümer, Beziehung zur Staatsobrigkeit. Also einen möglichst vollständigen und objektiven Bericht. Ich kenne meine Arbeit, Herr Konsul.«

»Das freut mich, das ist die erste gute Nachricht des Tages« – während er das sagte, grinste er Pétit fies an: »Kommen wir zur Sache: Sicher wissen Sie, daß sich viele Religionsgruppen in einer prekären Lage befinden, obwohl der Katholizismus geduldet wird.

Sie müssen also bei Ihrer Arbeit äußerst vorsichtig vorgehen, sie birgt, um es irgendwie zu sagen, ein gewisses Risiko.«

»Als Journalist muß man immer Risiken eingehen«, sagte ich, »erst recht in einem totalitären Staat. Es ist nicht das erste Mal, daß ich mich auf eine heikle Mission begebe. Ich bin auf alles gefaßt.«

»Noch eine gute Nachricht«, beglückwünschte mich Gassot. »Ich fühle es, das wird ein großer Tag.«

Pétit zündete sich eine Zigarette an. Ich zog mein Päckchen Gitanes aus der Tasche und tat es ihm gleich, nicht ohne vorher Gassot eine anzubieten, der dankend ablehnte.

»Noch etwas sollten Sie wissen«, fuhr der Diplomat fort. »Ein Teil ist bereits gemacht. Es gibt Zeugnisse, die Sie nur noch ausarbeiten müssen. Allerdings darf dieses Schriftgut aufgrund seiner Aufrichtigkeit und Schonungslosigkeit auf keinen Fall der Staatsgewalt in die Hände fallen. Ein Vertrauensmann bewahrt es auf. Sie werden sich mit ihm treffen und das, was er Ihnen gibt, in einen Koffer schließen. Dann kehren Sie hierher in dieses Büro zurück. Wie Sie sehen, es ist ganz einfach.«

»Ich dachte, ich soll eine Reportage machen«, sagte ich überrascht.

»Das werden Sie auch«, wandt sich Gassot, »zwischenzeitlich, während Sie die Kontakte zu den Leuten aufbauen, die Sie zu unserem Mittelsmann bringen sollen.«

Ich wurde hellhörig.

»Warum schickt Ihr Mittelsmann nicht einfach ein Paket im Diplomatengepäck? Dann könnte ich mich auf meine journalistische Arbeit konzentrieren.«

»Das ist nicht so einfach. Jedes Diplomatengepäck muß einen amtlichen Stempel tragen, und ob Sie es glauben oder nicht, man kontrolliert hier sehr gründlich. Man hat hier panische Angst davor, in irgendeiner Weise übergangen zu werden.«

Ich wollte noch eine Frage stellen, aber Pétit unterbrach mich.

»Herr Gassot hat für Ihre Reportage einen ersten Kontakt in

Peking aufgetan. Der wird Sie zu unserem Mann führen, mehr dürfen wir Ihnen aus verständlichen Gründen im Moment nicht offenlegen. Bitte, Jean-Pierre, geben Sie ihm den Umschlag.«

Gassot zog eine Schublade auf und warf mir eine verschlossene Versandtasche hin.

»Da ist alles drinnen, einschließlich Geld, Flugticket und Hotelreservation. Ich schlage vor, Sie gehen jetzt erst einmal auf Ihr Zimmer und lesen sich alles in Ruhe durch. Und ruhen Sie sich aus, morgen reisen Sie mit dem ersten Flug nach Peking.«

»Caramba«, sagte ich und blickte zu Pétit, »ich dachte, wir hätten mehr Zeit, um uns Hongkong anzusehen.«

Pétit warf mir einen spöttischen Blick zurück.

»Ach so, das habe ich Ihnen noch nicht gesagt: Sie reisen allein nach Peking. Ich bleibe hier bei Gassot.«

»Und warum?« fragte ich.

»Sie sind der Journalist, mein geschätzter Herr. Ich bin doch nur ein Bürokrat. Sie werden sich gut fühlen, wenn Sie allein sind, glauben Sie mir. Es gibt Momente, in denen ist man sich selbst die beste Begleitung, dieser ist so einer. Jetzt gehen Sie sich ausruhen, der Wagen wartet unten auf Sie.«

7 *Die Koffer von Gisbert Klauss (Frankfurt – Peking)*

Aufnahme von Gisbert Klauss zu Beginn seiner Reise, auf einem Diktiergerät M-529V, Marke Sony.

Frankfurter Flughafen. Internationale Abflughalle.
Samstag, 26. September. 14:36.
»Ich bin Gisbert Klauss, Professor für Chinesische Kultur an der Universität Hamburg, Philosophische Fakultät, Institut für ostasiatische Sprachen. Dies ist die erste Kassette meiner Reise, die ich aus einem Antrieb unternehme, der für meine Persönlichkeit vollkommen ungewöhnlich ist: Ich habe den Wunsch, die Schauplätze einer Geschichte *in situ* kennenzulernen, wovon ich mir neue Impulse für meine Forschung verspreche, für meine Art zu erleben, für meine Herangehensweise; ich möchte mir neue Formen des *intelligere* erschließen. Meine Frau Jutta hat mir soeben einen Abschiedskuß auf dem unfreundlichen Frankfurter Flughafen gegeben, sie ist noch immer erstaunt über meinen Entschluß, allein und für unbestimmte Zeit nach Peking zu reisen. Was erstaunt sie daran? Sicher die Tatsache, daß ich nach achtzehn Jahren Ehe zum ersten Mal so lange außer Haus sein werde, noch dazu im Ausland. Wenn ich es recht bedenke, war ich nie von ihr getrennt, außer wenn ich an der Universität gearbeitet oder an der Ecke meinen Schimmelpennick-Tabak gekauft habe. Kein Wunder also, daß sie jetzt überrascht ist. Aber ein Mann der Wissenschaften muß die Erfordernisse seines Berufs akzeptieren, so widersprüchlich sie erscheinen mögen, wie die Befehle eines Gottes, in den er seinen Glauben gelegt hat. Ich möchte vermerken, daß Jutta, die ein Engel ist, einen gewissen Jubel nicht

verbergen wollte, als sie sah, daß ich in meiner Prinzipientreue noch immer bereit bin, mich auf Neues einzulassen. Ich selbst bin über diesen jugendlichen Abenteurergeist überrascht, aber ich halte ihn für ein gutes Zeichen und denke, daß er meiner Karriere und meinem Werk auf irgendeine Weise förderlich sein wird. Alles, was ich sehe, ist neu für mich. Meine Koffer habe ich am Lufthansa-Schalter aufgegeben. Die Angestellte der Fluggesellschaft, eine blonde junge Dame, hat meinen Reisepaß mit dem chinesischen Visum durchgesehen, das Gewicht der Koffer kontrolliert und mir einen Passierschein für den VIP-Bereich gegeben, denn trotz meines nicht gerade üppigen Reisebudgets habe ich mich entschlossen, Businessclass zu fliegen. Warum ich das als einfacher Universitätsprofessor tue? Weil ich alles tun will, um mir diese neue Erfahrung möglichst angenehm zu gestalten. Gestern abend, als ich noch lange in meinem Arbeitszimmer saß, notierte ich dazu ein paar Zeilen, die ich nun vorlese:

»Ich, deutscher Exeget des Werks von Wang Mian,
von Li Po, Lin Shu und vielen anderen;
Autor der deutschen Kritischen Ausgabe
der Gesammelten Werke
von Wu Jingzi,
auf anderem Gebiet
Kritiker von Georg Lukács,
Sammler der Originalausgaben Kafkas,
Bewunderer der Prosa Stevensons,
gebannter Leser Joseph Roths,
persönlicher Freund des Sohnes von Heinrich Böll,
Leser der vollständigen Tagebücher Ernst Jüngers,
Vortragender über das Werk Mijos Zilajis …
Ich, Gisbert Klauss,
ein Mann meiner Zeit,
Professor für Chinesische Kultur
an der Universität Hamburg,

sterbe fast bei dem Gedanken,
in diesen gräßlichen Metallvogel zu steigen!
Sind das nicht ausreichende Gründe,
um einen Aufschlag für die Businessclass zu bezahlen?«

VIP-Lounge am Frankfurter Flughafen. 15:08.
»Eine weitaus angenehmere Umgebung. Ledersessel. Abgetrennte kleine Räume. Schlafbereiche, Raucherzonen, Fernsehen. Es gibt eine Bar, an der man Alkoholika, Kaffee und Erfrischungsgetränke bestellen kann. Kühlautomaten mit Mineralwasser, Säften und Sandwichs. In einem Schaufenster liegen Zeitungen aus Europa und den Vereinigten Staaten, des weiteren Magazine wie *Newsweek, Harper's Bazaar, Stern.* Beachtlich, wie man sich hier um die Reisenden kümmert. Die Mehrzahl sind Geschäftsleute. Sehr ernste Herren in Anzug und Krawatte. Wie kann man nur eine so lange Reise in so unbequemer Kleidung unternehmen? Das ist, mit Verlaub, ein bißchen dumm. Wenn sie am anderen Ende der Welt von jemand Wichtigem erwartet werden, haben sie doch mehr als genug Zeit, um sich in der letzten Stunde des Flugs umzuziehen. Um die Zeit bis zum Aufruf meines Fluges herumzubringen, entwickle ich eine Theorie. Da es sich um Menschen handelt, die sich aus offensichtlichen Gründen nicht mit ihrer Arbeit identifizieren, denn kein menschliches Wesen kann sich mit dem Verkauf von Aktien, dem Plazieren von Titeln an der Börse oder der Investition in ein Portfolio identifizieren, suchen sie sich zum Ausgleich ein Bild, mit dem sie sich identifizieren können: das des erfolgreichen Managers. Dieses Bild ist universal einsetzbar und für den Börsenmakler des Crédit Lyonnais genauso geeignet wie für den Bayer-Verkaufsleiter für Asien. Und dieses Bild besteht aus einer bestimmten Art sich zu kleiden, einer bestimmten Sorte Aktenkoffer und einem gewissen schalen Desinteresse gegenüber allem, was nichts mit ihrer Arbeit zu tun hat. Ihre Wichtigkeit gründet nicht auf ihnen selbst, sondern auf dem Prestige des Unternehmens, das sie vertreten. Ich empfinde Mitleid für sie.

Aber was gehen sie mich schon an? Es ist mir nur so eingefallen. Ich wende mich jetzt lieber wieder meiner Lektüre zu. Pierre Lotis Tagebuch ist voller Anstreichungen, aber eigentlich steht mir der Sinn jetzt mehr nach leichterer Kost. Was würde Jutta denken, wenn sie diesen Schmöker sähe, den ich am Flughafenkiosk gekauft habe? Ich weiß gar nicht, ob ich es auf der Aufnahme erwähnen soll. Aber warum eigentlich nicht. Es ist der *Schneider von Panama* von John Le Carré. Die Handlung packt mich so, daß ich gar nicht mehr aufhören kann. Natürlich habe ich auch eine Originalausgabe von Marco Polos *Il Milione – Die Wunder der Welt* dabei, um einige Angaben zu überprüfen, aber dazu ist später noch Gelegenheit, jetzt erst mal lese ich Le Carrés Buch weiter, es ist äußerst vergnüglich.«

Lufthansa-Flug Frankfurt-Peking. Sitz 3A. 19:18.
»Wir fliegen schon eine ganze Weile über gerodete Flächen, die für mich nur dunkle Vierecke sind. Der Monitor zeigt die Route an, die Uhrzeit und verbleibende Flugzeit bis zum Ziel. Welch Ordnung, welch Ruhe, welch Frieden. Das Informationsdisplay ist ein Ruhepool inmitten der Ungewißheit, welche auch ihren Reiz haben kann, aber in der Regel beunruhigt sie mich. Was werde ich bei meiner Ankunft vorfinden? Wie ich gelesen habe, liegt der Flughafen sechzehn Kilometer außerhalb der Stadt, und das Hotel *Kempinski,* in dem ich ein Zimmer reserviert habe, ist in der Liangmaqiao Lu. Ich habe mich nach den Taxitarifen erkundigt, die Fahrt vom Flughafen zum Hotel dürfte nicht mehr als hundertsechzig Yuan kosten, was nach dem aktuellen Wechselkurs zwanzig US-Dollar entspricht. Nach meinen Berechnungen müßte die Fahrt zwischen dreißig und fünfzig Minuten dauern, abhängig von der Verkehrsdichte, die ich nicht abschätzen kann; zu meiner Ankunftszeit, mittags um 12:25, dürfte die Verspätung jedenfalls höchstens sechzig Prozent der geschätzten Fahrzeit ausmachen. Ich habe mir ausgerechnet, daß meine Chinesischkenntnisse mir einen Verständigungsgrad von annähernd fünfundvierzig

Prozent erlauben dürften, dabei habe ich berücksichtigt, daß ich die Sprache vorwiegend passiv, durch Lektüre und Grammatikstudium, erworben habe.

Die chinesische Literatursprache, die ich einigermaßen zu beherrschen glaube, wird sich im praktischen Einsatz wohl nur bedingt bewähren, denn Sprache ist etwas Lebendiges und unterliegt ständigem Wandel, Verschleiß, Sinnverschiebungen, Einflüssen benachbarter Sprachen, Erneuerung von Umgangssprache und dialektalen Ausdrücken, was sie zweifelsohne zu einem faszinierenden Studienobjekt macht, ihren praktischen Gebrauch aber erheblich erschwert. Aber nun: Die Unterhaltungen auf Chinesisch, denen ich in Restaurants zuhöre, oder die chinesischen Filme, die ich mir in Originalversion ansehe, dürften meine Verständnisquote um einige Prozentpunkte erhöhen. Mein erster Gesprächspartner wird der Taxifahrer sein, der mich ins Hotel bringen soll. Mir geht folgender Gedanke durch den Kopf: Wer mag es sein? Was mag er nur in diesem Augenblick tun? Irgendwo in Peking gibt es einen Menschen, der zu dieser Stunde schläft – wahlweise: trinkt, sich unterhält, Beischlaf mit einer Frau pflegt, über die Glückseligkeit faselt – und der morgen bei meinem ersten Gespräch auf Mandarin den Gegenpart übernehmen wird. Er wird für mich wesentlich wichtiger sein als ich für ihn, aber vielleicht wird er sich an mich erinnern. Ich weiß etwas, das er, wer auch immer er sein mag, noch nicht weiß: daß sich unsere Schicksale morgen, am 13. September, gegen ein Uhr mittags kreuzen werden. Vielleicht wird dieser Mann, ich gehe einmal davon aus, daß die meisten chinesischen Taxifahrer wie in allen Städten, die ich kenne, Männer sind, daß also dieser Mann abends nach Hause kommen und seiner Frau sagen wird, er habe einen deutschen Professor gefahren und sich mit ihm etwas stockend, aber reizend unterhalten. Weiß Gott, in diesem ersten Gespräch würde sich viel für ihn entscheiden. Ja? Ja, bitte …?« (man hört auf der Aufnahme eine weitere Stimme, sicher gehört sie der Stewardeß). »Weißwein, ja bitte, weiß.«

8 *Peru so fern, sich selbst so nah. Eine poetische Reise von Los Angeles nach Peking*

Nachdem er sich am Flughafen von Austin von Elsa verabschiedet und die Schatulle mit den Zeugnissen seines Großvaters in seinem Handgepäck verstaut hatte – sie sollte ihm in Peking das Tor zum Triumph öffnen –, fühlte sich Professor Nelson Chouchén Otálora als Dichter: »Ich reise gen Orient, meine Indianerin, wo, wie man sagt, die Sonne geboren wird.« Dann gaben sie sich einen Kuß, und er verhieß ihr, diese Reise sei die erste Etappe zu ihrem neuen Leben, ihrem Neuanfang. Als Nelson ein paar Minuten später den Abflugbereich betrat, kritzelte er den Satz in ein Heft und fügte folgenden Vers an: »Ich kehre zurück, wie die düsteren Schwalben zurückkehren.« Diese Worte kamen ihm bekannt vor, aber wenn sie in einem anderen Gedicht waren, dann sicher nicht genau so. Also fuhr er fort, seine Worte zu formen:

Ich reise gen Orient, wo, wie man sagt, die Sonne geboren wird.
Aber ich kehre zurück, wie die düsteren Schwalben zurückkehren.
Denn düster ist der Schatten, den sie werfen.

Bei der Zwischenlandung in Los Angeles hatte er mehrere Stunden Aufenthalt, genug Zeit, um im *Kentucky Fried Chicken* des internationalen Abflugbereichs den landenden Maschinen zuzusehen und an seinem poetischen Werk weiterzuschmieden.

Diese Schatten sind meine tiefinnersten Gefühle.
Fliegen sollen sie über dich, in die Ferne.

Verdammte Hacke, sagte er sich, nicht schlecht für den Anfang. Er war noch gar nicht in China angekommen, schon liefen seine kreativen Synapsen zu Höchstleistung auf. Obwohl ihn Norberto Flores Armiños schmutziges Spielchen eigentlich gar nicht mehr beschäftigte, fragte er sich doch, was zum Teufel er diesem Roncancio für seinen Verrat geboten haben mochte. Versuchten sie nicht genauso, bei ihren Kongressen ihre Lieblingskollegen unterzubringen? Man hatte ihn übel verraten, aber irgendwann käme die Stunde der Rache. Wie Achill würde der Chouchénsche Nelson pünktlich mit gezückter Lanze und Schwert zur Stelle sein, um Rache an seinen Verrätern zu üben. Noch mit diesem Gedanken im Kopf widmete er sich wieder seinem Gedicht, das eine kuriose Wendung nahm:

Und aus der Luft, die du atmest, wird Feuersbrunst
Und aus dem Wasser Schwefel, und der Vulkan meines Zorns
Übergießt dich mit seiner Lava.
Und dann, vielleicht, wer weiß,
dringt aus deinem Mund das Wort »Verzeih«.

Pünktlich stellte er sich am Schalter von American Airlines an, bekam die Boardingcard, und kurz darauf, er war bereits ins Flugzeug gestiegen, ließ er sich ruhig in seinen Sitz sinken, seiner Wut hatte er bereits auf poetischem Wege Luft gemacht. Hoffentlich bekomme ich eine süße kleine Chinesin als Sitznachbarin, sagte er sich, während er sich die einsteigenden Leute ansah. Eine war darunter, die war nicht schlecht, aber sie ging an ihm vorbei. Dann stieg eine Blonde in Jeans ein, nabelfrei, und er dachte: »Lieber Gott, sei so gut und setze sie neben mich.« Aber Gott erhörte ihn nicht. Am Ende nahm ein sympathischer Dicker mit Krawatte und Aktenkoffer neben ihm Platz, der sich ihm feierlich vorstellte:

»Doktor Rubens Serafín Smith, Proktologe.«

»Professor Nelson Chouchén Otálora, Literaturprofessor«, antwortete Nelson und zögerte, ob er ihm die Hand geben sollte.

Als der Mann es sich bequem gemacht hatte, wagte Nelson zu fragen:

»Gestatten Sie mir eine Frage, Doktor, was macht ein Proktologe in Peking?«

»Ich reise zu einem internationalen Proktologenkongreß, Professor«, antwortete Doktor Rubens Serafín Smith. »Wissen Sie, die Methoden der traditionellen chinesischen Medizin, kombiniert mit den westlichen, könnten für unsere Patienten eine große Erleichterung sein. Haben Sie schon einmal unter solchen Beschwerden gelitten?«

»Einmal, vor Jahren«, antwortete Nelson. »Wissen Sie, in meinem Land ißt man sehr scharf. Ich bin Peruaner.«

»Ach, sehen Sie, viele meiner Patienten sind aus Ihrem Land. Ich selbst stamme von Brasilianern ab, bin aber in L.A. geboren.«

Kurz darauf startete das Flugzeug. Als Nelson sah, daß Dr. Rubens Serafín Smith eine Zeitschrift herausholte – *Science and Proctology in America* –, beschloß er, mit einem der chinesischen Romane aus seiner Reiselektüre zu beginnen, *Rebellen und Träumer* von Liu Yan.

Er schlug das Buch auf, und eine Minute darauf befand er sich schon nicht mehr auf seinem Sitz 38A, Touristenklasse, mit Blick auf den Pazifischen Ozean, sondern in Hongkong in einem engen Gäßchen, wo eine Gruppe Studenten eine Zeitschrift mit Nachrichten aus Kultur und Politik planten, die sie heimlich in Schanghai, Nanking und Peking verbreiten wollten.

Die Nachtschwärze erreichte sie sehr bald, und Nelson klappte sein Buch zu. Daß die Romane der chinesischen Autoren ihn so sehr ergriffen, ja hypnotisierten, hieß für ihn eindeutig, daß seine Begegnung mit der chinesischen Welt nun endlich der Startschuß für seinen literarischen Durchbruch war. Daran bestand nicht der geringste Zweifel.

Er mußte lachen bei dem Gedanken, daß die ganzen Flores Armiños, die ihn hatten erledigen wollen, ihm am Ende einen Gefallen getan hatten.

Er brauchte nur an seine Reise zu denken, da tummelten sich in seinem Kopf schon die Sätze. Über einen Roman nachdenkend, holte er sein Notizheft hervor und schrieb: »Ich kam nach Peking, denn man hatte mir gesagt, mein Großvater, ein gewisser Juan Chouchén, habe hier gelebt.« Das klang ein bißchen nach Rulfo, na und, sagte er sich, schließlich hatte doch niemand einen Besitzanspruch auf die Wörter, oder?

In dem Augenblick kam die Stewardeß mit dem Getränkewagen. Nelson bestellte eine Coca-Cola.

»Ich weiß, Sie haben mich nicht um Rat gebeten, und ich will Ihnen auch nicht zu nahe treten«, sagte Dr. Rubens Serafín Smith auf einmal, »aber meine Ethik als Arzt verpflichtet mich dazu, Sie darauf hinzuweisen, daß der Genuß kohlensäurehaltiger Getränke wie Coca-Cola, noch dazu bei so langem Sitzen auf einer Flugreise, eine Bombe in Ihrem Kolon werden kann. Besondere Vorsicht ist geboten, wenn Sie bereits früher Entzündungen hatten.«

»Danke, Doktor«, antwortete Nelson ein wenig bestürzt. »Dann trinke ich es erst, wenn die Kohlensäure draußen ist.«

»Eine weise Entscheidung, mein Freund. Ich möchte Sie in Ihrem Geschmack natürlich in keiner Weise beeinflussen, aber wenn Sie mich fragen, ich schwöre auf Tomatensaft. Er ist einfach hervorragend, durch seine vielen Ballaststoffe Balsam für den Darm. Im Berufsjargon nenne ich ihn ›Heiltrunk‹.«

»Worüber geht denn eigentlich Ihr Vortrag auf dem Kongreß, Doktor?«

»Mal sehen, ich habe verschiedene Themen zur Auswahl« – er griff nach seinem Aktenkoffer unter dem Sitz, öffnete ihn und holte einen Packen Unterlagen heraus. »Ein Thema ist die Bedeutung von Hefe und Glukose in der Behandlung von Hodenhämorrhoiden, darüber habe ich im aktuellen *Science and Proctology in America* einen Artikel geschrieben, ich habe noch zwei weitere Themen parat, über eine neue Methode der Krampfaderbehandlung durch Bestrahlung. Ein brandneues Verfahren, ich arbeite seit Jahren daran.«

»Hochinteressant«, sagte Nelson und fügte hinzu: »Ich sehe schon, bis zu unserer Ankunft in Peking werden Sie mir sicher auch den Alkohol verbieten.«

»Wo denken Sie hin, geschätzter Professor«, sagte Rubens Serafín Smith. »Wissen Sie, ich gehöre unter uns Medizinern zu den Spiritualisten. Wir glauben, daß die Verdauung, wie alles, das mit dem Menschen zu tun hat, eine irrationale, unberührbare Seite hat, die keine medizinische Theorie erfassen kann. Warum? Weil alles, was wir verzehren, Gefühle auslöst, ob Genuß oder Widerwillen, und diese Gefühle sind bei der Beurteilung der Ernährung am Ende ausschlaggebend, und nicht die kleinen Ernährungssünden.«

»Ich begrüße es sehr, daß Sie Spiritualist sind, Doktor«, sagte Nelson, »ich wollte sie nämlich auf einen Drink einladen.«

Sie prosteten sich mit Beefeater Gin und einer Dose Schweppes Tonicwater zu – welches sie in beiderseitigem Einverständnis erst tranken, nachdem die Kohlensäure entwichen war –, gefolgt von einer weiteren Runde, bei der Nelson von den Hintergründen seiner Reise erzählte, wobei er seine Familienbande stark in den Vordergrund stellte und irgendwelche universitären Belange nur am Rande erwähnte.

»Ich habe gesehen, wie Sie sich Notizen gemacht haben, Professor«, sagte Dr. Rubens Serafín Smith, bereits angeheitert. »An was arbeiten Sie gerade?«

»Offen gestanden, meine wahre Berufung ist die Literatur«, antwortete Nelson, der auch nicht mehr ganz klar im Kopf war.

»Was Sie nicht sagen, das ist ja großartig«, begeisterte sich der Doktor. »Sehen Sie, da haben wir schon etwas gemeinsam. Ich bin passionierter Leser und schreibe ab und an auch mal ein kleines Gedicht. Nichts Weltbewegendes, eine kleine Jugendsünde. Aber sagen Sie, habe Sie bereits etwas veröffentlicht?«

»Ja, ein paar Romane und Lyrikbände.«

»Wie heißen denn die Titel?« fragte Dr. Rubens Serafín Smith. »Ich lese viel, vielleicht …«

»Mein bekanntestes Werk heißt *Cuzco Blues*, es ist ein volkstümlicher Roman über die peruanischen Anden. Er ist in mehreren Ländern erschienen.«

»Alle Achtung, ich habe ihn leider nicht gelesen, aber ich notiere mir gleich den Titel, dann kann ich ihn mir gleich nach meiner Rückkehr kaufen. Glauben Sie, ich bekomme das Buch in Los Angeles?«

»Aber selbstverständlich«, antwortete Nelson. »Geben Sie mir doch Ihre Adresse, ich würde Ihnen sehr gerne ein signiertes Exemplar schicken.«

»Was für eine Ehre«, sagte Dr. Rubens Serafín Smith und öffnete seinen Koffer, um eine Visitenkarte herauszunehmen.

9 *Ein Mann, versteckt in einem Schuppen (III)*

Ich habe ein Foto von ihm. Er ist ein kolumbianischer Journalist und soll mich hier rausholen. Die von Sureté – mittlerweile nennen sie sich *Renseignements Généreaux,* glaube ich – sind unergründlich ... Ein Kolumbianer! Ich bin gespannt. Er ist groß und sieht etwas beschränkt aus. Man sieht ihm an, daß er Anstrengungen unternimmt, nicht dick zu werden. Ich hoffe, er findet hierher, so Gott ihm als Ausgleich für sein armseliges Äußeres ein Quentchen Verstand mitgegeben hat. Mit welcher Entschuldigung haben sie ihn abkommandiert? Mein Kontaktmann hat mir einen Brief gebracht, den ich gleich, nachdem ich ihn gelesen habe, vernichten soll, darin steht, daß ich nun doch etwas länger hierbleiben müsse und man die Sicherheitsmaßnahmen verstärkt habe, so daß ich nur noch alle drei Tage Kontakt zur Außenwelt bekäme. Meine Oberen sind sehr barmherzig zu mir. Ich bin doch nur ein Soldat Gottes. Ich weiß nicht, ob ich soviel Rücksicht überhaupt verdiene. Man sagt mir, die Kirche sei noch zweimal aufgesucht worden, einmal sogar von der Polizei, was nur heißen kann, daß die Staatsgewalt bereits über das Manuskript Bescheid weiß. Einige hohe Parteifunktionäre sind heimlich Mitglieder von Sekten, das macht die Lage noch heikler.

Man sagt mir, die französische Botschaft werde Tag und Nacht von Zivilstreifen bewacht, auch sei ein französischer Beamter auf seiner Reise nach Paris auf dem Flughafen festgenommen und gefilzt worden, angeblich eine reine Routinekontrolle. Außerdem sei zu befürchten, daß die Telefonleitungen angezapft worden seien, man teilt mir also mit, daß das Manuskript von nun an nur noch unter dem Decknamen »Die Sonnenbrille des Botschafters«

erwähnt werde und daß man mich auch trotz des Losungsworts unter gar keinen Umständen mehr anrufen würde.

Da bin ich nun, wieder einmal allein. Allein im Alleinsein bin ich allein. Daß ich Priester bin, habe ich bereits gesagt. Zuerst wollte ich es nicht verraten, weil man mir geraten hatte, meine Identität nicht zu enthüllen. Aber nachdem ich länger darüber nachgedacht habe, bin ich zu dem Schluß gekommen, daß meine Zeilen meinen Feinden erst in die Hände fallen werden, wenn sie mich gefunden haben, also spielt es keine Rolle. Mich versteckt zu halten ist für mich übrigens eine neue Erfahrung, und ich muß sagen, ich kann ihr durchaus etwas abgewinnen, endlich spüre ich am eigenen Leib, wie es den ersten Christen ergangen ist. Meine Lagerhalle ist nicht im entferntesten mit deren feuchten Katakomben zu vergleichen, aber die Zeiten ändern sich. Weniger aus Eitelkeit denn aus Langeweile möchte ich erzählen – oder vielmehr schreiben –, daß ich in Straßburg geboren bin, meine Novizenzeit in Saint-Denis verbracht und dortselbst mein Gelübde abgelegt habe. Ich bin zweiundvierzig Jahre alt. Die Entscheidung, als Missionar nach China zu gehen, hat sich erst allmählich abgezeichnet. Zuerst wollte ich nach Guatemala gehen, aber meinem Gesuch wurde nicht stattgegeben; meine Bewerbung überzeugte nicht, weil ich nicht fließend Spanisch sprach – ich tue es bis heute nicht. Blieb noch Afrika, für das ich mich nie wirklich begeistern konnte, da Kriege mich abschrecken, und als ich mich schließlich entscheiden mußte, schrieb ich mich für Missionen in Asien ein, mit Interessenschwerpunkt China. Hier ist es nicht so schlimm, wenn man die Sprache nicht kann, niemand rechnet damit, daß ein europäischer Priester chinesisch spricht, geschweige denn einen Anlaß sieht, es zu lernen. Ich bin seit zwei Jahren hier, lerne und evangelisiere, was übrigens nicht einfach ist.

Wie soll er mich finden? Diese bohrende Frage bedrängt mich immer wieder, und ich habe keine Antwort darauf, ich jedenfalls könnte den Weg, der an diesen grottenartigen Ort führt, nicht mehr genau wiederfinden. Ich weiß, daß man über mehrere

Hutongs oder Gassen gehen muß, durch ein Mauerloch schlüpfen, eine kleine Brache überqueren und schließlich auf der Rückseite des Gebäudes eine rostige Tür aufstoßen muß, dann steht man hier drinnen. Der Ort meines Aufenthalts ist, wie gesagt, offenbar eine alte Lagerhalle. Stapelweise Baumaterial steht herum, und viele, mit rostigen Nägeln verschlossene Holzkisten. Zwischen diesen Kisten liegt mein Versteck. Wenn also jemand überhaupt bis hierherkommt, muß er mich erst noch finden. Und wenn dieser jemand auch noch das Manuskript mitnehmen will, ohne die Losung zu nennen, muß er es mir erst wegnehmen, und das wird ihm nicht leicht fallen. Obwohl ich Priester bin, bin ich kräftig. In meiner Jugend habe ich Sport getrieben, und da ich mich immer maßvoll ernährt habe, bin ich schlank und wendig. Außerdem habe ich den Ort genau untersucht und mir einen Fluchtplan zurechtgelegt für den Fall, daß die Ereignisse sich überstürzen. Meinem Plan gemäß werde ich mich nach oben auf die Kisten flüchten. Dort habe ich Ziegel, Schutt und alte Werkzeuge aufgehäuft, mit denen ich meinen möglichen Verfolger bewerfen kann. Wenn das meine Gegner nicht aufhalten sollte, muß ich bis zum Mittelbalken des Dachs springen, einen Zirkussalto vollführen und eine der Dachluken erreichen, möglichst eine, an der ein loses Zinkblech sich leicht wegziehen läßt, denn durch die entstehende Öffnung kann ich mühelos hinausschlüpfen. Dann muß ich das Dach entlang bis zu einem alten Ziegelschornstein rennen, die an ihm angebrachten Eisenbügel bilden eine Art Leiter, über die das Dach des Nebengebäudes zu erreichen ist. Dort renne ich weiter. Ich bin mir ziemlich sicher, daß man an eine große Straße gelangt. Mein Ausweg. Die Straße wäre mein einziger Ausweg, wenn meine Verfolger bis zu mir vordringen sollten. Doch während ich den Plan abspule, bedrängen mich Fragen wie: Ist mein Retter bereits in Peking angekommen? Ist er sich bewußt, was für eine schwierige Aufgabe ihn erwartet? Wie wird unsere erste Begegnung aussehen? Über das Manuskript werden unsere Leben auf Gedeih und Verderb miteinander verbunden sein.

10 *Flughafen Nanyuan, Peking, 12.30 a.m.*

Nachdem der Reisende durch Korridore, über Rolltreppen und vorbei an Glaswänden geschleust worden ist, gelangt er in eine Halle, in der, in kleinen Kabinen aufgereiht, die Einreisepolizisten sitzen. Sie kontrollieren die Visa und vergleichen das Gesicht auf dem Foto im Paß mit dem des Reisenden, den sie vor sich haben; wenn sie nichts Auffälliges finden, geben sie einem den Einreisestempel, manchmal gefolgt von einem »Welcome to China«, was allerdings nicht obligatorisch ist. Wenn der Neuankömmling die Halle mit mehr als vierzig Reihen anstehender Leute betritt, muß er als erstes ein Formular mit seinen persönlichen Daten ausfüllen, das er auf Verlangen den Behörden aushändigt. Hinter den Sicherheitsbeamten zeigt ein Wandgemälde gigantischen Ausmaßes die Reichtümer des nationalen Erbes, die den Reisenden bei seinem Aufenthalt in Peking erwarten, angefangen von der Großen Mauer – bei Badaling – über die Paläste der Verbotenen Stadt, den Himmelstempel, den See des Sommerpalasts, einen niedlichen Pandabären, Maos Porträt, bis zum Platz des Himmlischen Friedens und verschiedenen Figuren der Pekingoper.

Wenn der Reisende die Kontrolle passiert und die Einreisehalle hinter sich gelassen hat, setzt ihn eine Kaskade aus Rolltreppen im ersten Stock ab, vorbei an einem weiteren Wandgemälde mit Stadtansichten und bunten Ringen mit dem Schriftzug Beijing 2008, denn die chinesische Hauptstadt kandidiert für die Olympischen Spiele.

Das Kofferband läuft bereits. Auf einer digitalen Anzeigentafel neben der Nummer des jeweiligen Bands stehen die Namen der Herkunftsorte. Band vierzehn spuckt die Koffer dreier kürzlich gelandeter Maschinen von weit auseinanderliegenden Orten des Globus aus: Los Angeles, Frankfurt und Hongkong. Die Passagiere haben sich mit Gepäckwagen ausgerüstet und hoffen, daß ihre Koffer bald auftauchen, dann können sie endlich hinaus und ins Hotel, wo sie sich von den Strapazen der Reise ein wenig ausruhen und eine belebende Dusche nehmen können.

Der Journalist Suárez Salcedo gähnt, er sieht seine Reiseunterlagen durch und vergewissert sich, daß die Einreisebeamten alles vorschriftsmäßig abgestempelt haben, denn er fürchtet nichts mehr als Probleme mit den Behörden, und diese Furcht hat viel mit seiner Nationalität zu tun, die bei Grenzpolizisten meist Nervosität auslöst. Von Zeit zu Zeit reibt er sich die Unterarme, ein sicheres Zeichen, daß er friert. Offenbar hat er das Klima falsch eingeschätzt, zumal er aus Hongkong kommt. Dort herrscht tropische Hitze, während in Peking stets etwas niedrigere Temperaturen gemessen werden. Hinzu kommt die klimatisierte Luft hier, in diesem Moment der eigentliche Grund seines Fröstelns.

Ganz in der Nähe steht mit dem Rücken zu ihm der deutsche Sinologe Gisbert Klauss. Mit seinem langärmeligen Hemd und zusätzlichem Unterhemd hat er die richtige Kleiderwahl getroffen. Als voraussehender Mensch hat Professor Klauss die ganze letzte Woche die Tabellen mit den Temperaturen studiert, den Mittelwert genommen, und dementsprechend seine Reisebekleidung ausgewählt. Er ist unbesorgt. In der rechten Hand hält er ein Taschenbuch, in dem er eifrig liest. Es ist *Der Schneider von Panama* von John Le Carré. Er scheint es nicht eilig zu haben.

Ein Stück weiter, beinahe am Rand des Kofferbands, steht schwankend ein chinesisch aussehender Mann, allerdings mit dunklem Teint – man könnte ihn für einen Philippinen halten –, er beobachtet die Leute mit dem typisch melancholischen Blick, den der Alkohol verleiht, jemand mit ein wenig poetischer Bildung könnte ihn allerdings auch als »Vallejo-Blick« einstufen. Es ist der Schriftsteller Nelson Chouchén Otálora. Ihm ist anzusehen, daß er während der ganzen Reise getrunken hat oder jedenfalls mehr, als ihm bekommt. Er nuschelt vor sich hin, hebt von Zeit zu Zeit den Zeigefinger und bewegt ihn rasch hin und her, als wollte er jemandem einen wichtigen Rat geben oder einem Kind etwas verbieten. Neben ihm steht, schwankend wie ein Pendel und die Hände wie in büßender Einkehr über dem Bauch geschlossen, ein kleiner Mann mit Schweinsäuglein und Glatzenansatz, der ebenfalls wartet. Hin und wieder geht ein Ruck durch seinen Körper, er hat Schluckauf. Es ist der brasilianische Proktologe Rubens Serafín Smith. Man würde ihm die Trunkenheit gar nicht so sehr anmerken, würde er nicht mit jedem Atemzug ein unverwechselbares Ginaroma von sich geben.

Wenig später schieben alle ihre Gepäckwagen zum Ausgang. Der Proktologe Rubens Serafín Smith wird bereits erwartet. Ein lächelnder Fahrer hält ein Schild mit seinem Namen und der Überschrift »International Health Association‹ hoch. Der Doktor ist im Hotel *Kempinski* untergebracht, er bietet seinem Reisegefährten Nelson Chouchén Otálora an, ihn zum *Holiday Inn Lido* mitzunehmen. Der Fahrer nickt und sagt, das sei kein Problem, es liege auf dem Weg. In der Taxireihe sehen wir den Sinologen Gisbert Klauss. Als er an der Reihe ist und eines der roten Pekinger Taxis ihn aufnimmt, sagt er auf Chinesisch zum Fahrer, er möge ihn ins Hotel *Kempinski* fahren, und als er sich vergewissert hat, daß der Fahrer den Satz verstanden hat, breitet sich Zufriedenheit über sein Gesicht. Im Taxi hinter ihm zeigt der Journalist Suárez Salcedo dem Fahrer seine Hotelreservierung, und der entziffert sofort: *China World* Hotel.

Am Himmel strahlt die Sonne, die Luft ist klar. Alles deutet auf einen angenehmen Tag hin.

Zweiter Teil

In Peking erscheint einem alles groß. Oder extrem klein; klein sind die gewundenen *Hutongs*, so heißen die Gäßchen der historischen Stadtviertel, die sich zwischen grauen Ziegelhäusern mit Pagodendächern hindurchschlängeln; klein, zierlich ist der Wuchs der jungen Chinesinnen in ihren züchtigen Kleidern; klein sind die Häuser und Geschäfte, zumindest, soweit man von außen Einblick gewinnen kann; ganz anders die imposanten öffentlichen Gebäude, die riesigen Paläste der Macht, die großen Plätze und Parks. Dieser Disproportion wohnt etwas Dramatisches inne, und tatsächlich ist Peking mehrmals über seinen eigenen Ruinen neu errichtet worden. Das zumindest waren die Überlegungen Gisbert Klauss', während er durch das alte Diplomatenviertel gegenüber dem Hotel *Beijing* spazierte, denn genau dieses Karrée war einst von den wütenden Boxern umzingelt, in Brand gesteckt und verwüstet worden. Heute liegen die Straßen dieses Viertels, Zhengylu heißt es, im Schatten dichtbelaubter Bäume; kaum etwas erinnert an die Schrecken, die sich hier vor genau einem Jahrhundert zugetragen haben.

Auf der Fahrt vom Flughafen zum Hotel hatte Gisbert die imposanten Straßen und kolossalen Gebäude des neuen Peking bestaunt. Diese Bauten waren sehr kühl, trotzdem besaßen sie etwas unverwechselbar Asiatisches: die Form der Dächer, die Farben, ihre Gliederung. »Der Orient ist rot«, sagte sich Gisbert und erinnerte sich dabei an ein Volkslied aus Maos Regierungszeit. Seine erste Prüfung in der Landessprache hatte er bravourös bestanden. Der Taxifahrer, ein junger Mann aus Hunan, hatte nicht schlecht gestaunt, als er den Mund auftat, und wenig später führten sie ein Gespräch über das Wetter, den Verkehr, die Luftverschmutzung und die Sandwinde, die immer wieder aus der

Wüste Gobi herangetragen werden, so daß die Stadt unter einer Staubschicht verschwindet wie ein nicht mehr gebrauchter Gegenstand.

Aber in dem Maß, in dem der Taxifahrer in das Gassengewirr vordrang, bekam Gisbert es mit der Angst zu tun. Wie weit weg er von zu Hause war! Er durfte jetzt nicht die Nerven verlieren. »Was soll schon passieren«, redete er sich gut zu, »jeder ist hin und wieder auf sich gestellt. Mir geht es auch nicht anders als allen anderen.« Mit dem einzigen Unterschied, daß das für ihn neu war.

Die Ankunft im Hotel war Balsam für seine Seele, alles war in bester Ordnung. Man hatte seine Reservierung vorliegen, erwartete ihn, kannte seinen Namen. Ein Hoteljunge brachte ihn auf sein Zimmer – es lag im vierzehnten Stock und war groß und behaglich – und wies ihn in die Benutzung der Ausstattung ein, die einen Safe mit elektronischer Verschlüsselung und eine Minibar inklusive Flaschenöffner am Schlüssel beinhaltete. Von seinem Zimmerfenster aus blickte er auf eine Straße voller Restaurants und Bars. Nur die Gegend selbst behagte ihm nicht. Sie schien nicht sonderlich zentral zu sein. Von dem, was er sah, erkannte er nichts. Die vor ihm liegenden Gebäude und vor allem die zahlreichen Baukräne und leeren Grundstücke deuteten für ihn darauf hin, daß er sich in einem Außenbezirk befand. Was dem Stadtplan nach nicht der Fall war. Er hatte diese Stadt noch nicht begriffen.

Er war so aufgeregt von der Reise, daß er sich unmöglich gleich ins Bett legen konnte, er duschte also, zog sich etwas Leichteres an – obwohl es September war, war es heiß – und ging auf die Straße. »Zum Hotel *Beijing*«, sagte er dem Fahrer in sicherem Chinesisch, und der sah ihn noch nicht einmal mehr erstaunt an. Alles lief gut. Am Nachmittag, gegen fünf, würde er Jutta anrufen und ihr haarklein über seine Ankunft berichten. Sie hatten verabredet, daß er sie alle drei Tage anrufen und ihr täglich eine E-Mail schreiben würde, das Hotel verfügte nämlich über einen Online-Service, darüber hatte er sich vorab erkundigt.

Jetzt spazierte er durch das Diplomatenviertel mit Lotis Buch unterm Arm und versuchte, das eine oder andere der Gebäude wiederzuerkennen, das darin Erwähnung fand, und nebenbei fragte er sich, ob er nicht dasselbe tun sollte, ein Tagebuch schreiben. Die Idee war verlockend, aber er wußte nicht recht, ob er bereit sein würde, dieser täglichen Verpflichtung nachzugehen. Obwohl er natürlich vorhatte, seine Erlebnisse für sich zu verwerten, wollte er sich nicht unter Druck fühlen, jeden Tag etwas Großartiges zu erleben. Er wollte sich beim Entdecken Pekings Zeit lassen, fast könnte man sagen, er wollte seinen Launen nachgeben. »Der Charakter dieser Stadt ist mir vollkommen fremd«, dachte er, also muß ich mich ihr mit Bedacht nähern wie einem stillen Menschen, mit dem man zusammenleben muß.

Also gab sich Gisbert auf seinem ersten Spaziergang dem neugierigen Sehen und Schauen hin, schlenderte durch die Straßen und aß schließlich auf den Treppen der Großen Halle des Volkes am Platz des Himmlischen Friedens ein Eis und betrachtete die vorbeiziehenden Menschenströme, und währenddessen sagte er sich, daß er die Verbotene Stadt am nächsten Tag besichtigen wolle, denn heute war er zu müde, um wirklich etwas davon zu haben.

Ganz in der Nähe folgten aufmerksame, hinter einer aufgeschlagenen Zeitung verschanzte flinke kleine Augen jeder seiner Bewegungen.

Nelson Chouchén Otálora öffnete zu fortgeschrittener Nachmittagsstunde ein Auge und fragte sich: »Wo, meine Indianerin, bin ich?« Der viele Alkohol während der Reise, dazu der Jetlag, kamen ihm jetzt teuer zu stehen; ein Gewicht wie von einem Elefanten lastete ihm auf dem Schädel. Erst nach einigen Sekunden begriff er, daß er bereits im Hotel war, im *Holiday Inn Lido,* wo ihn sein Reisegefährte Dr. Rubens Serafín Smith nach ihrer herzlichen Verabschiedung abgesetzt hatte, bei der er den Satz zum Besten gegeben hatte: »Ich nenne dich gerne den Proktologen meines Vertrauens, mein Lieber, aber wehe, du gehst mir an den Hintern, dann bring ich dich um.« Er erinnerte sich auch noch vage, ihm vorgeschlagen zu haben, daß er doch noch mit ins Hotel auf ein letztes Glas kommen solle, aber Serafín Smith hatte in einem Anfall von schlechtem Gewissen und unter Zuhilfenahme seiner letzten einsatzfähigen Gehirnzellen gesagt:

»Ich muß noch meinen Vortrag vorbereiten, hicks, mein Guter, aber wir holen das nach, tschüs, danke, hicks, ciao.«

Er erinnerte sich auch noch, daß er auf dem Flug einer der Stewardessen auf Knien einen Heiratsantrag gemacht hatte und dazu »Höre mein Lied an, du Schöne aus Lima« gesungen hatte, woraufhin diese ihn empört aufgefordert hatte, sich wieder hinzusetzen, vor allem, als er Anstalten machte, ihr in den Hintern zu zwicken. Er fühlte sich auf einmal lächerlich, und wie immer, wenn er getrunken hatte, nagten an ihm die Gewissensbisse, hinzu kam das Drücken auf der Brust.

Er zog die Vorhänge auf, das Panorama überwältigte ihn. Vor ihm lag ein schier endlos großes Gelände, an dessen Rand zugestaubte Kiefernbäume standen. Soweit sein Auge reichte, war alles eine einzige Baustelle. Ein Lastwagen transportierte Schutt zu einer benachbarten Baustelle ab. Ein Trupp Arbeiter grub mit Schaufeln, die Oberkörper nackt, unter der sengenden Sonne. Er erinnerte sich, daß die Reisebüroangestellte in Austin ihm versichert hatte, daß das Hotel sehr zentral liege, die konnte bei seiner Rückkehr was erleben, schwor er sich. So leicht konnte diese Schlampe ihn nicht übers Ohr hauen. Dann nahm er den Stadtplan und erkannte, daß er sich tatsächlich ziemlich weit im Norden befand, fast auf halber Strecke zum Flughafen.

Bei seinen Reiseunterlagen fand er ein Kärtchen vom *Kempinski* Hotel, wo Dr. Serafín Smith wohnte. Er öffnete seinen Koffer, holte ein Röhrchen Tylenol heraus und kaute zwei Tabletten, dann stieg er in die Dusche und ließ reinigendes Wasser über seinen von Kopfschmerzen, Schlafmangel und drei Gläsern Gin Tonic gemarterten Körper laufen.

Eine Stunde später ging es ihm schon besser. Er öffnete die Kassette mit den Schriftstücken seines Großvaters und begann, sie genauer durchzusehen. Es war seltsam: Die ganzen Jahre hatte er sich nicht für sie interessiert, sie aber immer wie einen kostbaren Schatz gehütet. Das mußte eine tiefere Bedeutung haben. Er schnappte sich also einen Bleistift und schrieb in sein Heft:

In diesen Seiten liegt verborgen, was ich einmal gewesen bin,
was ich hätte gewesen sein können, was ich heute bin.

Er trank einen Schluck Fanta, zündete sich eine Zigarette an und fuhr begeistert fort:

Die verschlungenen Linien dieser Kalligraphie
zeichnen eine Landkarte, in der mein Gesicht angelegt ist.

Und zur Krönung:

Mein Leben ist eingeschlossen in dieses dunkle Zeichen,
das bedeutet: Gedicht.

Das ist ein Haiku, dachte er. Etwas zu lang, aber letztlich doch ein Haiku. Meine Güte, sagte er sich noch einmal, wie hatte er so lange Zeit verstreichen lassen können, bis er diese Reise unternahm? Noch nie, sein ganzes Schriftstellerleben lang war er so inspiriert gewesen. Peking war seine Proustsche Madeleine, sein Rosebud, seine Lara.

Die meisten Schriftstücke waren auf Chinesisch verfaßt – nur die Briefe hatte der Großvater mit unsicherer Orthographie ins Spanische übersetzt –, doch nach kurzem Suchen fand er ein weiteres Dokument auf Spanisch: Es war das Einreisedokument vom Hafen Callao, ausgestellt am 1. Februar 1901. Man hatte seinen Großpapa Hu nach einer Adresse in Peking gefragt, und er hatte angegeben: 7, Zhinlu Bajie, Houhai, Beijing. Er sah noch einige

Briefe durch, aber sie hatten keinen Absender. Die meisten trugen die Unterschrift von Xen, dem jüngeren Bruder seines Großvaters.

Seine Kopfschmerzen redeten ihm aus, einen seiner Briefe entziffern zu wollen, er dachte, daß er noch den ganzen Abend lang Zeit dazu haben würde. »Heute ist Erkundungstag.« Als er aus dem Hotel trat, fluchte er erneut. Genau in diesem Augenblick brach auf der anderen Straßenseite ein Preßlufthammer den Asphalt auf.

»Hier wird ein großes Einkaufszentrum errichtet«, sagte ihm der Hoteljunge lächelnd in näherungsweisem Englisch. »Es wird eines der größten Asiens sein. Wohin wollen Sie, mein Herr?«

»Ins Zentrum.«

»In welches, mein Herr?« fragte der Hoteljunge nach.

»Ins Zentrum von Peking natürlich, wohin sonst?« erwiderte Nelson grimmig.

»Peking hat viele Zentren, mein Herr.«

»Ach ja?«

»Ja«, sagte der Hoteljunge, der unverdrossen weiterlächelte.

»Dann will ich eben in das Zentrum, das am zentralsten ist, verstehen Sie, was ich meine?«

»Ich glaube nicht, mein Herr. Haben Sie nicht den Namen des Zentrums?«

Nelson dämmerte es.

»Aber ich meine doch kein Einkaufszentrum«, erklärte er. »Ich will ins Stadtzentrum.«

»Ach so. Sie wollen sagen, ins Zentrum.«

»Genau.«

»Ich rufe Ihnen ein Taxi, mein Herr.«

Der Hoteljunge hob den Arm, auf der Stelle fuhr einer dieser roten Wagen heran. Er erklärte dem Fahrer, wohin er Nelson bringen solle, dann ging die Wagentür auf.

»Ich wünsche Ihnen einen schönen Aufenthalt, mein Herr. Der Taxifahrer fährt Sie zum Platz des Himmlischen Friedens. Sind Sie damit einverstanden?«

»Danke.«

Als sie auf eine der Hauptverkehrsstraßen einbogen, sah er eine Stadt aus Hochhäusern, bestehend aus Ziegeln, Beton und schmutzigen Scheiben; es war ein stumpfes Panorama, das ihn an Osteuropa erinnerte – Nelson war nie dort gewesen, er kannte es nur aus dem Kino: farblose Klötze, triste Wohnsilos, die greuliche Verbindung aus Dreck und Graffiti.

Schon fuhren sie eine andere große Straße entlang, die Dongzhimen, wo er einen wunderschönen lamaistischen Tempel und mehrere Paläste im traditionellen Stil erblickte, aus grauem Ziegel und rot lackiertem Holz, mit Pagodendächern und gewundenen Drachen mit fein ziselierten Klauen, auf dem First Löwen und Schlangen aus Porzellan.

Er sah alte Klapperkisten und fragte sich, wie man diesen aus Blech und Gummi zusammengeschraubten Gestellen – einige glichen mehr Installationen von Konzeptkünstlern – das Wunder der Bewegung beigebracht haben mochte; er sah ein Meer an Fahrrädern, Dreirädern, Rikschas, Mofas, Motordreirädern und Motorrädern mit Beiwagen. Es war das Reich der Zwei- und Dreiräder, die mühelos durch den Verkehr glitten, Lastwagen und Bussen auswichen, drängelten und fluchten, sich in Staus vorarbeiteten, bei Rot über die Kreuzung fuhren, Zebrastreifen und Gehwege stürmten, gefährlich mitten auf der Fahrbahn manövrierten und die oft als Lastentransport für alles mögliche dienten, von Möbeln und Haushaltsgeräten bis zu Baumaterial, in Bewegung gesetzt durch den Antrieb eines einzigen Menschen. Der Taxifahrer fuhr wie eine gesengte Sau, er jagte nach vorne, stieg scharf in die Eisen, hüpfte auf seinem Sitz und drückte mit beiden Händen auf die Hupe.

Auf einmal wurde Nelson bewußt, daß sie schon länger als eine Dreiviertelstunde unterwegs waren, und er blickte verstohlen auf seinen Stadtplan. Er hielt es nicht für möglich, daß die Entfernung zwischen Hotel und Zentrum so groß sein sollte. Hatte der Hoteljunge sich etwa für seinen ironischen Ton rächen wollen und ihn an einen gottverlassenen Ort geschickt? Der konnte was erleben.

Das würde er noch bitter bereuen. Vielleicht hatte er ihn mit seinem dunklen und leicht asiatischen Teint – asiatisches Blut mit indianischem Einfluß – für einen Philippinen oder Vietnamesen gehalten und wollte sich einen Scherz mit ihm erlauben. Und hatte der Fahrer denn auch richtig verstanden, wo er hinwollte? Da er der Sprache nicht mächtig war, schwieg er lieber. Ihm war noch immer leicht schwindlig, und die Kopfschmerzen waren auch noch nicht vorüber; nicht der richtige Moment also, um sich zu beschweren. »Nur weil ich müde war, haben diese Drecksäue mich ausgenutzt«, sagte er sich. Der Verkehr war ein Alptraum. Jedesmal, wenn sie an eine große Kreuzung kamen, kam es Nelson vor, als führen sie quer über einen Marktplatz.

Ein Bremsen riß ihn aus dem Schlaf. Verwirrt sah er auf und erblickte einen riesigen Platz. Er war sprachlos. »Wahnsinn, ich bin in Peking!« rief er begeistert, während er aus dem Taxi stieg und langsam seine ersten Schritte tat, und hätte sich ihm nicht der Taxifahrer lächelnd mit einem Zettel mit dem aufgedruckten Fahrpreis in den Weg gestellt, wäre er weitergegangen. »Immer muß irgendein primitives Wesen die feierlichen Momente stören«, sagte er sich erbost und zahlte. Er wollte schon mit ihm Streit anfangen, aber als er den lächerlichen Betrag sah, beschloß er, seine Kräfte zu sparen. Dann ging er mit feuchten Augen weiter. Aus dieser Stadt war sein Großvater vor hundert Jahren fortgegangen, und er war jetzt hier. Wie viele Zweifel und Fragen, welche Ängste müssen den dreißigjährigen jungen Mann, Hu, bei seinem Aufbruch begleitet haben, bei jenem Aufbruch, der sein eigenes Leben erst möglich gemacht hatte; und wie leicht hätte es ihn woandershin verschlagen können; statt in Peru hätte er genausogut in den Vereinigten Staaten von Bord gehen können, oder in Brasilien, denn der Stammsitz seiner Familie war nicht frei gewählt, sondern war von der Bestimmung des Dampfers festgelegt worden, auf dem Hu Shou Shen als Schiffsjunge Platz gefunden hatte. Der Ozeandampfer mit dem Ziel Callao hatte ihn als einziger aufnehmen wollen, und aus diesem Grund war er heute Peruaner und sein Werk lateinamerikanisch. Welch Laune des Schicksals.

Genau in diesen Straßen um die Verbotene Stadt herum, als dortselbst noch ein Kaiser residiert hatte, mußte Hu sich erkundigt und Rat eingeholt haben, was er tun, wohin er gehen sollte. Doch wenn er recht darüber nachdachte, hatte er eigentlich nie erfahren, warum sein Großvater aus China fortgegangen war. Sein Vater – an den er sich kaum erinnerte, weil er früh, als er selbst zwölf Jahre alt war, gestorben war – hatte nie darüber gesprochen; und das Bild, das er von seinem Großvater hatte, beruhte weniger auf seiner eigenen Erinnerung, als auf einem Foto, das er vor Jahren in Cuzco im Haus seiner Großmutter gesehen hatte; sie, die um einiges jünger war als Hu, hatte er noch gekannt. Seine Großmutter hatte auf seine Fragen immer nur geantwortet: »Dein lieber Großvater hat immer gesagt, er ist nach Peru gekommen, um mich zu heiraten.« Verdammt: Warum war sein Großvater ausgewandert? Gute Frage. Das war zweifellos das erste, worauf er eine Antwort finden mußte.

Beim Betreten des *China World* Hotels blieb mir der Mund offen stehen. Eine riesige, glänzende Kuppel überspannte eine Lobby, die in gelber Seide ausgekleidet war, mit schweren Sesseln im alten Stil, einer Vielzahl Kostbarkeiten unter Glasstürzen, Spiegeln, geschnitzten Bögen aus Ebenholz und einem begrünten Innenhof mit bronzenen Wappentieren.

Nachdem ich mein Handgepäck samt Ausrüstung keuchend zur Rezeption geschleppt und die Formalitäten erledigt hatte, ging ich in bester Laune auf mein Zimmer; das Hotel war nicht nur sehr elegant, es verfügte auch über einen erstklassigen Fitneßbereich, inklusive türkischem Bad und Sauna. Es sollte sich einrichten lassen, dieses Angebot zu nutzen. Auf Dienstreisen bin ich sehr diszipliniert und achte strikt darauf, keine Zeit zu verlieren, und vor allem, nichts dem Zufall zu überlassen. Bei der Ankunft im Hotelzimmer – dieses war geräumig und hatte einen beeindruckenden Blick über die Stadt, denn es lag im 32. Stock – stellte ich als erstes die Möbel um, denn die Innenarchitekten von Hotels planen nur selten den Menschen mit ein, jedenfalls einen Fußsoldaten wie mich, der sich, wie man bei uns sagt, »die Finger mit Tinte schmutzig machen muß«.

Das Informationsmaterial, das Pétit mir in Hongkong mitgegeben hatte, war nicht sonderlich aufschlußreich. Das großartige Dossier, von dem er mir erzählt hatte, bestand aus ein paar Stadtplänen mit Anzeigen von Hotels, Restaurants und Nachtclubs, wie man sie auch am Informationsschalter des Flughafens bekommt, außerdem einem Faltblatt über organisierte Fahrten zur Großen Mauer und dem Sommerpalast. Zusätzlich lag ein Sonderheft der *South China Morning Post* über die lokale Gastronomie bei, in dem einiges über kantonesische Gerichte stand und der Hinweis, daß das im Westen bekannteste chinesische Gericht, Chop Suey, von einem Restaurant in San Francisco kreiert worden ist.

Die einzige Information von gewissem Wert stand auf einem handgeschriebenen Zettel, der sorgfältig neben das Flugticket gesteckt worden war: »Bleiben Sie nach Ihrer Ankunft in Peking im Hotel. Sie werden abgeholt. Pétit.« Was für eine Geheimnistuerei. Aber im Grunde war ich einverstanden. Auf Dienstreisen mache ich nie Sightseeing; höchstens am Schluß, wenn ich alles Material zusammenhabe und noch Zeit bleibt. Vorher könnte ich es gar nicht genießen. Es war also tatsächlich das beste, auf diese Kontaktperson zu warten und sich derweil zu erholen, und welcher Ort war dafür geeigneter als das dem Fitneßclub angeschlossene Health Center. Was Komfort und Luxus angeht, sind die Asiaten wirklich nicht zu übertreffen. Die Wellnesslandschaft ließ nichts zu wünschen übrig: Sauna, Dampfbad, Tauchbecken und Whirlpool, Ruheraum in gedämpftem Licht mit Liegen und flauschigen Handtüchern, weiter hinten ein Swimmingpool, Liegestühle und Palmen.

Ich hatte drei Saunagänge gemacht und mich gerade mit meinem Buch von Malraux in einen Sessel zurückgezogen, als ich aus den Lautsprechern meinen Namen hörte: »Phone call for Mister Sueires Salseidou.« Ich rannte wie der Blitz zum Telefon und griff nach dem Hörer.

»Aló?«

»Herr Suárez Salcedo« – eine unbekannte Stimme sprach französisch mit mir, ich erkannte einen leicht orientalischen Akzent. »Ich warte unten auf Sie. Wir sind etwas spät dran, beeilen Sie sich bitte.«

»Hören Sie, warten Sie, wer sind Sie eigentlich?« – sagte ich, etwas verärgert über diesen Befehlston.

»Machen Sie schnell, bitte, ich erkläre es Ihnen auf dem Weg. Ich warte in der Bar. Ich halte eine Zeitung in der Hand und bin klein.«

»Klein? Können Sie mir vielleicht ein paar mehr Angaben machen? Klein sind hier alle, und in der Hotelhalle wimmelt es von Menschen«, meckerte ich, während ich mir mit dem Handtuch Unterarme und Bauch abrubbelte.

»Diese Angaben genügen. Ich bin äußerst klein. Beeilen Sie sich. Klick ...«

Ich rannte auf mein Zimmer, schnappte mir meine Ausrüstung und stürzte zum Aufzug. Ehrlich, ich war diese Geheimnistuerei allmählich leid.

Kaum stand ich in der Bar, hatte ich ihn auch schon entdeckt. Er war wirklich äußerst klein. Er war ein Zwerg.

»Ich heiße Chow Zhencai. Gehen wir.«

Und Chow schlüpfte zwischen den Leuten hindurch; mühsam folgte ich ihm und fand ihn erst an der Tür wieder. Dort wartete ein Taxi, in dem er, kombinierte ich, schon gekommen sein mußte, denn der Zählerstand war schon sehr hoch. Chow sagte etwas zu dem Fahrer, und wir fuhren los.

»Ich leide unter Zwergenwuchs, die Folge einer Unterfunktion der Schilddrüse«, erklärte Chow. »Ich bin einen Meter dreizehn groß. Wäre ich in einem modernen Land geboren worden, hätte ich geheilt werden können, die Krankheit ist nicht genetisch. Aber ich bin im China der Kulturrevolution geboren. Nichts zu machen.«

Vermutlich tat es ihm gut zu reden, ich hörte ihm also schweigend zu und unterdrückte die Lawine an Fragen, die mein Gehirn überrollte und die nichts mit seiner Krankheit zu tun hatte.

»Aber nicht, daß Sie jetzt denken, ich wäre nicht stolz, Chinese zu sein« – sprudelte es weiter aus ihm heraus. »Nicht daß Sie einen falschen Eindruck von mir bekommen, Herr Suárez Salcedo. Ich bin sehr stolz auf mein Vaterland, und wenn ich noch einmal geboren werden würde, würde ich auf jeden Fall wieder Chinese sein wollen, auch wenn das hieße, daß ich wieder so klein wäre. Ein Zwerg zu sein hat außerdem seine Vorteile. Soll ich Ihnen einen verraten?«

»Gerne, ja«, stimmte ich zu.

»Die Frauen«, sagte er und zwinkerte. »Verstehen Sie, was ich meine? Ich kann ihnen ganz einfach unter die Röcke gucken, vor allem den deutschen. Sie sind enorm groß.«

Wenn der Zwerg mit seiner Therapiestunde fertig sein würde, hätte er hoffentlich noch ein paar relevante Informationen für mich. Wohin fuhren wir? Wer zum Teufel war er? Was sollte diese Geheimnistuerei? Warum holte mich ein Chinese und nicht ein Franzose vom Hotel ab?

»Die Frauen aus der hinteren Mongolei gefallen mir nicht besonders«, redete Chow weiter, »aber sie sind am leichtesten zu haben. Pummelige Bäuerinnen mit Elefantenbeinen und Hängetitten. Nichts auf der Welt ist leichter, als eine Mongolin ins Bett zu kriegen. Sagen Sie, warum erzähle ich Ihnen das eigentlich?«

»Das weiß ich nicht, Herr Chow, Sie wollten mir sagen, welche Vorteile es hat, klein zu sein ...«

»Ach ja, aber Sie müssen entschuldigen« – er machte einen Rückzug. »Jetzt habe ich keine Zeit, mich in Einzelheiten zu verlieren. Fragen Sie mich später noch mal, wenn wir mehr Ruhe haben.«

War Herr Chow nicht ganz richtig im Kopf? Pétits Kontaktmänner waren wirklich sehr speziell.

Das Taxi fuhr endlos durch die Straßen, wich Fahrrädern und Rikschas aus, und aus Angst, mein ›Kollege‹ würde den Faden seines wirren Gesprächs wieder aufnehmen, sagte ich lieber gar nichts mehr. Wie ich ihn so beobachtete, fiel mir ein Romananfang von Julio Ramón Ribeyro ein: »Wie jeder kleine und darum besonders eingebildete Mann erachtete Dr. Carlos Almenara …« Chow war nicht nur eingebildet. Er war außerdem autoritär. Wo hatte er nur Französisch gelernt? Was hatte er nur mit meiner Arbeit zu tun?

Das Taxi hielt in einem ziemlich häßlichen und abweisenden Viertel. Chow zahlte, hüpfte aus dem Wagen und forderte mich auf, ihm nachzukommen.

»Danke, daß Sie während der Fahrt keine Frage gestellt haben, ich hoffe, Sie werden das während Ihres ganzen Aufenthalts so halten«, sagte er zu mir. »In dieser Stadt hat alles Ohren. Ich hatte vergessen, Ihnen das vor dem Einsteigen zu sagen. Aber kommen Sie, man erwartet uns schon.«

Wir stiegen eine Treppe nach oben, die Wände um uns herum waren feucht. Es roch nach Zwiebeln und Fritierfett. Kurz kam ich mir vor, als sei ich nicht in Peking, sondern im alten Rom und wir suchten Katholiken in ihrem ungesunden Versteck. In meiner leutseligen Art glaube ich den Menschen erst mal, aber zu diesem Zeitpunkt war mir bereits bewußt, daß an dieser seltsamen Mission etwas nicht stimmte. Die Sache roch faul.

Eine Tür ging auf, und wir betraten eine enge, mit alten Möbeln bestückte Wohnung.

»Warten Sie bitte hier«, sagte Chow und ließ mich in einem düsteren Zimmer zurück, in dem ein kleines Sofa, ein Krug Wasser und drei Gläser standen.

Ich überlegte, ob ich einfach gehen und mit dem Taxi ins Hotel zurückfahren sollte, denn ich war es satt, immer überall auf irgendwen zu warten. Aber während ich noch nachdachte, ging die Tür auf, und zwei Leute kamen herein. Ich konnte ihre Gesichter nicht gut sehen und erkannte nur, daß der eine Chinese und der andere Europäer war.

»Willkommen in Peking, Herr Suárez Salcedo«, sagte der Europäer und streckte mir die Hand hin. »Mein Name ist Peter Oslovski. Priester Peter Oslovski. Das ist Sun Chen, mein Prior.«

Etwas erleichtert gab ich ihnen die Hand.

»Ich hoffe, Hochwürden«, sagte ich, »daß ich von Ihnen endlich erfahre, warum ich hier bin.«

»Sicher, natürlich. Möchten Sie einen Schluck Wasser? Es ist heiß heute.«

»Danke.«

Ich trank einen Schluck. Da spürte ich erst, wie müde ich war.

»Wir rechnen auf Ihre Hilfe«, sagte der Geistliche, »wir müssen einen Priester unserer Kongregation finden, er ist in Gefahr; wegen eines, wie soll ich sagen, verhängnisvollen, aber hochinteressanten Fundes; er ist einfach verschwunden. Sie müssen uns helfen, ihn wiederzufinden und ein Dokument aus China hinauszuschleusen.«

»Was für ein Dokument?« fragte ich. »Warum ist es so wichtig, und warum ist dieser Priester in Gefahr?«

»Zu viele Fragen, geschätzter Freund. Wir müssen vorsichtig sein, und Sie müssen schon etwas Geduld aufbringen, mit Verlaub.«

Jetzt mußte ich mir auch noch anhören, wie ich mich verhalten sollte, das ging zu weit.

»Ich möchte genau erfahren, was mit diesem Priester passiert ist und warum Sie mich hierher gebracht haben«, sagte ich forsch und erhob mich. »Ich bin hier, um eine Reportage zu machen, und nicht, um irgendwen zu retten. Hochwürden, sobald Sie meine Fragen beantwortet haben, kann ich Ihnen sagen, ob ich bereit bin, Ihnen zu helfen. Sie wissen, in welchem Hotel Sie mich finden.«

Nach diesen Worten verließ ich den Raum. Ich ging die Treppe hinunter auf die Straße, entfernte mich und hielt Ausschau nach einem Taxi. Aber in dieser Gegend gab es kaum Autos. Ich ging also bis zur nächsten Straßenecke, wo ich etwas weiter weg eine Häuserzeile sah. In der Hoffnung, in eine etwas belebtere Gegend zu kommen, ging ich weiter, doch es wurde immer wüstenähnlicher. Jenseits der Häuser war es noch trostloser.

Auf einmal sah ich ein Auto kommen. Es fuhr langsam heran, und als es auf meiner Höhe war, öffnete sich eine der hinteren Türen. Drinnen saßen Chow, Sun Chen und Hochwürden Oslovski.

»Sie müssen lernen, Geduld zu haben«, sagte der Geistliche. »Los, steigen Sie ein. Wir fahren Sie in Ihr Hotel zurück. Auf dem Weg erkläre ich Ihnen, was es mit dem allen auf sich hat.«

Auf den Treppen der Großen Halle des Volkes sitzend, holte Professor Gisbert Klauss sein Diktiergerät heraus und begann aufzusprechen: »Peking. Erster Tag. 15:45. Meine ersten Eindrücke der Stadt sind überwältigend. Was ich jahrelang studiert und aus der Ferne erahnt hatte, bekommt jetzt handfeste Gestalt. Dennoch entsteht, wie nicht anders zu erwarten, eine Kluft: die stets bestehende Entfernung zwischen Büchern und Wirklichkeit, zwischen Theorie und Praxis. In der Literatur ist das Land ein anderes. In gewisser Weise ist alles Geschriebene irreal, auch wenn es auf einer wirklichen Vorlage beruht. Wahrhaftig hingegen ist die Geschichte. Hier, vor mir, liegt das Mausoleum Mao Zedongs. Nie hat ein einzelner das Leben so vieler Menschen unter sich gehabt. Sein Leichnam liegt hier aufgebahrt.

Neues und Altes bestehen nebeneinander. Wolkenkratzer und die kläglichen Reste der alten Stadtmauer. Ihre Zerstörung war ein schwerer Anschlag auf das nationale Erbe – und nicht der einzige. Ich jauchze innerlich. Große Persönlichkeiten sind vor mir hier gewesen; außer an Loti muß ich an den von mir bewunderten Mateo Ricci denken. Zu seiner Zeit gab es den Platz noch nicht, aber es gab schon die Kaiserstadt und die bevölkerungsreiche Tartarenstadt.

Die Kaiser und kommunistischen Führer haben etwas begriffen, was auch im Okzident Allgemeingut ist: der Zusammenhang zwischen architektonischer Größe und Größe des Staats. Das erste ist Symbol des zweiten. Es gibt kein zweites ohne das erste. In Deutschland wissen wir das. Der Staat ist eine unsichtbare Idee, erst die großen Repräsentationsbauten machen ihn sichtbar. Ohne Paläste gäbe es keine Ehrfurcht. Die Leute gehen aufrecht, sind stolz auf ihre Symbole.«

Nachdem Gisbert Klauss seine Aufnahme beendet hatte, steckte er das Gerät ein, sah auf dem Stadtplan nach und ging noch einmal über den Platz. Als Nächstes wollte er in eine Buchhandlung gehen. Dazu machte er sich auf den Weg zu der nahegelegenen Einkaufsmeile Wangfujing, die in seinem Reiseführer empfohlen wurde, und er bemerkte nicht, daß hinter ihm jemand aufstand, hastig etwas in ein Handy sagte und in sicherer Entfernung seine Verfolgung aufnahm.

Als er in die Wangfujing kam, war er überrascht über das moderne Leben, das hier stattfand. In der Schlucht zwischen riesigen Einkaufszentren mit geschwungenen Dächern sah Gisbert Ströme von Menschen, die in den Tausenden von Nippesläden ein- und ausgingen; Gegenstände aus Jade und Achat, Alabasterfigürchen, Elfenbeinschnitzereien, Seide und Brokat; zudem gab es Geschäfte mit Kunstkopien, traditionelle Apotheken, Cafés mit großen Terrassen, elegante Bars und Restaurants. Gisbert ließ sich im Strom treiben und ging schließlich in ein riesiges, mehrstöckiges Buchkaufhaus, direkt in die Abteilung für chinesische Literatur. Zu seiner großen Überraschung gab es keine jüngeren Ausgaben des Werks von Wang Mian. Er wandte sich an einen Verkäufer.

»Guten Tag«, sagte er in sicherem Chinesisch, »können Sie mir sagen, wo ich Werke von Wang Mian finde?«

Der Verkäufer sah ihn befremdet an.

»Würden Sie den Namen noch einmal wiederholen?«

»Wang Mian.«

»Bitte, warten Sie einen Moment.«

Am anderen Ende des Raums, hinter einem Regal versteckt, verfolgten die beobachtenden Augen jede seiner Bewegungen.

Der Verkäufer ging zur Kasse und beriet sich mit einem Angestellten, der in seiner Uniform wie ein Vorgesetzter aussah, dieser griff nun zum Telefonhörer, um einen weiteren Angestellten hinzuzurufen. Als der sich eingefunden hatte, zeigte der erste auf Gisbert, der weiter die Regale durchsah.

»Verzeihung, mein Herr«, sagte der Vorgesetzte und trat zu Gisbert: »Sind Sie der Herr, der die Werke Wang Mians sucht?«

»Ja, ganz richtig.«

»Nun, leider muß ich Ihnen sagen, daß sie zur Zeit vergriffen sind. Suchen Sie einen besonderen Titel?«

»Ja, eigentlich schon. Ich hätte gerne eine Faksimileausgabe der *Geschichte der vertauschten Namen,* sie sollte möglichst auf der Ausgabe der Hütte des Liegenden Ruhenden basieren, Peking, 1975, Verlag der Volksliteratur.«

»Wenn Sie sich ein wenig gedulden, mein Herr«, sagte der Verkäufer, »notiere ich mir die Angaben. Vielleicht kann ich das Buch in ein paar Tagen für Sie besorgen.«

»Sehr liebenswürdig.«

Der Angestellte machte sich eine Notiz und gab Gisbert ein Kärtchen.

»Rufen Sie mich Ende der Woche an, mein Herr. Hier haben Sie meinen Namen und die Durchwahl der Belletristikabteilung.«

Gisbert bedankte sich, doch der Angestellte hatte, bevor er sich zum Gehen wandte, noch eine Information für ihn:

»Wenn Sie sich für alte Ausgaben interessieren, mein Herr, empfehle ich Ihnen, einen Spaziergang zu den Antiquariaten in der Dongzhi Dajie zu machen. Es ist gar nicht weit. Wenn Sie erlauben, zeige ich es Ihnen auf Ihrem Stadtplan.«

Gisbert faltete selbigen auf, und der Angestellte zog darauf mehrere Kreise.

»Sie können auch in den Antiquariaten im Houhai Park suchen. Manchmal findet man dort Kostbarkeiten. Sie sind Experte, das sehe ich Ihnen an.«

»Ich bin Gelehrter der chinesischen Kultur, junger Mann«, sagte der Professor. »Herzlichen Dank für Ihren Rat.«

Gisbert war vor Neugierde und philologischer Besessenheit wie unter Strom, und sobald er die Straße betrat, war alle Müdigkeit vergessen. Wie auch das Versprechen, Jutta anzurufen.

Die Dongzhi Dajie war tatsächlich ganz in der Nähe, und wie angekündigt, fand er auch gleich eine der Buchhandlungen. Es war ein ziemlich weit hineingehender und düsterer Verkaufsraum, dessen Wände voll mit Büchern standen, weitere Bücher lagen in Körben. Dazwischen schlichen mehrere Angestellte in weißen Kitteln umher. Erregt begann Gisbert zu suchen, und nach mehreren Stunden, nachdem er eine spanische Erstausgabe von José María Arguedas (*Canciones y cuentos del pueblo Quechua*, Ed. Huascarán, Lima, 1949) und einige englische Reiseberichte aus China aufgestöbert hatte, gab er sich geschlagen, die Flut an Titeln machte ihn schwindlig, aber er war nicht auf ein einziges Werk des von ihm geschätzten Wang Mian gestoßen.

Der Ladenbesitzer kam zu ihm und bot ihm seine Hilfe an.

»Wie ich sehe, interessieren Sie sich für chinesische Literatur, mein Herr«, sagte er. »Darum nehme ich an, daß Sie auch unsere Sprache können.«

»Ja, aber nur annähernd«, antwortete Gisbert Klauss. »Ich bin Professor für Sinologie an der Universität Hamburg.«

»Suchen Sie einen besonderen Titel?«

Gisbert Klauss wiederholte seine Anfrage, und der Buchhändler, ein friedfertiger älterer Herr mit grauem Haar und freundlichem Gesicht, bat ihn mitzukommen.

»Kommen Sie, kommen Sie mit«, sagte er und stieß eine Tür auf. »Für die besonderen Bücher habe ich einen eigenen Raum. Besser gesagt: für besondere Kunden, wie Sie einer sind.«

»Das ist aber freundlich«, erwiderte Gisbert.

Der Raum war kleiner, dafür besser beleuchtet, da er auf einen Innenhof hinausging. Die Bücher standen feinsäuberlich in Fächern, und er erkannte auf den ersten Blick einige der Titel, die er in seiner Bibliothek in Hamburg hatte, etwa das *Buch der Veränderungen* in der Faksimileausgabe des Verlags Antiker Bücher aus Schanghai oder das *Wörterbuch der chinesischen Legenden*, erschienen beim Verlag Ci Shu. Der Buchhändler fuhr mit dem Finger über die Rücken – einige von ihnen waren in Leder gebunden –, zog mehrere Bände heraus und legte sie auf den Tisch.

»Das ist alles, was ich Ihnen von Wang Mian anbieten kann.«

Freudig erblickte Gisbert die *Geschichte der vertauschten Namen* in der Ausgabe, die er suchte, und noch andere ihm bekannte Titel, alles schöne Faksimileausgaben der alten Drucke aus dem achtzehnten Jahrhundert: *Die Lilie und der Schaum, Tage im Orient, Mittäglicher Herbstgesang, Numeriken*. Bevor er die entscheidende Frage nach dem Preis stellte, überschlug er rasch, was er zahlen könnte; nicht mehr als hundert Dollar pro Band, rechnete er sich aus, was bei fünf Büchern etwa viertausend Yuan machen würde. Mit dieser Summe im Kopf wagte er zu fragen:

»Und wieviel soll dieses hier kosten?« – er nahm die *Geschichte der vertauschten Namen*, sicher würde es einfacher sein, eines nach dem anderen auszuhandeln.

»Zweitausend Yuan, und sie gehören Ihnen, mein Herr«, antwortete der Buchhändler, er hielt die Hände über dem Bauch verschränkt.

»Zweitausend Yuan, für dieses Buch?« fragte Gisbert.

»Nein, für alle.«

Ihm hüpfte das Herz, das war ein echter Fang. Er war stumm vor Staunen.

»Sie sind mir sympathisch, Professor. Nehmen Sie sie für tausendfünfhundert Yuan mit. Soll ich Ihnen ein Paket machen?«

»Ja, bitte.«

Ihn beschlich ein leises Schuldgefühl, er verbot sich aber, etwas zu sagen, es würde schon vorübergehen. Dann fragte er:

»Glauben Sie, daß man noch andere Bücher von Wang Mian finden kann?«

»Ach, versuchen kann man es immer«, antwortete der Buchhändler. »*Weite Transparenzen der Luft* kann ich Ihnen natürlich nicht versprechen, aber andere Gedichtbände wie *Augustnebel* oder *Der goldene Fisch* dürften zu bekommen sein.«

Gisbert beobachtete ihn neugierig.

»Wie hieß noch mal der Titel?«

»*Augustnebel*«, antwortete der Buchhändler. »Oder *Der goldene Fisch,* je nach Ihrem Wunsch.«

»Nein, ich meine den anderen ...«

»Ach, *Weite Transparenzen der Luft*« – der Buchhändler senkte die Stimme und schloß das Fenster. »Sie entschuldigen, wenn Sie über dieses Buch sprechen möchten, ist es besser, es hört uns niemand zu. Es bringt Unglück.«

»*Weite Transparenzen der Luft*?« fragte Gisbert Klauss. »Wie seltsam. Ich habe noch nie etwas davon gehört. Warum soll es Unglück bringen?«

»Nun, nur wenige kennen heute dieses Buch. Es ist das letzte, das er vor seinem Tod geschrieben hat, im Alkoholrausch. Soweit ich weiß, handelt es von einer mystischen Reise, von den verschiedenen, teils von Erscheinungen markierten Stufen auf dem Weg zur Vollkommenheit. Es ist erst spät publiziert worden, denn das Manuskript ist erst 1880 aufgetaucht. Damals wurden hundert Kopien angefertigt.«

»Hochinteressant« – Gisbert zog sein Notizbüchlein hervor und schrieb sich den Titel auf. »Ich wußte nichts darüber. Warum sagen Sie, daß es Unglück bringt?«

Der alte Buchhändler lud Gisbert ein, sich zu setzen. Er stellte ihm eine Tasse hin, legte ein paar Teeblätter hinein und goß aus einer metallenen Thermoskanne heißes Wasser darauf.

»Sehen Sie, dieses Buch diente der Geheimgesellschaft Yi Ho Tuan als heilige Doktrin.«

»Den Boxern?« fragte Gisbert Klauss.

»Nun, so werden sie irrtümlicherweise in der westlichen Welt genannt«, sagte der Buchhändler. »Aber richtig. Die meine ich.«

»Und darum bringt es Unglück ...«, faßte Gisbert zusammen.

»Die Geschichte ist, wie Sie wissen, sehr schlecht ausgegangen. Sie hatte die Zerstörung Pekings zur Folge und eine lange Periode der Schande, in der wir vor den ausländischen Mächten als Bittsteller auftreten mußten.«

»Ich weiß«, sagte Gisbert, »und wissen Sie, ich schäme mich für die finstere Rolle, die mein Land dabei gespielt hat.«

»Also gut«, fuhr der Buchhändler fort, »angeblich ist in dem Text, der wie gesagt auf einem mystischen Traum Mians beruht, von der Zerstörung der ›Feinde mit dem Kreuz‹ – damit meint er die Christen – die Rede, als Voraussetzung für die endgültige Errichtung des Paradieses. Das war einer der Gründe, warum die Boxer alle Priester umbringen und gleich die gesamte westliche Welt auslöschen wollten, schließlich hatten sie das Kreuz gebracht. Sie müssen bedenken, daß China in den Jahren davor des öfteren von den westlichen Ländern gedemütigt worden war, vor allem von Großbritannien und Frankreich. Unter diesen Voraussetzungen würde jede Doktrin der Rache, die halbwegs nachvollziehbar ist und das Paradies verspricht, bei hunderttausenden hungerleidenden und perspektivlosen Menschen gut ankommen.«

Hinter der Tür war ein Geräusch zu hören, der Buchhändler stand nervös auf. Dann zog er sehr langsam die Tür auf. Eine riesige Siamkatze sprang ihm auf den Arm.

»Xiu!« rief er erleichtert aus. »Sie ist ein schrecklich neugieriges Tier. Sobald sie eine geschlossene Tür sieht, will sie wissen, was dahinter passiert.«

Er ließ die Katze auf den Boden, nahm wieder auf dem Sofa Platz und sprach weiter.

»Sämtliche Exemplare von *Weite Transparenzen der Luft* sind bei der Zerstörung Pekings im Jahr 1900 verbrannt worden, aber es lebt der Mythos fort, das Manuskript sei gerettet worden. Das Original, begreifen Sie?«

»Ja, vollkommen«, antwortete Gisbert.

»Darum habe ich Ihnen gesagt, daß es Unglück bringt«, erklärte der Buchhändler. »In der ersten Zeit nach der Einnahme Pekings durch die verbündeten Mächte wurde jeder, bei dem man ein Buch von Wang Mian fand, enthauptet, und sein Körper wurde den Hunden vorgeworfen. Die hundert Kopien von *Weite Transparenzen der Luft* verschwanden bei dem Brand des Hauptquartiers der Boxer in den Flammen, dort hatten die Boxer eine Art Heilige Bibliothek eingerichtet, die nur auf Knien konsultiert werden durfte. Das Originalmanuskript hingegen scheint gerettet worden zu sein. Angeblich hat es ein Mönch vor dem Angriff aus der Bibliothek geholt. Niemand weiß natürlich, wo es sich befindet, und um ehrlich zu sein, man darf auch nur hoffen, daß es nie auftauchen wird. Es gibt eine Gruppe, die danach sucht, eine Geheimgesellschaft, die sich in den Hoch-Zeiten der Volksrepublik gegründet hat und sich durch den Besitz des Manuskripts noch mehr Anhänger erhofft, als sie jetzt schon hat. Der Kommunismus hat unser aller Leben verändert und es uns ermöglicht, diese große Nation aufzubauen, aber Traditionen bleiben unvergessen. China ist ein altes Land mit einem guten Gedächtnis, Professor.«

Ein vorsichtiges, wiederholtes Klopfen an der Tür brachte das Gespräch mit dem Buchhändler zu Ende. Es war einer seiner Mitarbeiter. Er mußte ans Telefon, es ging um den Ankauf einer Bibliothek.

»Sie entschuldigen mich, Professor«, sagte er und stand auf. »Die Arbeit ruft. Schauen Sie wieder einmal vorbei, ich werde versuchen, Ihnen Ausgaben von den anderen Gedichtbänden zu besorgen.«

»Danke«, sagte Gisbert. »Und erlauben Sie, daß ich Ihnen ein Kompliment mache. Sie sind nicht nur Buchhändler, was für sich schon ein nobler Beruf ist, sondern ein hochgebildeter Mann. Ich würde mich gerne für das, was Sie mir heute beigebracht haben, gütlich zeigen.«

»Wissen ist nichts, was man leistet, Professor«, antwortete der alte Mann. »Man gibt es nur weiter. Vielmehr muß ich Ihnen danken, daß Sie mir zugehört haben. Wenn Sie möchten, kommen Sie morgen nach Feierabend, um sechs, vorbei. Es würde mir größtes Vergnügen bereiten, Sie auf einen Tee einzuladen.«

»Ich werde pünktlich sein«, antwortete Gisbert und verbeugte sich höflich.

Als Gisbert, dem der Kopf schwirrte, auf die Straße trat, stand neben der Buchhandlung an der Wand ein Mann. Er war um die vierzig Jahre alt und sah in seinem Drillichanzug und seiner Krawatte wie ein mittlerer Angestellter irgendeines Amts aus. Gisbert beachtete ihn im Vorbeigehen nicht. Der Mann hingegen warf seine Zigarette weg und nahm seine Verfolgung auf.

Nachdem Nelson Chouchén Otálora am Südtor einen Spaziergang gemacht und auf den volkstümlichen Märkten in der Dazhalan Jie ein paar Andenken gekauft hatte, kehrte er zurück in sein Hotel. Von seinen Exzessen der Reise war ihm noch immer leicht unwohl, doch das sollte ihn nicht daran hindern, die Kassette mit den Briefen und sein Notizheft hervorzuholen. Er wollte endlich die Briefe ins reine schreiben – das Spanisch von Großpapa Hu war, wie gesagt, etwas buntscheckig – und sie bei dieser Gelegenheit seinem literarischen Stil anpassen, um sie in seinen großen Chinaroman einfügen zu können. Er nahm sich also den am frühesten datierten Brief vor, zündete sich eine Zigarette an und legte los.

> Lieber Bruder,
> endlich haben wir es geschafft, die Mauer hinterm Haus zu erhöhen. Wenn es regnet und der Kanal überfließt, dringt nun kein Wasser mehr herein. Auch die Ratten kommen nicht mehr. Gestern abend mußte ich zwei hungrige Hunde töten, sie strichen durch den Hof und

versuchten, Xiu Lin anzugreifen. Die Hunde haben sich an den Geschmack unseres Fleischs gewöhnt und wollen uns nun bei lebendigem Leib fressen. Darum müssen wir sie töten. Die Hunde sind nicht mehr unsere Freunde. Sun Jie geht es gut, er gedeiht prächtig und weint nur aus Hunger. Es gibt nichts zu essen, und der Rauchgestank ist in die Mauern gekrochen. Letzte Woche haben wir in Xiajing ein verletztes Pferd getötet und sein Fleisch mitgenommen. Es war süß, aber gut. Wir werden kaum noch verfolgt. Letzten Monat war das noch anders. Ich war bei Bin Liao zu Besuch, er wohnt in der Nähe des Bahnhofs, und irgendwer muß uns verraten haben, es ist nämlich verboten, abends auf der Straße stehenzubleiben und sich zu unterhalten. Bewaffnete Wachleute kamen. Ich flüchtete übers Dach, und beim Hinunterspringen zog ich mir einen Holzsplitter ein. Drei von uns haben sie geschnappt, sie haben ihnen an Ort und Stelle die Kehle durchgeschnitten. Die Ordnungshüter sagen, sie erschießen uns nicht mehr, um keine Munition zu verschwenden und die Nachbarn nicht zu beunruhigen. Ich hielt mich lange in einem Abzugsgraben hinter dem Haus versteckt, die Soldaten gingen und gingen nicht weg. Endlich, in der zweiten Nacht, konnte ich hervorkriechen. Ich verband mir die Wunde. Es blutete nicht mehr, aber ich hatte mir viele Splitter eingezogen. Auf dem Weg traf ich Chen, wir gingen beide hinaus und huschten von Schatten zu Schatten. In der Nähe des Sees Xihai sahen uns zwei japanische Soldaten. Einen erwürgte ich, aber er biß mir dabei so kräftig in die Hand, daß ich wieder Blut verlor. Chen warf auf den anderen sein Messer, bevor dieser Feuer geben konnte. Das Herz verfehlte er, dafür bohrte sich die Klinge in seine Lunge, so daß er nicht schreien konnte. Wir nahmen ihnen

Waffen und Uniformen ab. Dann warfen wir sie, mit den Mägen voller Steine, in den See. Der Regen wusch das Blut weg. Ihre Eingeweide gaben wir den Hunden.

Wir sind nur noch wenige in Peking. Gao Shen sagt, wir müssen warten und uns neu organisieren. Bambus knickt ein, wenn es regnet, aber er richtet sich wieder auf. So sagt Gao Shen. Wir sollen uns organisieren. Wie denkst Du darüber, Bruder? Viele fragen nach Dir. Ich habe niemandem gesagt, daß Du fortgegangen bist. Ich sage allen, Du hast Dich versteckt. Und Du würdest eines Tages wieder auftauchen. Eines Morgens würde die Tür aufgehen, und Du würdest hereinkommen. Ganz bestimmt. Sollen sie Dich suchen, soviel sie wollen. Ich werde niemandem etwas sagen. Was Dein Feind nicht wissen soll, sag auch Deinem Freund nicht. Dein Name flößt ihnen Angst ein. Sie haben zwei Nachbarn von Zhen die Kehle durchgeschnitten, nur weil sie so hießen wie Du. Du treibst noch immer Dein Unwesen unter uns, Bruder, denn Du sorgst noch immer für Angst. Du weißt, wohin Du schreiben mußt.
Xen

Nelsons Herz pumpte pro Sekunde einmal das gesamte Blut durch den Körper: Das war Sprengstoff pur! Sein Großvater hatte in irgendeiner Geheimbewegung gekämpft und war, wie er zu verstehen glaubte, einer der führenden Köpfe gewesen. Schade nur, daß ihn das Entziffern solche Mühe kostete, aber vielleicht hatte das auch sein Gutes. »Nur das Schwierige ist anregend«, hatte Lezama Lima geschrieben – Nelson hatte ihn zwar nie gelesen, kannte sein Werk aber aus theorielastigen literaturwissenschaftlichen Aufsätzen. Der Wink des Schicksals war überdeutlich. Wenn auch verschleiert von unsauberem Spanisch und schwankender Orthographie, hatte seine Geschichte, so fühlte er, in seiner Schreibtischschublade auf ihn gewartet.

Obwohl ihm die Augen brannten, schlug er das Heft mit seinen Gedichten auf und schrieb:

Ich bin der letzte Nachkömmling
einer alten und heldnischen Kriegersippe.
Unsere Waffen sind feucht von Sieg und Regen.
Die Hunde, die gierigen,
reißen mit ihren Klauen das Herz des Feindes,
dessen Körper ruht auf dem Grund des Sees Xihai.
Wer den Kampf mit mir aufnimmt,
fürchtet den Tod nicht.
Es ist ein Mutiger.

Er ging in die Hotelhalle hinunter und erkundigte sich, ob es in der Nähe ein Restaurant gebe. Man bejahte, sagte aber auch, daß er ein Taxi nehmen müsse. Er wagte sich auf die Straße hinaus und stellte zu seinem Entsetzen fest, daß die Preßlufthammer noch immer zu Gange waren und auf der Baustelle gegenüber unablässig gearbeitet wurde. Ein Lastwagen nach dem anderen fuhr hinein und wieder heraus. Hunderte von Arbeitern tummelten sich zwischen Sand und Staub. Hin und wieder leuchteten in der Dunkelheit die Funken eines Schweißgeräts auf.

»Um wieviel Uhr hören sie auf?« fragte Nelson den Hoteljungen am Eingang.

»Sie arbeiten vierundzwanzig Stunden, mein Herr. Die Errichtung des neuen Peking erlaubt keinen Aufschub. China ist heute ein modernes Land, und das nur, weil …«

»Wollen Sie damit sagen, daß ich die ganze Nacht diesen Lärm ertragen muß?«

»Ich fürchte, ja, mein Herr. An der Rezeption gibt man Ihnen gerne Ohrstöpsel.«

Nelson kickte wütend mit dem Fuß. Er hätte das Reisebüro in Austin am liebsten in die Luft gesprengt. Es vors Oberste Gericht gezerrt. Der Reisebüroangestellten in durchsichtiger Verpackung einen Ratgeber für Analsex mit Tieren geschickt. »Sie hat mein Gesicht gesehen und wollte sich mit mir einen Spaß erlauben«, dachte er voller Haß, »jetzt lacht sie noch, aber sie wird sich wundern.« Wie hatte er in seinem Gedicht geschrieben – und das galt auch für Norberto Flores Armiño: »Wer den Kampf mit mir aufnimmt / fürchtet den Tod nicht.«

Frustriert ging er wieder hinein und setzte sich an einen Tisch im Restaurant. In den nächsten zwei Wochen konnte er nicht in ein anderes Hotel gehen, denn er hatte im voraus bezahlt; der Sonderpreis beinhaltete keinen Anspruch auf Rückerstattung. Er aß am Büfett zu Abend, dann nahm er einen weiteren Brief seines Großvaters und bestellte ein Taxi.

»Zum *Kempinski* Hotel, bitte.«

Dort könnte er nach dem Preis fragen, an der Bar etwas trinken und ein wenig arbeiten. Und vielleicht träfe er den Brasilianer aus dem Flugzeug, diesen sympathischen Proktologen.

Aber bei der Ankunft im *Kempinski* platzten seine Hoffnungen. Es war ein Fünf-Sterne-Hotel mit einer luxuriösen Lobby mit spiegelglänzendem Boden. »Verdammt«, dachte er, »hätte ich doch gleich dieses Hotel genommen; von Austin aus wäre es vielleicht bezahlbar gewesen.« Auf jeden Fall wollte er an der Bar etwas trinken, und vielleicht würde ihm Serafín Smith über den Weg laufen. Im Flugzeug hatte er alle Drinks bezahlt, jetzt wäre der Arzt an der Reihe. Das hatte er zumindest versprochen.

Der Proktologe war nirgends zu sehen, also bestellte Nelson ein Bier und setzte sich an den Tresen, in der Hand den Brief und sein Heft. Es war einiges los. Manager und betuchte Touristen wandelten zwischen den Tischen, schöne junge Mädchen erfüllten ihnen ihre Wünsche. Aber leider war das nicht seine Welt. Vielleicht irgendwann, sagte er sich, wenn seine Bücher in mehreren Ländern verkauft würden, wenn er ein erfolgreicher Schriftsteller geworden wäre, wenn er internationale Preise verliehen bekäme und die Universitäten sich darum ringen würden, ihn für ihre Ringvorlesungen zu gewinnen, und dafür mit saftigen Schecks in

Mark, französischen Francs oder Schweizer Franken wedelten. »Das wird schon noch kommen«, dachte er, »wenn ich aus China zurück bin und mein großes Werk schreibe. Dann wird der Lauf der Welt anhalten und mir einen Platz einräumen müssen. Und dann ist die Weltliteratur um Chouchén Otálora reicher. Jawohl.«

In diese träumerischen Gedanken war er versunken, als ein kleiner, feinsinnig und nordisch aussehender Herr seine Aufmerksamkeit erregte. Er hatte einen Stapel Bücher neben sich, und Nelson fiel auf, daß ein spanischsprachiges darunter war: *Canciones y cuentos del pueblo Quechua,* von seinem Landsmann José María Arguedas. Er sah genauer hin. Träumte er? Es war die Erstausgabe!

»Verzeihen Sie meine Unhöflichkeit«, sprach er ihn an, »aber ich schließe aus diesem Buch, daß Sie spanisch sprechen.«

»Nur ein bißchen, aber ich kann es gut lesen«, sagte der Mann. »Ich heiße Gisbert Klauss. Ich bin Deutscher.«

»Nelson Chouchén Otálora, Peruaner.«

Gisbert trank Bier mit Whisky. Nelson schob sein Glas zu ihm hin, steckte den Brief von Großpapa Hu ein und rückte mit seinem Stuhl an ihn heran.

»Ich habe es gerade gesagt, Ihr spanischsprachiges Buch ist mir aufgefallen«, sagte Nelson, »noch dazu ist es ein peruanischer Autor, und eine Erstausgabe.«

Gisbert Klauss schob die Bücher von Wang Mian beiseite und zog das von Arguedas heraus.

»Stellen Sie sich vor, was für einen Glücksgriff ich da getan habe«, sagte er. »Beim Stöbern heute nachmittag fand ich es hier, in Peking, in einer Buchhandlung, ist das nicht phantastisch?«

»Ja«, sagte Nelson. »Wirklich phantastisch. Sind Sie Sammler?«

»Nein, nein. Ich bin Professor für Sinologie an der Universität Hamburg.«

»Dann sind wir fast Kollegen«, sagte Nelson feierlich. »Ich bin Professor für Lateinamerikanische Literatur an der Austin University. In unserer Bibliothek haben wir genau diese Ausgabe. Darum habe ich sie sofort erkannt.«

»Ach, das tut mir leid«, sagte Gisbert Klauss. »Dann hätten eher Sie es finden sollen, nicht ich.«

»Umgekehrt, Herr Professor«, sagte Nelson freundlich. »Wenn Sie es haben, erreicht es mehr Leute. In Deutschland dürfte es wenige Exemplare wie dieses geben.«

Nelson sah sich das Buch an, nahm die Fadenheftung unter die Lupe, untersuchte die Leimung des Papiers. Es befand sich in sehr gutem Zustand.

Unvermittelt schwenkte ihre Unterhaltung auf das Thema, über das alle Reisenden reden. Was machen Sie in der Stadt? Nelson erklärte, daß er Urlaub habe, daß er Schriftsteller sei und hier Material für einen Roman zusammentrage.

Gisbert Klauss machte große Augen.

»Ist von Ihnen ein Buch auf Deutsch erschienen?« fragte er.

Nelson trank einen Schluck Bier, er schmeckte bitter.

»Nein, das nicht, aber mein Agent ist in Verhandlung. Ich weiß gar nicht mehr, welche Verlage sich alle interessiert haben.«

»Dann sind Sie ein Autor, der etwas vorzuweisen hat, sagen Sie mir bitte noch einmal, wie Sie heißen?«

Nelson haßte diese Frage, denn er wußte schon, was dann kam: Der Gesprächspartner wiederholte seinen Namen, blickte nach oben und sagte dann nein, nein, ich kenne Sie nicht, aber ich bin bei der zeitgenössischen Literatur auch nicht auf dem laufenden.

»Nelson Chouchén Otálora.«

Gisbert Klauss wiederholte den Namen und sah mit gerunzelter Stirn zur Decke, während er in seinem Gedächtnis kramte.

»Nein … nein. Aber geben Sie nichts darauf, ich bin bei der zeitgenössischen Literatur wirklich nicht auf dem laufenden.«

Für die zweite Runde entschloß sich Nelson, zu seinem Bier einen Whisky zu bestellen.

Sie redeten über Literatur. Gisbert gestand ihm seine Leidenschaft für chinesische Autoren und erklärte ihm, daß chinesische Literatur ein Spezialgebiet von ihm sei, vor allem das Werk von Wang Mian, einem Schriftsteller aus dem achtzehnten Jahrhundert,

Nelson gab zu, daß er ihn nicht kannte, und dann begannen sie, die Autoren des Landes des jeweils anderen durchzugehen. Gisbert sagte, er habe mit großem Vergnügen Vargas Llosa, Julio Ramón Ribeyro und Bryce Echenique gelesen, während Nelson sich in Lobeshymnen über Heinrich Böll, Günter Grass und vor allem Thomas Mann erging, dessen Gesamtwerk er gelesen hatte und, wie er zugab, siebenmal *Der Tod in Venedig*.

»So sehr gefällt Ihnen Thomas Mann?« fragte Gisbert.

»Für mich ist sein Schriftstellerleben märchenhaft«, sagte Nelson, der abwechselnd von seinem Bier und seinem Jameson trank. »Sehen Sie doch. *Die Buddenbrooks* mit dreiundzwanzig. *Tonio Kröger* mit siebenundzwanzig. Und dann der große internationale Erfolg. *Der Zauberberg, Joseph und sein Brüder* und, wenn Sie gestatten, mein Lieblingsbuch, *Bekenntnisse des Hochstaplers Felix Krull,* der modernste seiner Romane. Der Nobelpreis, die Flucht aus Nazideutschland, seine Tagebücher. Er ist für mich das Beispiel für ein perfektes Leben für die Literatur.«

»Aber auch nur, was die Literatur angeht«, meinte Gisbert. »Zwei seiner Kinder haben Selbstmord begangen, drei wurden drogenabhängig. Er war immer altmodisch, auch mit dreißig war er schon altmodisch.«

»Wenn man sich vollkommen der Literatur widmet und zu solchen Ergebnissen kommt«, erwiderte Nelson, »ist alles andere nebensächlich.«

Gisbert Klauss nahm langsam einen Schluck Bier und sah seinen Gesprächspartner an. Sich auf diese Weise mit einem Unbekannten zu unterhalten, war auch eine neue Erfahrung. Als er ihn hatte kommen sehen, wollte er zunächst reflexartig die Bücher von Wang Mian vor ihm verbergen, aber jetzt kam ihm das lächerlich vor, die typische Reaktion von jemandem, der sich im Leben von den anderen abschottet. Die Reise machte einen anderen Menschen aus ihm. Warum hatte er sie erst jetzt unternommen?

»Würden Sie als Schriftsteller«, fragte Gisbert, »ein tragisches Leben auf sich nehmen, als Preis für ein großes Werk?«

Nelson benetzte seinen Gaumen mit einem Schluck Whisky, zündete sich eine Zigarette an und führte aus:

»Für einen echten Künstler gibt es nur eine einzige tragische Sache, und das ist, kein großes Werk zustande zu bringen. Der Alltag ist bedeutungslos.«

»Aber wenn es ein echter Künstler ist« – wandte Gisbert ein, »wie kann es dann sein, daß er kein großes Werk zustande bringt? Was ich sagen will: Bevor er ein großes Werk hervorgebracht hat, ist der Künstler ein ganz normaler Mensch. Er wird erst durch sein Werk zum Künstler, nicht vorher.«

»Ein guter Einwand, Professor«, gab Nelson zu. »Ich möchte jedoch zu bedenken geben, daß es Künstler gibt, die ein Werk in sich tragen und es nicht hervorzuholen vermögen. Ich nenne das ›künstlerisches Temperament‹.«

Geschickte Antwort, sagte Gisbert bei sich. War das vielleicht auch bei ihm der Fall? Vielleicht war es so, wie der Peruaner sagte, und auch sein Geist trug ein großes Werk in sich, das nach draußen drängte und sich nach langen erfolglosen Versuchen in etwas anderes verwandelt hatte: in einen Tick für Bücher und in philologische Leidenschaft. Wie einem Priester, der von Liebe erfüllt ist, sie aber nicht ausleben kann, erging es ihm mit dem Schreiben.

»Ich würde sehr gerne einen Roman von Ihnen lesen«, sagte Gisbert. »Ich wünsche Ihnen, daß Sie Erfolg haben und daß etwas von Ihnen in Deutschland erscheinen wird.«

»Wenn Sie mir Ihre Adresse geben«, unterbrach Nelson ihn, »würde ich Ihnen gerne ein signiertes Exemplar meines neuesten Romans schicken.«

»Hier, im Hotel?« – Gisbert Klauss hatte den Satz nicht genau verstanden.

»Gerne, wenn Sie das möchten«, sagte Nelson. »Ich kann es gleich morgen an der Rezeption für Sie abgeben.«

»Das ist sehr liebenswürdig von Ihnen«, sagte er. »Ich habe Zimmer Nummer 902.«

»Morgen bringe ich es«, sagte Nelson, »es ist mir eine Ehre, von einem so hochgeschätzten Professor gelesen zu werden. Wenn es Ihnen nichts ausmacht, würde ich Sie bitten, mir die Adresse der Buchhandlung zu geben, wo Sie dieses Buch gefunden haben. Wissen Sie noch, ob es dort noch andere spanischsprachige Bücher gibt?«

»Aber ja«, antwortete Gisbert. »Die Abteilung war recht groß. Sie haben auch einiges auf Englisch und Französisch da.«

Aus der Ferne verfolgte ein Beobachter, wie Nelson einen Kugelschreiber herauszog und eine Adresse aufschrieb. Er wartete, während die beiden drei weitere Runden tranken, und schließlich, gegen Mitternacht, wurde er Zeuge, wie der ältere Mann sich verabschiedete und auf sein Zimmer ging. Dann erhob sich der Beobachter und folgte Nelson Chouchén Otálora zur Hoteltür. Im Hinausgehen wechselte der Peruaner ein paar Worte mit einer jungen Frau, vermutlich einer russischen Prostituierten, und beschloß nach nicht sehr erfolgreichem Handeln, sich allein auf den Weg zu machen. Er hielt auf der Straße ein Taxi an und verschwand in den Norden der Stadt. Ein kleines, klappriges Auto mit Pekinger Nummernschild, drinnen saß ein kleiner Mann, fuhr dicht hinter ihm her.

»Am Ende bekommt man immer, was man will«, sagt der Erzähler in *Apocalypse Now*, und genau so geschah es: Ich wollte eine Erklärung und bekam sie. Zugegeben, als ich zu Hochwürden Oslovski ins Auto stieg, war ich sehr nervös und kurz davor, alle zum Teufel zu jagen; ich war fest entschlossen, bei der Ankunft im Hotel meine Koffer zu packen und nach Paris zurückzureisen. So sind wir Schüchternen eben, wenn wir einmal explodieren: blindwütig. Aber einige psychologische Schulen sagen auch, wenn man seinen Instinkten nicht nachgibt, heißt das nur, daß man im tiefen Innern nicht an sich glaubt; andere meinen – die von Corinne, meiner Ex-Frau konsultierten Gurus –, daß man so den Energiekreis des eigenen Handelns unterbreche, der sich erst nach mehreren Monaten positiven Lebensgefühls wieder schließen lasse. Wer soll das wissen? Ich lebe unverantwortlich, und wenn ich mich in etwas geirrt habe, bin ich selbst der erste, der die Gründe meines Scheiterns erkennt, es sind nämlich immer dieselben drei Arten von Problemen, mit denen ich mich herumschlage: a) die sich von alleine lösen, b) die keine Lösung haben und c) wirtschaftliche Probleme, die wiederum von Typ a) oder b) sein können.

Über das alles dachte ich im stillen nach und starrte zum Fenster hinaus, während wir durch diese endlose Stadt fuhren, und ich war dankbar, daß die übrigen Insassen des Autos, also der Geistliche Oslovski, sein Gehilfe Chow, der am Steuer saß, und der schweigsame Sun Chen, der bis jetzt kein Wort gesagt hatte, weil er entweder kein Französisch sprach oder seine Autorität betonen wollte oder einfach, weil er nichts zu sagen hatte, ich war jedenfalls dankbar, daß sie meine Zurückgezogenheit respektierten und mir kein Gespräch aufzwangen, ich war mit den Nerven am Ende und hätte nur Gift und Galle gespuckt. Starr vor Zorn wollte ich nur eines wissen: In was für eine Geschichte war ich da hineingeraten? Das einzige, was ich wußte, war, daß man mich nicht für eine journalistische Arbeit nach Peking geschickt hatte. Schließlich bin ich kein Idiot. Deshalb war Pétit von Anfang an so seltsam und, nun ja, so unangenehm gewesen. Man kennt sich. Wir Journalisten brauchen uns nur kurz zu beschnuppern, und Pétit hat soviel von einem Kommunikationsprofi wie ich von einem klassischen Tänzer. Und Casteram? Was meinen Chef in Paris anging, gab es zwei Möglichkeiten: Entweder er war in alles eingeweiht oder nicht. Ganz einfach. Letztlich tat es auch nichts zur Sache, ob er Bescheid wußte oder nicht, seine Aufgabe hatte lediglich darin bestanden, ihnen einen Agenten zur Verfügung zu stellen, irgendeinen Journalisten, den sie in China für sich einspannen konnten.

So weit, so gut, blieb nur die Frage: Wer waren diese »sie«, für die Pétit arbeitete? Als erstes fiel mir der französische Staat ein, denn eine Privatperson hätte wohl kaum bei den staatlichen

Medien nach einem Journalisten gesucht. Außerdem war da noch Gassot, der französische Konsul in Hongkong. Diese Hypothese erleichterte mich etwas, vor allem bei dem Gedanken, Casteram bei meiner Rückkehr unter die Augen zu treten, denn den berühmten Bericht über die Katholiken in China würde er in diesem Fall wohl kaum sehen wollen. Während ich diese Überlegungen anstellte, legte sich mein Zorn etwas, und anstatt länger aus dem Fenster zu starren, wendete ich mich den übrigen Autoinsassen zu.

»Geht es Ihnen besser?« erkundigte sich Hochwürden Oslovski.

»Ja, etwas«, antwortete ich. »Ich glaube, allmählich bin ich aufnahmebereit für das, was Sie mir zu sagen haben. Meine erste Frage ist ganz einfach: In welcher Beziehung stehen Sie zu Pétit?«

»Pétit ist ein Ex-Diplomat, der für den Geheimdienst arbeitet«, sagte der Geistliche. »Als das Problem mit dem verschwundenen Priester und diesen Dokumenten auftauchte, haben wir uns natürlich an ihn gewandt. Es ist nicht das erste Mal, daß Pétit uns hilft, schließlich ist der Ferne Osten sein Spezialgebiet.«

»Sein Spezialgebiet?« sagte ich überrascht. »Soviel ich mitbekommen habe, haßt er Asien.«

»Sie wissen doch, mein geschätzter Journalist«, fügte Oslovski an. »Es läuft nicht immer alles ganz so, wie der Mensch es gerne hätte. Das ist eine der großen Paradoxien. Wenn wir immer alles bekämen, wäre das Leben langweilig und auf die Dauer unerträglich. Kennen Sie *Das Chagrinleder* von Balzac? Die Imperfektion hält uns lebendig. Aber entschuldigen Sie, ich komme vom Thema ab.«

»Nicht so schlimm«, beeilte ich mich zu sagen. »Ich bin auch jemand, der gerne übers Leben nachdenkt, und diese Art Themen interessieren mich. Aber im Augenblick möchte ich, um ehrlich zu sein, andere Dinge dringender wissen. Zum Beispiel: Wer ist dieser verschwundene Priester, und von was für einem Dokument reden Sie?«

Vor einem Markt waren die Straßen verstopft, und wir kamen zum Stehen. In der vergeblichen Hoffnung, das Ende des Staus abzusehen, streckte Chow den Kopf aus dem Wagen. Durch das offene Fenster wehten allerlei Düfte herein. Trockenblumen. Pikantes. Gewürze.

»Er ist ein ganz normaler französischer Priester«, sagte der Geistliche. »Sein Name spielt keine Rolle. Das entscheidende ist, daß er verschwunden ist. Wir, seine Prioren, sollten seinen Aufenthalt kennen, aber aufgrund einer Reihe von Mißlichkeiten und, wie soll ich sagen, dummer Zufälle, haben wir ihn aus den Augen verloren. Ganz ehrlich: Ich weiß selbst nicht, wie das passieren konnte. Ich selbst habe ihm angeordnet, sich zu verstecken und sich nicht von der Stelle zu rühren, bis Pétits Agent, also Sie, zu ihm kommen. Aber irgendwas ist passiert, und jetzt wissen wir nicht, wo er ist. Schlicht gesagt: Es hat ihn jemand entführt.«

Der Verkehr kam wieder in Fluß, und Chow setzte sich wieder richtig hin. Es war ein Spezialfahrersitz für Zwerge, er sah aus wie ein Babysitz. Papa Sun Chen neben ihm starrte angespannt auf die Straße; sein Gesichtsausdruck paßte nicht zu dem lockeren Gespräch, das Oslovski und ich auf der Rückbank führten.

»Und dieses Dokument«, fuhr der Geistliche fort, »ist ein höchst delikates Papier. Es handelt sich um das Originalmanuskript einer Gedichtsammlung eines chinesischen Autors des achtzehnten Jahrhunderts, Wang Mian, er ist hier recht bekannt. Dieses Buch hat eine tragische Geschichte, es galt einer Sekte, die das Christentum zerstören wollte, als heiliger Text. Ich erspare Ihnen unappetitliche Details, nur soviel: Die Verfolgungen im alten Rom waren ein Kinderspiel im Vergleich zu dem, was hier in China vonstatten gegangen ist. Haben Sie schon einmal etwas von den Boxern gehört?«

»Ja«, sagte ich, »das war doch einer der Aufstände, die dem Chinesischen Reich den Rest gegeben haben. Ich habe einen Film darüber gesehen.«

»Genau«, stimmte Oslovski zu. »Die Sekte ist militärisch niedergeschlagen worden, das Manuskript aber ist auf verschlungenen Wegen in einem Tresor der französischen Botschaft gelandet, wo es in Vergessenheit fiel. Vor zwanzig Jahren hat die Botschaft bei Renovierungsarbeiten einen Teil ihres Archivs unserer Kirche gegeben, sie ist der Sitz der französischen Katholiken hier. Es wurde also zu uns gebracht, ohne daß irgendwer geahnt hätte, um was es sich handelte. Vor ein paar Wochen nun hat es jemand durch Zufall entdeckt.«

»Entschuldigen Sie, daß ich Sie unterbreche, Pater«, sagte ich, »aber weshalb ist dieses Manuskript denn heutezutage noch gefährlich?«

»Das ist genau der Punkt«, sagte er und räusperte sich, als würde das, was er sagen wollte, ihn Überwindung kosten. »Die Sekte, von der wir reden, wurde besiegt, aber sie ist nicht verschwunden. Ihre Erben wollen sie neu beleben, und dafür brauchen sie das Manuskript. Deshalb haben wir um Hilfe gebeten. Die Zeiten haben sich geändert, aber Sie werden verstehen, daß wir, die Katholiken, einen gewissen Vorbehalt gegen eine Sekte haben, die vor hundert Jahren mehr als fünfundzwanzigtausend Gläubige stranguliert hat. Begreifen Sie nun? Darum haben wir den französischen Staat eingeschaltet mit dem Anliegen, dieses gefährliche Dokument von hier fortzuschaffen.«

»Und warum zerstören Sie es nicht, Pater?« fragte ich.

»Das können wir nicht tun«, sagte Oslovski, »das wäre ein Verbrechen. So unbequem es für uns sein mag, dieses Manuskript ist Teil eines nationalen Erbes und muß als solches respektiert werden. Wir geben uns damit zufrieden, es von hier fortzuschaffen und in gute Hände zu geben, damit es, sobald die Lage sich geändert hat, zurückgebracht werden kann.«

Bei diesen Worten nickte Chow so eifrig, daß er auf seinem Sitz schaukelte.

»Wie hat die Sekte denn herausgefunden, daß das Manuskript sich in Ihren Händen befindet?« fragte ich nach.

»Es war ein äußerst dummer Zufall«, sagte Oslovski. »Eine Reinigungskraft unserer Cafeteria, offenbar ein Mitglied dieser Sekte, hat es entdeckt. Noch am selben Abend sind sie gekommen, um es an sich zu reißen. Ein junger Mitarbeiter aus unserem Archiv liegt noch im Krankenhaus. Und da stehen wir jetzt, der Priester ist verschollen, und das Manuskript befindet sich sonstwo. Begreifen Sie den Ernst der Lage?«

Die heruntergekommenen Häuser, zerschunden von Feuchtigkeit und Abgasen, waren modernen Glasbauten gewichen. Wir waren fast im Zentrum, in der Nähe meines Hotels. Bald würde ich eine Antwort geben müssen.

»Ich begreife, Pater, natürlich«, sagte ich. »Aber was erwarten Sie bei alledem von mir? Wenn Sie ein Dokument ins Ausland schaffen wollen, das Sie gar nicht mehr haben oder verloren haben, was kann ich dann überhaupt für Sie tun?«

In diesem Moment drehte Pater Sun Chen zum ersten Mal den Kopf zu uns. Natürlich nur, um Oslovski anzusehen. Die kalten Augen der beiden Alten trafen sich. Ich weiß nicht, worüber sie sprachen und was sie sagten. Dann drehte sich Sun Chen wieder nach vorne und Oslovski sagte zu mir:

»Sie sollen uns bei unserer Suche helfen. Und das Dokument anschließend aus China hinausschleusen.«

Ich sah ihn lange an, überrascht über die Entschlossenheit seiner Worte.

»Dafür bin ich nicht hierhergekommen, Hochwürden«, sagte ich. »Warum sollte ich das tun?«

»Weil ein guter Mensch das tun würde. Man kann aus Unwissenheit schlecht handeln. Aber sobald man weiß, was richtig ist, ist es schwierig, das nicht zu tun. Sie sollen uns helfen, einfach so, weil es sich gehört. Ein guter Mensch würde das tun.«

Ich war wie versteinert. Seine Argumentation war unumstößlich; verwirrt und müde, wie ich war, war ich außerstande, sie zu entkräftigen. Ich schwieg. Aber als ich von fern das Hotel auftauchen sah, begriff ich, daß ich nicht mehr lange Zeit hatte.

»Eine Sache möchte ich noch wissen, Pater«, sagte ich. »Wenn Sie die Angelegenheit als ›gefährlich‹ bezeichnen, was meinen Sie damit genau?«

»Nun«, sagte er, ein wenig unangenehm berührt. »Ich will Ihnen nichts vormachen. Unserem Archivmitarbeiter haben sie ein Rohr in den Anus geschoben und kochendes Wasser hineingeschüttet.«

»Ah, verstehe«, sagte ich.

Der Wagen fuhr eine Rampe hoch, umrundete einen Platz und hielt dann vor dem Hotel an.

Ich nahm an, daß ich ihnen eine Antwort geben müßte, aber zu meiner Beruhigung sagte Oslovski:

»Gehen Sie auf Ihr Zimmer, ruhen Sie sich aus, und denken Sie nach. Schlafen Sie sich aus. Morgen früh komme ich, um mit Ihnen zu frühstücken, und dann reden wir. Guten Abend.«

Chow öffnete wie ein Chauffeur mit einer Verbeugung meine Tür. Dann fuhren sie weg.

Ich war müde und beschloß daher, im Hotelrestaurant zu essen: gedämpfte Ravioli mit Sojasauce und Pfefferpaste. Eine Schüssel weißer Reis und drei kleine Gerichte: lackierte Ente, Grillgemüse und Zwiebelfleisch. Grüner Tee, für die Verdauung, und vor allem, weil es so faszinierend ist, zuzusehen, wie er aus einer Kanne mit langem Schnabel eingegossen wird. Diese Pfarrer, sagte ich mir, sind schon seltsam. Ich soll ihnen helfen, einen verschollenen Priester zu finden, und ein Dokument aus China fortschaffen. Warum sollte ich das tun? Schließlich gehört dieses Buch den Chinesen. Ob gut oder schlecht, es ist ihres. Was hätte der von mir bewunderte Malraux an meiner Stelle getan? Malraux war ein Mann der Tat, er hätte sicher nicht gezögert. Die Boxer. Ich erinnerte mich an *55 Tage in Peking* mit Charlton Heston und Ava Gardner. Schon merkwürdig, wie die Geschichte sich wiederholt.

Es war ein echtes Abenteuer, und eigentlich war mein Leben bis auf zwei oder drei romantische Angelegenheiten recht ereignisarm gewesen. Das hier versprach anders zu sein als alles, was ich bisher erlebt hatte. Pétit, ein ausrangierter Diplomat, der als Geheimagent eine zweite Karriere machte! Schon merkwürdig. Irgendwie wollte das Leben zu mir sagen: »Wir haben dich gesehen und uns gedacht, daß wir dir die Möglichkeit geben wollen, nicht als fetter und trübsinniger Exilant versauern zu müssen; wenn du nicht mehr vom Leben willst, als Radiobeiträge zu schneiden und dich mit deinen Journalisten zu bekriegen, nimm den nächsten Flug zurück nach Paris; wenn nicht, wenn noch ein Rest Blut in deinen Adern fließt, dann hilf ihnen, laß dich auf dieses Abenteuer ein. Du hast gehört, was der Priester gesagt hat: Wenn man weiß, daß sich etwas gehört, ist es schwierig, es nicht zu tun.«

Nachdem er mit dem netten peruanischen Professor noch ein paar Gläser getrunken hatte, ging Gisbert hinauf in sein Zimmer und nahm aus der Minibar ein kaltes Bier. Er sortierte seine neu erworbenen Bücher und begann, mit Genuß darin zu blättern, mal in einem, mal in einem anderen, und dabei beglückwünschte er sich zu seinem guten Fang und dachte über einen sehr persönlichen Artikel nach, eine Art Reiseerzählung, in der er davon berichten könnte, wie er diese Bände gefunden hat, außerdem würde es sich sicher lohnen, dieser Geschichte des Buchhändlers über den verlorenen Text von Wang Mian nachzugehen. Während er noch bei diesen Gedanken weilte, schlug Gisbert das Buch von Loti auf und las noch einmal die entsprechenden Abschnitte, er stieß auf nichts, was er nicht schon wußte, bis er zu der Stelle kam: »Als ich die verkohlten Überreste des Gebäudes und ringsum verstreut die Leichen sah, fragte ich mich, ob in der Geschichte der Menschheit schon einmal so viele Menschen auf so grausame Weise für die Verteidigung eines Buchs starben. Es würde lohnen, dieses Buch zu suchen, um zu erfahren, was auf seinen Seiten steht. Es ist ein nie dagewesener Schrecken.« Dieser Absatz elektrisierte ihn. Loti wußte von dem Manuskript! Wie war es möglich, daß seine Erwähnung beim ersten Lesen nicht seine Neugierde geweckt hatte? Er hatte es tatsächlich überlesen, ohne sich eine Notiz zu machen, für einen Wissenschaftler ein unverzeihlicher Fehler. Er versuchte dahinterzukommen, eine Entschuldigung für dieses Versäumnis zu finden, aber er mußte sich eingestehen, daß er den Text in seiner Leidenschaft allzu hastig verschlungen und dabei vor allem auf die nicht unproblematische Art geachtet hatte, wie in ihm das eigene Erleben verschriftlicht worden war.

Doch jetzt hatte er die Schlüsselstelle entdeckt, und das war das wichtigste. Professor Klauss vernahm eine unsichtbare Linie zwischen dem Pariser Buchhändler, der ihm das Geschichtsbuch gegeben hatte, und dem Pekinger Buchhändler, der ihn auf dessen wichtigsten Inhaltspunkt hingewiesen hatte. Immerhin befand er sich auf dem richtigen Weg. Loti hatte sich für dieses Manuskript interessiert. Es konnte kein anderes sein. Mit dieser Gewißheit im Kopf begann er, das Tagebuch noch einmal mit neuen Augen zu lesen.

Zu seiner Überraschung bemerkte er, daß er einen Teil des Buchs bei seiner ersten Lektüre ausgelassen hatte, darin ging es um eine zweite Pekingreise, zu der Loti am 18. April 1901 aufgebrochen war. Bei seiner ersten Lektüre war Gisbert bei Lotis Rückkehr im November 1900 stehengeblieben und hatte nicht weitergelesen, in der Annahme, die restlichen Seiten seien der Rückreise nach Frankreich gewidmet. Aber Loti war nur aus Peking, nicht aber aus China abgereist, und wenige Monate später fuhr er noch einmal in die Hauptstadt, wo es zu erschütternden Ereignissen gekommen war: Der Palast der Kaiserin, den der deutsche Feldmarschall Graf von Waldersee besetzt hatte, war bei einem Brand zerstört worden, und der Stabschef General Schwarzkopf war ums Leben gekommen. Angesichts dieser Nachricht bat der französische Admiral Pierre Loti, nach Peking zurückzukommen, um als Stellvertreter der französischen Regierung das Beileid zu überbringen und an der Trauerfeier teilzunehmen.

Er kehrte also zurück, diesmal mit dem Zug, denn die Eisenbahnstrecken, die von den Boxern zerstört worden waren, waren bereits wieder instand gesetzt, und nahm an der Trauerfeier für einen deutschen Militär teil, der, wie er selbst in seinem Tagebuch geschrieben hat, »einer der großen Feinde Frankreichs war«.

Nach der Beisetzung beschloß Loti, noch eine Weile in Peking zu bleiben, wozu er auch die Erlaubnis der französischen Admiralität bekam. Nachdem er in einem Saal des Sommerpalasts Quartier bezogen hatte, galt sein erster Besuch Monsieur Favier, einem Bischof der französischen katholischen Gemeinde, der gerade den Wiederaufbau der Kathedrale überwachte, »die von oben bis unten mit Bambusgerüsten verkleidet war«. Der Bischof sagte zu Loti mit einem herausfordernden Lächeln, daß fast alle daran beteiligten chinesischen Arbeiter ehemalige Boxer waren.

An dieser Stelle angelangt, fühlte Gisbert, wie ihm das Blut in den Kopf schoß, denn er fand nun folgendes erwähnt: »Sämtliche Kopien des berühmten Buchs verbrannten, aber das Manuskript ist offenbar in Sicherheit. Das sagt zumindest mein Führer, ein junger Mann, den mir die französische Botschaft zur Verfügung gestellt hat. Er sagt, er habe davon reden hören und werde sich bei dem chinesischen Arbeitertrupp weiter umhören, welcher das Porzellandach des Himmelspalasts wieder zum Glänzen bringen soll, nachdem Rauch und Pulver dieses schöne Gebäude geschwärzt haben. Einige dieser jungen Männer sind ehemalige Rebellenkämpfer, daran besteht kein Zweifel. Sie brauchen sich nur in die Augen zu sehen und erkennen sich, aber keiner möchte noch mehr Tote. Vielleicht ist meine Neugierde übertrieben, aber ich wundere mich, daß niemand in den Wirren der Schreie, Befehle und Erschießungskommandos innegehalten und an das Manuskript gedacht hat.« Das, was nun folgte, war vielversprechend und spannend: »Mein eifriger Führer verschuf mir einen Kontakt. Jemand möchte mich sehen, es gehe um jene Sache, die so große Neugierde in mir geweckt hat.« Loti erwähnt in diesem letzten Satz das Manuskript nicht und kommt auch nicht mehr darauf zu sprechen, aber Gisbert, ein Fläschchen Ballantin's in der Hand, war sich sicher, daß der Text von Wang Mian gemeint war.

Trotz der Weitschweifigkeit der Erzählung, der Vielzahl an Details und Figuren, die auf den Seiten aufmarschierten, glaubte der Professor zu bemerken, daß Lotis Stil einen besonderen Tonfall annahm, wenn er das Manuskript erwähnte. Er war eben ein Mensch der Literatur, der für so etwas sensibel war. Später verließ Loti an der Seite von Oberst Marchand, einem französischen Offizier, das zerstörte Peking. Zusammen überquerten sie die Marmorbrücke, die Marco Polo in seiner Chronik so euphorisch beschrieben hatte, und Loti war überzeugt, »den Zusammenbruch einer Welt« miterlebt zu haben.

An diesem Punkt unterbrach Gisbert Klauss sein akribisches Textstudium: Warum erwähnte Loti das Manuskript nicht mehr? Er kam auf zwei Hypothesen: weil Loti nichts mehr davon gehört hatte, so daß er es bei den vielen Erlebnissen, die er zu verarbeiten hatte, irgendwann vergaß. Oder er hatte es gefunden und wollte nichts Schriftliches niederlegen, weil er wußte, daß er früher oder später seine Tagebücher veröffentlichen würde, und fürchtete, in Schwierigkeiten zu geraten. Die zweite Hypothese war interessanter.

Dann schaltete Gisbert sein Diktiergerät ein und sprach auf:

Hotel *Kempinski*. Peking. Zwei Uhr morgens.

»Heute habe ich vieles gelernt. Das erste ist historischer, fast würde ich sagen, literarischer Natur. Obwohl ich das Werk Wang Mians eingehend studiert habe, wußte ich nichts von der Existenz eines Bandes mit dem Titel *Weite Transparenzen der Luft*, und erst recht wußte ich nicht, daß dieser Text in direktem Zusammenhang mit dem Boxeraufstand von 1900 steht. Als Wissenschaftler bin ich alles andere als ein abergläubiger Mensch, trotzdem fällt es mir schwer, es als Zufall anzuerkennen, daß ausgerechnet Lotis Buch über besagten Aufstand mich zu dem Abenteuer angestachelt hat. Mein Entschluß, der in Paris geboren wurde, bekommt allmählich einen tieferen Sinn. Ich bin, zu dieser Erkenntnis bedarf es keines besonderen Scharfsinns, hinter etwas Großem her. Ich vermute, Loti hat dieses Manuskript von irgendwem bekommen und es mit Sicherheit studiert – ich weiß nicht, ob er des Chinesischen mächtig war, aber in der französischen Botschaft standen ihm auf jeden Fall Übersetzer seines Vertrauens zur Verfügung. Was danach geschah, reicht in den Bereich des Hypothetischen: Hatte er es nach Frankreich mitgenommen und den Behörden übergeben? Hatte er es aufbewahrt? Oder hatte er es in Peking versteckt und wollte es irgendwann holen kommen oder es sich schicken lassen, wenn etwas Ruhe eingekehrt sein würde? Wenn an dem Mythos über die Rettung des Manuskripts etwas dran sein sollte, wie der Buchhändler aus der Dongzhi Dajie sagt, ist es entweder nie aus China hinausgelangt oder irgendwann zurückgekehrt. Das herauszufinden ist von heute an das Hauptanliegen meiner Reise.«

Gegen elf Uhr morgens riß ein Türenschlagen den Schriftsteller Nelson Chouchén Otálora aus dem Schlaf. Jemand hatte seine Tür geöffnet und sofort wieder geschlossen. »Wer ist da?« schrie er, noch im Halbschlaf, bekam aber keine Antwort. Mit klopfendem Herzen sprang er aus dem Bett und sah auf dem Gang zwei Zimmermädchen, die einen monströsen Wagen voller sauberer Handtücher, Laken und Bettüberzüge vor sich herschoben. »Sorry, Sir«, sagten sie im Chor.

Er schloß fluchend die Tür, denn bei dem Baustellenlärm würde er unmöglich wieder einschlafen können. Er war froh, daß er am Abend vorsorglich noch eine Aspirin-Tablette genommen hatte, denn trotz der bleiernen Schwere seiner Gliedmaßen hatte er keine Kopfschmerzen. Er trank einen Orangensaft und ging unter die Dusche, um sich noch etwas weiter zu erholen, denn das war der einzige Ort, an den nicht der Höllenlärm dieser Baustelle drang.

Gegen neun verließ er grundgereinigt, frisch rasiert und nach Aftershave duftend das Zimmer und begab sich auf eine der

Terrassen im Garten des Innenhofs, um zu frühstücken. Auch dort war der Lärm zu hören, aber was noch schlimmer war: Die Luft hing voll mit Staub. Stinkwütend dachte er, daß er eigentlich von seinem Zimmer aus das Reisebüro in Austin anrufen und eine anonyme Bombendrohung aussprechen sollte, aber dann besann er sich, daß Telefonieren im Hotel maßlos teuer war und er seinen Haß lieber bis zu seiner Rückkehr aufheben wollte.

In seinem Zimmer zurück, nahm er sich die Briefe wieder vor. Der nächste nach der Ordnung, in der sein Großvater sie katalogisiert hatte, lautete so:

> Lieber Bruder,
> die glanzvollen Tage sind Vergangenheit, aber wir leben noch. Das Blut der Kämpfer ist in der Erde versickert, sie ist übersät mit Trümmern, Knochen und Munitionshülsen. Aber aus dem Blut wird neues Leben entstehen, denn das Heiligste befindet sich in unseren Händen. Die Wörter, die uns zum Kampf aufgerufen haben, sind gerettet. Sie werden verlieren, denn sie wissen nicht, warum sie gesiegt haben. Wir hingegen begreifen die Gründe unserer Niederlage. Wir sind überlegen. Wir haben gelitten, und das gibt uns Mut. Der Text ist gerettet. Ich selbst habe ihn mit diesen Händen, auf denen soviel Blut getrocknet ist, aus dem in Flammen stehenden Palast herausgeholt. Drei Schüsse haben meinen Körper getroffen, aber ich bin nicht gefallen, die Berührung mit ihm hat mir Kraft gegeben. Mein Körper war verletzt, aber nicht meine Seele, und ich bin gerannt, immer weitergerannt. Als ich bei unserem Unterschlupf ankam, habe ich aus sieben Wunden geblutet, aber die Seiten waren unbefleckt. Sie werden uns in zukünftigen Sonnen den Sieg bringen.
>
> Die Stadt ist voller Soldaten, und es wird immer schwieriger hinauszugelangen. Wir sind leicht an unseren

Narben zu erkennen. Letzte Woche wurden am Quianmen vier Männer festgenommen. Sie befahlen ihnen, sich zu entblößen, und als sie die Aufschrundungen der Haut sahen, beschlossen sie, sie zu erschießen. Sie rücken näher. Sie durchsuchen alles und suchen unter jedem Stein. Wir werden Schatten sein. Gestern hat uns ein Bruder angeboten, das Buch zu retten. Er sprach von einem Fremden. Er sagte, er ist anders, er ist für uns, der Anblick unserer zerstörten Paläste rührt ihn zu Tränen. Er sagte, er ist einer Frau zu Hilfe gekommen, die sie vor ihrer Erschießung vergewaltigen wollten. Er hat es nicht zugelassen und von Würde gesprochen. Er ist der erste Fremde, der von Würde spricht. Wenn er uns hilft, haben wir mehr Möglichkeiten, es zu retten. Sie treiben uns in die Enge. Das Leben jedes einzelnen von uns ist wie ein trockener Zweig. Er wird neu keimen, aber heute ist er trocken. Vielleicht können wir dem Fremden vertrauen. Jemand hat gesehen, wie er angesichts der über den Marmor trampelnden Pferde und der verwüsteten Bildnisse unserer Götter geweint hat. Jemand hat es gesehen. Vielleicht ist er unsere Rettung. Morgen rede ich mit ihm, dann sehen wir weiter.

Wir vermissen dich,
Xu

Es war fast Mittag, und Nelson, der bereits wieder erschöpft war, war überzeugter denn je, daß diese Geschichte ein Rohdiamant war, genau das, was er für sein großes Werk suchte. Schon überlegte er, in welche Form er sie bringen wollte: Es würde ein Roman werden, das stand fest, er müßte in zwei Zeiten spielen. Begeistert nahm er sein Notizheft und machte einen ersten Entwurf. 1) Die Geschichte von Großpapa Hu, des Aufstands und seiner Flucht. Dritte Person. 2) Die Briefe seines Bruders Xu, in denen die Ereignisse nach dem Aufstand erzählt werden. 3) Seine eigene

Geschichte in der Gegenwart, wie er hundert Jahre später Nachforschungen betreibt. Erste Person.

Das war, wie er fand, ein vernünftiger Arbeitsplan. Dann ging er seine anderen Aufzeichnungen durch und schrieb den ersten Satz des Buchs hin: »Nach Peking kam ich, weil man mir gesagt hatte, daß mein Großvater, ein gewisser Hu Shou-shen, hier gelebt habe.« Der Satz war gut, aber er zwang ihn zu einem langen Flash-back, um dem Leser zu erklären, wem diese Erzählerstimme gehörte. Nichts stand seiner Arbeit mehr im Wege, nur eine technische Kleinigkeit: Er hatte keinen Computer. Er hatte nicht damit gerechnet, daß er so schnell das Thema finden würde, darum hatte er seinen Compaq-Laptop auch nicht mitgenommen. Die Aussicht, mit der Hand zu schreiben, mißfiel ihm, zumal der Text sehr lang werden würde. Was tun? Er wollte an der Hotelrezeption fragen. Vielleicht könnte man ihm einen leihen. Das wäre eine Lösung.

Der Rezeptionsangestellte begrüßte ihn mit einem offenen Lächeln.

»Verzeihung, ich müßte Sie um einen Gefallen bitten«, sagte Nelson.

»Sagen Sie, womit ich Ihnen dienen kann«, antwortete der junge Mann dienstfertig, »brauchen Sie noch mehr Ohrstöpsel?«

»Nein, es ist etwas komplizierter. Ich brauche einen Computer.«

»Überhaupt kein Problem, mein Herr. Wir haben einen eigenen kleinen Raum, unser Business Center, dort können Sie nach Belieben schreiben. Es kostet nur hundert Yuan die Stunde.«

Nelson zog wie ein schnuppernder Kater die Nase kraus und rechnete rasch im Kopf:

»Zwölf Dollar?« rief er entsetzt. »Das ist ja allerhand, ist das inklusive Frühstück?«

»Nein, mein Herr, aber Sie können im Restaurant bestellen, was Sie möchten, wir servieren ohne Aufpreis. Wollen Sie den Raum sehen?«

Nelson sagte ja, und der Mann führte ihn zu einer Tür, auf der tatsächlich »Business Center‹ stand. Drinnen roch es muffig. Offenbar hatte den Raum schon lange niemand mehr genutzt.

»Sie können auch ins Internet, wenn Sie möchten«, fügte der Hotelangestellte hinzu.

»Zum selben Preis?« fragte Nelson.

»Ja, zum selben Preis. Wollen Sie gleich hierbleiben?«

»Nein, nicht jetzt, aber ich werde auf Ihr Angebot zurückkommen. Danke.«

Er könnte sich handschriftlich Notizen machen, überlegte er, und dann, wenn er zwanzig oder dreißig Seiten beisammen hätte, die zwölf Dollar zahlen und alles ins reine schreiben und per E-Mail versenden. Eine ungewöhnliche Arbeitsweise, die ihm Schnelligkeit und Disziplin abverlangen würde. Jedenfalls würden es die teuersten Wörter sein, die er jemals geschrieben hatte.

Er verspürte Hunger und sah auf die Uhr: fast eins. Er hatte schon genug geleistet. Doch da fiel ihm etwas ein: das Buch für den deutschen Professor! In seinem Arbeitseifer hatte er es komplett vergessen. Er ging also in sein Zimmer, holte ein *Cuzco Blues* aus dem Koffer und suchte seine Visitenkarten heraus, um eine Widmung zu schreiben: »Dem Philologen Gisbert Klauss, Kollegen und Freund, Entdecker peruanischer Inkunabeln in den Buchhandlungen Pekings. Mit herzlichem Gruß des Autors, Nelson Chouchén Otálora.« Als das getan war, stieg er in ein Taxi und gab als Ziel das Hotel *Kempinski* an.

Als das Taxi an der Baustelle abgebogen war, nahm ein Wagen seine Verfolgung auf; kurz darauf betrat ein junger Chinese die Hotelhalle. Zweifellos handelte es sich um einen Profi, denn er setzte sich zunächst in einen Lobbysessel, sah auf die Uhr und las die *China Daily*. Einige Zeit später, die Hotelangestellten hatten sich an seine Anwesenheit gewöhnt, erhob er sich, ging zu den Aufzügen und fuhr in den dritten Stock. Von dort aus begab er sich zu Nelsons Tür, öffnete sie mit einer Mastercard und trat ins Zimmer.

Um möglichst keine Spuren zu hinterlassen, streifte sich der Unbekannte Plastikhandschuhe über, dann begann er die Durchsuchung. Er sah die Schubfächer des Nachttischchens durch, die beiden Schränke, das Bad, öffnete mit äußerster Vorsicht den Koffer und unterzog die vier Exemplare von *Cuzco Blues* einer ausführlichen Untersuchung, zu der er mit einer Mikrokamera chinesischen Fabrikats jedes der Buchcover fotografierte. Daraufhin wandte er sich dem Tisch zu, er sah die Papiere mit Nelsons Notizen durch und bemühte sich, sie zu lesen, was aufgrund seiner mangelnden Spanischkenntnisse erfolglos blieb. Der Handgepäckkoffer, der die Kassette mit den Briefen enthielt, war mit einem Zahlenschloß gesichert. Geschickt drehte der Unbekannte die Rädchen zwischen den Fingern, doch das Schloß ging nicht auf. Er nahm sich noch einmal die Papiere vor, und da fand er schließlich, ganz unten in der Mappe, die beiden Originalbriefe auf Chinesisch, die Xu an Hu geschrieben hatte. Der junge Chinese las sie, Bestürzung trat auf sein Gesicht, so daß er sich kurz auf die Bettkante setzen mußte, um sich wieder zu beruhigen. Dann machte er Nahaufnahmen und Gesamtansichten, schrieb beide Texte in ein Heft ab und verließ, beglückt über seinen Fund, das Zimmer.

Nelson, fern von alledem, durchquerte die Halle des *Kempinski* Hotels und fragte an der Rezeption nach Professor Gisbert Klauss.

»Einen Moment, bitte«, sagte eine junge Dame zu ihm.

Nachdem sich auch auf ihren zweiten Anruf in seinem Zimmer niemand meldete, bot sie Nelson an, eine Nachricht zu hinterlassen.

»Gerne«, antwortete Nelson. »Es genügt, wenn Sie ihm das hier geben.«

Er reichte ihr das Buch in einem Umschlag des *Holiday Inn*, auf dem sein Name und seine Telefonnummer standen. Er wandte sich gerade zum Gehen, als er plötzlich eine Hand auf der Schulter spürte.

»Verehrter Dichter!« – Es war der Proktologe Rubens Serafín Smith – »Sie haben doch nicht etwa das Hotel gewechselt?«

Nelson drehte sich zu ihm um und umarmte ihn zur Begrüßung.

»Schön wär's«, sagte Nelson. »Man hat mich im Reisebüro betrogen, und nun hocke ich in diesem Hotel am Ende der Welt. Bei meiner Rückkehr werde ich denen was erzählen. Ich habe hier nach einem Bekannten gefragt.«

»Was für ein glücklicher Zufall«, sagte Serafín Smith. »Ich darf Ihnen eine Kollegin von mir vorstellen. Frau Doktor Omaira Tinajo. Nelson Chouchén, Poet und Peruaner.«

»Angenehm«, sagte Nelson. »Ich nehme an, Sie sind auch Lateinamerikanerin.«

»Ebenfalls angenehm, ich bin Kubanerin«, antwortete die Ärztin. »Woher wußten Sie, daß ich Lateinamerikanerin bin?«

»Nun«, sagte Nelson, »es so meine Art, immer das Beste von den anderen zu denken.«

»Ach, wie liebenswürdig«, antwortete Frau Doktor Tinajo und errötete. »Dr. Serafín hat Sie Poet genannt, mein Glückwunsch. Schreiben Sie Gedichte?«

Nelsons Gehirn lief auf Hochtouren, er rechnete: Wie alt dürfte die Frau Doktor sein? Zweiundvierzig. Höchstens fünfundvierzig. Sie hatte einen hübschen Körper. Und Haare, die nicht von Natur aus blond waren.

»Ja, Gedichte und Romane«, antwortete Nelson. »Aber Schluß damit, es ist immer peinlich, sich vor einem Kubaner als Schriftsteller zu bezeichnen. Bei Ihren vielen Genies ...«

»Danke, mein Herr, zu liebenswürdig«, sagte die Ärztin. »Übertreiben Sie nicht. Sie brauchen sich mit César Vallejo auch nicht zu verstecken. Und wissen Sie was: Alle meine peruanischen Freunde sind Poeten. Was für ein reiches Land.«

»Das muß am Ceviche liegen«, sagte Nelson. »Die Fischplatte ist ein Gedicht.«

Alle lachten. Dann sagte die Ärztin:

»Wer weiß, vielleicht habe ich ja etwas von Ihnen gelesen. Sagen Sie mir doch einen Titel von einem Ihrer Bücher.«

»Nun«, antwortete Nelson. »Mein bekanntestes Werk heißt *Cuzco Blues.*«

Omaira Tinajo wiederholte den Namen und blickte mit gerunzelter Stirn an die Decke, während sie sich zu erinnern versuchte.

»Nein, ich glaube nicht. Aber machen Sie sich nichts draus, ich bin bei der neueren Literatur nicht ganz auf dem laufenden.«

Bedrückende Stille trat ein. Sie dauerte: eine Sekunde, zwei Sekunden, drei Sekunden ...

»Also, mein Lieber«, sagte Serafín Smith, »wir wollten uns gerade ein wenig ausruhen, dieser verfluchte Kongreß schlaucht ganz schön. Aber ich schlage Ihnen vor, daß wir uns um neun zum Abendessen treffen, was halten Sie davon? Hier in der Nähe soll es ein paar hervorragende Restaurants geben.«

Nachdem die Verabredung getroffen war, ging Nelson zum Ausgang. Jetzt mußte er das Haus seines Großvaters suchen. Er zog sein Notizbüchlein heraus und las: 7, Zhinlu Bajie, Houhai. Beijing. Er wandte sich an einen der Hoteljungen und bat ihn, ihm die Adresse auf Chinesisch aufzuschreiben. Dann hielt er ein Taxi an und reichte dem Fahrer das beschriebene Kärtchen.

Die nächsten zwanzig Minuten lang hatte Nelson den Eindruck, er führe immer dieselbe, endlose Straße entlang, doch endlich wandelte sich die Architektur, und er sah Häuser im traditionellen Baustil, mit lackiertem Holz und Dächern aus Porzellan. Dann erreichte das Taxi eine breite und ziemlich stark befahrene Straße, die ihn an die Avenida Chiclayo in Lima erinnerte, und von hier an war das Stadtbild ein vollkommen anderes. Die Häuser aus grauem Ziegel besaßen nur ein Stockwerk; alles wirkte alt und baufällig, aber liebevoll gepflegt. Es war ein sehr schönes Ensemble. Über den Türen hingen rote Stoffbanner mit goldener Schrift, und auf den Dächern fehlten nicht die üblichen Drachen, Hörner und Krallen, die dazu da waren, die bösen Geister zu vertreiben.

Die Straßen wurden immer enger. An den Häuserecken spielten alte Männer Mahjong. Einige trugen die berühmte blaue Mao-Jacke, worin sie in Nelsons Augen aussahen wie Angestellte einer Reinigungsfirma. »Das ist das China der Kulturrevolution«, sagte er sich, »bestimmt ist das eines der ältesten Stadtviertel.« Trotz der Armut war der Anblick malerisch. Die roten, von den Dächern hängenden Papierlampions. Die Türen mit den runden Beschlägen. Die geschwungenen Dächer. Es roch nach Fritierfett. Auf einmal tauchte am Ende der Straße ein von Weidenbäumen gesäumter See auf, eine Wasserfläche mit Inselchen, bedeckt mit Lotusblüten und Schilf, durch die Boote mit Liebespaaren und der rasche Flug der Enten ihre Furchen zogen.

Nelsons Herz begann zu klopfen, als er sah, daß der Fahrer ihm eine Gasse zeigte. Sie war zu eng, um mit dem Auto hineinzufahren. Dort mußte es sein.

Er stieg aus dem Taxi und nahm sich vor, erst eine kleine Runde zu drehen und die Vorfreude noch etwas auszudehnen. Er zog also sein Notizbüchlein hervor und schrieb seine Eindrücke von der Umgebung nieder: »Ein großer See. Weidenbäume. Gäßchen. Es riecht nach verbranntem Gummi und faulen Früchten. Die Leute sehen neugierig zu mir her, kommen aber nicht auf mich zu. Sicher sagen sie sich: Was hat ein Fremder hier zu suchen? Sie sehen mich als einen Fremden, dabei stammte mein Großvater aus diesem Viertel. Wäre er nicht fortgegangen, ich wäre einer von ihnen.«

Er suchte nach einem Straßennamen, um auf dem Stadtplan nachsehen zu können, wo er sich befand – das Gäßchen seines Großvaters war darin nicht verzeichnet –, aber es war sinnlos, denn alles war auf Chinesisch beschriftet. Schließlich machte er sich auf den Weg zu dem Haus. An der ersten Ecke stieg ihm ein bestialischer Gestank in die Nase. Was war das? Ein paar Meter weiter befand sich eine öffentliche Toilette. Dann zündete er sich eine Zigarette an. Ihm war beklommen ums Herz, da endlich erblickte er die Nummer sieben, doch außer einer grauen Ziegelmauer und einer alten Holztür war nichts zu sehen. Alle Häuser sahen gleich aus, bei diesem hier waren die Ziegel nur noch böseliger und dreckiger. Er wagte es nicht anzuklopfen. Was sollte er sagen? Er lehnte sich an die Wand gegenüber und betrachtete eine gute Weile das Haus. Aus einigen Fenstern lehnten sich neugierige Köpfe. Auf ihren Gesichtern war kein Lächeln oder irgendeine andere Regung zu erkennen. Sie sahen ihn einfach nur unbeteiligt an. Doch ein Augenpaar am Ende der Straße beobachtete ihn schärfer. Es war ein dürres Männlein. Sein treuer und zuverlässiger Verfolger.

In Nelsons Kopf brodelte es. Auf einmal sah er die Tür aufgehen und stellte sich alsbald seinen Großvater als Jungen vor, der mit seinen Schulheften unterm Arm aus dem Haus geht. Dann sah er seinen Großonkel Xu, der blutüberströmt in der Dunkelheit nach Hause schleicht. In seiner Vorstellung ging die Tür immer wieder auf und zu. Sein Großvater tritt mit seinen Koffern heraus und wartet, daß ihm jemand an der Straßenecke ein Zeichen gibt, daß die Luft rein ist: »Keine Soldaten in Sicht, du kannst kommen.« Ob er den See mit dem Boot überquert hatte? Das Bild gefiel ihm: Ein stiller Kahn, angestoßen von einem Fuhrmann, in Nebel gehüllt, in der Mitte sitzt sein Großpapa und umklammert einen kleinen Koffer. Er mußte endlich herausbekommen, wo dieses Viertel verdammt noch mal genau lag. Es juckte ihn in den Fingern. Er wollte schreiben.

Nachdem er einen letzten Blick auf die Tür geworfen hatte, die in Wirklichkeit kein einziges Mal aufgegangen war, ging Nelson zurück an die Straßenecke, er wollte noch am Seeufer spazierengehen. Ein Stück weiter entdeckte er endlich ein Schild auf Pinyin, der Transkription des Chinesischen in lateinische Buchstaben: Liuhaihutong. Er setzte sich auf eine Bank und suchte auf dem Stadtplan, da endlich wußte er, wo er war: Das war der Xihai-See! Sein Großvater erwähnte ihn in einem seiner Briefe: Dort hatten sie die Leichen der beiden Feinde versenkt. Alles fügte sich zu einem sinnvollen Ganzen, mit vor Erregung zitternder Hand fuhr er mit seinen Aufzeichnungen fort. »Mein Gott«, sagte er sich, »wenn ich damit nicht den Durchbruch schaffe, mit was dann.« Das sagte ihm seine innere Stimme, er brauchte das alles nur aufzuschreiben,

»den Fliegenschiß hinpinseln«, wie Mozart in Milos Formans Film sagte. Ein Klingeln durchbrach die Stille und riß ihn aus seinen Gedanken. Er drehte sich um und sah drei Bänke weiter einen Mann mit Handy. Es war sein Verfolger. Eine Stimme, die Nelson nicht hören konnte und auch nicht verstanden hätte, sagte zu dem Männlein: »Komm zurück. Wir haben ihn schon.«

Oslovski kam morgens um neun, als ich bereits Rührei mit Würstchen, zwei Scheiben Schinken und Käse, einen Milchkaffee, zwei Croissants und einen Teller Diätmüsli mit Joghurt, null Prozent Fett, zu mir genommen hatte. Wenn meine Nerven blank liegen, zieht es mich zum Essen. Dagegen komme ich nicht an. Das heißt es wohl, wenn man von jemandem sagt, er ist zum Dickwerden veranlagt. Und ich war nervös, weil ich schwankte, ob ich mich auf die Sache nun einlassen sollte oder nicht. Ich hoffte, daß der Geistliche bei seinem Besuch meine Unsicherheit durchbrechen würde.

»Guten Tag, ich hoffe, Sie haben sich erholt«, sagte der Geistliche und streckte mir die Hand hin. »Sie sind das Reisen sicher gewohnt, da genügt Ihnen wahrscheinlich eine Nacht.«

»Ja, Hochwürden«, sagte ich. »Heute bin ich ein anderer Mensch.«

Ich wollte bei einem der Kellner Kaffee bestellen, aber der Pater winkte ab und sagte etwas auf Chinesisch.

»Tee, Tee«, sagte er. »Eine große Kanne grüner Tee, und der Körper ist gegen alles gewappnet. Lassen Sie sich das gesagt sein.«

»Ich darf Sie daran erinnern, daß ich Kolumbianer bin, Hochwürden«, sagte ich. »Alles außer Kaffee kann um diese Uhrzeit tödlich sein.«

Nachdem man uns eine Thermoskanne mit heißem Wasser gebracht hatte, schenkte er sich eine kleine Tasse ein und sah mir in die Augen.

»Gut, ich bin gekommen, um Ihre Antwort zu hören«, sagte er. »Haben Sie sich entschieden?«

Ich nahm einen großen Schluck von meinem dritten Milchkaffee an diesem Morgen.

»Sie müssen mir helfen, Hochwürden«, sagte ich zu ihm. »Ich möchte mich beteiligen, aber ich habe noch meine Zweifel.«

»Sie haben keine Zweifel, mit Verlaub. Sie haben Angst, irre ich mich?«

»Vielleicht, Hochwürden«, sagte ich. »Ja, ich habe Angst.«

»Nichts, was ich Ihnen sagen kann, wird Ihnen Ihre Angst nehmen«, antwortete er. »Angst ist etwas Irrationales, und wissen Sie was? Ich habe auch Angst. Darum brauchen wir Sie.«

»Dann sage ich Ihnen jetzt mal, was mich beunruhigt, was ich nicht ganz begreife: Wenn dieses Manuskript wirklich so wichtig für Sie ist, warum ziehen Sie dann jemanden wie mich ins Vertrauen? Für solche Angelegenheiten gibt es doch Profis, Leute, die etwas von ihrem Handwerk verstehen.«

»Eine sehr gute Frage, mein Guter«, erwiderte Oslovski. »Ich werde Ihnen eine ehrliche Antwort geben: weil Sie derjenige sind, den man uns geschickt hat. In Paris weiß man noch nicht, daß wir den Priester und damit das Manuskript aus den Augen verloren haben. Das erfährt auch besser niemand. Darum bitte ich Sie, helfen Sie uns! Wenn Sie sich entschließen, bekommen Sie natürlich einen Profi an die Seite, einen unserer Männer, dem Sie voll und ganz vertrauen können. Sie brauchen nur seinen Anweisungen zu folgen. Also was ist? Helfen Sie uns?«

»Ich bin kein Held, sehen Sie mich doch an, Hochwürden. Ich bin ein ganz normaler Mensch.«

»Gott bewahre uns vor Helden«, entgegnete Oslovski. »Helden waren es, die China den Rest gegeben haben. Nein, wir brauchen einen guten Menschen, jemanden wie Sie.«

Der Priester vermochte mich zwar nicht recht zu beruhigen, aber ich sah voraus, daß er mich früher oder später herumkriegen würde. Also faßte ich mir ein Herz.

»Ich mache mit, unter der Bedingung, daß Sie nicht weiter philosophieren«, sagte ich. »Setzen wir unser Leben aufs Spiel?«

»Das kann ich Ihnen nicht sagen. Ich weiß es selbst nicht. Kommen Sie, gehen wir.«

Ich folgte ihm durch die Hotelhalle. Draußen wartete derselbe Wagen wie am Vortag auf uns, Chow saß am Steuer, er trug eine elegante gelbe Krawatte. Der wortkarge Sun Chen war nicht dabei.

Oslovski erklärte, daß sie nicht mit mir zur französischen Kirche fahren konnten, weil sie fürchteten, daß jemand sie sehen könnte. Niemand aus der Geheimgesellschaft dürfe mich mit dem Manuskript in Verbindung bringen, Schwierigkeiten bekäme ich noch genug, wenn es darum gehe, es aus China hinauszuschaffen. Dann setzten sie mich vor einem häßlichen Einkaufszentrum in einer trostlosen Gegend ab, überall Graffiti und schmutzige Wände, es hätte ein armer Außenbezirk von Paris sein können. Die Anweisung war simpel: Ich sollte in den obersten Stock fahren und in dem dort befindlichen Fast-food-Restaurant auf jemanden warten. Sie gaben mir den Rat, mich möglichst weit weg von der Kasse zu setzen.

Da ich keine weiteren Fragen hatte, stieg ich aus und ging auf die Rolltreppe zu. Das Einkaufszentrum war eine kunterbunte Mischung. Im Erdgeschoß befanden sich Kleiderläden, daneben Stände, an denen man sich akupunktieren oder Fotos entwickeln lassen konnte. Einen Stock darüber stand ein Tisch mit Feuerzeugen in Form kleiner Pistolen, aus denen Flammen schossen, Drachenfigürchen, Geruchsbeseitiger, Sonnenschirme. Im dritten Stock gab es Kunsthandwerk und im vierten elektrische Haushaltsgeräte. Im fünften Stock fand ich endlich das Fast-food-Restaurant. Es war um die Mittagszeit und recht viel los; nachdem ich einen schnellen Blick auf das Angebot geworfen und begriffen hatte, daß es mir schwer fallen würde, meine Wünsche zu äußern, bediente ich mich der alten Technik des Fingerzeigens. Dies hier, das dort und dieses. Fleisch mit gedämpftem Gemüse, ein Tellerchen Tofu mit Mais, Schweinefleischbällchen mit Petersilie und zur Verdauung kalter grüner Tee. Mit ehrlichem Appetit setzte ich mich an den erstbesten Tisch. Ich wollte gerade die Stäbchen ins Tofu spießen, da erinnerte ich mich an die Anweisung: Ich sollte mich in die der Kasse gegenüberliegenden Ecke des Raums setzen.

Ich sah über die Köpfe hinweg und stutzte, denn es gab zwei Kassen, je eine am Ende des Gastraums. Wegen solcher Kleinigkeiten, sagte ich mir, gingen Kriege verloren. Aber nun. Ich stand auf und suchte einen Platz, der von beiden Kassen einigermaßen gleich weit entfernt war, was gar nicht so einfach war, da fast alle Tische besetzt waren. Nach der zweiten Runde, die ich mich in aller Peinlichkeit zwischen den Tischen durchgeschoben hatte, lief es mir kalt den Rücken hinunter, jedes Kind dürfte langsam mitbekommen haben, daß ich eine geheime Verabredung hatte. Plötzlich rückte ein junger Chinese mit seinem Tablett zur Seite und bot mir einen Platz an. Das ist er, sagte ich mir. Ich setzte mich und vermied es, ihn anzusehen, erst nach dem zweiten Bissen traute ich mich, zu ihm hinüberzuschielen. Nach seinem bedruckten Hemd, seiner Jeans und seiner Tasche zu urteilen, war er Student. Unsere Blicke trafen sich, nervös sah ich nach unten und gab ihm damit zu verstehen, daß ich es war, doch er tat weiter so, als beachtete er mich nicht. Wahrscheinlich lauerten überall Spione, daher dieses alberne Spiel. Nur, wer waren unsere Feinde? Ich sah mich flüchtig um und sah nur ganz normale Gesichter. Familienväter, Studenten, Angestellte, kichernde junge Mädchen. Das Essen, das mir eben noch so gut geschmeckt hatte, tobte in meinem von Natur aus empfindlichen Magen.

Der junge Mann war unerschütterlich, er sagte noch immer kein Wort, auch nicht, als ich aufstand, das Tablett zurückbrachte und in raschem Schritt zur Treppe ging. Ich brauchte Luft. Der Druck auf meinem Magen war unerträglich, und ich hatte Angst, mich übergeben zu müssen. Als ich unten ankam, stand am Fuß der Rolltreppe der junge Mann. Wie hatte er es geschafft, vor mir anzukommen?

»Folgen Sie mir«, sagte er auf Französisch.

Wir gingen in die Tiefgarage, wo er mich aufforderte, in den Laderaum eines Lieferwagens zu steigen. Wären wir in Bogotá gewesen, hätte ich gesagt, es ist ein Wäschereiauto. Er stieg vorne ein und ließ den Motor an. Es gab keine Fenster, so daß ich nicht sehen konnte, wohin wir fuhren – was überhaupt schwierig gewesen wäre, schließlich wußte ich noch nicht einmal, wo wir uns befanden. Mir ging es wie so oft seit meiner Abreise aus Paris: Ich hatte das Gefühl, alle um mich herum wüßten Bescheid, nur ich nicht. Wie zum Teufel sollte ich ihnen helfen, wenn ich der einzige war, der nur Bahnhof verstand?

Kurze Zeit später hielt der Lieferwagen an, und jemand öffnete die Tür. Wir befanden uns in einer Garage.

»Kommen Sie, bitte«, sagte der junge Mann zu mir. »Folgen Sie mir.«

Er stieg eine Treppe hoch, wir gelangten in einen fensterlosen Raum.

»Ich heiße Zheng und werde Ihr Partner sein. Ich freue mich, Sie zu begrüßen.«

»Danke, Zheng. Ich heiße Suárez Salcedo. Wo sind wir?«

»An einem sicheren Ort. Kommen Sie mehr ins Licht.«

Der junge Mann schlug eine Mappe auf und zeigte mir ein paar Fotos.

»Das ist der Priester, den wir suchen«, sagte er. »Er heißt Régis Gérard. Das ist das jüngste Foto, das wir haben.«

Ich fand, daß er ziemlich normal aussah. Er dürfte um die vierzig sein. Auf keinen Fall älter als fünfundvierzig.

»Vor drei Wochen ist er verschwunden. Er hat das Manuskript.«

»Und warum ist er verschwunden?«

»Jemand hat sich in die Kette unserer Kontaktleute geschleust, als wir es bemerkt haben, war er schon außer Reichweite. Das ist das Problem, wenn man sich im Untergrund bewegt. Wir wollten ihn gerade an einen sicheren Ort bringen, da ist uns jemand zuvorgekommen. Irgendwer hat ihn entführt.«

»Wer könnte es sein?« fragte ich.

»Nun, es gibt viele Möglichkeiten. Vielleicht steckt die Regierung dahinter, und in dem Fall werden wir ihn nicht wiederfinden. Oder eine andere Geheimgesellschaft, die verhindern möchte, daß die *Weiße Lilie*, also die Erben der Boxer, zu stark wird. Die *Weiße Lilie* selbst können wir ausschließen, wir haben nämlich herausgefunden, daß sie wiederum uns verfolgen, und das würden sie nicht tun, wenn sie ihn hätten. Es gibt weitere Kandidaten, Vertreter anderer Kirchen. Vielleicht die Methodisten oder die Adventisten. Sie sind schon sehr lange in China und haben in der Vergangenheit ebenfalls Verfolgungen erlitten.«

Zheng gefiel mir. Endlich jemand, der mir auf meine Fragen klare Antworten gab.

»Ist es wirklich so gefährlich, wie Hochwürden Oslovski sagt?«

»Na ja, er ist ein Mann des Glaubens, und Gläubige übertreiben gerne ein bißchen«, antwortete er selbstsicher. »Ein junger Archivangestellter ist gefoltert worden, aber wir haben herausbekommen, daß das eine Splittergruppe der *Weißen Lilie* war, sie ist nicht repräsentativ. In jeder Organisation gibt es radikale Splittergruppen, zum Glück gelangen sie fast nie an die Macht.«

»Ich würde Ihre Theorie gerne glauben, Zheng, aber leider muß ich Ihnen sagen, daß genau das in Deutschland geschehen ist. Es hat fünfzig Millionen Tote gegeben.«

»Mag sein, daß dort so etwas passiert, hier nicht. Wir sind friedliebende Menschen.«

Die Überzeugung, mit der er sprach, gab mir zu denken.

»Zheng, ich schätze Ihre Offenheit und will Ihnen eine sehr direkte Frage stellen.«

»Nur zu«, sagte er.

»Wer sind Sie?«

»Das hängt davon ab. Für Sie bin ich ein Freund. Für die anderen einer, der außerordentlich gefährlich ist.«

»Aber… Sind Sie ein Priester?«

»Ja, heutzutage schon. Meine ganze Kraft ist Gott geweiht, vor drei Jahren habe ich in der französischen Gemeinde das Gelübde abgelegt. Vorher war ich Soldat. Ich war Mitglied der Spezialeinheit für Gegenspionage in Xinjiang. In Moskau und Ho Chi Ming Stadt habe ich meine Ausbildung erhalten. Ich spreche vier Sprachen. Und ich übertreibe nicht, wenn ich Ihnen sage, daß ich eine Bazooka in sechs Minuten zerlegen, die Einzelteile in fünf Minuten ölen und das Ganze in acht Minuten wieder zusammenbauen kann. Ich habe noch nie jemanden getötet, aber verletzt. Ein Verletzter ist wirksamer als ein Toter. Ich war bei der Geheimpolizei, die den Studentenaufstand am Platz des Himmlischen Friedens niedergeschlagen hat, und ich sage Ihnen eins: Sie im Westen haben nicht im mindesten begriffen, was hier vor sich gegangen ist.«

Wieder stutzte ich. Und begriff, daß das nicht der richtige Moment war, um eine politische Diskussion anzufangen.

»Vermutlich haben Sie recht«, sagte ich. »Und vermutlich sind Sie Oslovskis Vertrauensmann.«

»Ich sehe, wir verstehen uns«, antwortete er. »Bevor er Missionar in China wurde, war er Kaplan in Ostafrika. Er scheut keine Auseinandersetzungen. Besser gesagt: Er scheut nur sinnlose Auseinandersetzungen. Pater Sun Chen, unser Prior, hat uns mit dem Fall beauftragt. Können wir weitermachen?«

»Ja, ich bin Ihnen für Ihre Aufrichtigkeit dankbar«, sagte ich.

Zheng faltete einen Stadtplan auf und zeigte mir mehrere Koordinaten.

»Genau hier ist Régis Gérard verschwunden«, sagte er und zeigte auf einen Punkt im Nordosten. »Unser Kontaktmann hätte ihn hierhin, nach Babaoshan, in die Nähe des Friedhofs, also ans andere Ende der Stadt bringen sollen. Wenn Gérard am Leben ist, was theoretisch möglich ist, weiß er unter Umständen überhaupt nicht, daß er in falsche Hände geraten ist. Noch etwas sollten Sie wissen. In dem letzten Umschlag, den wir ihm haben zukommen lassen, bevor wir seine Spur verloren haben, steckte ein Foto von Ihnen.«

»Von mir?«

»Ja, und ein paar Angaben. Damit er Sie auch erkennt. Aber ich kann Sie beruhigen: Gérard hatte die Anweisung, alle Briefe zu vernichten, nachdem er sie gelesen hatte, für den Fall, daß er entführt würde. Wir gehen davon aus, daß er sich daran gehalten hat, sonst wären Sie nicht hier und würden sich mit mir unterhalten. Bei der Einreise hat Sie niemand erkannt, obwohl der Flughafen streng überwacht wird. Daraus schließen wir, daß Gérard sich an unsere Anweisungen gehalten hat. Sie können also beruhigt sein. Ich sage Ihnen das nur vorsorglich; es ist möglich, daß man Ihr Gesicht kennt.«

Meine rechte Hand glitt unversehens in die Jackentasche, zog die Schachtel Zigaretten heraus und steckte mir eine in den Mund. Ich bemerkte es erst, als ich rauchte.

»Was muß ich machen, wenn ich entführt werde?« fragte ich, während mir ein Schweißtropfen über den Rücken rann.

Zheng öffnete einen Aktenkoffer und gab mir ein Handy.

»Diesen Knopf drücken«, sagte er und zeigte auf eine grüne Taste. »In dem Telefon ist meine Nummer gespeichert. Wenn es Ihnen gelingt, anzurufen und die Verbindung drei Minuten zu halten, finde ich Sie.«

»Und wenn nicht?«

»Wenn nicht, kann vieles passieren, je nachdem, wer Sie entführt hat. Die Leute von der *Weißen Lilie* würden Ihnen, glaube ich, nichts zuleide tun. Sie würden Sie höchstens eine Zeitlang an einem ungesunden Ort einsperren, bis sie das Manuskript gefunden haben. Die Leute von der Regierung würden Sie wahrscheinlich ausweisen. Zu den anderen kann ich nichts sagen. Sind Sie gläubig?«

»Nein, leider.«

»Dann kann ich Ihnen auch nicht sagen, daß Sie beten sollen« – er lachte.

Ich dachte an meine Wohnung in der Avenue des Gobelins in Paris, an meine Bücher, an meinen Alltagstrott und vor allem an meine früheren Ambitionen, Schriftsteller zu werden. Das alles war auf einmal weit weg, wie Episoden aus einem früheren Leben. Irgendwie war Pétit der weise Bettler aus der Sage, der den Weg des Helden umleitet. Wenn Malraux in diesem Zimmer gewesen wäre, hätte er wahrscheinlich nicht so viele Fragen gestellt.

»Also weiter«, sagte ich und steckte das Handy in die Jackentasche. »Was ist der nächste Schritt?«

»Als erstes müssen wir herausfinden, wer genau ihn hat. Dann müssen wir uns kundig machen, wo er steckt. Als letztes müssen wir ihn dort herausholen, das Manuskript in Ihren Koffer packen und Sie in den Flieger nach Hongkong setzen.«

»Im Grunde also eine leichte Aufgabe.«

»Kinderleicht. Nur daß es im wirklichen Leben leider mit Worten nicht getan ist. Los, wir müssen ein paar Besuche machen.«

Wir gingen zurück in die Garage. Dieses Mal nahm Zheng nicht den Lieferwagen, sondern einen Cherokee-Jeep.

»Hier darf man Sie ruhig sehen«, sagte er zu mir. »Diese Gegend ist sauber.«

Kurz darauf hielt er an einer breiten Straße auf dem Gehweg neben einem Laden, der wie ein Stofflager aussah. Anstatt hineinzugehen, bogen wir in eine Gasse ein, die uns zu einer zweiten Häuserreihe brachte. Wir traten durch eine Tür, auf der etwas auf Chinesisch stand. Dann kamen wir in einen Hof mit Wäscheleinen, auf denen Kleidung zum Trocknen hing. Es roch nach Armut, nach gekochtem Blumenkohl und Zwiebeln. Ein Kind zog Kreise auf den Erdboden und hüpfte hinein. Zheng klopfte an eine Tür.

»Wei?« hörte ich.

»Ich bin's, Zheng, mach auf«, sagte er zu meiner Überraschung auf Spanisch.

In der Tür erschien ein glatzköpfiger Mann. Man sah ihm an, daß er gerade Siesta gehalten hatte. Er trug ein verschwitztes Unterhemd.

»Was ist das für ein Arschloch da?« sagte er zu Zheng und zeigte auf mich.

»Ein Freund aus Kolumbien.«

»Ach, Verzeihung, ich wußte nicht, daß Sie Spanisch sprechen.«

»Ich heiße Suárez Salcedo«, sagte ich und streckte ihm die Hand hin.

»Crispín Oreja, sehr angenehm. Kommen Sie, ich habe gerade Tee gemacht.«

In dem Zimmer stank es nach schmutzigen Socken, immerhin war es geräumig. An der hinteren Wand hing ein Poster von Manolete und ein Foto von König Juan Carlos, beides mit Reißnägeln an die Wand gepinnt. Ich schätzte Crispín Oreja auf Mitte vierzig. Er war schlank und drahtig. Er nahm drei Tassen, gab ein paar Teeblätter hinein und goß sie mit heißem Wasser auf. Wir tranken.

»Was führt euch ... an diesen bescheidenen Ort?« fragte er.

»Wir brauchen Informationen«, sagte Zheng. »Informationen über die Aktivitäten deiner Chefs.«

Dann wandte er sich an mich auf Französisch:

»Er war mal Missionar bei den Jesuiten. Sie haben ihn hinausgeworfen, weil er beim Missionieren in der Hinteren Mongolei eine Krankenschwester geschwängert hat, außerdem war er Alkoholiker. Er ist jetzt trocken und Chauffeur bei den Methodisten. Er ist mir einiges schuldig.«

Mann, sagte ich mir, alle sind hier Ex-Irgendwas. Ex-Jesuit, Ex-Priester, Ex-Alkoholiker. Aber gut, früher war die ganze Welt anders. Ich bin Ex-Möchtegern-Schriftsteller. Wenn dieses Abenteuer vorbei ist, bin ich vielleicht ein Ex-Journalist.

»Du redest ja schon wieder franzmännisch, verdammte Scheiße!« sagte Crispín zu Zheng. »Weißt du was? Irgendwann lern ich das noch, dann guckst du aber in die Röhre.«

»Ich muß dich ein paar Dinge fragen«, antwortete Zheng. »Erinnerst du dich an Pater Régis Gérard?«

»Ja, der Franzose.«

»Hast du ihn in der letzten Zeit gesehen?«

»Nein, warum, ist ihm was passiert?«

»Wir suchen ihn. Sind dir irgendwelche seltsamen Veränderungen in der Gemeinde aufgefallen? Ich meine«, präzisierte Zheng, »neue Leute, neue Chauffeure, Autofahrten ohne ersichtlichen Grund, Anrufe und vertrauliche Gespräche, irgendwas in der Art.«

»Ich habe nichts gesehen«, antwortete Crispín Oreja, »aber du weißt ja, ich bin ein blindes Huhn. Wirklich als neu bezeichnen kann man höchstens, daß der Neffe eines unserer kanadischen Pastoren zu Besuch gekommen ist. Ein junger Kerl, er ist kein Priester, glaube ich.«

»Und wann ist er gekommen?«

»Vor einem Monat«, antwortete Oreja. »Letzte Woche war er in Schanghai. Ich habe ihn vom Flughafen abgeholt.«

»Wie heißt er?«

»Tony. So nennt ihn jeder. Seinen Nachnamen weiß ich nicht.«

Oreja kratzte sich an der Glatze und dachte angestrengt nach, ob ihm noch etwas einfiel. Dann stand er auf, holte die Thermoskanne und füllte unsere Tassen wieder mit heißem Wasser auf.

»Wo wohnt er?«

»Bei ihnen, in einem der Gästezimmer.«

»Beobachte ihn bitte«, befahl ihm Zheng. »Und daß du niemandem von unserem Gespräch erzählst. Hörst du?«

»Ja, ja. Schon kapiert.«

Dann rückte Oreja an Zheng heran und flüsterte ihm zu: »Weißt du von meiner Sache etwas?«

»Das kriegen wir schon hin.«

Als wir aus dem Haus traten, kam mir die Pekinger Luft sauber wie eine Gletscherbrise vor.

»Was für Schwierigkeiten hat Oreja?« fragte ich Zheng.

»Du mußt entschuldigen, aber das ist vertraulich.«

»Ach so, ist auch nicht wichtig«, sagte ich.

Wir gingen zurück zum Auto. Der Himmel nahm bereits eine violette Färbung an. Wir fuhren durch die Straßen, eine war größer als die andere, bis es dunkel wurde. Auf einmal hielt Zheng an und zeigte mit dem Finger auf irgend etwas. Auf einen hellerleuchteten Ort.

»Dort ist Ihr Hotel«, sagte er. »Gehen Sie zu Fuß. Es ist besser, wenn ich Sie nicht hinbringe. Morgen früh nehmen Sie ein Taxi und zeigen dem Fahrer dieses Kärtchen. Ich erwarte Sie dort um zehn.«

Der Spaziergang um den Beihai-See tat Gisbert Klauss gut, nach den Entdeckungen und Verheißungen des letzten Abends kam seine Philologenseele wieder etwas zur Ruhe. Er betrachtete die Lotusblüten, blickte den dahingleitenden Booten der Liebespärchen nach, sah sich die am Ufer liegenden Dschunken an. Drumherum gab es viel Grün und traditionelle Paläste mit Dächern aus gelbem Porzellan, und in der Mitte, auf einer kleinen Insel, zu der man über eine Marmorbrücke gelangte, lag ein Hügel, der Jadehügel, darauf eine weiße Pagode im tibetanischen Baustil, von der aus man eine großartige Sicht auf Peking hatte: die Türme des Kaiserpalasts, die Gebäude der Kommunistischen Partei, die Wolkenkratzer und die Antenne des Fernsehturms. Es war ein besonders schöner Ort, ein Ort zum Träumen. Dieses Panorama vor Augen, wurde Gisbert Klauss seltsam warm ums Herz. Er war ergriffen. Obwohl er erst so kurze Zeit in Peking war, liebte er die Stadt schon.

In dem Park wehte ein frischer Wind, er rauschte in den Eichen und Zedern. Gisbert legte sich in die Wiese, um nachzudenken. Doch nach wenigen Minuten war er friedlich eingeschlafen.

Um Punkt sechs stand er, wie verabredet, bei dem Buchhändler in der Dongzhi Dajie an der Tür.

»Professor«, begrüßte ihn der Mann, »was für eine Ehre, Sie ein zweites Mal zu empfangen. Ihre Besuche in unserer bescheidenen Buchhandlung ehren und freuen uns. Kommen Sie, wir gehen in den Hinterraum.«

Der Kater Xiu sprang mit einem Satz seinem Herrn auf die Arme. Er wußte, wenn er ihn gehen lassen würde, würde er hinter der verschlossenen Tür sitzen bleiben. Auch diesmal lud der Buchhändler Gisbert auf eine Tasse Tee ein.

»Ich hoffe, Sie sind mit Ihrem Kauf von gestern zufrieden«, sagte er.

»Sehr«, antwortete Gisbert. »Ich wollte Ihnen noch einmal dafür danken. Ich habe mir die Bücher den ganzen Abend lang angesehen und mich am Geruch des Papiers, an ihren Einbänden erfreut. Bücher sind etwas Wunderschönes.«

»Das finde ich auch, darum bin ich Buchhändler«, sagte er und strich dem Kater über den Rücken. »Als Kind lebte ich zwischen Büchern, mein Vater war Professor für Klassische Philologie an der Universität. Das ist lange her. Dann haben die Japaner die Mandschurei eingenommen, und alle in Peking, auch mein Vater, waren bei der Kuomintang. Wir sind ein sehr großes Land, Professor.«

»Erinnern Sie sich noch an diese Zeit?« fragte Gisbert.

»Ich bin achtundsiebzig Jahre alt, aber mein Gedächtnis ist noch gut.«

Sein Blick wanderte zur Zimmerdecke. Der Buchhändler versank in seinen Erinnerungen.

»Als Mao und Chang Kai-shek ihre Kräfte vereint hatten, habe ich mich bei den Truppen der Kuomintang gemeldet, um gegen die Japaner zu kämpfen. Damals ging es einzig und allein darum, die Nation zu retten. Auf einmal war der Krieg in Europa zu Ende, und Japan kapitulierte. Dann begann der Lange Marsch. Niemand hätte damals auch nur ein Reiskörnchen auf Mao und seine Armee aus abgerissenen Landarbeitern gegeben, aber ich hegte Sympathie für sie. Zum ersten Mal hatte jemand eine ähnliche Vorstellung von unserem Land wie ich. Sein Ziel war es, einen modernen Staat aufzubauen. Ich ging nach Hunan. Es gelang mir, die Front zu überqueren, und so arbeitete ich in den von der Roten Armee befreiten Zonen als Lehrer. Später, nach seiner Niederlage, verließ Chang Kai-shek Peking und ging nach

Taiwan. Mit ihm gingen die Adligen, und wir gründeten unsere Volksrepublik. Es vergeht kein Tag, an dem ich nicht mit Stolz an diesen ersten Oktober zurückdenke. Langweile ich Sie eigentlich?«

»Keinesfalls«, sagte Gisbert. »Ich kenne mich aus in der Geschichte, aber einem Zeitzeugen wie Ihnen zuzuhören, ist mir eine Ehre.«

»Danke, Sie sind sehr liebenswürdig. Wie gesagt, mein Traum waren die Bücher, also eröffnete ich eine Buchhandlung. Aber die Zeiten wurden schwieriger. Wir waren sehr arm. Die Menschen verhungerten, und ich fühlte mich nutzlos. Ich gab die Buchhandlung also wieder auf und meldete mich als freiwilliger Arbeiter bei einer Landwirtschaftskooperative. Später, es war noch während der Kulturrevolution, denunzierte man mich. Jemand erinnerte sich, daß ich einen Lagerraum voller Bücher hatte, und eines Nachts wurde er von den Roten Garden abgefackelt. Ich hatte Glück, denn meine Haft dauerte nur ein paar Monate. Von dort brachte man mich auf einen Landwirtschaftsbetrieb zur Volkserziehung, und dort behielt man mich sieben Jahre, sieben lange Jahre, ohne zu lesen, Professor. Ich ersann ein denkbar einfaches Gegenmittel: Ich erinnerte mich an Gelesenes. Jeden Abend ging ich im Geiste ein Buch durch, das rettete mich. Irgendwann befand man, meine Therapie sei erfolgreich gewesen, und ich durfte nach Peking zurückkehren. Anfang der achtziger Jahre konnte ich diese Buchhandlung hier eröffnen, obwohl wir noch immer sehr arm waren. Ich vertrieb ausschließlich Schriften der Regierung und von Autoren der Partei, aber ich bekam viele Bücher aus anonymer Hand, von Leuten, die sie aufbewahrt hatten und nun verkaufen wollten. Auf diese Weise konnte ich diese Bibliothek aufbauen. Jetzt hat sich die Lage gewandelt. Die Regierung kontrolliert gerade einmal noch die Lieferscheine, es gibt viel mehr Freiheiten. Jeden Morgen fiebere ich vor Aufregung, was mir die Zwischenhändler wieder alles bringen werden. Natürlich freue ich mich über jeden zufriedenen Kunden, der ein gesuchtes Buch gefunden hat, aber noch mehr freue ich mich, wenn ein einfacher Mann mir ein in Zeitungspapier geschlagenes Paket bringt, es vor mir auf dem Ladentisch öffnet und mir zu erzählen beginnt, daß sein Großvater gestorben sei und eine Bibliothek hinterlassen habe, daß er das Haus verkaufen wolle und er für die Bücher keinen Platz habe. Es ist seltsam, Professor, aber die meisten Leute, die sich eine Bibliothek aufbauen, haben später Erben, die von Büchern nichts wissen wollen. Das ist schon tragisch.«

»In der Tat, das ist tragisch«, sagte Gisbert. »Nun, in meinem Fall wird es nicht so sein, ich habe keine Kinder und Neffen auch nicht. Meine Erben werden die Nutzer der Universitätsbibliothek in Hamburg sein.«

»Die können sich glücklich schätzen«, sagte der Buchhändler und erhob sich. »Verzeihen Sie, Professor, aber mir ist gerade voller Entsetzen eingefallen, daß wir uns noch gar nicht vorgestellt haben. Ich heißt Cheng Biao.«

Er streckte ihm die Hand hin.

»Gisbert Klauss.«

Dann setzte sich der Buchhändler wieder.

»Gestern abend habe ich mit einem Kollegen aus Schanghai telefoniert«, sagte er, »vielleicht bekomme ich nächste Woche ein weiteres Buch von Wang Mian. Ich kenne die Buchhandlungen Pekings gut und kann Ihnen versichern, daß es ein Wunder wäre, wenn Sie hier etwas Neues finden würden.«

Gisbert bedankte sich für seinen Einsatz und beobachtete den Kater. Er hatte die Augen zusammengekniffen und dehnte sich mit weit nach vorne gestreckten Pfoten.

»Was Sie mir gestern erzählt haben«, fuhr der Professor fort, »hat mich neugierig gemacht. Die Geschichte der Boxer ist faszinierend. Ich habe mich gefragt, ob es wirklich keine Bücher gibt, die davon Zeugnis ablegen, irgendwelche Berichte von Augenzeugen.«

Wieder blickte Cheng Biao zur Decke. Dann stand er auf,

suchte die Regale ab und kam mit mehreren Büchern in der Hand zurück.

»Also«, sagte er, »vielleicht wissen Sie, daß diese Epoche von der Geschichtsschreibung vertuscht wurde. Die Kinder lernen in der Schule tatsächlich, daß im Jahr 1900 international Verbündete in China eingefallen sind, aber warum das so gewesen ist, bringt man ihnen nicht bei. Statt dessen bleut man ihnen ein, daß die Ausländer es wieder einmal auf die Reichtümer des Landes abgesehen hatten, was bis zu einem gewissen Grad auch stimmt. Es stimmt, ist aber nicht die ganze Wahrheit. Wenn sie einen Studenten auf die Boxer ansprechen, weiß er wahrscheinlich überhaupt nicht, wovon Sie reden. Die Geheimgesellschaften sind für die Staatsmacht immer lästig gewesen, darum behaupten Sie einfach, der Angriff habe keinen Grund gehabt. Darum gibt es auch so gut wie keine Bücher darüber. Hier, immerhin habe ich diese.«

Cheng Biao legte drei alte Bände auf den Tisch. Zwei waren auf Chinesisch und einer auf Französisch. *Chronik der Zerstörung Pekings* von Xuan Jin; *Asche*, von Li Shusheng, und *Auf der Klinge des Todes* von Dominique Aristide.

»Von diesen Büchern, geschätzter Professor«, sagte Cheng Biao, »kann ich Ihnen nur das französische verkaufen. Die anderen kann ich Ihnen ausleihen.«

»Ich danke Ihnen sehr«, antwortete Gisbert. »Ich würde sie sehr gerne studieren und Ihnen dann zurückgeben.«

Mit den drei Büchern in seiner Reisetasche verließ Gisbert die Buchhandlung. Um keine Zeit zu verlieren, nahm er sich gleich in der Dongzhi Dajie ein Taxi und ließ sich direkt ins Hotel fahren. Dieselben neugierigen Augen wie am ersten Tag beobachteten ihn aus der Ferne.

Bei seiner Ankunft im *Kempinski* gab ihm die junge Frau an der Rezeption eine ausgedruckte E-Mail von Jutta und ein Päckchen mit einem Buch. Er öffnete es ungeduldig und las: *Cuzco Blues* von Nelson Chouchén Otálora. Das war das Buch des netten peruanischen Professors! Er las aufmerksam die Widmung und dachte, daß er ihn im Hotel anrufen wolle, um sich zu bedanken, doch im selben Augenblick sah er ihn in die Hotelhalle eintreten.

»Professor Chouchén, Professor!« rief er.

Der Peruaner erkannte ihn von weitem, ein Lächeln breitete sich über sein Gesicht.

»Ich habe soeben Ihr Buch genommen, ich bin geehrt«, sagte Gisbert. »Ihre Gabe rührt sehr.«

»Die Ehre liegt auf meiner Seite«, erwiderte Nelson. »Es erfüllt mich mit Stolz, eines meiner Werke in Ihrer Bibliothek zu wissen. Ich bin es, der dankbar sein muß.«

»Sind Sie in dieses Hotel umgezogen?« fragte Gisbert.

»Nein, Professor, so gerne ich es täte. Ich bin hier mit Freunden zum Abendessen verabredet.«

»Dann möchte ich Sie nicht länger aufhalten«, sagte Gisbert. »Wenn Sie erlauben, rufe ich Sie morgen im Hotel an, und wir verabreden uns.«

»Sehr gerne, Professor. Ich erwarte Ihren Anruf.«

Gisbert wandte sich ab zu den Aufzügen und fuhr hoch zu seinem Zimmer. Er bestellte sich ein Sandwich, drei gut gekühlte Biere, und nachdem er sich die Schuhe ausgezogen und es sich bequem gemacht hatte, begann er, im Buch Dominique Aristides zu blättern.

Es handelte sich tatsächlich um einen Augenzeugenbericht. Laut dem Vorwort hatte der junge belgische Priester Aristide in der französischen Missionsstation den Boxeraufstand miterlebt. Das Buch war König Leopold II. von Belgien gewidmet, dem »großen Zivilisator der Nationen«.

Aristides Beschreibungen der Chinesen stimmten ihn mißtrauisch. Schon im Vorwort kritisierte er sie als ein Volk, das »unzuverlässig, lasterhaft und spielsüchtig« sei, »dazu imstande, ihren eigenen Haarzopf zu verkaufen, nur um weiter die Würfel werfen zu können«. Auch nannte er sie »undankbar«, denn, so klagte er an, anstatt der westlichen Welt und Heiligen Katholischen Kirche für ihre zivilisatorische Leistung zu Füßen zu liegen, »sehen sie uns schief an und verkennen, daß wir ihre wilden Sitten, ihren kruden Geist und ihre abstoßenden Speisen nur ihretwillen ertragen.« Diese Ausführungen enttäuschten Gisbert Klauss sehr, sie ließen vermuten, daß der ganze Text eine einzige Auflistung von Ungehörigkeiten und Vorwürfen sein würde. Trotzdem las er weiter. Die Beschreibungen der Angriffe auf die Missionsstation schienen der Wirklichkeit etwas mehr verpflichtet zu sein, auch wenn der Ton der immergleiche war: »Ihre in der Nacht diabolisch funkelnden Augen sind getränkt von Tod und Haß. Sie essen die Leichen ihrer eigenen Männer, auch habe ich aus ihrem Munde erfahren, daß eine Gruppe Mörder, Berauschte und Wahnsinnige bei einem Angriff auf das südliche Ende des Viertels eine Frau zu Tode gebissen hätten, begleitet von furchterregendem Brüllen und Kreischen, denn das ist ihre Weise, die Götter der Unterwelt anzurufen.« Man konnte unmöglich sagen, wieviel Wahrheit in diesem fragwürdigen Text steckte, so daß Gisbert ihn sich mit den friedlichen Waffen des Philologen vornahm, sich kurze Notizen machte und hoffte, zumindest auf einen Absatz zu stoßen, der ihm auf seiner Suche weiterhelfen würde.

Nachdem Nelson seinen Spaziergang am See Xihai, in der Gegend seiner Väter, beendet hatte, machte er sich auf den Weg ins *Kempinski,* wo er Doktor Serafín Smith und seine kubanischen Begleiterin, die schöne Omaira Tinajo, treffen würde. Eine seltsame Melancholie überkam ihn, als zöge es ihn zu dem Leben zurück, das eigentlich für ihn bestimmt gewesen war, bevor es auf abrupte Weise abbrach. Dieses Leben, sagte er sich, befand sich hinter der Tür in der 7, Zhinlu Bajie, Houhai. Diese Betrachtung gefiel ihm, also zog er sein Notizbüchlein hervor und schrieb einen Gedichtentwurf:

Das verlorene Leben ist hinter dieser Tür,
aus altem, splittrigen Holz.
7, Zhinlu Bajie, Houhai.
Mein Antlitz hat die Hand am Knauf
der anderen Seite.
Aber sie öffnet nicht.
Sondern entfernt sich,
ins Innere des Hauses.

Während er in Gedanken noch bei der Dichtung war, betrat er das *Kempinski*. Da hörte er jemanden seinen Namen rufen:

»Professor Chouchén, Professor!«

Von weitem erkannte er den deutschen Universitätsprofessor, aber anstatt sich zu freuen, fühlte er sich in seiner dichterischen Inspiration gestört. Doch er gab sich einen Ruck und lächelte ihn breit an.

»Ich habe soeben Ihr Buch genommen, ich bin geehrt«, sagte Gisbert. »Ihre Gabe rührt sehr.«

Was für ein gräßliches Spanisch sprach dieser Hampelmann, war Nelsons einziger Gedanke.

»Die Ehre liegt auf meiner Seite«, erwiderte er. »Es erfüllt mich mit Stolz, eines meiner Werke in Ihrer Bibliothek zu wissen. Ich bin es, der dankbar sein muß.«

»Sind Sie in dieses Hotel umgezogen?« fragte Gisbert.

»Nein, Professor, so gerne ich es täte. Wissen Sie, ich bin hier mit Freunden zum Abendessen verabredet.«

»Dann möchte ich Sie nicht länger aufhalten«, sagte Gisbert. »Wenn Sie erlauben, rufe ich Sie morgen in Ihrem Hotel an, und wir verabreden uns.«

»Sehr gerne, Professor. Ich erwarte Ihren Anruf.«

Er sah ihn zu den Aufzügen verschwinden, mit einem Anflug von schlechtem Gewissen, daß er ihn nicht mit eingeladen hatte, dann ging er in die Haupthalle, um seine Freunde zu suchen. Ein Blick auf die Uhr sagte ihm jedoch, daß es noch zu früh war. Zehn vor neun. Er hatte also noch Zeit, das Gedicht zu überarbeiten, also zog er sein Notizbüchlein hervor. Doch auch beim zweiten Lesen war er ganz zufrieden damit. In seinem Schöpfungsrausch machte er gleich noch eine Notiz für seinen Roman: »Das Haus in der 7, Zhinlu Bajie, Houhai, gefiel uns, es war nicht nur groß und geräumig, sondern auch nahe dem Xihai-See.« Auch hier gefiel ihm der Ton. Er wollte noch ein paar Textproben schreiben.

»Lieber, erlauchter Dichter!«

Serafíns Stimme riß ihn aus der Konzentration. Er blickte auf und sah den fröhlichen Brasilianer in Jeans, Reeboks und einem kurzärmligen Hemd, das ziemlich unelegant über seinem Bauch spannte. Es war die typische Freizeitkleidung eines Angestellten. Omaira Tinajo hingegen trug dasselbe weiße Kostüm wie am Nachmittag.

»Oh, oh, jetzt haben wir Sie aus der Inspiration geholt«, sagte Omaira Tinajo. »Da bleibt Ihnen wohl nichts anderes übrig, als mit uns essen zu gehen.«

Sie gingen über die Straße und betraten ein riesiges Restaurant.

»Hier bestellt man am besten viele verschiedene Gerichte«, sagte Serafín Smith. »Also, ich schlage vor, jeder bestellt zwei, und wir probieren jeder mal von jedem.«

Sein Vorschlag fand Gefallen. Nelson bestellte ein Bier. Die Mediziner bevorzugten kaltes Wasser. Es war heiß.

»Wie läuft es bei dem Kongreß?« erkundigte sich Nelson.

»Gut, sehr gut«, antwortete Rubens. »Heute hat uns ein chinesischer Kollege einen hochinteressanten Fall vorgestellt, nicht wahr, Frau Ärztin? Stellen Sie sich nur vor, einen jungen Mann mit Verbrennungen dritten Grades am Grimmdarm, hervorgerufen von kochendem Wasser. Äußerst selten. Man behandelt ihn mit den Methoden der traditionellen Medizin, er ist fast geheilt. Ein Wunder.«

»Kochendes Wasser?« fragte Nelson. »Wie geht denn das?«

»Das wissen wir auch nicht«, antwortete die Ärztin. »Die Ursachen der Leiden sind Berufsgeheimnisse. Aber ich geb's zu, ich habe mir dieselbe Frage gestellt, die Verbrennungen sind noch dazu sehr weit innen.«

»Gehören Sie auch zu den Spiritualisten?« fragte Nelson Frau Doktor Tinajo.

»Spiritualisten? Was meinen Sie damit?«

»Das ist eine Richtung der Proktologie, die in den Vereinigten Staaten groß in Mode ist«, sagte Serafín. »Sie stützt sich nicht nur auf naturwissenschaftliche Fakten, sondern zieht andere Faktoren wie Lebensfreude und seelische Verfassung mit in Betracht.«

»Ach, das ist aber interessant«, sagte die Tinajo. »Gut, in Kuba berücksichtigen wir das sowieso immer. Aber sagen Sie mal, wir wollen doch nicht den ganzen Abend über die Arbeit reden.«

»Da haben Sie recht«, entschuldigte sich Nelson. »Das war nur, um das Eis zu brechen.«

»Wie süß«, sagte Omaira. »In Kuba bricht man das Eis im Mojito-Mixer.«

Omaira Tinajo erzählte, daß sie Chefärztin im Zentralkrankenhaus von La Habana war, daß sie mit einem Kinderarzt verheiratet war und zwei erwachsene Söhne im Alter von zweiundzwanzig und neunzehn hatte. Der eine, Gastón, studierte Jura. Der andere, César, war Tierarzt und arbeitete in einem Landwirtschaftsbetrieb in Santiago de Cuba. Serafín Smith dagegen erzählte von seinen drei Töchtern, die noch zur Schule gingen, Jennifer, Vanesa und Sonia Patricia. Nelson vertraute ihnen an, daß er nie Kinder wollte, weil Elternsein sich nicht mit dem Künstlerdasein vertrage, zumindest wie er es verstehe.

»Und Ihre Frau, findet sie das auch?« fragte Omaira.

»Nun, sie unterstützt mich«, antwortete Nelson. »Wir waren uns immer einig, vom Tag unserer Hochzeit an. Das Leben ist für einen Schriftsteller nicht einfach. Er muß sich voll und ganz auf seine Arbeit konzentrieren, anders kommt der große Erfolg nie.«

»Na, hoffentlich kriegen Sie irgendwann den Nobelpreis«, witzelte Omaira, »bei den Opfern, die Sie bringen!«

Nelson entging nicht der leichte Spott, mit dem dieser Satz unterlegt war. Er rief den Kellner und bestellte eine Flasche Wein.

»Das wird mir jetzt zu abgehoben«, sagte er. »Wenn Sie gestatten, wollen wir ein bißchen für gute Laune sorgen.«

Der Kellner brachte chinesischen Wein, und beim ersten Schluck runzelten alle drei die Stirn. Er war ziemlich stark. Nelson studierte die Flasche und sah, daß das Getränk sich tatsächlich Wein nannte, eigentlich aber Reislikör war.

»Egal, er fördert die Verdauung, und er schmeckt«, sagte Serafín Smith und hob sein Glas. »Lassen Sie mich unsere Begegnung mit einem Trinkspruch eröffnen: Auf die Freiheit der Völker, auf das Aufstehen der unterdrückten Klassen und auf die Gerechtigkeit, damit die Nord-Süd-Beziehungen gerechter werden, und vor allem, auf daß die letzte Strecke des anfälligen Nahrungsweges dem Menschen nicht länger Ärger mache; meine Damen und Herrn, auf die hehre Wissenschaft der Proktologie, zum Wohl!«

»Zum Wohl«, sagte Omaira. »Wissen Sie was, mein Lieber? Ich nehm' Sie mit nach La Habana, dort stehen sie auf solche Reden.«

»Zum Wohl«, sagte auch Nelson und schenkte sich nach; dann hob er das Glas, räusperte sich und sagte: »Auf den Zusammenschluß der spanisch- und portugiesischsprechenden Völker; auf eine Globalisierung, die die Würde des einzelnen achtet, auf die Sprache des Quijote, auf den Bolero, den Cumbia, den Samba und die kreolischen Walzer, auf das schwarze Amerika, auf die Dichtung Guilléns, Nerudas und César Vallejos, auf die Prosa Lezamas und Rulfos, auf Jorge Amado und auf unsere schönen Frauen, vor allem auf Sie, Frau Doktor Tinajo, zum Wohl!«

Sie leerten die Gläser und schenkten sich gleich wieder nach. Nun war Omaira Tinajo an der Reihe.

»Oh là là, Sie machen mich ganz verlegen, meine Herren«, erwiderte Omaira. »Bin jetzt ich dran? Na gut: auf die andinische und karibische Solidarität, auf die Folklore und Volkskunst, auf den Internationalismus, auf die Vertretung unserer Kultur hier im Orient, wo drei Südamerikaner in Peking sich glücklich betrinken können, auf die Telenovelas, auf den Mambo und Cha-cha-cha, auf den Rum, den Zuckerrohrschnaps, Cachaça und Pisco, auf alles, was uns vereint, und das ist viel, *Compañeros*, zum Wohl!«

Sie umarmten sich alle drei über den Tisch. Rubens Serafín Smith bekam feuchte Augen, Nelson mehr Durst. Flugs kam die zweite Reislikörflasche, und das Triumvirat zählte weiter voller Rührung und Nostalgie auf, was sie hier auf diesem fernen Kontinent zusammenschmiedete.

»Mein Lieblingsessen bei euch«, sagte Nelson zu Omaira, »ist dieses Fleisch, wie heißt es gleich wieder, *Alte Wäsche*, genau, aber nach euren Bohnen mit Reis lecke ich mir auch die Finger. Wie nennt ihr sie noch? Jetzt weiß ich's wieder, *Mauren und Christen.*«

»Ja«, schaltete Rubens sich ein, »aber vergessen Sie mir den Mojito nicht, den vornehmen Herrn unter den karibischen Cocktails.«

»Na ja, das liebste am Mojito ist mir das Minzblatt, man kann so schön drauf herumkauen. Und was ist mit dem Daiquiri? Mir läuft das Wasser im Mund zusammen. Aber was reden Sie eigentlich von der kubanischen Küche, Doktor Serafín. Die brasilianische Feijoada ist ein Bohnengericht aus der Renaissance. Und Sie, Nelson, brauchen sich mit Ihrem Anticucho und Hähnchenají auch nicht zu verstecken.«

Um Mitternacht schloß das Restaurant, und sie gingen. Auf der Straße war es nicht mehr ganz so heiß, es wehte eine angenehme Brise.

»Wißt ihr was, ich kenne hier in der Nähe einen Schuppen mit lateinamerikanischer Musik«, sagte Omaira. »Kommt, ich zahl' die erste Runde.«

Das Lokal hieß Salsa Cabana. Nelson war sehr überrascht, als er die Band sah: eine kolumbianische Band! Am Tresen drängten sich die Leute. Ein junger, angelsächsisch aussehender Barman mixte Cocktails und jonglierte dabei mit den Flaschen. Sie setzten sich in die Nähe der Tanzfläche und bestellten eine Runde Cubalibre.

»Wißt ihr was, meine Beine wollen gar nicht mehr stillhalten.«

Rubens forderte Omaira zum Tanzen auf, Nelson beobachtete währenddessen vom Tisch aus das Treiben. Junge Chinesinnen ungezwungen beim Tanzen, Funktionäre in Krawatte und hochelegante Damen. Da fiel ihm eine blonde Schönheit auf, die ihm in die Augen sah. Sie trug einen provozierend kurzen Rock. Ihr Dekolleté war prominent wie der Balkon eines Kolonialhauses. Jetzt lächelte sie ihn sogar an und machte eine Geste, die zumindest in Lima »komm, Süßer« bedeutet hätte. Er fühlte sich wie Superman. Als er gerade aufstehen wollte, kamen seine Freunde zurück an den Tisch.

»Klasse Musik, Musensohn«, sagte Rubens zu ihm, »aber wie ich sehe, hat es jemand auf dich abgesehen.«

Omaira sagte nach einem kurzen Blick zu der jungen Frau:

»Nelson, ich will ja keine Spielverderberin sein, aber die Kleine da ist auf der Arbeit.«

»Du willst sagen, daß sie ...?«

»Ganz genau, mein Lieber. Eine Proletarierin im Produktionszweig Liebe.«

Nelson forderte Omaira zum Tanzen auf. Beflügelt von den Drinks, die ihm zu Kopf stiegen, machte er sich an sie heran. Sie war eine wunderschöne Frau. Ob er sie verführen konnte? Beim Tanzen streifte er ihre Taille, ihre Beine. Bei einer Drehung sah er ihr in ihren Ausschnitt und dort den Ansatz zweier prachtvoller Brüste. Er nötigte sie zu einer weiteren Drehung. Während der Tanz sie trug, spürte er, wie Omaira ihre Hüften an ihn schmiegte. Ob sie auch scharf geworden war? Als das Lied zu Ende war, wollte er sie auf der Tanzfläche halten, aber sie löste sich von ihm und ging zurück an den Tisch.

»Komm, wir setzen uns, Nelson«, sagte Omaira und lachte. »Ich weiß ja nicht, was du da hast, aber du machst mir noch einen blauen Fleck am Oberschenkel.«

Um zwei Uhr morgens döste Doktor Rubens Serafín Smith auf dem Tisch. Hin und wieder hob er zaghaft den Zeigefinger, als wollte er etwas sagen. Nelson begriff, daß der entscheidende

Moment gekommen war, er strich sich die Haare glatt, rückte mit seinem Stuhl zu Omaira und sagte zu ihr:

»Stoßen wir noch mit einem Champagner in meinem Hotel an, Frau Doktorin. Der Zimmerservice dort ist exzellent.«

Sie brach in Gelächter aus.

»Bist du denn verrückt? Ich habe dir doch gesagt, daß ich eine verheiratete Frau bin.«

»Hier sind wir weit weg von allem, Omaira. Niemand braucht es zu erfahren.«

»Das sagst du so leicht.«

»Es wird unser Geheimnis sein. Ich will deinen Körper sehen, wie er vor Lust bebt.«

Wieder lachte Omaira, diesmal leicht hysterisch.

»Oh là là, du bist wirklich ein Dichter«, sagte sie. »Aber ich glaube, das bleibt wohl im Reich deiner Imagination. Tut mir leid.«

»Meine Imagination hat mich noch nie im Stich gelassen«, sagte Nelson, »aber mit eigenen Augen zu sehen, wäre mir lieber.«

Er streichelte sie am Arm, näherte seine Lippen ihrem Gesicht. Omaira schob ihn sacht fort.

»Nein, mein Süßer, vielen Dank für die Einladung. Dank dir fühle ich mich um zwanzig Jahre jünger.«

»Du bist eine wunderschöne Frau, Omaira. Was macht es schon aus, daß du verheiratet bist?« beackerte Nelson sie weiter. »Ich bin doch auch verheiratet.«

»Aber ich würde meinen Ehemann gegen keinen anderen Mann eintauschen.«

Unwillig begab sich Nelson auf den Rückzug, er sagte sich: »Erste Schlacht verloren, aber der Feldzug ist noch nicht zu Ende.« Dann schleifte er Serafín Smith zu seinem Hotel. Als er sich von der Frau Doktor verabschiedete, bot er sich an, sie auf ihr Zimmer zu begleiten.

»Wirklich nicht, Süßer«, sagte sie. »Mach diesen schönen Abend jetzt nicht kaputt.«

»Ich wollte nur, daß er noch schöner endet, das ist alles.«

»Das ist ein sehr schönes Ende. Glaub mir. Gute Nacht«, sagte Omaira. Dann schloß sich die Aufzugtür.

Der betrunkene Nelson schwankte zurück in die Bar und setzte sich an den Tresen. »Another c-cu-cubalibre for me«, hörte er sich sagen.

Der Stammsitz der Methodistengemeinde war ein riesiges, düsteres Gebäude im Norden der Stadt, nicht weit vom dritten Peripheriering. Nichts von seinem Äußeren deutete auf seine Mieter hin, denn es war kein Firmenzeichen oder ähnliches angebracht. Von einem Innenhof aus betrat man das Gebäude.

»Im ersten Stock sind die Klinik und die Kapelle«, sagte Zheng. »Im zweiten befinden sich die Büros und eine Turnhalle. Ab dem dritten Stock sind die Zimmer. Wenn sie Gérard haben, halten sie ihn sehr wahrscheinlich hier versteckt. Um ihn woandershin zu bringen, müßten sie sich etwas einfallen lassen: Crispín hat die Anweisung, mir sofort mitzuteilen, wenn Tony, dieser Besucher, das Gebäude verläßt.«

Von der anderen Straßenseite aus, wo wir uns in ein mongolisches Restaurant setzten, beobachteten wir den Eingang. Laut Zheng hatten wir es gut getroffen, denn unser Beobachtungsposten bot nicht nur ideale Aussicht, sondern auch hervorragendes Essen. Ich beäugte die auf dem Tisch stehende Schale mit kochendem Wasser anfänglich mißtrauisch, aber Zheng zeigte mir, wie man sie benutzte. Man tauchte Fischröllchen und Gemüsestücke hinein und tunkte sie anschließend in eine Pistaziensauce. Als Begleitung zu diesem feinen Gericht empfahl er entweder grünen Tee oder ein gut gekühltes Tsing-Tao-Bier. Wir hatten gerade bestellt, da klingelte Zhengs Handy.

»Wei?« antwortete er. »Ah ja. Danke.«

Noch während des Auflegens stand er auf.

»Los«, sagte er und ließ ein paar Scheine auf dem Tisch liegen.

Ich nahm einen Schluck des nahrhaften Biers und ging mit ihm zu dem Cherokee-Jeep, da öffnete sich auch schon die Toreinfahrt des Gebäudes. Heraus kamen drei schwarze Limousinen der Marke Audi. Zheng folgte ihnen.

»Verfolgen ist eine Kunst für sich«, sagte er. »Du mußt scharf beobachten. Darfst dich nie ins Blickfeld ihrer Rückspiegel begeben. Und wenn, dann mußt du sofort den Blinker setzen. Damit vermeidest du, Aufmerksamkeit zu wecken. Halte mindestens drei Wagen Abstand. Wenn du aus irgendeinem Grund näher heranmußt, dreh das Radio auf und trällere dazu oder telefoniere. Das wirkt.«

»Ich seh's«, sagte ich bewundernd.

»Wenn sie dich entdecken und abrupte Manöver machen, fahr einfach geradeaus weiter, such einen Parkplatz, stell den Wagen ab und steig in ein Taxi um. In neunzig Prozent der Fälle denken sie, es war falscher Alarm, und nehmen wieder ihre alte Route auf.«

»Und wie instruiert man am besten den Taxifahrer, ohne Verdacht zu wecken?« fragte ich.

»Ganz einfach«, antwortete Zheng. »Du steigst ein und sagst: Folgen Sie dem Wagen dort! Taxifahrer fühlen sich geschmeichelt, wenn sie einen außergewöhnlichen Auftrag bekommen.«

Die drei schwarzen Audis fuhren auf den Peripheriering und bogen in Richtung Flughafen ab. Die Straße war von Kiefern gesäumt. Dann verließen sie die Autobahn und nahmen eine wenig befahrene Landstraße.

»Ab jetzt wird es schwieriger, sie zu verfolgen«, sagte Zheng. »Auf der Landstraße fallen wir mehr auf. Sicher fahren sie zu einem Landhaus.«

Wir gaben ihnen ein paar Kurven Vorsprung, so daß wir sie die meiste Zeit gar nicht sahen. Auf einmal fuhren sie vor einem Haus vor. Zheng parkte den Cherokee bei einer Häusergruppe.

»Von hier aus müssen wir zu Fuß gehen, über den Hügel«, sagte er. »Wenn wir Glück haben, haben sie keinen Beobachtungsposten aufgestellt.«

Er zog eine grüne Jacke und Schirmmütze aus einem Köfferchen und gab sie mir.

»Von jetzt an«, sagte er, »sind wir Forstinspektoren, und Sie sind Spezialist für Biodiversität in Feuchtgebieten, einverstanden? Am besten nähern wir uns dem Haus von Norden her.«

»Einverstanden«, gehorchte ich. »Auch wenn es vermutlich der längere Weg ist.«

»Alle Häuser in China haben die Rückseite nach Norden«, sagte er. »Haben Sie schon mal etwas von Feng Shui gehört?«

»Am Rande.«

»Ich müßte jetzt zu weit ausholen, um es Ihnen zu erklären. Es reicht, wenn Sie wissen, daß auf der Nordseite der Hintereingang ist. Und durch den werden wir ins Haus gelangen.«

Wir stiegen auf den Hügel, ich keuchte. Über einen unwegsamen Pfad überquerten wir mehrere dicht mit Büschen bewachsene Hügelrücken, dann kamen wir an eine Mauer, hinter der sich das Anwesen befinden mußte. Dahinter sahen wir einen gepflegten Garten, einen Teich mit Lotusblüten und eine Terrasse. Weit und breit war kein Mensch.

»Warten Sie hier auf mich«, sagte Zheng, und ich war erleichtert, in meiner Feigheit hätte mich nichts und niemand dazu gebracht, in ein fremdes Grundstück einzudringen, schon gar nicht übers Dach.

Ich setzte mich mit dem Rücken gegen die Mauer auf den Boden und spähte nervös um mich, mir rann der Schweiß nur so hinunter, und mit einem flauen Gefühl dachte ich daran, was passieren würde, wenn sie uns entdeckten. Es war heiß. Oben auf dem Hügel stand ein Strommast, von dem zwei dicke Kabel abgingen. Ohne zu wissen, warum, fiel mir Corinne, meine Ex-Frau, ein: Was würde sie dazu sagen, daß ich als Spezialist für Biodiversität auf einem Feld bei Peking saß? Ihr Leben war nun wirklich nicht reich an Überraschungen, was bei dem drögen Alltag, den ich in Paris soviel kritisiert hatte, auch schlecht möglich gewesen wäre. Corinne haßte es, wenn ich aus dem Sender nach Hause kam und sagte, daß ich am nächsten Tag mit dem ersten Flieger weg müsse, eine Dienstreise. Meine Abenteuerlust war für sie ein klares Zeichen für meine nicht überwundene Kindheit. »Peter-Pan-Komplex«, so nannte sie es. Und fügte hinzu:

»Während du in deiner Märchenwelt den malaysischen Tiger spielst, kommt das wirkliche Leben zum Briefkasten, und ich muß die Briefe von der Bank und der Krankenversicherung beantworten und im Blick behalten, wann die Steuern fällig sind.«

»Ich kann nichts dafür, daß es so schwierig ist, französische Briefe zu schreiben«, erwiderte ich darauf. »Wenn wir in Bogotá leben würden, würde ich das machen.«

Ich sah auf die Uhr und stellte fest, daß Zheng schon vor mehr als zehn Minuten gegangen war. Hatte er es geschafft, in das Haus einzudringen, ohne gesehen zu werden? Ich stellte mich auf die Zehenspitzen, um über die Mauer zu blicken, und erschrak zu Tode, denn da saßen Leute auf der Terrasse beim Kaffeetrinken. Sie waren alle blond und trugen dunkle Mäntel. Zum Glück hatten sie keinen Hund, sonst hätten sie mich entdeckt. Dann hörte ich an der Ecke der Mauer ein Geräusch und erblickte Zheng.

»Der dort drüben ist Tony«, sagte er und zeigte auf einen der Männer. »Vielleicht ist er wirklich ein Neffe von einem der Priester, aber ich habe in seinem Koffer mehrere Dietriche, Kabel, Handschuhe, eine Mikrokamera und Infrarotferngläser gefunden. Ist das nicht seltsam?«

»Das ist allerdings seltsam«, antwortete ich. »Und wie sind Sie in sein Zimmer gekommen?«

»Barfuß, um keinen Lärm zu machen«, sagte Zheng. »Haben Sie schon mal was von den Ninjas gehört?«

»Ja, aber Sie wollen doch nicht sagen, daß …«

»Nein, natürlich nicht«, entgegnete er. »Nur als Beispiel. Ich habe einiges herausgefunden. Unter anderem, daß sie Gérard nicht haben. Ich habe nämlich erfahren, daß sie auch auf der Suche nach dem Manuskript sind.«

»Im Ernst?«

»Ja, außerdem hat dieser angebliche Neffe, Tony, in seiner Tasche einen Gedichtband von Wang Mian. Zwischen den Seiten steckt ein Fax, wahrscheinlich mit den Flugdaten seiner Reise nach Peking, auf das er mit der Hand eine ganze Reihe Namen gekritzelt hat: Ambrose, Barc, Gérard, Oslovski, Sun Chen und Mallet. Davor hat er ein Fragezeichen gemalt, und darunter steht der Titel des berühmten Manuskripts, *Weite Transparenzen der Luft*. Begreifen Sie?«

»Ich glaube schon«, sagte ich. »Das sind die Namen derer, die für ihn als Besitzer des Manuskripts in Frage kommen. Daraus folgt, daß sie es offenbar auch suchen.«

»Haargenau«, sagte Zheng. »Wie ich sehe, lernen Sie schnell. Wir müssen sehr auf der Hut sein, sie werden ganz bestimmt unsere Verfolgung aufnehmen.«

»Wie lustig«, entgegnete ich. »Wir sind hinter ihnen her, und sie hinter uns.«

»So ist das«, sagte Zheng, »wenn die Angelegenheit nicht so ernst wäre, wäre das tatsächlich sehr komisch.«

Als er das gesagt hatte, ließ er sich von der Mauer herunter.

»Wir gehen schon?« fragte ich.

»Na ja, wenn sie das Manuskript suchen, sind sie doch erst mal keine große Hilfe für uns.«

»Das stimmt natürlich.«

Als wir bei dem Cherokee ankamen, machte Zheng einen Anruf auf Chinesisch. Ich guckte mir so lange die Landschaft an, sie war etwas trist: ein langsam fließender Kanal, eine endlose Pfirsichplantage, weiter weg ein paar in Nebel gehüllte Bäume. Dann machten wir uns wortlos auf den Rückweg.

»Was jetzt kommt, dürfte interessanter sein«, sagte er. »Warten Sie nur ab.«

»Und zwar?«

»Einer unserer Mitarbeiter hat den Angestellten der Cafeteria wiedererkannt, der das Manuskript entwendet hat«, sagte er. »Man hat mir gerade seine Adresse durchgegeben.«

Sie lag im Südosten Pekings, in einem alten Stadtviertel, durch das man gerade eine Bresche schlug, um eine vielspurige Straße zu bauen.

Als wir dort ankamen, klopfte Zheng zweimal an die Tür, er warnte mich:

»Seien Sie auf alles gefaßt!«

Ich spannte die Muskeln an. Dann hörten wir Schritte und einen Schlüssel. Eine steinalte Frau öffnete uns. Zheng begrüßte sie und sagte zu ihr etwas auf Chinesisch. Die alte Frau schüttelte den Kopf, aber Zheng ließ nicht locker, er sprach so streng mit ihr, daß mir das Blut in den Adern stockte, obwohl ich kein Wort verstand. Einen Augenblick später sah ich, wie Zheng seinen Körper wie eine Katze anspannte und über die Mauer sprang. Die Frau schrie, und erst in diesem Augenblick sah ich eine Gestalt übers Dach rennen. Dann hagelte es Steine, ich ging am Hauseingang in Deckung, wo mir die alte Frau beim Zuknallen der Tür um ein Haar die Finger eingeklemmt hätte. Eine Sekunde später stand Zheng vor mir, mit einem jungen Mann im Schlepptau. Er hatte rote Wangen und eine gebrochene Nase.

»Weg hier«, schrie er mir zu. »Los, setzen Sie sich ans Steuer!«

In diesem Augenblick brach ein Steingewitter über uns her, so daß ich zur Straße hin flüchtete. Als ich mit zittrigen Knien in den Cherokee sprang, dankte ich dem Himmel. Zheng stieß unsere Geisel auf den Rücksitz, sprang hinterher und drückte den Mann mit dem Gesicht auf den Boden.

»Wir haben Glück«, sagte ich zu Zheng. »In meinem Land hätte es keine Steine gehagelt, sondern Kugeln.«

»Ich war noch nie in Ihrem Land«, sagte er mir. »Deshalb verstehe ich es wahrscheinlich auch nicht.«

»Das meinen Sie nur«, antwortete ich ihm. »Ich bin dort geboren und verstehe es auch nicht. Wie zum Teufel geht diese Karre an?«

Drei Dachziegel donnerten auf das Jeepdach.

»Mit dem Zündschlüssel«, sagte er. »Zittern Sie nicht so, dann können Sie auch den Schlüssel in die Zündung stecken. Beeilen Sie sich!«

Der Motor heulte auf, ich stieg ins Gaspedal, und der Cherokee fuhr an. Wir ließen eine Reifenspur auf dem Asphalt und eine dichte Staubwolke zurück.

Nachdem Gisbert das Buch des belgischen Jesuiten Aristide fast durchgelesen hatte, fand er im letzten Kapitel, was er suchte: »Jetzt, da die Dämonen schadlos gemacht sind und diesen Wilden das Kreuz gebracht wurde, können wir versuchen zu verstehen, was ihre krude Zerstörungswut veranlaßt hat. Ach, Leser, was mußtest du nicht schon alles für Infamien ertragen, die dieser Chronist zu seinem großen Leid selbst gesehen hat, doch mit dem, was nun kommt, soll deine Langmut belohnt werden, denn abgesehen von ihren heidnischen Götzen, ihrem Irrglauben, ist nun ein Buch aufgetaucht, was sage ich, ein klägliches Manuskript, ein wenig auf Papier gegossene Tinte, das, wenn man seine wüsten Folgen in Betracht zieht, als schlimmstmögliches Verbrechen des Menschen verabscheut werden muß; dieses Manuskript hat, wie Kundige dieser Sprache der Ungläubigen mir sagten, die Irrgläubigen zur Zerstörung angestachelt. Ich weiß nicht, wie dieser Text in die Hände eines hohen französischen Offiziers gelangte, das herauszufinden, ist auch nicht meine Aufgabe, und ich weiß auch nicht, warum besagter Offizier es beschützt hat. Ich weiß nur, daß es im Tresor der Missionsstation lag, darauf wartend, daß jemand über sein weiteres Schicksal entscheiden möge. Der Offizier ist längst weg, und auch ich werde bald gehen. Ich hoffe nur, daß diese Worte des Hasses, die in Versen unsere Zerstörung fordern, nicht überleben werden. Möge der Scheiterhaufen des Vergessens sie verzehren.«

Gisbert hatte die ganze Nacht lang fieberhaft gelesen, und wurde nun mit der entscheidenden Information belohnt: Loti war das Manuskript von *Weite Transparenzen der Luft* in die Hände gefallen, genau wie er vermutet hatte! Er wiederum hatte es der französischen Missionsstation übergeben, vielleicht mit dem Gedanken, es später, wenn etwas Gras über die Sache gewachsen sein würde, wiederzuholen. Der Jesuit Aristide wußte offenbar von dem Manuskript, hatte es aber nie in Händen gehalten, und daraus schloß Gisbert, daß es nie zerstört worden ist. Wie viele Menschen mochten wissen, was Aristide meinte, wenn er von »dem Manuskript« sprach? Wenige. Selbst er hatte in seinen vierzig Jahren als Forscher nie davon gehört. Gisbert hielt es nicht mehr aus, er ging zum Telefon und weckte seine Sekretärin der Universität Hamburg. Er bat sie, für ihn die Datenbanken der Bibliotheken zu durchforsten, einen Verbund fast aller Archive der Universitätsbibliotheken in Europa und den Vereinigten Staaten, und alles herauszusuchen, was auf diese beiden Titel verwies: *Auf der Klinge des Todes* von Dominique Aristide, Éditions du Sacré, 1908, und *Weite Transparenzen der Luft* von Wang Mian. Als das getan war, ging Gisbert hinunter ins Hotelrestaurant, bestellte gedämpftes Gemüse mit Fleisch und wartete auf den Rückruf seiner Sekretärin.

Eine Stunde später war es soweit:

»Ich habe nichts gefunden, Professor«, sagte sie. »Zu diesem belgischen Titel finde ich keinen einzigen Hinweis, weder auf den Verlag noch auf den Autor. Über den Titel von Wang Mian ist ebenfalls nichts herauszubekommen. Diese Bücher existieren ganz einfach nicht.«

Gisbert hatte eine Vermutung. Er ging zurück in die Hotellobby, erkundigte sich nach der Adresse der französischen Botschaft und bestellte ein Taxi. Es war früh am Morgen. Auf der Fahrt in die Stadt dachte er zum ersten Mal, daß man als Philologe auch etwas von einem Detektiv hatte.

Die Botschaft lag in dem modernen Diplomatenviertel, eine grüne Gegend mit beschaulichen Wohnhäusern. Bei seiner Ankunft wies Klauss sich als Universitätsprofessor aus und bat, den Leiter der Kulturabteilung zu sprechen. Kurz darauf, nachdem man seinen Ausweis untersucht und für echt befunden hatte, bat ihn ein kleiner, schlanker und ergrauter Herr mit nervösen Gesichtszügen in sein Büro.

»Ich bräuchte eine Genehmigung, um die Archive der Missionsstation durchsehen zu können, insbesondere das Jahr 1901«, sagte Gisbert in perfektem Französisch. »Ich arbeite an einem Forschungsprojekt über den Boxeraufstand und verspreche mir, bei Ihnen wertvolles Informationsmaterial zu finden.«

Der Diplomat sah ihn eingehend an, er schwieg. Dann räusperte er sich und sagte:

»Arbeiten Sie an einem Buch, oder handelt es sich um eine rein inneruniversitäre Forschung?«

»Derzeit forsche ich nur«, sagte Gisbert, »aber ich schließe nicht aus, darüber ein Buch zu schreiben. Wie Sie vielleicht wissen, gibt es über diese Epoche mehr vorgefertigte Meinungen als handfeste Studien.«

»Haben Sie einen offiziellen Antrag gestellt?«

»Nein, leider«, antwortet Gisbert. »Wenn Sie möchten, kann ich mich an die deutsche Botschaft wenden und einen entsprechenden Antrag stellen. Ich bin nur für ein paar Tage in Peking. Es war nicht abzusehen, daß meine Forschung so schnell eine konkrete Richtung einschlagen würde. Es wäre für mich immens wichtig, diese Archive durchsehen zu dürfen.«

»Ich kann höchstens Ihre Daten aufnehmen und Ihren Antrag weiterleiten«, sagte dieser Maulwurf und wappnete sich mit Papier und Bleistift, »etwas anderes kann ich nicht für Sie tun. Ich kann Ihnen gleich sagen, daß man einen Brief vom Institut Ihrer Universität verlangen wird.«

»Aber der Institutsleiter bin doch ich, mein Herr«, führte Gisbert an. »Ich kann das auf der Stelle erledigen.«

»Das geht nicht, Professor, er muß auf offiziellem Briefpapier geschrieben sein und den Stempel der Universität tragen.«

»Aha«, rief Gisbert. »Ich kann Ihnen noch heute ein Fax zukommen lassen, Sie brauchen mir nur eine Faxnummer zu geben.«

Der Diplomat gab ihm ein Kärtchen mit den Angaben. Aber das war noch nicht alles:

»Ein offizieller Brief der deutschen Botschaft in Peking wäre hilfreich, am besten ein Schreiben direkt vom Kanzleramt. Auf jeden Fall müssen Sie eine schriftliche Erklärung über Ihr Forschungsvorhaben einreichen und darin detailliert aufführen, was Sie suchen beziehungsweise was Sie in unseren Archiven zu finden hoffen. Ich kann so lange Fotokopien von Ihren Ausweisen anfertigen lassen und mir Ihren Aufenthaltsort in Peking notieren.«

Gisbert gab ihm alles, was er verlangte, und verließ, leicht frustiert über die Hindernisse, die man ihm in den Weg legte, die Botschaft. Aber eigentlich war nichts anderes zu erwarten gewesen, Botschaftsarchive sind nicht jedermann zugänglich. Außerdem durfte er nicht vergessen, daß er Deutscher war, und trotz Maastricht-Vertrag und Europäischer Union bestanden noch immer Ressentiments zwischen beiden Ländern.

In der deutschen Botschaft, die ganz in der Nähe lag, wurde er vom bevollmächtigten Gesandten empfangen.

»Ein Forschungsprojekt über die Boxer?« sagte er. »Da haben Sie sich aber etwas vorgenommen. Ich muß Ihnen gleich sagen, daß unsere Archive aus der Zeit nicht mehr existieren, leider. Das gesamte Material war in die Reichskanzlei nach Berlin geschafft worden, leider wurde sie im Krieg zerstört. Die Bombardements. Die Brände. Ein Großteil unseres Gedächtnisses ist für immer verloren. Stellen Sie sich vor, die ganze mühsame Kleinarbeit ist zu Asche geworden.«

Eine chinesische Angestellte mit Schürze stellte ein Tablett mit Kaffee und Keksen auf den Tisch und ging wieder.

»Ich komme mit einer besonderen Bitte, Herr Gesandter«, sagte Gisbert, »Sie sollen mir helfen, Zugang zu den Archiven der französischen Botschaft zu bekommen. Ich brauche dafür einen Brief mit Ihrer Unterschrift. Das hat mir zumindest der französische Kulturattaché gesagt.«

»Ach, diese Franzosen«, sagte der bevollmächtigte Gesandte.

»Was die Bürokratie angeht, sind sie einsame Spitze. Jetzt erklären Sie mir noch mal in Ruhe, was Sie vorhaben und was Sie suchen, Herr Professor, und ich schreibe Ihnen den Brief.«

Gisbert erläuterte ihm sein Forschungsvorhaben, allerdings ohne die eine oder andere heikle Einzelheit. Mians Buch erwähnte er natürlich nicht. Er sagte lediglich, daß in den alten Archiven der französischen Botschaft unendlich viele Zeugnisse schlummerten, die Aufschluß über die damaligen Ereignisse geben könnten. Aus diesem Grund wolle er sie einsehen.

Nachdem der Diplomat ihm zugehört hatte, rief er seine Sekretärin und bat sie, den Brief aufzusetzen. Zum Abschied versicherte er ihm, daß der Brief in ein paar Stunden fertig sein würde.

»Eine Nichte von mir studiert an Ihrer Universität, Professor«, sagte der bevollmächtigte Gesandte, als sie bereits an der Tür standen. »Ich höre von Ihrer Universität nur Gutes. Sie ist eine der Ausbildungsstätten, auf die Deutschland stolz sein kann.«

»Danke, Herr Gesandter«, sagte Gisbert und reichte ihm die Hand. »Bis später.«

Als Gisbert im Hotel zurück war, rief er noch einmal seine Sekretärin an, sie möge den Brief an die französische Botschaft faxen. Dann ging er auf sein Zimmer, um die anderen Bücher, die der Buchhändler ihm geliehen hatte, zu studieren. Er war sich jetzt sicher, daß er etwas Großem auf der Spur war. Er stand vor einem großen Moment seiner Philologenkarriere.

Das Klingeln des Telefons weckte ihn. Eine Stimme, die aus ihm selbst herauszukommen schien, sprach: »Wie geht's dir, mein kleiner Chinese?« Das war seine Frau. Nelson richtete sich im Bett auf und sagte ihr, sehr gut, meine Indianerin, danke. Mit übermenschlicher Anstrengung brachte er ein paar halbwegs zusammenhängende Sätze heraus.

»Wie spät ist es denn bei dir?« fragte Elsa.

»Es ist noch dunkel, Mamilein. Ruf ein bißchen später an.«

Als er auflegte, spürte er auf einmal heftige Schmerzen. Was war das? Als er an sich hinuntersah und sich abtastete, stellte er fest, daß er nackt war. Und daß er ein Präservativ anhatte. Durch den Druck des Gummis war sein Penis wie ein Ballon angeschwollen. Er versuchte, das Ding runterzuziehen, doch ein stechender Schmerz durchfuhr ihn. Dann hörte er eine Stimme, die ihn zusammenzucken ließ:

»*Schto?*«

Er knipste das Licht an und sah neben sich eine blonde, junge Frau. Auch sie war nackt.

»Was ist?« fragte das junge Mädchen noch einmal auf Englisch.

Ohne Worte zeigte Nelson auf seinen Unterleib. Auf seinen entzündeten, karminroten Phallus.

Die junge Frau klappte ihre Handtasche auf, holte eine Nagelschere heraus und machte sich an dem Kondom zu schaffen. Nelson schrie wie am Spieß, doch schließlich gelang es der jungen Frau, den Gummi zu zerschneiden und abzuziehen. Dann brachte sie ein Glas mit kaltem Wasser und hängte das malträtierte Glied hinein.

»So geht die Entzündung schnell zurück«, sagte sie mit so starkem slawischem Akzent, daß sie kaum zu verstehen war. »Du hast Glück, daß das Telefon geklingelt hat. Wenn du das Ding die ganze Nacht angehabt hättest, wäre es zu einer Nekrose gekommen, dann wäre nichts mehr zu machen gewesen. Nur noch schnipp! Schnapp!, und *da svidania*, tschüs, kleiner Bruder.«

»Danke«, sagte Nelson entsetzt, er war noch immer betrunken und begriff nicht recht, wer sie war. »Wie heißt du?«

»Irina. Wir haben uns gestern abend an der Bar kennengelernt. Du schuldest mir übrigens noch zweihundert Dollar.«

»Wieviel?« – Bei der Nennung dieser Summe war er sofort hellwach, doch als er sich aufrichtete, jaulte er wieder vor Schmerzen.

»Zweihundert«, sagte sie. »Eigentlich nehme ich dreihundert, aber deine Freunde haben mir schon hundert gegeben und auch das Taxi gezahlt. Da siehst du, wie ehrlich ich bin.«

»Was für Freunde?« fragte er, ohne etwas zu begreifen. »Rubens und Omaira?«

»Wie sie heißen, weiß ich nicht«, sagte Irina. »Es waren Chinesen.«

»Ich habe keine chinesischen Freunde«, sagte Nelson. »Da mußt du was verwechseln.«

»Mir ist das egal, jedenfalls schuldest du mir das Geld. Du hast gesagt, die ganze Nacht, und hier bin ich. Wenn du am Morgen auch noch was willst, mußt es nur sagen, wahrscheinlich kannst du eh nicht. Tut's noch weh?«

»Nur beim Luftholen«, sagte Nelson und mußte an Jack Nickelson in *Chinatown* denken.

»Hi hi, das ist schon komisch«, amüsierte sich Irina. »Bist du eigentlich Philippine oder Vietnamese?«

»Ich bin Peruaner.«

»Ach ja?« gab sie ungläubig zurück. »Wenn du Peruaner bist, bin ich eine Prinzessin aus dem Kongo. Gib mir das Geld, *sweetheart,* dann tue ich für dich, was du willst.«

Nelson zog die Nachttischschublade auf und holte ein paar Scheine heraus. Die übrigen versteckte er in einem Strumpf von sich und deponierte ihn unter seinem Kopfkissen.

»Sei nicht albern«, sagte Irina und steckte das Geld in die Tasche. »Wenn ich dich hätte ausrauben wollen, hätte ich das längst getan. Du hast geschnarcht wie ein sibirischer Bär. Aber ich habe deinen Freunden versprochen, mich gut zu betragen.«

»Jetzt hör schon damit auf«, entgegnete Nelson. »Ich habe dir doch gesagt, daß ich hier in Peking niemanden kenne.«

»Der Alkohol scheint dir den Verstand geraubt zu haben. Sehr trinkfest bist du jedenfalls nicht.«

Als sie das gesagt hatte, stand Irina auf, ging auf Zehenspitzen zum Fenster und ließ die Jalousie hoch. Nelson sah im Halbdunkel ihren wunderschönen rosigen Hintern und das gelbliche Schamhaar.

»Also, wenn sie nicht deine Freunde sind«, sagte sie, »gehören sie einer Schutzorganisation für betrunkene Peruaner an. Schau, sie sind noch immer da.«

»Noch immer da?« sagte Nelson. »Wer denn?«

»Deine Freunde. Sie warten unten auf der Straße im Auto.«

Das wurde ihm jetzt zu bunt, also beschloß Nelson aufzustehen. In der Tat, in einem Auto saßen zwei Gestalten und rauchten. Das war beunruhigend. Vielleicht hatte die Hotelleitung die Polizei gerufen, ihm fiel ein, daß Prostitution in China verboten war. Oje, das fehlte ihm gerade noch.

»Zieh dich bitte an«, sagte er zu ihr. »Zieh dich an und geh. Am Ende sind die noch von der Polizei.«

»Von welcher Polizei denn«, antwortete Irina seelenruhig. »Du hast keine Ahnung von der Polizei hier. Komm, schlaf noch ein bißchen, du bist so nervös. Wenn du aufwachst, erinnerst du dich bestimmt an alles, dann bestellen wir ein Frühstück ans Bett und machen Tschuk-tschuk, wenn die Entzündung bis dahin weg ist, und ciao, bis zum nächsten Mal, wie findest du das?«

Nelson dachte, daß es sich um einen Alptraum handeln mußte und beschloß, Irinas Rat zu folgen. Bevor er die Augen schloß, schluckte er noch zwei Tylenol.

Aber es war kein Alptraum, denn als er am frühen Morgen die Augen aufmachte, lag die junge Russin immer noch neben ihm. Ihr Haar roch nach einem Parfüm, das er sofort erkannte: *Amarige* von Givenchy. Sie schlief noch, mit dem Rücken zu ihm. Sie war wunderschön. Er dachte, daß er ihr ein Prosagedicht widmen könnte: »Als ich erwachte, war Irina immer noch da.« Aber dieser Satz existierte bereits. Schade.

Der Schmerz hatte aufgehört, und er stand leise auf. Er trat ans Fenster und stellte fest, daß der Wagen mit den beiden Männern immer noch dort stand, direkt gegenüber dem Hotel. Ob das Geheimagenten waren? Es gab nur eine Methode, das herauszufinden, also schlüpfte er in seine Hose, zog sich ein Hemd über und ging hinaus, um sie zur Rede zu stellen.

An der Rezeption kam ihm einer der Hoteljungen schon entgegen.

»Herr Chouchén, wenn ich bitten darf«, sagte er.

»Ja?«

»Ihre Freunde warten draußen auf Sie. Sie haben mich gebeten, es Ihnen auszurichten.«

»Danke.«

Er trat auf die Straße hinaus und ging auf das Auto zu. Wenn jemand seinen Seelenzustand untersucht hätte, hätte er Angst und Neugierde, gepaart mit einem leichten Unwohlsein, vorgefunden, daneben eine Mischung aus Wut, Peinlichkeit und Nervosität. Als er sich dem Auto näherte, senkte sich die Fensterscheibe.

»Guten Tag, Professor Chouchén«, sagte jemand in perfektem Englisch.

Nelson bückte sich und erblickte zwei Chinesen. Der Sprecher streckte ihm die Hand hin.

»Sie kennen mich nicht«, sprach der Fremde weiter. »Ich heiße Wen Chen und habe Ihnen viel zu erzählen.«

Der Mann war schon etwas älter, mindestens fünfundsechzig. Er hatte langes ergrautes Haar und sah sportlich aus. Sein Begleiter auf dem Fahrersitz war jünger. Beide trugen nicht mehr ganz neue, aber von einer gewissen Gepflegtheit zeugende Anzüge. Sie hatten tadellose Umgangsformen.

»Das höre ich gerne«, sagte Nelson, »ich habe nämlich einen Haufen Fragen an Sie. Erstens: Wer sind Sie? Zweitens: Was macht diese junge Russin in meinem Bett? Drittens: Woher kennen Sie meinen Namen? Viertens: Warum überwachen Sie mich?«

Der ältere der beiden stieg aus, zog ein Päckchen Zigaretten aus der Tasche und bot Nelson eine an. Sie rauchten. Es war früh am Morgen. Der Nebel war dicht, so daß man nicht sehr weit sehen konnte.

»Wir warten schon seit Jahren auf Sie«, sagte der ältere Herr. »Sie sind doch der Enkel von Hu Shou-shen, oder?«

Nelson war baß erstaunt. Ihm ging ein Licht auf.

»Ja, warum fragen Sie mich das?«

»Ihr Großvater war ein großer Mann«, sagte er, »ein großer Kämpfer und ein großer Patriot. Es ist für mich eine Ehre, seinen Enkel zu begrüßen.«

In diesem Augenblick trat Irina aus dem Hotel und kam auf sie zu. Sie trug eine enge Hose und ein türkisblaues Top. Ihren Nabel zierte ein silbernes Piercing.

»Du hast mich verlassen, *sweetheart*«, sagte sie zu Nelson. »Hast du dein Gedächtnis wiedergefunden? Dann kannst du mir jetzt deine Freunde ja vorstellen.«

Leichte Schamesröte legte sich auf die Wangen des Dichters, aber er nahm sich zusammen.

»Guten Morgen, mein Fräulein. Das hier ist …«

»Wir kennen uns doch bereits«, antwortete Wen Chen. »Ich darf Sie daran erinnern, daß wir Sie gestern abend hierhergebracht haben.«

»Sie?«

»Ja, Herr Chouchén. Wissen Sie das nicht mehr? Sie wollten etwas Gesellschaft, hatten aber nicht genügend Geld. Also haben wir beschlossen … uns zu beteiligen. Aber lassen wir das.«

Nach diesen Worten sagte der ältere Herr etwas auf Chinesisch zu seinem Begleiter. Dann forderte er Irina auf, einzusteigen.

»Mein Freund bringt Sie dorthin, wo Sie wollen, meine Dame. Es hat mich gefreut, Sie kennenzulernen.«

Bevor Irina einstieg, drückte sie Nelson einen Kuß auf die Wange. »*Da svidania, sweetheart*«, säuselte sie.

»Wenn Sie sie heute abend wieder möchten, sagen Sie mir Bescheid, Herr Chouchén. Wir wollen Ihnen Ihren Aufenthalt so angenehm wie möglich machen. Sie ist eine sehr hübsche, reizende junge Dame. Ich beneide Sie.«

Sie gingen in die Hotelcafeteria, bestellten Kaffee, Tee und Croissants und setzten ihre Unterhaltung fort.

»Sagen Sie mir eine Sache, Herr Chen«, sagte Nelson. »Wenn Sie von ›wir‹ sprechen, wen meinen Sie da genau?«

»Nun, Ihr Großvater war der Anführer einer Gruppe Patrioten, diese Leute wollten das Land in einem der schwierigsten Momente seiner Geschichte vor den Fremden bewahren.«

»In Ordnung, ich weiß nichts Näheres über ihn, schließlich starb er, als ich noch ein Kind war«, sagte Nelson. »Ich weiß nur, daß er China fluchtartig verlassen hat, aber ich weiß nicht, warum.«

Ein Kellner brachte die Bestellung, beide tranken. Nelson spürte, wie der Kaffee seinen Kreislauf in Schwung brachte.

»Ich will Ihnen jetzt einmal der Reihe nach erzählen, was geschehen ist, und vor allem, warum wir hier sind«, sagte Wen Chen. »Erstens, Ihr Großvater ist aus China geflohen, weil die Invasoren ihn umbringen wollten. Falls Sie es nicht wissen, die Invasoren waren die Armeen acht verbündeter Nationen, die die Reichtümer unseres Landes rauben wollten, auch noch unterstützt von unserer damaligen Kaiserin Cixi, sie ist eine sehr umstrittene Persönlichkeit in unserer Geschichte. Der Aufstand der Yi Ho Tuan, im Westen nennt man sie Boxer, war der erste des Jahrhunderts in China und Auslöser für den Zusammenbruch des Kaiserreichs. Darum mußte er fortgehen. Aber er versprach bei seiner Abreise wiederzukommen, was er jedoch nie einlösen konnte, weil die von ihm geforderten Sicherheitsbedingungen nicht erfüllt wurden. Die Geheimgesellschaft wurde stark dezimiert, aber Leute wie mein Vater und Ihr Großvater bewahrten ihre Ideale und trugen sie weiter, lange Zeit noch, als alle schon glaubten, es gäbe uns nicht mehr.«

Nelson sah den alten Mann gerührt an.

»Und wie haben Sie mich gefunden?«

»Hören Sie zu«, sagte Chen. »Vor einigen Wochen geschah ein Wunder, etwas, das nach meinem Ermessen für unsere Gruppe und damit für unsere gesamte Nation eine Wende bedeuten könnte. Einer der heiligen Texte der Gesellschaft von Yi Ho Tuan, ein Buch, das Ihr Großvater und mein Vater verehrt haben und das Ihr Großvater den Invasoren entriß, ist vor wenigen Tagen hier in Peking aufgetaucht. Wir hatten schon die Hoffnung aufgegeben, es jemals wiederzufinden, aber einer unserer Brüder hat es zufällig – eigentlich gibt es keinen Zufall, aber gut –, er hat es zufällig im alten Archiv der Französischen Katholischen Kirche ausfindig gemacht. Das ist für uns ein Zeichen, denn es handelt sich um einen Text, den man uns geraubt hatte. Natürlich wollten ihn die Priester nicht ihren rechtmäßigen Eigentümern, also uns, zurückgeben, und haben ihn versteckt. Wir vermuten, daß sie ihn vorsichtshalber außer Landes schaffen wollen, darum haben wir uns entschlossen, sämtliche, aus europäischen Städten stammende Pekingreisende zu überwachen. Sehr wahrscheinlich haben sie nämlich jemanden geschickt, der das Manuskript hinausschleusen soll, denn keiner von ihnen könnte das erledigen, ohne daß wir davon erfahren würden. Als einen der ersten haben wir einen seltsamen deutschen Professor verfolgt und sind so auf Sie gestoßen.«

»Professor Klauss!« entfuhr es Nelson.

»Ganz genau, aber wahrscheinlich weiß er gar nichts davon«, erklärte der ältere Herr. »Wie der Zufall so spielt: Ein Ausländer, der nichts mit der Angelegenheit zu tun hat, führt uns, ohne es zu wollen, zu Ihnen. Ich muß zugeben, und ich entschuldige mich gleich vorweg, daß letzte Nacht einer unserer Männer in Ihrem Hotelzimmer war und ein paar Fotos von den Dokumenten Ihres Großonkels gemacht hat. Auf diesem Weg haben wir erfahren, wer Sie sind und daß Hu Shou-shen in gewisser Weise zurückgekehrt ist. Begreifen Sie allmählich?«

In Nelsons Kopf ging es rund. Die Geschichte, die er sich vorgenommen hatte aufzuschreiben, kam von selbst zu ihm. Sie überrollte ihn schier. Vor kurzem war er noch in Austin gewesen, wo er ein graues Leben geführt hatte, und jetzt war er in Peking und der Abkömmling eines Helden. Kurz stellte er sich das dumme Gesicht von Norberto Flores Armiños vor, wenn dieser erfuhr, wer Nelson Chouchén Otálora wirklich war, nämlich Romancier, Dichter und noch dazu ein Held. »Du wolltest einen Schnellzug mit dem Finger anhalten, du Dummkopf. Er wird dich überrollen.« Seine Spötter würden vor Neid vergehen, wenn sein erstes Buch erscheinen und die Leser auf der ganzen Welt über seine wirkliche Identität aufklären würde. Da konnte noch nicht einmal Somerset Maugham mithalten.

»Was ist das für ein Text?« fragte Nelson.

»Eine philosophische Schrift in Versform«, sagte Chen. »Vielleicht haben Sie schon davon gehört, es heißt *Weite Transparenzen der Luft*, von Wang Mian, einem weisen Philosophen aus dem achtzehnten Jahrhundert.«

»Nein, das sagt mir nichts«, sagte Nelson. »Ich kenne mich in der chinesischen Literatur nicht sehr gut aus.«

Der ältere Herr nahm einen großen Schluck Tee, tupfte sich die Lippen mit einer Serviette ab und sah ihm in die Augen.

»Wir wünschen uns, Herr Chouchén, daß Sie den Platz Ihres Großvaters einnehmen. Wir alle, die gesamte Organisation, sind bereit, Ihnen unsere Loyalität zuzusichern. Das ist der Grund, warum ich gekommen bin.«

Nelson trank mit einem Zug seinen Kaffee aus und sagte:

»Sie können mit mir rechnen. Was muß ich tun?«

Nach dem Fahrerwechsel – Zheng war ans Steuer gegangen, während ich hinten auf den jungen Chinesen aufpassen sollte, der mit dem Gesicht nach unten und gefesselten Händen auf dem Boden lag – kamen wir bald zu dem Haus. Wir zerrten die Geisel heraus und beförderten sie mit leichten Knuffen in eines der hinteren Zimmer.

»Bevor wir weitermachen«, sage ich zu Zheng, »will ich festhalten, daß ich gegen Folter bin. Bis zum Beweis des Gegenteils hat dieser junge Mann ein Recht darauf, mit demselben Respekt behandelt zu werden wie jeder beliebige, für unschuldig gehaltene Mensch. Drücke ich mich klar aus? Ich verabscheue Gewalt.«

Zheng, der unsere Beute gerade an einen Stuhl fesselte, sah mich sehr ernst an.

»Ich darf Sie daran erinnern, daß ich Priester bin«, sagte er. »Ich halte mich an die Evangelien, an die Menschenrechte und Genfer Konvention. Außerdem sollten Sie wissen, daß ich als Soldat mit den Militärtheorien Mao Zedongs vertraut gemacht wurde, nach denen jeder Gefangene ein potentieller Verbündeter ist. Seien Sie unbesorgt, auch ich verabscheue Gewalt.«

Kaum hatte er das gesagt, hob er den Arm und verpaßte dem jungen Mann eine schallende Ohrfeige. Kurzzeitig zeichneten sich auf seiner Wange Zhengs fünf Finger ab.

»Was aber nicht heißt, mein Freund«, sprach er weiter, »daß ich mich von ihm zum Narren halten lasse, klar?«

Ich sagte lieber nichts mehr, setzte mich etwas ratlos hin und wartete ab. Zheng sprach sehr streng mit ihm. Er schrie ihn auch ein-, zweimal an. Der junge Mann antwortete verschüchtert, das ging so eine ganze Weile. Ich verstand nichts, was sie sagten, aber wenigstens gab es keine weiteren Schläge mehr. Dann schrien sie sich wieder an, und schließlich brach der junge Mann in Weinen aus.

»Fast habe ich ihn so weit«, sagte Zheng zu mir. »Gleich wird er uns sagen, was wir wissen müssen.«

»Was hat er eigentlich gesagt?« fragte ich.

»Ach, so einiges, allerdings nicht das, was ich dachte«, antwortete Zheng. »Jedenfalls weiß dieser arme Teufel nicht, wo Pater Gérard ist, er weiß noch nicht mal, ob seine Geheimgesellschaft ihn hat. Diese Art Informationen behalten die Hierarchieoberen offenbar für sich. Darum wollte ich von ihm einen Namen und möglichst auch eine Adresse wissen. Damit wir einen Anhaltspunkt haben.«

»Und wird er damit herausrücken?«

»Ich glaube schon.«

»Bevor Sie ihn nochmal schlagen, gehe ich lieber aus dem Zimmer.«

»Nicht nötig«, antwortete Zheng. »Er ist so klein mit Hut.«

»Wie kommt das? Womit haben Sie ihm denn gedroht?«

»Ich habe ihm gar nicht gedroht«, antwortete Zheng. »Ich habe ihm nur erzählt, daß der Mann, den er uns gezeigt hat, der Archivangestellte, mit schweren Verletzungen im Krankenhaus ist und daß ich ihn der Polizei übergebe, wenn er uns nicht hilft. Mit der Polizei hier ist nicht zu spaßen. Für so ein Delikt kann man ins Landesinnere verbannt werden, und sie werden die Wohnung seiner Mutter beschlagnahmen. Mehr mußte ich nicht sagen.«

Der junge Mann hörte auf zu weinen. Anschließend sagte er etwas, und Zheng notierte. Dann holte er aus und gab ihm noch eine Ohrfeige, allerdings war sie nicht ganz so heftig wie die erste.

»Und warum haben Sie ihn jetzt geschlagen?« fragte ich nervös.

»Weil er ein Verräter ist«, sagte er. »Man darf niemanden denunzieren, auch nicht unter Druck. Er wollte selbst, daß ich ihm die Ohrfeige gebe.«

Ich sagte darauf nichts. Das war wirklich eine fremde Welt.

»Und was machen wir jetzt mit ihm?« fragte ich.

»Erst mal behalten wir ihn«, sagte Zheng, »bis das Durcheinander geklärt ist. Er ist damit einverstanden, in eines unserer Wohnheime zu ziehen, schließlich ist auch er jetzt in Gefahr. Die Informationen, die er mir gegeben hat, werden uns ein Stück weiterbringen. Auf geht's. Um ihn kümmert sich schon jemand.«

Als wir im Auto waren, klärte Zheng mich weiter auf. Der Name und die Adresse, die der junge Mann ihm genannt hatte, waren von einem Sektenführer in Peking. Wie nicht anders zu erwarten, von einem der radikalsten.

»Angeblich hat er nicht geahnt, daß man dem Archivangestellten etwas antun würde«, führte Zheng aus. »Er hat gesagt, daß er mit den Methoden dieser Gruppe nicht einverstanden ist, er sagt, sie steht nicht für die ganze Sekte, deshalb hat er sie denunziert. Und von einem verschollenen französischen Priester weiß er angeblich auch nichts.«

»Und Sie glauben ihm?«, fragte ich unbedarft.

»Ach«, sagte Zheng. »Wenn Sie wollen, fahren wir zurück, dann schlagen Sie ihn.«

»Nein, um Himmels willen. War nur eine Frage.«

Auf dem Stadtplan war ein Ort im Norden Pekings eingezeichnet. Wie weit wir davon weg waren, hätte ich nicht sagen können. Obwohl mir nicht mehr alles fremd war, begriff ich immer noch nicht, wie diese verteufelte Stadt funktionierte.

»Machen Sie sich bereit«, sagte Zheng auf einmal. »Wir sind gleich da.«

In diesem Augenblick klingelte Zhengs Telefon. Das mußte Oslovski sein, denn Zheng sprach Französisch.

»Ein Deutscher?« fragte er.

Dann bat er mich mit dem Handy am Ohr, aus dem Handschuhfach ein Notizheft und einen Kugelschreiber zu holen.

»So, buchstabieren Sie mir den Namen, bitte«, sagte er ins Telefon und diktierte mir: »G-i-s-b-e-r-t, Gisbert? Okay, ja, ist das der Vorname? Ja, weiter, K-l-a-u-s-s, Klauss, ja, Gisbert Klauss, alles klar, Hotel *Kempinski*, Zimmer 902, ja, wir haben alles, tschüs.«

Er legte auf und sagte zu mir:

»Offenbar hat man einen deutschen Agenten nach Peking geschickt. Wir müssen ins *Kempinski* Hotel fahren und nachprüfen, wer er ist und was er treibt. Die Sache ist komplizierter, als ich dachte.«

Während Zheng noch nachdachte, hielt er an, schrieb etwas auf Chinesisch auf einen Zettel und gab ihn mir.

»Am besten, Sie gehen ins *Kempinski* und sehen sich dort um, solange ich die Angaben unserer Geisel überprüfe. Das Hotel ist immer voller Ausländer, Sie werden dort nicht auffallen. Da haben Sie den Namen und die Zimmernummer. Wissen Sie, wie man Hoteltüren öffnet?«

»Wenn ich keinen Schlüssel habe, nicht«, sagte ich.

»In diesem Hotel gehen die Türen nicht mit Schlüssel, sondern mit einer Karte auf. Nehmen Sie die hier.«

Er gab mir eine Art Ausweishülle aus Metall.

»Hier geht das Ding an«, erklärte er mir, »dann schieben Sie diese Seite durch den Schlitz des Lesegeräts an der Tür. Die Daten werden gelesen und registriert. Dann ziehen Sie die Karte einfach wieder heraus und öffnen die Tür. Es ist also ganz einfach.«

Ich zog die Karte heraus und schob sie wieder hinein, es würde schon gehen.

»Ich gebe Ihnen ein paar Ratschläge: Gehen Sie in die Lobby, suchen sich einen Platz in der Cafeteria, bestellen Sie einen Kaffee, und lesen Sie Zeitung. Geben Sie den Leuten Zeit, sich an Ihre Anwesenheit zu gewöhnen. Wenn Sie nichts Außergewöhnliches um sich herum bemerken und wenn die gesuchte Person nicht unter den Leuten ist, gehen Sie zum Telefon und rufen Sie die Zimmernummer an. Wenn niemand abhebt, versuchen Sie es mehrmals in kurzen Abständen. Sobald Sie sich Gewißheit verschafft haben, daß niemand auf dem Zimmer ist, gehen Sie zu den Aufzügen und fahren Sie einen Stock höher als der Stock, in den Sie wollen. Das nur als Vorsichtsmaßnahme. Von dort aus gehen Sie die Treppe hinunter in das richtige Stockwerk. Bevor Sie die Tür öffnen, sehen Sie nach, ob keine Holzspäne, Haare, Papierschnipsel oder sonst irgend etwas, das herunterfallen könnte, auf der Klinke liegen. Ansonsten legen Sie sie beim Hinausgehen wieder hin. Bevor Sie ins Bad gehen, vergewissern Sie sich, daß der Boden nicht naß ist, das könnte Spuren geben. Viele Koffer mit Zahlenschloß gehen auf 000 auf. Nehmen Sie nichts mit. Sehen Sie sich genau um, und lassen Sie alles an seinem Platz liegen. Berühren Sie keine Gegenstände aus Glas oder Lack. Benützen Sie beim Hinunterdrücken der Türklinke ein Taschentuch, haben Sie eins?«

»Ja, zum Glück«, antwortete ich nervös.

»Mehr fällt mir erst mal nicht ein. Ach ja, und stellen Sie das Handy auf Vibrationsalarm. Ich werde Sie zwar nicht anrufen, aber es kann sein, daß jemand aus Versehen Ihre Nummer wählt. Das ist schon Agenten mitten in einer Aktion passiert, ich erzähle Ihnen nicht, wie es ausgegangen ist.«

Ich stieg aus dem Wagen, und noch bevor Zheng wegfuhr, überkam mich plötzlich ein weiterer Zweifel. Ich deutete ihm an, daß er die Scheibe herunterlassen solle.

»Wie spricht man Hotel *Kempinski* auf Chinesisch aus?« fragte ich. »Ich muß es dem Taxifahrer sagen.«

»Sie haben recht, daran habe ich nicht gedacht«, sagte Zheng. »Wegen solcher Kleinigkeiten gehen Kriege verloren.«

»Das hätte von mir stammen können«, sagte ich.

Er schrieb mir den Namen auf einen Zettel.

»Zeigen Sie das dem Taxifahrer, für ihn ist es normal, daß Ausländer ihr Fahrziel auf einem Zettel stehen haben.«

»Wie im Islam.«

»Im Islam?« fragte Zheng.

»Ja«, sagte ich. »Mit dem Unterschied, daß dort nicht nur die Ausländer ihr Ziel aufgeschrieben haben.«

»Wirklich ein interessantes Thema«, erwiderte er mit ernstem Gesicht, »aber ich fürchte, das ist jetzt nicht der rechte Zeitpunkt für eine Diskussion über Religion. Viel Glück. Und seien Sie vorsichtig, mit den Deutschen ist nicht zu spaßen. Aber Sie leben ja in Paris, dann ist das für Sie nichts Neues. Um Punkt neun werde ich Sie auf Ihrem Handy anrufen, sehen Sie also zu, daß Sie dann an einem sicheren Ort sind.«

Ich stieg an einer stark befahrenen Straße aus, die mich an die Carrera Trece in Bogotá erinnerte. Ein Geschäft neben dem anderen, plaudernde Verkäufer auf dem Gehweg, Trubel, Essensstände. Ich hätte gerne ein bißchen Zeit gehabt, denn auf einmal überkam mich eine starke Sehnsucht nach meiner Stadt, die mir weiter weg denn je vorkam. Aber ich mußte mich beeilen, also stieg ich in das erste Taxi.

An der Rezeption des Hotel *Kempinski* war einiges los, und die vielen Ausländer und der Trubel in dem angeschlossenen Einkaufszentrum sorgten wahrscheinlich tatsächlich dafür, daß ich niemandem auffiel. Ich setzte mich also, und bestellte, wie Zheng mir geraten hatte, einen Kaffee, ich nahm eine alte, auf einem

Tisch herumliegende *Herald Tribune* und begann zu lesen, während ich aus dem Augenwinkel die Leute beobachtete. Wer von allen diesen blonden Männern mit schweinchenrosa Waden und stolzen Bäuchen mochte Gisbert Klauss sein? Agent hin oder her, ich ging davon aus, daß er wie ein Tourist angezogen war. Dann schoß mir ein Gedanke durch den Kopf: Er als Profi würde mich doch als erster erkennen. Aber es konnte natürlich auch sein, daß er genauso ein Laie war wie ich. Nur wer waren seine Auftraggeber? Ich konnte mir beim besten Willen nicht vorstellen, aus welchen Gründen Deutschland an diesem Manuskript interessiert sein sollte. Genug gegrübelt, ich sollte mir besser überlegen, wann ich hochgehen wollte. Es war vier Uhr nachmittags. Zu dieser Uhrzeit sind die meisten Hotelgäste, wenn sie nicht krank sind, unterwegs. Ich kannte nicht die Gepflogenheiten deutscher Agenten, also ging ich in eine Telefonzelle, wählte die Nummer und ließ es eine Weile lang klingeln. Das tat ich noch dreimal, bis alle Zweifel, daß er zum Beispiel im Bad war, ausgeräumt waren, dann ging ich zu den Aufzügen.

Im Aufzug waren noch andere Leute, aber als ich im zehnten Stock ankam, war ich alleine. Ich schlüpfte also ins Treppenhaus und ging ein Stockwerk hinunter. Als ich die Tür gefunden hatte, nahm ich Zhengs Wundergerät zur Hand. Es funktionierte auf Anhieb, und die Tür sprang auf. Doch als ich sie hinter mir geschlossen hatte, fiel mir ein, daß ich den ersten Fehler gemacht hatte, ich hatte nämlich nicht auf Härchen oder Papierschnitzelchen auf der Klinke geachtet. Was soll's, ich würde beim Hinausgehen nachsehen. Mit Herzklopfen trat ich durch den winzigen Flur ins Zimmer, ich bemühte mich, die Nerven zu bewahren.

Alles war ordentlich aufgeräumt, wo sollte ich anfangen? Auf dem Bett lag die geöffnete Kulturtasche, die nahm ich mir als erstes vor. Ich war recht überrascht, als ich darin eine Broschüre mit dem spanischen Titel »Salben für proktologische Untersuchungen« las. Auf dem Nachttisch fand ich Unterlagen, in denen es um Entzündungen des Mast- und Grimmdarms ging, und eine englischsprachige Zeitschrift mit dem Titel *Science and Proctology in America.* Seltsam, dachte ich. Offenbar handelte es sich um einen Agenten, der schwer unter Hämorrhoiden litt. Sehr menschlich. Ich untersuchte weiter den Nachttisch, fand aber nichts weiter als eine ältere Ausgabe von *Cosmopolitan.* Als Nächstes nahm ich mir den Kleiderschrank vor. Hier war meine Überraschung noch größer, denn als ich eine Schublade aufzog, stieß ich auf eine reiche Auswahl Damenslips. Er war doch nicht etwa mit seiner Frau angereist? Ich hatte keinen Hinweis in dieser Richtung bekommen, aber wie ich mir jetzt das Zimmer mit dem großen Bett so ansah, war nicht mehr von der Hand zu weisen, daß es sich um ein Doppelzimmer handelte. Ich sah weiter den Kleiderschrank durch. Es hingen mehrere Damenkleider darin; eines, ein weißes, lag auf dem Boden, es war schon getragen.

Ich holte den Zettel hervor, den Zheng mir gegeben hatte, und prüfte noch einmal den Namen: Gisbert Klauss. Gisberta? Nein. Es war unwahrscheinlich, daß Gisbert eine Frau war, also suchte ich weiter. Im Bad fand ich einen Fön, Schminke, Kosmetiktücher, eine seltsame Salbe mit Namen Vagisil, Nagellack. Ein ausgestecktes Reisebügeleisen stand herum, und an einem Haken hing ein himmelblaues Negligé. Dort hing noch mehr: ein knappes, blau besticktes Höschen mit passendem BH und Nylonstrümpfe. Nichts, das auf die Anwesenheit eines Mannes schließen ließ.

Plötzlich hörte ich auf dem Gang ein Geräusch. Ich hielt den Atem an, nichts passierte. Jemand hatte das Nachbarzimmer betreten. Immerhin hatte mich der Schreck daran erinnert, daß es riskant war, sich so lange in dem Zimmer aufzuhalten, ich beschleunigte also meine Suche. Irgendwo mußten doch Klauss' Sachen liegen. Aber beim Öffnen der Koffer bot sich mir ein ähnlicher Anblick: Frauenkleider und proktologische Fachbücher. Ich beschloß zu gehen, an Zhengs Angaben schien irgend etwas nicht zu stimmen.

Als ich die Tür aufmachte, war zum Glück gerade niemand auf dem Gang, ich konnte mich also in Ruhe nach Härchen und

Papierschnitzelchen umsehen. Aber da war nichts. Als das erledigt war, sprang ich in den Aufzug, und endlich wich das flaue Gefühl. Von der Hotelhalle aus würde ich Zheng anrufen. Verdammt, schon gab es das nächste Problem: Es war zu früh. Ich wollte vermeiden, daß das Klingeln oder Vibrieren seines Handys ihn in Schwierigkeiten bringen könnte. Da war noch Oslovski, aber ich hatte seine Nummer nicht. Also beschloß ich zu warten und eine Runde durch das Einkaufszentrum – das Lufthansa Center – zu drehen. Als ich mich näher umsah, stellte ich fest, daß hier alles deutsch war, vom Hotel bis zur Mall, der ideale Ort also für einen deutschen Agenten.

Nachdem ich mich in den Geschäften umgesehen und *Le Monde*, *El País* und *Libération* gekauft hatte, ging ich zurück in die Cafeteria bei der Rezeption und freute mich schon, ein paar Stunden zum Ausruhen und Lesen zu haben, denn die Ereignisse des Vormittags hatten mich doch recht nervös gemacht. Ein kühles Bier, Pistazien oder Chips, und dazu Zeitunglesen.

Auf das erste Bier folgte das zweite und auf das zweite das dritte, und als ich gerade in den Leitartikel von Serge July in der *Libération* vertieft war, er ging über den Kosovo, weckte eine Stimme meine Aufmerksamkeit.

»Darf ich?« – Ein fülliger Mann fragte in eindeutig lateinamerikanischem Spanisch, ob er einen Blick in mein *El País* werfen dürfe.

»Bitte«, sagte ich.

»Danke, ich bring' sie Ihnen gleich wieder zurück.«

Der Mann setzte sich an den Nebentisch und begann zu lesen. Er hatte einen merkwürdigen Akzent. Er hörte sich weniger wie ein Muttersprachler an als wie jemand, der sehr gut Spanisch sprach. Ich sah verstohlen zu ihm hinüber und musterte ihn. War er Klauss? Auf keinen Fall. Ich wußte natürlich, daß Namen nichts über die körperliche Gestalt von jemandem aussagen, trotzdem erwartete ich bei Gisbert Klauss einen blonden Teutonen. Das wäre schon ein Zufall, sagte ich mir und bestellte noch ein Bier.

Als der Herr mir kurz darauf die Zeitung zurückbrachte, sprach er mich noch einmal an.

»Vielen Dank, sind Sie Spanier?« fragte er. Ich wußte nicht, was ich antworten sollte, schließlich war ich in geheimer Mission unterwegs. Aber mein Gehirn war blockiert, und mir fiel keine andere Nationalität ein als:

»Nein, ich bin Kolumbianer.«

»Ach, wie schön«, sagte der Herr. »Der mildeste Kaffee der Welt. García Márquez. Botero. La Cumbia und El Vallenato. Erlauben Sie, daß ich mich vorstelle, Rubens Serafín Smith, Brasilianer aus den Vereinigten Staaten.«

»Serafín Suárez Salcedo, angenehm«, sagte ich und bereute es schon gleich, nicht wie sonst, weil ich es hasse, meinen ganzen Namen zu sagen, sondern weil ich das vermutlich nicht hätte tun sollen. Zheng hatte es mir allerdings auch nicht verboten.

»Und was tut ein nobler Nachkomme Juan Valdés' und Totó La Momposinas hier in der Fremde, wenn ich fragen darf?« fragte der Mann weiter.

»Nun ... also«, sagte ich. »Ich bin Journalist, ich mache eine Reportage über die Religionen in China.«

»Ach, was für ein interessantes Thema!« rief er aus. »Ich wollte immer Journalist werden. Aber bei der Verteilung der Arbeit in diesem Tränental ist es mir zugefallen, Proktologe zu werden.«

Als er das sagte, wurde mir eiskalt. Proktologe. Die Fachzeitschriften in dem Zimmer. War er tatsächlich Gisbert Klauss? Hat er mich etwa entdeckt und will mir jetzt Informationen entlocken? Wenn das so ist, dachte ich, bin ich im Vorsprung, denn er weiß nicht, wer ich bin.

»Wenn Sie gestatten, lade ich Sie auf ein Gläschen ein, wir müssen unsere Begegnung feiern, mein Freund«, sagte der Herr, während er sich zu mir an den Tisch setzte und den Kellner rief. »Zwei Whiskys mit Eis! Mögen Sie Whisky mit Eis?«

»Ja, gerne«, sagte ich etwas überfordert. »Vielen Dank. Das ist mein Lieblingsgetränk.«

»Ein Kolumbianer und ein Brasilianer treffen sich nicht alle Tage in Peking.«

Der Herr war sympathisch und gesprächig. Er war, wie er erzählte, auf einem sterbenslangweiligen Proktologenkongreß. Er sagte, daß wie immer die Leute das einzige waren, was die Sache rettete. Der menschliche Faktor. Dann erklärte er mir etwas, was ich nicht verstand und das irgend etwas mit einer spiritualistischen Ausrichtung innerhalb seiner Branche zu tun hatte. Ich war nervös, gab mir aber Mühe, nett zu sein. Der Whisky, den ich mir in schöner Regelmäßigkeit einflößte, half mir dabei, mich zu beruhigen.

Es war gegen acht, mein sympathischer Tischgesellschafter war bereits beim dritten Glas und erzählte mir gerade einen Argentinierwitz nach dem anderen, als ich bemerkte, wie jemand auf unseren Tisch zukam. Eine Frau um die vierzig, eine Schönheit, in einem himmelblauen Kleid. Mir lief es kalt den Rücken hinunter: Es war das Kleid, das ich bei Gisbert Klauss im Bad gesehen hatte! Mir stockte der Atem, meine einzige Rettung würde ein Schluck Whisky sein, doch in dem Augenblick mußte ich husten, und mir fiel das Glas aus der Hand.

»Junge, Junge«, sprach die gerade angekommene Frau mich an, »überleb's!«

»Verzeihung«, sagte ich, »es ist mir in die falsche Kehle gerutscht ... wenn ich mich vorstellen darf, Serafín Suárez Salcedo.«

»Ein Freund aus Kolumbien, Omaira«, sagte der Arzt. »Du bist einfach atemberaubend schön. Kellner! Drei Whiskys!«

Die Frau setzte sich und zündete sich eine Zigarette an.

»Omaira Tinajo, angenehm, und Entschuldigung, daß Sie sich wegen mir verschluckt haben ... Soll ich Ihnen auf den Rücken klopfen?«

»Nein, danke«, sagte ich. »Nein danke, es geht schon wieder.«

Als ich aufsah, kreuzten sich unsere Blicke. Ihre Augen erinnerten mich kurz an die von Corinne. Ein warmer Blick, ohne diese jugendliche Arroganz, dazu die Fältchen, die die reife Frau interessant machen.

Der Whisky kam, leider war ich schon ziemlich beschwipst. Ich trank möglichst langsam und hörte mir die Witze des Proktologen über Fidel Castro an. Omaira lachte exaltiert. Jedesmal, wenn ich zur ihr hinsah, trafen sich unsere Blicke.

»Du siehst nett aus«, sagte Omaira zu mir. »Sag mal, was machst du eigentlich in Peking?«

»Ich bin Journalist«, antwortete ich nervös, ihre Schönheit machte mich verlegen. »Ich arbeite beim französischen Rundfunk.«

»Sag bloß, du lebst in Paris ...«

»Ja, ich lebe in Paris«, antwortete ich. »Seit fast zwanzig Jahren.«

»Ach, wie beneide ich dich«, rief Omaira aus. »Ich träume davon, dort zu leben. Der Louvre. Die Seine. Die Champs-Élysées, spricht man das so aus?«

»Ja, genau so«, sagte ich. »Kennst du Paris?«

»Was würde ich darum geben. Es hat mich noch niemand eingeladen ...«, sagte sie.

»Na, jetzt hast du jemanden gefunden, der dich einlädt, wie sieht's aus, mein Herr Journalist?« warf Rubens Serafín Smith ein.

»Gerne, Omaira, gerne«, antwortete ich und nahm einen großen Schluck Whisky. Ich war mir sicher, in eine süße Falle zu tappen, aber mir war, als öffnete sich ganz hinten, hinter Omairas Pupillen, eine Tür, ich spürte, daß wir uns in irgendeiner Weise nahe waren. Es war Wahnsinn. Ich mußte so schnell wie möglich fortkommen.

»An deiner Stelle wäre ich vorsichtig mit der Einladung, mein Lieber«, sagte sie und zwinkerte mir zu, »ich nehme sie glatt an.«

»Das sei dir freigestellt«, sagte ich. »Meine Versprechen haben nur einen Haken: Ich halte sie. Vielleicht ist das der Grund, warum ich allein bin.«

»Allein?« fragte Omaira nach. »Wer's glaubt. Du bist mir ein Charmeur.«

In diesem Augenblick ging ein Beben durch meine Hose. Es kam von dem Handy. Zheng. Fast hätte ich es vergessen.

»Sie entschuldigen«, sagte ich und stand auf.

»Ja? Hallo?«

»Zheng, ich bin's. Ich habe ein paar interessante Dinge entdeckt, die wir morgen weiterverfolgen können. Und Sie?«

»Irgendwas hat nicht gestimmt. Das Zimmer, in dem ich war, gehörte nicht dem deutschen Agenten, sondern einer kubanischen Ärztin.«

»Sicher? Warten Sie, ich sehe noch mal nach … Die 902?«

»Da haben wir's«, sagte ich, »auf meinem Zettel steht 907.«

»Na ja, dann probieren Sie's noch mal bei der 902, wenn es geht. Wenn nicht, gehen Sie zurück in Ihr Hotel. Ich erwarte Sie morgen um zehn am selben Ort.«

Ich hatte nicht die geringste Lust zu gehen, aber was soll man machen. Eine geheime Mission erfordert eben Opfer. Als ich an den Tisch zurückkam, war Omaira allein. Bei meinem Anblick veränderte sich ihr Gesichtsausdruck. Sie schien erleichtert zu sein.

»Rubens ist kurz auf die Toilette gegangen«, sagte sie.

»Ich muß weg, es war schön, dich kennenzulernen.«

Sie sah mich schweigend an. Auf dem Grund ihrer Augen glaubte ich ein Flehen zu erkennen. Dann stand sie auf, ich sah ihre kräftigen, wohlgeformten Beine. Sie trat zu mir und faßte mich am Arm.

»Warum kommst du eigentlich nicht mit zum Abendessen? Wir werden gleich abgeholt, es geht in ein typisches Restaurant der Stadt.«

»Ich würde ja gerne«, sagte ich, »aber ich muß morgen sehr früh raus. Einen schönen Abend noch.«

Jetzt war sie so nah, daß ich ihren Atem spüren konnte. Sie sagte mir ins Ohr:

»Du gehst mir nicht weg. Vielleicht bin ich ja verrückt geworden, aber ich will nicht, daß du gehst. Schlag mir was vor. Schnell. Schlag mir vor, was du willst.«

Mein Herz raste. Sie stand so nah bei mir, daß sie es hören mußte.

»Komm mit.«

Dankbarkeit zeigte sich in ihren Augen, sie nahm ihre Handtasche, und wir gingen. Als wir ins Taxi stiegen, sah ich, wie der brasilianische Arzt durch die Hotelhalle ging.

»Ins *China World* Hotel«, sagte ich zu dem Taxifahrer und hielt ihm ein Kärtchen hin, auf dem der Name auf Chinesisch geschrieben war.

Die Ärztin staunte über das umständliche Manöver.

»Ich habe das Ziel auf einem Zettel stehen«, erklärte ich ihr.

»Wie im Islam«, erwiderte sie.

»Genau…«, sagte ich. »Wie im Islam.«

Es war fast Mittag, als Gisbert beschloß, zurück zur deutschen Botschaft zu gehen und den Brief abzuholen, mit dessen Hilfe er Zugang zu den französischen Archiven bekommen wollte. Es war ein sehr schöner Tag in Peking. Von den staubigen Winden und dem Nebel, über die er so viel gelesen hatte, war nichts zu merken. Im Gegenteil, die Luft, die er atmete, war sehr sauber. Das ermunterte ihn, ein Stückchen zu Fuß zu gehen. Also ließ er sich von dem Taxifahrer an der Jianguomennei Dajie absetzen, einem bei Touristen beliebten Ort, wo man Reiseandenken, Kunsthandwerk und billige Elektronik kaufen konnte. Kaum war er einen Meter gegangen, überfielen ihn drei junge Chinesen und boten ihm kopierte CDs und DVDs zu Spottpreisen an, doch er lehnte freundlich ab und begann seinen Spaziergang. Er lachte über seine anfänglichen Befürchtungen und dachte, wie großartig er sich fühlte, als hätte er sein ganzes Leben lang nichts anderes gemacht, als zu reisen.

Der bevollmächtigte Gesandte erwartete ihn in seinem Büro.

»Ihr Brief ist fertig, Professor«, sagte er und bat ihn, Platz zu nehmen. »Lesen Sie ihn durch, und prüfen Sie, ob die Angaben alle stimmen.«

Er schob ihm das Blatt hin. Gisbert rückte seine Brille zurecht und las.

»Hervorragend, Herr Gesandter, vielen Dank.«

Dieselbe Angestellte wie am Morgen brachte Kaffee, Kekse und kleine Schokoladentäfelchen.

»Ich bin kein großer Teetrinker, trotz der Gepflogenheiten hier«, sagte der Gesandte. »China ist wirklich das einzige Land, das ich kenne, das mit Kaffee überhaupt nichts anfangen kann.«

»Vielleicht sind die Leute deshalb so friedlich«, meinte Gisbert.

»Finden Sie das?«

»Nun, die Geschichte beweist das doch«, sagte der Professor. »Obwohl sie ein so großes Imperium gewesen sind, haben sie niemals irgendwen angegriffen. Mit Ausnahme des Bürgerkriegs haben sie immer nur Verteidigungskriege geführt.«

»Und was ist mit Tibet?« fragte der Gesandte.

»Darüber kann man tatsächlich diskutieren, Herr Gesandter. In der dreitausendjährigen Geschichte war es die meiste Zeit eine chinesische Provinz. Darum fordert China es zurück. Ich habe keine persönliche Meinung dazu, aber ich sehe nicht recht, wie Tibet sich mit Wolle und Yakmilch als einzige Erzeugnisse halten will.«

»Da haben Sie recht, Professor«, sagte der Gesandte. »Vielleicht finden sie noch ein paar Hollywoodstars als Unterstützung.«

Sie lachten.

»Und jetzt sagen Sie mir, Professor, hat Ihr Forschungsprojekt denn etwas mit den Geheimgesellschaften zu tun?«

»Eigentlich nicht, Herr Gesandter, ich weiß, daß es heikel ist. Mit dem Skandal zum Thema Falun Gong hat es nichts zu tun. Mein Interesse ist rein historisch, allerdings kann ich nicht ganz ausschließen, daß ich es am Rande erwähnen werde.«

»Sie wissen, welches Risiko Sie damit eingehen würden«, sagte der Gesandte. »Die Regierung in Peking reagiert äußerst hysterisch auf dieses Thema. Aber ich frage Sie noch aus einem anderen

Grund. Vielleicht wissen Sie es ja nicht: Es gibt eine Geheimgesellschaft, die Anspruch auf den Nachlaß der Boxer anmeldet.«

»Ich weiß, ich weiß«, entgegnete Gisbert in dem Bewußtsein, daß er jedes Wort abwägen mußte. »Ich werde mich damit befassen müssen, auch wenn das mit meinem ursprünglichen Interesse nichts zu tun hat.«

»Sie müssen sehr vorsichtig sein«, sagte der Gesandte noch einmal. »Sie müssen wissen, daß sogar Regierungsleute in die Angelegenheit verstrickt sind. Im schlimmsten Fall kann es zu diplomatischen Verstimmungen kommen. Ich will den Teufel nicht an die Wand malen, aber Sie sollten wissen, daß wir außerordentlich daran interessiert sind, unsere Präsenz hier auszubauen. Vielleicht wissen Sie nicht, was für ein riesiger Markt sich gerade in China öffnet. Unsere Unternehmer investieren enorme Summen, um ihre Position schrittweise auszubauen, und liegen damit im Wettstreit mit Unternehmern aus den Vereinigten Staaten, Frankreich, Japan und anderen asiatischen Ländern. Mao-China ist passé, Professor, in zehn Jahren wird dieses Land eine Wirtschaftsmacht sein. Manchmal glaube ich, daß der Kommunismus hier tatsächlich funktioniert hat.«

»Ich bin ganz Ihrer Meinung«, entgegnete Gisbert.

»Aber ich will Ihnen keine Lektion in Wirtschaftspolitik erteilen, ich sehe schon, Sie sind gut informiert. Ich sage Ihnen das deshalb, weil wir viel zu verspielen haben, sollte Ihr Forschungsvorhaben irgendeinen sensiblen Punkt berühren. Ich sage es noch einmal: Sicher sind meine Befürchtungen übertrieben, trotzdem möchte ich Sie informiert haben. Mir ist es lieber zu wissen, daß wir dieses Gespräch geführt haben. Die chinesische Regierung ist außerordentlich empfindlich, sie ist imstande und reißt bei der kleinsten Irritation alles ein, und dann müssen wir wieder bei Null anfangen.«

»Ich danke Ihnen für Ihre offenen Worte, Herr Gesandter«, pflichtete Gisbert ihm bei. »Ich kann Sie nur bitten, meiner Seriosität als Universitätsprofessor und Wissenschaftler zu vertrauen, wie Sie es ja auch getan haben. Außerdem müssen Sie wissen, daß ich die chinesische Kultur außerordentlich bewundere. Daß ich mein Leben dem Studium der chinesischen Kultur gewidmet habe, ist der beste Beweis. Bei meiner Arbeit wird es nicht zu Irritationen oder Mißverständnissen kommen. Das kann ich Ihnen versichern.«

»Ich war mir sicher, daß es so sein würde, Professor, aus diesem Vertrauen heraus habe ich so offen mit Ihnen geredet. Noch einen Kaffee?«

»Nein danke. Ich muß jetzt gehen.«

Gisbert stand auf und schob den Brief in seine Jackentasche. Sie gingen zur Tür.

»Sie sind wirklich sehr freundlich gewesen, Herr Gesandter«, sagte er und gab ihm zum Abschied die Hand.

»Die Freundlichkeit ist von Ihnen ausgegangen, Professor«, antwortete der Gesandte. »Ach, noch etwas, eine Kleinigkeit, eigentlich nicht wichtig. Die Sache auf dem Platz des Himmlischen Friedens, wissen Sie noch? Mit den Studenten ... Erwähnen Sie sie besser nicht, in Ordnung? Heute blickt man lieber in die Zukunft. Wir als Deutsche wissen, wie wichtig es ist, die Vergangenheit hinter sich zu lassen.«

»Aber sicher, Herr Gesandter.«

Gisbert schwirrte der Kopf, als er auf die Straße trat, aber er war zufrieden, daß er in der Tasche hatte, was er brauchte. Seine Sekretärin dürfte in der Zwischenzeit das Fax geschickt haben, so daß er sich gleich auf den Weg zur französischen Botschaft machen konnte.

Während er in einem Vorzimmer wartete, bemerkte Gisbert nicht, daß jemand durch eine Scheibe hindurch mehrere Fotos von ihm machte.

»Entschuldigung, daß ich Sie habe warten lassen, Professor«, sagte der Kulturattaché, als er ihn abholte, »derzeit ist sehr viel los bei uns.«

»Verstehe, machen Sie sich keine Sorgen.«

Gisbert gab ihm den Brief der deutschen Botschaft. Außerdem war, wie man ihm sagte, das Schreiben seiner Sekretärin eingetroffen.

»Ich habe gute Nachrichten für Sie, Professor, Sie können ab heute ins Archiv gehen.«

»Großartig«, sagte Gisbert, »so schnell hat das Amt für Auswärtige Angelegenheiten geantwortet?«

Der Amtsstubenmensch drapierte eine Haarsträhne auf seinem Kopf, so daß seine Glatze nun von einem dunklen Strich durchzogen war.

»Ach, na ja«, sagte er. »Bei bestimmten Angelegenheiten, und wenn wir uns auf offizielle Schreiben stützen können wie in Ihrem Fall, können wir den Vorgang beschleunigen. Das geht natürlich nicht immer, versteht sich.«

»Ach, das freut mich besonders.«

»Eine Sache noch, Professor«, redete der Amtsstubenmensch weiter, »bei Ihren Besuchen im Archiv wird Sie ein Mitarbeiter der Botschaft begleiten. Das ist eine rein formale Bestimmung, über die wir uns nicht hinwegsetzen können.«

Gisbert Klauss war über diese Bedingung etwas irritiert. Mißtraute man ihm etwa? Er beschloß, sich mit dem zufriedenzugeben, was er erreicht hatte, und bedankte sich noch einmal.

Eine halbe Stunde später fuhr er in einem Wagen der französischen Botschaft zur Französischen Katholischen Kirche. Man überwachte ihn, da machte er sich nichts vor, aber er hatte ja nichts zu verbergen.

Beim Anblick des Gebäudes war Gisbert überrascht, er hätte es für alles gehalten, nur nicht für ein Gotteshaus. Abgesehen von einem winzigen, verblichenen Kreuz sah es eher aus wie eine Lagerhalle. Ein Priester empfing sie an der Tür und führte sie direkt in den Raum des Archivs im hinteren Teil des Gebäudes. Als sie über den Hof gingen, hörte Gisbert einen Chor, der Meßlieder sang. Es roch nach Weihrauch, verwelkten Blumen und Moder.

Das Archiv war zweischiffig, alle Wände standen voll mit Regalen. Zwei Priester in Soutane und drei junge Männer saßen zwischen allerlei Mappen und arbeiteten. Sie waren damit beschäftigt, irgendwelche Katalogisierungen ins reine zu schreiben. Die Luft war staubig. Eine Luke an der Rückwand eines der Schiffe leuchtete wie eine Laterne in den Raum. Ihre Schritte hallten.

»Die Jahre 1900 und 1901?« fragte einer der Priester nach. »Kommen Sie. Sie sind dort hinten.«

Die Regale dieses Bereichs trugen eine chinesische Numerierung.

»Das ist alles«, sagte er, »suchen Sie etwas Bestimmtes?«

»Nicht im eigentlichen Sinn«, sagte Gisbert, »ich würde gerne ein bißchen stöbern, wenn das geht.«

»Gerne doch«, sagte der Mönch, »ich kann Sie nur nicht begleiten. Wenn Sie etwas finden, das Sie interessiert, rufen Sie mich bitte. Ich bin verpflichtet, alle Dokumente, mit denen gearbeitet wurde, einzutragen.«

Gisbert sah den Priester an und aus dem Augenwinkel seinen Begleiter.

»Keine Sorge, sobald ich etwas Interessantes für meine Forschung gefunden habe, sage ich Ihnen Bescheid.«

Gisbert legte das Sakko ab, hängte es über einen Stuhlrücken und begann, die Mappen des riesigen Regals eine nach der anderen durchzusehen. Sein Begleiter, ein junger Franzose, der in der Botschaft als Hilfssekretär fungierte, setzte sich und sah ihm mit gleichgültigem Gesicht zu.

Dort standen Register über Geburten, Taufen, Eheschließungen und Sterbefälle. Es gab Berichte von Priestern, die auf dem Land als Schäfer arbeiteten. In einer Mappe fand er Briefe, in denen eine Landwirtsfamilie beklagte, daß ein deutscher Methodistenpriester auf einem Saumpfad mißhandelt worden war. Seltsam. Aus den Schriftstücken, die er hier vorfand, war zu schließen, daß diese beiden Jahre eine friedliche Zeit gewesen seien; nirgendwo waren die Boxeraufstände erwähnt, geschweige denn das Vorrücken der ausländischen Armeen. Wenn man hätte böswillig sein wollen, hätte man annehmen müssen, jemand habe das Archiv sorgfältig gesäubert und alles, was an jene schmerzhafte Epoche erinnerte, herausgezogen. Aber es stellte sich ihm sogleich die Frage: Welches Interesse sollte Frankreich haben, diese dramatischen Ereignisse zu vertuschen? Er verstand es nicht. Er suchte weiter, und endlich fand er einen Bericht über die historischen Paläste der Stadt. Darin stand etwas von mehreren bis auf die Grundmauern zerstörten Tempeln und Palästen, die als Lager benützt wurden. Für sein Forschungsprojekt hatte er zwar nichts Interessantes gefunden, aber nun hatte er wenigstens eine Spur, was sich in jenen Jahren ereignet hatte.

Nach drei Stunden, als Gisberts Hände und Unterarme über und über voller Staub waren, sagte der junge Botschaftsangestellte, daß es Zeit zu gehen sei.

»Machen Sie morgen weiter«, sagte der Diplomat. »Hier wird gleich geschlossen.«

Sie verabredeten sich für den nächsten Tag um neun Uhr vor der Tür, denn Gisbert wollte noch einen Abendspaziergang machen, um sich etwas die Beine zu vertreten. Der Priester fragte ihn, ob er etwas gefunden habe, und Gisbert Klauss antwortete ihm in aller Freundlichkeit, daß er zwar noch nichts gefunden, aber wertvolle Hinweise entdeckt habe. Bevor er ging, zeigte ihm der Botschaftsangestellte auf dem Stadtplan, wo er sich befand. Sie waren im Nordwesten Pekings. In der Nähe gab es einen Park, den es sich vielleicht lohnte kennenzulernen, den Zhizhuyuan-Park. Dorthin machte er sich auf den Weg.

Nach einer Weile stieß Gisbert auf einen Kanal, der dem Stadtplan nach zum Sommerpalast führte. Er folgte ihm, vorbei an einem Tempel und einem schönen, klassischen Gebäude, bis er den Eingang des Parks erreichte. Nachdem er den Eintritt von zwei Yuan gezahlt hatte, wandelte er durch den Park und war bezaubert von der Schönheit um ihn herum, die Hügel und Bambushaine, die Dschunken, riesigen Weidenbäume und Kieswege. Einen dieser Pfade ging er entlang und gelangte an einen See, an dessen Ufer – auf einer Art schwimmendem Steg – ein Teehaus stand. Er setzte sich auf die Terrasse, bestellte ein Kännchen grünen Tee und dachte darüber nach, was er alles schon auf dieser seiner ersten Reise entdeckt hatte, die er aus philologischem Interesse und vor allem aus Hunger nach Leben unternommen hatte.

Als erstes schrieb er in sein Notizheft – er hatte beschlossen, das Diktiergerät lieber nicht zu benutzen, um die Franzosen nicht nervös zu machen –, daß Peking ihn verändert hatte. Aus einem einfachen Grund: Er liebte Peking. Obwohl er die Stadt noch kaum kannte, fühlte er schon den drängenden Wunsch, wiederzukommen, sie bis in den letzten Winkel kennenzulernen, Jutta alle Schauplätze seines Pekings zu zeigen. Man liebt eine Stadt, wenn man durch sie die Liebe kennenlernen will, und das war bei Gisbert der Fall. Peking hatte ihn zu einem besseren Menschen gemacht. Durch die Straßen spazieren, sich in die *Hutongs* schleusen, die Gerüche einsaugen. Das alles gehörte jetzt zu ihm wie sein Name. Auf einmal schrieb er etwas, das zu seiner Überraschung die Form eines Gedichts annahm. Woher kam nur diese Inspiration? Ganz einfach: Es war der verborgene Wunsch, irgendwann einmal, wenn er in Hamburg auf der Straße ging, jemanden raunen zu hören:

Dort geht der Mann, der ein Fremder ist in Peking,
der die Stadt liebt und wie seine Westentasche kennt.
Dort geht der Mann, der sich jeden Tag,
wo immer er ist, die Frage stellt,
ob über dem Beihai-See der Nebel liegt
oder ob Regen die Weiden verbirgt.
Das ist es, was er wissen will,
was ihm wirklich etwas bedeutet.
Dort geht der Mann, der ein Fremder ist ...
Ob dieses alte Haus in Fengtai noch steht?
Welche Farben haben die Mauern heute,
die den Tian Tan, den Himmelsaltar, umgeben?

Dort geht der stille Mann,
seine Welt schleppt er mit sich.

Als er aus dem Träumen erwachte – der Seeblick und der langsam sich senkende Abend über dem Bambus hatten ihn dazu verleitet –, fertigte Gisbert eine rasche Skizze des Kirchenarchivs an und hielt stichpunktartig seine Gespräche mit dem Botschaftsangestellten fest. Er unterstrich mit roter Tinte die Namen der zuständigen Personen, doch das Manuskript Wang Mians und die Daten des Buchhändlers ließ er unerwähnt. Er tat nichts, was man nicht tun durfte, trotzdem war ihm bewußt, daß er mit heikler Information umging.

Als es Abend wurde, ging in einigen Gebäuden Licht an. Die Antenne des alles überragenden Fernsehturms färbte sich von Gelb ins Rot; ein gläserner Wolkenkratzer links daneben funkelte wie ein Schwert in der Nacht. Ins Teehaus zog Leben ein. Musik erklang, und auf einmal tauchten von überall her ältere Paare auf, die am Seeufer tanzten, Männer und Frauen machten Übungen, manche gemeinsam, andere allein. Irgendwann stand er auf und spazierte auf den dunklen Wegen durch den Park, umgeben vom Bambusdickicht, bis er an einen der Ausgänge gelangte. Dort sah er auf die Uhr und dachte, daß er nun besser ins Hotel zurückgehen würde. Er hielt Ausschau nach einem Taxi. Doch plötzlich hielten vor ihm zwei Wagen an.

»Kommen Sie bitte mit«, sagte ein Mann in autoritärem und korrekten Englisch.

»Wer sind Sie?« fragte Gisbert.

»Das ist jetzt nicht wichtig«, sagte der andere.

Zwei kräftige Hände packten ihn an den Armen und zerrten ihn ruppig auf die Sitzbank einer der beiden Wagen.

»Was soll das?« rief Gisbert.

Aber er bekam keine Antwort. Die Wagen fuhren an, und jemand sagte zu ihm:

»Schließen Sie die Augen, Professor.«

»Warum?«

»Zwingen Sie uns nicht, Ihnen die Augen zu verbinden, bitte lassen Sie sie so lange zu, wie ich es Ihnen sage«, sagte der Wortführer der beiden.

Er hörte Hupen. Bremsen. Beschleunigen. Niemand seiner Begleiter sagte etwas. Nach einer Weile, die Gisbert wie eine Ewigkeit vorkam, erreichten sie einen großen Hof. Die beiden Autos fuhren ohne Licht hinüber. Am anderen Ende öffnete sich eine Toreinfahrt. Daneben noch eine. Das Auto hielt an, jemand riß die Wagentür auf.

»Kommen Sie mit, Professor.«

»Darf ich die Augen aufmachen?«

»Bitte noch nicht.«

Dieselben stählernen Hände führten ihn durch einen Flur. Gisbert Klauss stolperte beim Gehen über Kisten. Aus dem modrigen Geruch schloß er, daß sie an einem verlassenen Ort waren. Nachdem sie eine Treppe hochgegangen und einen Raum betreten hatten, der auf Gisbert kalt und ungemütlich wirkte, ließen die Hände ihn endlich los.

»Darf ich sie jetzt aufmachen?« fragte er.

»Warten Sie«, sagte die Stimme. »Können Sie das Vaterunser?«

»Ja«, antwortete Gisbert.

»Dann sagen Sie es laut auf, und wenn Sie fertig sind, öffnen Sie die Augen.«

Gisbert begann, langsam das Vaterunser aufzusagen, doch währenddessen wurde ihm bewußt, daß er eine grundlegende Frage nicht gestellt hatte: In welcher Sprache sollte er es sagen? Da er es sowieso nur auf Deutsch wußte, sprach er es einfach mit immer leiser werdender Stimme zu Ende.

Dann öffnete er die Augen, was ihm aber wenig nützte. Außer einer düsteren, kahlen Halle, in der gespenstische Stille herrschte, war nichts zu sehen.

Der Versammlungssaal der Mitglieder, der wie irgendein Nachbarschaftszentrum aussah, war brechend voll. Männer und Frauen redeten, rauchten und lachten, während sie auf den Beginn der Veranstaltung warteten. Nelson Chouchén war etwas verlegen, es war offensichtlich, daß alle etwas von ihm erwarteten, und dabei wußte er gar nicht, was er sagen sollte. Wen Chen hatte ihm keine genauere Anleitung gegeben. »Sie wollen Sie sehen, Sie hören«. Mehr hatte er ihm nicht gesagt.

Auf einmal bat Wen Chen um Ruhe und fing an zu reden. Nelson, der kein Wort verstand, vermutete, daß er ihn vorstellte. Seltsam, dachte er. Das soll das Treffen einer Geheimgesellschaft sein, aber es kommt mir vor wie eine Universitätsvorlesung. Das machte ihm Mut. Da kannte er sich schließlich aus. Als Wen Chen ihm das Mikrofon überreichte, beschloß er, daß es das beste sein würde, wenn er von seinem Großvater erzählen würde.

»Sprechen Sie englisch«, sagte er zu ihm. »Ich übersetze.«

»Es ist mir eine große Ehre, heute hier bei Ihnen sein zu dürfen«, setzte Nelson zu sprechen an, »denn Sie, meine Damen und Herren, haben mir geholfen zu begreifen, wer ich bin. Ich meine das ganz im Ernst. Bis vor wenigen Tagen war ich einfach ein peruanischer Universitätsprofessor für Literaturwissenschaft, ein Schriftsteller von Romanen, Gedichten und Essays mit Wohnsitz in Austin, Texas, dessen Horizont auf Europa und Amerika beschränkt gewesen ist. Doch ich habe es einem glücklichen Zufall zu verdanken, daß ich mit fünfundvierzig Jahren den Entschluß gefaßt habe, die Reise nach Peking anzutreten, eine Reise, die auch als Rückkehr zu meinen Vorfahren gedacht war, denn obwohl ich kaum Anhaltspunkte hatte, wußte ich doch immer, daß mein Großvater in China geboren und aus unbekannten Gründen in jungen Jahren von dort nach Peru emigriert war.«

Nelson machte eine Pause für den Übersetzer, schenkte sich ein Glas Mineralwasser ein und trank es bis zur Hälfte leer, so daß er nebenbei beobachten konnte, wie das Publikum seine Worte aufnahm.

»Ich kann Ihnen von meinem Großvater ein paar Kindheitserinnerungen erzählen, wenige, denn er starb, als ich noch ein Kind war. Er ließ sich in Cuzco nieder, einer schönen Kolonialstadt weit oben in den Peruanischen Anden, denn er sagte, es erinnere ihn an seine Heimat Lijiang. Er ergriff den Beruf des Schneiders, wofür die chinesische Gemeinde in Peru großes Ansehen genoß. Von dort stammt meine Familie. Dort wurde mein Vater geboren, und dort wurde ich geboren, erst später ging ich von Peru weg in die Vereinigten Staaten. Vom Leben in dieser Stadt erzähle ich in einem meiner bekanntesten Werke, *Cuzco Blues*, das hoffentlich eines Tages ins Chinesische übersetzt wird, darin schildere ich neben den schicksalsschweren Ereignissen das Leben einer peruanisch-chinesischen Familie in den fünfziger Jahren.«

Wieder machte Nelson eine kleine Pause, und diesmal sah er gerührt, daß seine Zuhörer mitschrieben. Er dachte an Elsa, wie stolz sie wäre, wenn sie ihn hier auf dem Podium sehen könnte. Bald, daran bestand kein Zweifel mehr, würden seine Werke in den Buchhandlungen Pekings stehen, und dann käme er mit Elsa, um seinen Ruhm zu ernten.

»In gewisser Weise setzt sich mein gesamtes Werk mit diesem Thema auseinander, es ist im Grunde eine einzige große Meditation über die Beziehungen zwischen Orient und Okzident, aus persönlicher Sicht und mittels einfacher Figuren, die, wie ich finde, das Wesentliche der Natur des Menschen zum Ausdruck bringen. Wenn diese Bücher, die ich schreiben durfte, heute existieren und in Amerika gelesen werden, dann nur, weil vor hundert Jahren ein junger Chinese mit dem Kopf voller Träume ein Schiff bestieg und an die peruanische Küste gelangte. Wie ich anfangs gesagt habe, wußte ich wenig über diesen mutigen Mann, denn niemand hat mir jemals von dem Geheimnis berichtet, das Sie mir hier soeben enthüllen: daß er ein großer Patriot gewesen ist, der für die Freiheit gekämpft hat, ein Held. Die Helden von heute, das sei nebenbei gesagt, sind Menschen wie er, einfache, stille, bescheidene Leute wie die große Mehrheit, gleich ob aus dem Orient oder dem Okzident.«

Nelson machte eine weitere Pause. Ihm wurde bewußt, daß er die ganze Zeit über sich redete und daß er nun endlich auf den Großvater zu sprechen kommen mußte. Aber seine Gedanken waren blockiert. Ihm fiel keine Anekdote ein. Was sollte er tun?

»Sehr bald zeigte sich, aus welch edlem Holz Hu Shou-shen oder Juanito Chouchén, wie man ihn in Peru nannte, geschnitzt war. Während der Volksaufstände gegen die Diktatur von Sánchez Cerro Anfang der dreißiger Jahre organisierte er Landarbeiter und kleine Händler zu einer Art Miliz, die die landwirtschaftlichen Anbaugebiete vor den Verwüstungen durch die Armee schützen sollte. Ganz besonders erinnere ich mich an die Befreiung einiger politischer Gefangener, die in der Gegend von Rancas, einem Dorf in den Anden, von der Polizei ungerechterweise festgenommen worden waren. Juan Chouchén stürmte mit seinem Kommando von acht Mann das Gefängnis und brachte seine Kameraden in die Berge. Zwei Wochen lang nahmen die Truppen sie unter Beschuß, aber Juan Chouchén, der die befreiten Männer vorgeschickt hatte, beschloß, sich auf einem Hügelrücken allein dem ganzen Bataillon zu stellen, denn er wollte seinen Kameraden Zeit geben, sich in Sicherheit zu bringen. Mit zwei Gewehren, einer Pistole und einer Munitionskiste schlug mein Großvater den Angriff der Soldaten zurück, dann, als er alle Munition verpulvert hatte und seine Kameraden in Sicherheit glaubte, huschte er durchs Dickicht davon.«

Seine Rede wirkte. Einigen der Zuhörer stiegen, als sie die Übersetzung hörten, die Tränen in die Augen. Eine Gruppe in der ersten Reihe fing an zu applaudieren.

»Und so wurde der Name Juan Chouchéns in den Bergen der Anden zum Mythos. Die Landarbeiter und kleinen Händler brauchten ihn nur zu hören, schon fühlten sie sich beschützt. Meine Großmutter hat erzählt, daß man ihn viele Male zu Hause hatte festnehmen wollen, aber er entkam jedesmal, tauchte in der Menge unter, denn niemand hatte je sein Gesicht gesehen. Denn

Juan Chouchéns Gesicht war das Gesicht aller unterdrückten Landarbeiter, der Leidtragenden einer grausamen Diktatur, und bei deren Sturz, als der Diktator von einem seiner eigenen Schergen ermordet wurde, gab mein Großvater den Menschen ihre Ehre zurück, die Würde, für die er immer gekämpft hatte. Was tat Juan Chouchén, als mein Vaterland die Freiheit zurückbekam? Anstatt eine ehrenvolle Stellung zu fordern, anstatt sich Privilegien als Gegenleistung für seine Heldentaten zu sichern, kehrte er in aller Bescheidenheit zurück in seine Schneiderei und nahm seine Arbeit wieder auf, genauso wie die vielen einfachen Menschen, die er beschützt hatte.«

Nelson trank das Mineralwasser aus und wartete den Applaus ab, der nun noch stärker war. Er hatte sie in der Hand. Es gab Tränen, stolz gereckte Fäuste, entschlossene Gesichter.

»Und jetzt erfahre ich von Ihnen, daß mein Großvater, bevor er auswanderte, dasselbe hier in China getan hat, daß er gekämpft hat, um die Schwachen zu beschützen, daß er den Feind in den Wahnsinn getrieben hat und daß sein Name, genau wie in den Bergen der Anden, zur Legende geworden ist. Ich, sein Enkel, bin heute abend gekommen, um Ihnen zu sagen, daß wir seinem Beispiel folgen müssen, daß wir weiter für das Leben kämpfen müssen, für die Ehre des einfachen Mannes, für die Solidarität und eine bessere Menschheit, für mehr Ehrlichkeit und Aufrichtigkeit, dieselben Ziele, für die Menschen wie Juan Chouchén gekämpft haben. Vielen Dank.«

Der Saal tobte. Die Vordersten kletterten auf den Tisch, um ihn zu umarmen, ihn zu begrüßen, ihn zu berühren. Wen Chen bat um Ruhe und forderte sie auf, auf ihre Plätze zurückzukehren. Dann sagte er noch etwas, und alles strömte schweigend hinaus, mit einer ehrfurchtsvollen Verbeugung vor Nelson.

»Ich beglückwünsche Sie zu Ihrer Rede«, sagte Wen Chen. »Sie sind ein großer Redner. Wie ich sehe, hat sich das Gedankengut Ihres Großvaters in Ihnen bewahrt. Ich danke Ihnen noch einmal, daß Sie eingewilligt haben, hierher mitzukommen.«

Nelson strahlte. Er war ein Mann mit großen Ideen, doch seine größte Berufung war die Literatur. Dank seines Nachnamens war er nun ein einflußreicher Mann, er durfte annehmen, daß seine Bücher sehr bald ins Chinesische übersetzt werden würden. Schon stellte er sich seine Lesereisen nach Peking, Schanghai, Kanton und Hongkong vor, bei denen sich sein Erfolg im Fernen Osten festigen würde. Dieser Erfolg würde unverzüglich die europäischen und nordamerikanischen Verleger wachrütteln, und dann würde endlich das eintreten, wovon er so sehr geträumt hatte, worauf seit mindestens zehn Jahren sein Leben einzig zustrebte.

»Wir müssen über die Zukunft reden«, sagte Wen Chen zu ihm.

»Sicher doch«, erwiderte Nelson. »Vor allem möchte ich mit Ihnen über ein Buch reden, das ich vorhabe zu schreiben, einen Schlüsselroman über das Leben meines Großvaters. Ich glaube, er würde hier auf großes Interesse stoßen, natürlich brauchen wir dafür gute Übersetzer, was meinen Sie?«

»Ja, ja«, sagte Wen Chen. »Aber lassen Sie mal, über Bücher können wir ein andermal reden.«

Wen Chen führte ihn zusammen mit anderen Sektenmitgliedern in ein Büro im dritten Stock des Gebäudes. Kaum hatte er sich gesetzt, stellte einer von ihnen drei Tassen auf den Tisch, streute Teeblätter hinein und goß heißes Wasser darauf.

»Wir müssen etwas sehr Ernstes besprechen«, sagten sie zu ihm. »Als erstes möchten wir von Ihnen die Erlaubnis, die Briefe Ihres Großvaters studieren zu dürfen. Und zwar alle Briefe. Wir können Kopien machen, um den persönlichen Wert, den sie für Sie besitzen, nicht zu verletzen. Wie wir wissen, enthalten sie, abgesehen von familiären Angelegenheiten, wertvolle Informationen über unsere Geheimgesellschaft in der Vergangenheit, das macht sie zu wertvollen Dokumenten für uns.«

Nelson spürte Ernüchterung. Die Männer um ihn herum wirkten sehr ernst. Irgend etwas war auf einmal anders.

»Kein Problem«, sagte er. »Sie können die Briefe jederzeit kopieren.«

»Als zweites«, sagte Wen Chen, »müssen wir überlegen, welche Stellung Sie innerhalb unserer Geheimgesellschaft bekommen sollen. Wir haben uns bereits Gedanken gemacht und sind zu dem Schluß gekommen, daß es mehrere Möglichkeiten gibt. Ein Teil von uns ist der Meinung, Sie sollten die oberste Führung übernehmen, natürlich nach einer Zeit der Vorbereitung. Andere finden, daß die kulturellen und sprachlichen Barrieren dafür zu groß sind, und sind der Meinung, Sie sollten eine Art Ehrenpräsident werden und dabei verantwortlich sein für unsere Verbindungen ins Ausland, insbesondere in die Vereinigten Staaten. Wir haben nämlich viele ›Brüder‹ in der Diaspora, vor allem in New York und San Francisco. Wie gesagt, wir denken noch darüber nach, und Sie können sicher sein, sobald wir Genaueres wissen, werden Sie der erste sein, der es erfährt.«

Nelson wurde leicht unruhig.

»Ich werde über Ihr Angebot nachdenken, liebe Freunde«, sagte er, »und Sie können sicher sein, die Entscheidung, die ich treffe, wird für alle die beste sein.«

»Ihre Entscheidung?« sagte Wen Chen. »Ich glaube, Herr Chouchén, Sie haben uns nicht recht verstanden. Ich fürchte, Sie können überhaupt keine Entscheidung treffen.«

»Gut, gut ...«, erwiderte er etwas nervös. »Ich meinte eigentlich auch Ihre Entscheidung. Sie wird die beste sein.«

Das Büro hatte zwei Fenster nach hinten hinaus. Ganz in der Ferne, hinter einer Häuserreihe, sah man ein Stück Himmel und die Spitze eines modernen Wolkenkratzers in Pagodenform.

»Allerdings dürfen Sie frei entscheiden, Herr Chouchén«, sprach Wen Chen weiter, »ob Sie lieber in Ihrem Hotel wohnen bleiben oder in ein Privathaus umziehen möchten.«

»In meinem Hotel geht es mir wunderbar, danke. Es ist ein bißchen weit weg vom Zentrum, aber ich habe mich daran gewöhnt. Machen Sie sich keine Umstände.«

Wen Chen zog eine Schreibtischschublade auf und holte ein paar Bücher heraus. Auf allen Rücken stand derselbe Name: Wang Mian.

»Die sind für Sie«, sagte Chen. »Lesen Sie sie. Dann werden Sie etwas mehr über uns erfahren.«

»Ist das der Dichter, den Sie heute morgen erwähnt haben?« fragte Nelson.

»Genau der.«

»Und wie wollen Sie es angehen, dieses berühmte Manuskript zu finden?« fragte Nelson.

»Wir suchen bereits danach, leider ist es zu einem Problem gekommen. Die Franzosen haben es verloren. Wir wissen, daß sich einer der Priester damit versteckt hat, aber offenbar hat man diesen Priester aus den Augen verloren.«

»Und woher wissen Sie das alles?« fragte Nelson neugierig.

»Unsere Ohren reichen sehr, sehr weit, guter Freund. Eigentlich entgeht uns nichts, was in Peking passiert.«

»Dann ist es für Sie doch sicher eine leichte Übung, das Manuskript wiederzubeschaffen, oder nicht?«

»Abwarten« – Wen Chen runzelte die Stirn, zündete sich eine Zigarette an und sprach weiter. »Uns bereitet nur der eine Gedanke Sorgen, daß es eine bestimmte Gruppe von uns in Besitz hat. Es sind sehr radikale Leute, wir haben schon verschiedene Konfrontationen mit ihnen gehabt, sie sind auch nicht mehr in unserer Organisation. Es sind nicht viele. Keine tausend Leute, aber ihre Methode ist Gewalt. Sie werden von Hongkong aus gelenkt, von einem israelischen Ex-Militär, der alle Macht über sie hat. Sie wollen uns unsere Brüder abspenstig machen, und das sind Hunderttausende im ganzen Land. Wenn sie das Manuskript haben, können sie für sich in Anspruch nehmen, die echten Boxer zu sein. Als das Manuskript aufgetaucht ist, haben sie einen Angestellten des Archivs mißhandelt. Zum Glück hat uns der Bruder, der es gesehen hat, sofort informiert.«

»Was wollen Sie also tun?«

»Nun, jetzt haben wir erst mal Sie«, sagte Wen Chen. »Den Enkel Hu Shou-shens auf seiner Seite zu haben, bedeutet, das Vermächtnis der Yi Ho Tuan zu tragen. Das Manuskript wird sich schon noch finden. Als erstes müssen wir herausbekommen, wer es hat.«

»Und wer«, fragte Nelson, »kommt außerdem noch in Frage?«

»Andere katholische Gemeinden oder die Regierung oder Agenten irgendeiner ausländischen Regierung. Franzosen, Kanadier, Deutsche, Engländer. Wer soll das wissen?«

»Glauben Sie, daß dieser Freund von mir, der deutsche Professor, ein Agent ist?«

»Ich persönlich glaube es nicht, obwohl wir wissen, daß er sich für die Werke Wang Mians interessiert. Er hat mit einem Buchhändler zusammen Nachforschungen angestellt. Er ist Professor für Sinologie. Wir behalten ihn im Auge.«

»Und was kann ich jetzt tun?«

»Bei uns bleiben«, antwortete Wen Chen. »Wenn wir das Manuskript finden, sollen Sie es unseren Brüdern vorstellen.«

»Ah, jetzt verstehe ich«, sagte Nelson.

»Gehen Sie jetzt zurück in Ihr Hotel, studieren Sie die Bücher, die ich Ihnen gegeben habe, und überlassen Sie die Briefe meinem Assistenten. Zwei Männer werden Sie rund um die Uhr bewachen. Und noch etwas: Wenn Sie die junge Russin noch mal sehen wollen, sagen Sie meinem Assistenten Bescheid. Er schickt Sie jederzeit zu Ihnen.«

Die Straße kam mir vor wie ein Lichterkarussel, plötzlich hatte mich die Realität wieder. Was tat ich eigentlich? Ich ging mit einer Unbekannten in mein Hotel. Genauer, mit einer Frau, von der ich so spärliche und nutzlose Informationen besaß, wie daß sie einen blauen Slip trug und Vagisil-Creme benutzte. Ich war auf alles gefaßt.

»Bei Ochún und Yemayá«, sagte Omaira. »Du hast mich verzaubert. Du hast mir doch irgendwas ins Glas gekippt. Ich bin total verrückt nach dir.«

Und wieder küßte sie mich stürmisch, sog meine Lippen in ihre wie eine Medusa, die ein Fischlein schluckt. Dann spürte ich, wie ihre Hand zwischen meine Beine kroch. Sie bebte.

Endlich waren wir beim *China World* Hotel angekommen. Sehr wahrscheinlich würde es kein Problem sein, wenn ich mit ihr aufs Zimmer ging, schließlich war sie keine Chinesin, also ging ich direkt zu den Aufzügen. Während wir hochfuhren, sagte sie wieder:

»Barmherzige Jungfrau, ich bin total verrückt nach dir. Ich bin verzaubert. Das ist nicht normal.«

»Fühlst du dich gut?« fragte ich besorgt.

»Ich fühle mich wundervoll, ich fühle mich wie unter Drogen. Das ist ja das Seltsame. Ich kenne dich doch kaum, mein Junge.«

Wir betraten mein Zimmer. Ich ging direkt zur Minibar und wollte zwei Drinks servieren, aber Omaira riß sich bereits das Kleid über den Kopf, warf sich aufs Bett und sagte:

»Komm her, ich zeig' dir, was gut ist. Warst du schon mal bei Hurrikan in der Karibik? Halt dich fest.«

Sie hatte ein wenig Cellulitis an den Oberschenkeln, aber noch immer eine gute Figur. Ihre Pobacken waren rund. Als ich diesen Slip in dem Badezimmer gesehen hatte, hätte ich nicht im Traum daran gedacht, ihn so schnell an seiner Besitzerin wiederzusehen. Sie warf ihn von sich und zog mich neben sie, dann fing sie an, mir Hals und Brust zu lecken und mir die Zungenspitze in die Ohren zu stecken. »Schau dir meine Muschi an, gefällt sie dir?« raunte sie verrucht, erregt, vor Geilheit hechelnd, »meine Muschi mag deinen Schwanz haben, gib ihn ihr, schön langsam«, und schon spürte ich, wie ihr Körper sich um mich schloß, wie er zuckte, und es kam mir vor, als wäre es nicht das erste Mal, als hätte es andere, frühere Male gegeben und als würde ich sie schon lange kennen, und ich sah schon, wie allein, kläglich allein ich mich fühlen würde, wenn sie schließlich ginge, denn jeder geht irgendwann, das ist so, und vor allem, wenn man jemanden liebt, so ist das Leben. Da flüsterte ich ihr zu, »Omaira, Kaiserin des Orients«, worauf sie stöhnend erwiderte, während sie ihre Arme und Beine um mich klammerte und ihr Bauch an meinen gepreßt war, »Woher weißt du, daß ich aus Gibara bin, Junge, mein Gott, dieser Schwanz macht mich wahnsinnig«, woraufhin ich sie delirierend vor Erregung fragte, während ich den Geruch ihrer Haare einsog und meine Finger in ihre Pobacken grub, »Was meinst du mit Gibara?«, worauf sie, ihr Becken kreisend, mir am Ohrläppchen knabbernd und sabbernd, antwortete, »Gibara, Provinz in Oriente, Kuba, Junge, mach weiter, dein Schwanz ist ein Goldbarren, hör nicht auf«, und ich machte weiter, stieß in sie hinein, fühlte mich glücklich, besoffen, glückstrunken und murmelte, »Mit Kaiserin des Orients habe ich Peking gemeint, nicht Kuba, aber das ist dasselbe, Patronin Gibaras, Schutzheilige des Orients«, da blieb ihr fast die Luft weg, ihre Augen drehten sich ins Weiße, ihre Nippel standen wie Raketen, und sie sagte zu mir »Ah, verstehe, ich dachte, du sagst das wegen Kuba, oh Ochún, ich nehm' mir diesen Schwanz mit und stell' ihn ins Männermuseum, Obatalá, dort kriegt er eine eigene Vitrine, zu der bete ich, Heilige Barbara, verzeih mir, Jadespieß, Heilige Jungfrau der Wonnen, Zuckerstange, ich komme!, oh, mein Junge, oh oh, und wie ich komme! Ochún, schieß los, mein Böcklein, komm, komm schon!«

Wir waren vollkommen erschöpft, wir waren verwirrt, weil wir selbst nicht ganz mitkamen, aber glücklich. Gleich überkäme sie die Reue, dachte ich, also stand ich schon mal auf, goß zwei Fläschchen Whisky in die Zahnputzbecher, gab Eis dazu und kehrte zurück ins Bett.

»Du machst mich fertig«, sagte Omaira. »Hier, fühl mal, ich zucke immer noch. Na?«

Es stimmte, wie seltsam. Ich hatte mich bisher eigentlich nicht für einen Versager gehalten, aber so etwas hatte ich noch nie erlebt. Omaira zündete sich eine Zigarette an, nahm einen Schluck Whisky und sagte:

»Ich bin eine verheiratete Frau, ich will, daß du das weißt. Ich bin verheiratet und habe zwei Kinder.«

Ich sagte darauf nichts. Was hätte ich schon antworten sollen.

»Das hast du jetzt nicht erwartet, stimmt's?« fragte sie.

»Doch, natürlich, ich habe doch deinen Ring gesehen«, sagte ich. »Du glückliche. Ich habe keine Kinder, obwohl ich zwei lange Beziehungen hatte.«

Omaira starrte weiter an die Decke. Vielleicht suchte sie Kraft für das, was sie sagen wollte.

»Und es ist das erste Mal, daß ich fremdgehe, auch das sollst du wissen. Ich liebe meinen Mann sehr. Es muß dir seltsam vorkommen, daß ich das jetzt sage, nach dem, was passiert ist, aber so ist es.«

»Ich glaube dir«, sagte ich.

Wenn sie doch nur noch ein bißchen bleiben würde, dachte ich, aber sie würde sich bestimmt gleich anziehen. Ich ging ins Bad. Als ich herauskam, lag Omaira immer noch im Bett.

»Langsam kriege ich Hunger, Serafín, wollen wir was aufs Zimmer bestellen, oder gehen wir runter?«

Normalerweise rollen sich mir die Zehennägel auf, wenn ich meinen verhaßten Namen höre, aber aus ihrem Mund klang er schön. Außerdem hatte sie gerade angekündigt, daß sie nicht gehen würde. Ich liebte sie noch mehr, was absurd war. Schließlich kannte ich sie kaum.

»Erzähl mir etwas von dir«, sagte sie zu mir.

Ich erzählte ihr von meinen gescheiterten Beziehungen, von meiner Arbeit beim französischen staatlichen Rundfunk, von meinem Entschluß, niemals in meine Heimatstadt Bogotá zurückzukehren, und am Ende, ganz am Ende, von meinem geheimen, schon fast zur Frustration erstarrten Wunsch, Schriftsteller zu werden.

»Nicht zum Aushalten«, sagte sie, »alle wollen sie Schriftsteller sein. Gestern erst habe ich einen peruanischen Romanschreiber kennengelernt. Er hat mir gesagt, Schriftsteller sein und Kinder haben ist unvereinbar, hast du deswegen keine?«

»Nein, nicht deswegen«, sagte ich. »Die Frauen, mit denen ich zusammen war, wollten keine Kinder. Was ist das für ein peruanischer Schriftsteller, den du da kennengelernt hast?«

»Er heißt Nelson, ein Freund von Rubens. Sie kennen sich aus dem Flugzeug. Seinen Nachnamen weiß ich nicht mehr.«

»Nun, ich habe nichts von einem Peruaner gelesen, der Nelson heißt«, sagte ich und fühlte so etwas wie Eifersucht. »Soweit ich weiß, gibt es keinen einzigen Schriftsteller in ganz Spanien und Lateinamerika, der so heißt. Ist er gut?«

»Das weiß ich nicht, ich habe nichts von ihm gelesen, ich kann dir nur sagen, wie er tanzt.«

Eine dunkle Wolke zog herauf. Ich sagte nichts.

»Er tanzt schrecklich«, verriet sie und lachte, »er hüpft wie ein Pinguin. Es war natürlich nicht einfach, ihn loszuwerden. Mach nicht so ein Gesicht, dazu gibt es keinen Grund.«

Ein Hotelangestellter kam mit einem Tablett. Darauf standen zwei Clubsandwiches, Obst und eine Flasche Weißwein. Omaira machte sich nackt im Bett über das Frühstück her. Sie erzählte mir von ihrem Mann und ihren Kindern. Sie hatte mit zwanzig geheiratet und war seitdem mit keinem anderen Mann mehr zusammengewesen.

»Vom ersten Moment an, als ich dich sah, habe ich eine seltsame Kraft gespürt«, sagte sie. »Du hast mich verzaubert, gib's zu.«

Ich wies es von mir. Wir lachten.

»Wenn ich dich hätte gehen lassen, aus Rücksicht auf meinen Mann«, sagte sie weiter, »hätte ich ihn gehaßt. Merkwürdig, findest du nicht? Und jetzt liebe ich ihn mehr denn je.«

»Das freut mich, so etwas kommt vor.«

»Und warum willst du nicht in dein Land zurück?« fragte sie. »Ach, ich könnte nirgendwoanders als in Kuba leben.«

»Weil ich das wenige verloren habe, was ich gehabt habe«, sagte ich. »Meine Freunde haben sich verändert, die letzten aus meiner Familie sind weggegangen ... Einmal habe ich versucht, zurückzugehen, aber ich habe keine Arbeit gefunden. Wenn du keine einflußreichen Leute kennst, bist du am Arsch, und ich kenne niemanden. Paris ist nicht viel besser, aber wenigstens wird man nach dem beurteilt, was man macht. Klar vermisse ich vieles. An vielen Tagen, in vielen Momenten tut es mir weh, daß ich nicht dort bin.«

»Aber, Serafín«, sagte sie, »dir geht es noch gut. Du hattest immerhin die Wahl. Wer kann es sich schon aussuchen?«

»Die wenigsten, ich weiß«, sagte ich. »Zumindest unter den derzeitigen Bedingungen. Heutzutage fliehen viele vor der Gewalt, vor den Entführungen, weil es für die einfachen Leute keine Arbeit gibt. Mein Land liegt in Händen von Leuten, die es verachten, das ist ein großes Problem.«

»Hör mir bloß auf, Kuba ist doch keinen Deut besser. Aber ich glaube an die Zukunft. Sag mal, kannst du kochen?«

»Ja, ein bißchen«, sagte ich. »Warum fragst du mich das?«

»Ach, nur so, ich mag Männer, die kochen.«

Das Klingeln des Telefons unterbrach unser Gespräch.

»Yes?« – ich nahm an, daß der Anruf von der Rezeption kam.

»Ich bin's, Pétit, ich rufe aus Hongkong an, haben Sie das Manuskript?«

»Mir geht es gut, danke der Nachfrage«, blaffte ich zurück, Pétit fehlte mir jetzt gerade noch.

»Sparen Sie sich die Floskeln, Suárez. Das Manuskript. Was ist damit?«

»Fragen Sie Ihren Freund Oslovski.«

Während ich redete, trat Omaira ans Fenster und zündete sich eine Zigarette an. Am Ende der breiten Straße konnte man, in leichten Nebel gehüllt, die Lichter der Großen Halle des Volkes sehen.

»Ich darf ihn nicht anrufen, sein Telefon wird wahrscheinlich abgehört.«

»Dann müssen Sie eben Geduld haben.«

»Irgendwann ist es vorbei mit der Geduld«, sagte Pétit. »Vergessen Sie nicht, ein Anruf in Paris, und Sie haben Ihre Arbeit verloren, ein weiterer Anruf, und Sie verlieren Ihre Aufenthaltsgenehmigung in Frankreich. Mit mir scherzt man nicht.«

»Scherzen? Ich sehe nicht, wo der Scherz sein soll. Ich glaube fast, Sie erlauben sich einen Scherz mit mir.«

»Hüten Sie Ihre Zunge«, sagte Pétit, er war jetzt richtig ärgerlich. »Sie sind ein armseliger Geist mit einer großen Klappe. Aber vergessen Sie nicht, daß ich Sie in der Hand habe.«

»Rufen Sie mich morgen um diese Uhrzeit an«, sagte ich, um ihn loszuwerden.

Pétit sagte darauf nichts mehr und legte auf. Omaira lag auf dem Rücken und rauchte.

»Du sprichst gut Französisch«, sagte sie zu mir.

»Das war mein Chef, er wollte wissen, wie es mit der Arbeit steht.«

»Dein Chef? Bei deinem Ton dachte ich kurz, es ist deine Frau. Ich verstehe Französisch einigermaßen. Ich habe mal in einem Krankenhaus in Port-au-Prince ein Praktikum gemacht.«

Sie stand auf und ging ins Bad. Wahrscheinlich war jetzt der Moment der Verabschiedung gekommen, und so war es auch. Als sie zurückkam, hatte sie Kleid und Schuhe an.

»Kommst du mit runter?«

Ich ging mit ihr in die Hotellobby. Ein Angestellter schrieb »Hotel *Kempinski*« auf ein Kärtchen, dann gingen wir hinaus, ein Taxi suchen.

»Ruf mich morgen mittag an, wenn du kannst«, sagte sie zu mir und küßte mich auf den Mund. »So leicht wirst du mich nicht los. Glaub das bloß nicht.«

Ich blickte ihr nach und schwebte für ein paar Sekunden zwischen trunken und lahm. Omaira war perfekt. Unweigerlich fielen mir die Worte Oslovskis ein: »Sobald man weiß, was richtig ist, ist es schwierig, das nicht zu tun.« Irgend etwas war mit mir los.

Als ich wieder oben in meinem Zimmer war, fühlte ich mich zutiefst einsam, aber das kannte ich schon. Meine Erfahrung sagte mir, daß jetzt wieder alles von vorne anfangen würde: lieben, in der Liebe aufgehen und hinterher leiden. Alle Menschen, die ich geliebt habe, haben sich irgendwann verflüchtigt. Während ich aus dem Fenster auf die Lichter Pekings sah, dachte ich über mein Leben nach. Entweder hatte ich ausgesprochenes Pech, oder an der Welt stimmte etwas nicht. Wie recht hatte Albert Camus. Warum zum Teufel ist er so früh gestorben. Vielleicht wäre die Antwort auf meine Fragen in einem der Bücher gewesen, die er noch geschrieben hätte.

Als sich seine Augen an die Dunkelheit gewöhnt hatten, stand Gisbert vorsichtig auf und tat ein paar unsichere Schritte. Er glaubte ein Fenster zu erahnen und ging darauf zu, da bemerkte er, daß seine Entführer sein Notizbuch einbehalten hatten. Ganz sicher hatte das alles mit dem Manuskript von Wang Mian zu tun.

Plötzlich ging mitten im Raum ein Licht an, woraufhin Gisbert erschrak. Er hörte eine Stimme.

»Sprechen Sie französisch?«

Die Stimme klang nach jemandem, der nicht mehr ganz jung war.

»Ja«, antwortete er bestimmt. »Wer sind Sie?«

»Ich heiße Régis Gérard«, sagte die Stimme. »Ich bin Pfarrer in der Französischen Kirche. Und Sie?«

»Ich bin Gisbert Klauss, Professor der Philologie an der Universität Hamburg.«

Dann war es ziemlich lang still. Der Mann schien ausgiebig über seine Worte nachzudenken.

»Kommen Sie näher«, sagte die Stimme. »Können Sie mir sagen, was Sie hier machen?«

Gisbert ging zwei Schritte auf das Licht zu und sah einen Schatten. Ein Arm winkte ihn zu sich.

»Nun«, antwortete der Professor. »Das würde ich auch gerne wissen. Was zum Teufel ich hier mache.«

Der Schatten leuchtete sich mit der Laterne ins Gesicht, dann auf ihn, schließlich streckte er ihm die Hand hin.

»Freut mich, Sie kennenzulernen«, sagte er.

»Ehrlich gesagt, weiß nicht recht, ob ich mich auch freuen soll«, entgegnete Gisbert, »ich gebe mir Mühe. Was sind das für Männer, die mich hierher verschleppt haben?«

»Ich weiß es nicht«, flüsterte die Stimme. »Ich nehme an, es sind dieselben, die mich beschützen. Kommen Sie, setzen Sie sich. Wollen Sie eine Zigarette?«

»Ja, gerne.«

Im Schein der Streichholzflamme sah er noch einmal das Gesicht des Mannes. Er trug eine dunkle Soutane. Sein Haar war wirr. Auf seinen Wangen wucherte ein graumeliertes Bartgestrüpp.

»Sind Sie Deutscher?« fragte er. »Merkwürdig, ich habe auf einen Kolumbianer gewartet. Sie haben wohl ihre Pläne geändert. Ich habe meine Mission erfüllt, Sie sind hier, und ich kann gehen. Ist es nicht so? Also, verlieren wir keine Zeit, sagen Sie mir die Losung.«

Gisbert dachte, er habe einen Schwachsinnigen vor sich. Einen schwachsinnigen Priester. Sein Aussehen wie seine Worte ließen daran keinen Zweifel.

»Verzeihung, aber ich verstehe nicht ganz«, sagte Gisbert Klauss vorsichtig. »Was meinen Sie mit Losung?«

Darauf schwieg der Mann. Irgendwo in dem Raum bewegte sich etwas, man hörte einen trockenen Schlag, keiner von beiden rührte sich.

»Wenn es Ihnen nichts ausmacht, wäre ich Ihnen sehr dankbar«, fuhr Gisbert fort, »wenn Sie mir erklären würden, wovon Sie reden. Was für eine Mission haben Sie, und warum können Sie jetzt gehen? Ich wollte gerade in ein Taxi steigen, als diese Männer kamen und mich in äußerst unhöflicher Manier hierhergebracht haben. Das ist alles, was ich weiß. Offenbar liegt hier ein Mißverständnis vor. Sie warten auf jemand anderen.«

»Ich kenne diesen anderen nicht«, sagte der Priester. »Aber … wer kann schon von sich sagen, er *kenne* jemanden? Das kann nur Gott von sich behaupten. Glauben Sie?«

»Nein, Pater«, antwortete Gisbert. »Ich bin Wissenschaftler. Wie soll es eigentlich weitergehen? Hier liegt ein großes Mißverständnis vor, und ich wäre Ihnen von Herzen dankbar, wenn Sie Ihre Leute darüber aufklären würden. Ich habe nichts dagegen, mich mit Ihnen zu unterhalten, aber ehrlich gesagt, habe ich anderes zu tun. Theologische Themen interessieren mich nicht.«

Der Priester riß die Augen auf. Gisbert sah zwei weiße, kreisrunde Scheiben mit je einem schwarzen Punkt in der Mitte.

»Ich rede doch nicht über Theologie, Professor, nein, überhaupt nicht ... ich rede vom Leben, vom einfachen Leben. Ist es etwa Theologie, wenn ich sage, daß ein in der Dunkelheit wartender Mann ein Prophet ist? Ist es Theologie, wenn ich sage, daß uns jedes noch so einfache Phänomen die Wahrheit enthüllen kann, wenn wir es nur aufmerksam genug betrachten? Nein, Professor, da liegen Sie falsch. Die Theologie beschäftigt sich mit großen Themen. Sie möchte zum Beispiel herausfinden, ob Christus der Besitzer seines Mantels war. Oder ob das Symbol des Kreuzes uns von der Schicksalsergebenheit befreit. Verstehen Sie?«

Gisbert betrachtete ihn mitleidig. Er befürchtete, daß jeder Versuch eines vernünftigen Gesprächs sinnlos war. Irgendwann würden er und seine Leute schon einsehen, daß sie sich geirrt hatten. Er brauchte sich nur etwas zu gedulden.

»Noch mal, ich rede von den einfachen Fragen des Lebens«, redete der Priester weiter. »Besitzen die Dinge eine Seele, oder sehen wir unsere in ihnen gespiegelt? Wissen Sie, eins verstehe ich nicht: Wenn Sie schon nicht gekommen sind, um es zu holen, was machen Sie dann eigentlich hier?«

»Das versuche ich Ihnen ja die ganze Zeit zu erklären, Pater«, sagte Gisbert mit hauchdünner Stimme. »Genau das versuche ich, Ihnen zu erklären. Es liegt ein Mißverständnis vor.«

Wieder riß der Priester die Augen auf. Dann grub er das Gesicht in die Hände.

»Jetzt verstehe ich«, sagte er. »Sie befinden sich also in derselben Lage wie ich. Wir sind der Drache, der den Schatz hütet.

Der Drache aus der Sage, verstehen Sie? Ich glaube, Sie sind ein guter Mensch. Sicher hat man mir Sie geschickt, damit ich nicht allein bin. Niemand findet von allein hierher. Das ist wie ein Kellerverlies. Tagsüber dringt ein wenig Licht herein. Vorher war ich woanders, es gab Dachluken und einen geheimen Ausgang. Aber vor einiger Zeit hat man mich an diesen wenig komfortablen Ort gebracht. Es gibt keinen Ausgang. Wenn Sie wollen, können Sie gerne eine Runde drehen. Der Raum ist groß, dort hinten ist ein Fenster. Hinter dem Fenster liegt ein Hof, und wenn Sie genau hinsehen, werden Sie erkennen, daß die Tropfen, die vom Dach fallen, den Stein aushöhlen. Setzen Sie sich irgendwohin, und machen Sie es sich gemütlich. Sie können sich auch gerne weiter weg von mir setzen. Bestimmt wollen Sie erst mal in sich gehen und nachdenken. Betreiben Sie Seelenschau? In diesem Fall sind Sie an einen idealen Ort gekommen, glauben Sie mir. Bevor ich kam, war ich ein ganz gewöhnlicher Mensch. Doch die Konzentration auf mein Innenleben, die Gedanken, mit denen ich mich in aller Bescheidenheit befaßt habe, haben aus mir einen anderen Menschen gemacht. Können Sie eigentlich chinesisch lesen?«

»Ja, ich bin Professor für Sinologie«, antwortete Gisbert und schaute ihn schon nicht mehr an.

Der Priester riß die Augen noch weiter auf und drehte sie langsam nach oben, so als ginge ihm plötzlich ein Licht auf.

»Ah, jetzt verstehe ich, warum man mir Sie geschickt hat!« sagte er. »Sie sind hier, damit ich das Manuskript lesen kann.«

Kaum hatte er das gesagt, hob er seine Soutane hoch. Gisbert wurde unruhig, er sah einen athletischen Oberkörper. Was machte er? Um seinen Bauch war ein Draht geschlungen, den er jetzt löste. Dieser Draht war mit verkrustetem Blut verklebt; als er ihn abmachte, fing die Haut wieder an zu bluten. Dann zog er hinter seinem Rücken ein Päckchen hervor, auf dem sich ebenfalls Blutflecken befanden.

»Ich habe meine Mission erfüllt«, sagte er. »Meine Feinde haben es mir nicht entreißen können. Hier ist es.«

Mit klopfendem Herzen las Gisbert auf dem Umschlag: »*Weite Transparenzen der Luft*. Originalmanuskript.« Das war nicht möglich. Vorsichtig machte er sich daran, es zu öffen, und beobachtete dabei den Priester. Zum Vorschein kam eine alte Mappe, und darin lag ein Manuskript in einer wunderschönen Kalligraphie mit schwarzer Tinte. »*Weite Transparenzen der Luft. Von allem, was ich gesehen habe und nicht erzählen konnte.* Wang Mian.« Gisbert Klauss' Herz hüpfte wie ein Gummiball. Er mußte den Kopf aufrecht halten, um Luft zu bekommen. Hier war es. Das war der Schatz, den der arme Priester meinte. Ein Schweißtropfen rann ihm über den Rücken. Was er in den Händen hielt, konnte auf einen Schlag sein Leben ändern. Seine Jugendträume einer märchenhaften Philologenkarriere lebten auf einmal wieder auf, wenn auch abgemildert durch die Weisheit des Alters. Eine Weisheit, die die Lust am Neuen gewähren ließ. Das war der Lohn seiner Forschungsarbeit: hier zu sein, diesen Text in Händen zu halten. Das war ein Text, den nur wenige verstehen und würdigen konnten. Vielleicht hatten seine Entführer ihn als Spezialisten hierhergebracht. Ob sein Freund, der gelehrte Buchhändler, dahinterstand und ihnen von ihm erzählt hatte? Das war unwahrscheinlich, schließlich hatte er fast alles, was er über das Manuskript wußte, aus den Gesprächen mit ihm erfahren. Das war alles sehr seltsam. Es stand lediglich fest, daß das Manuskript der *Weiten Transparenzen der Luft* der Grund war, warum er hier in diesem düsteren Verlies saß, und mehr brauchte er fürs erste nicht zu wissen. Alles andere würde er zu seiner Zeit erfahren.

Der Priester saß mit mondgroßen Augen da und sah ihn stumm an. Gisbert hockte sich neben die Laterne und begann, mit leichtem Kribbeln die erste Seite des Manuskripts zu lesen. Der Priester hatte recht: Er war der Drache, der den Schatz hütete.

Dritter Teil

Am nächsten Tag erwachte Nelson auf Irinas glattem Bauch, und die Welt kam ihm wie eine mollig warme russische Datscha vor, wie eine Ikone von Andrei Rubljow, wie ein melodiöses Gedicht von Majakowski. Ach, der unglückliche Majakowski ... Um die Strecke der transibirischen Eisenbahn zurückzuverfolgen, von Peking über die Wüste Gobi nach Moskau, brauchte Nelson nur die Hand auszustrecken und die Rundungen von Irinas wohlgestaltetem jungen Körper mit den Fingerkuppen nachzufahren, ein kurzes Verweilen an ihrem Bauchnabel, auf ihrem sanften Bauch, auf ihren rosigen Brustwarzen, um dann ihre Nase und ihre Lippen nachzuzeichnen. »Wenn man die Nacht mit einer Frau verbringt«, so sein epikureischer Gedanke, »trinkt man besser nichts.« Irina hatte die Schenkel im Laken verwickelt, und er stand ganz leise auf, um sie nicht zu wecken. Von dem kleinen Flur aus bestellte er das Frühstück aufs Zimmer.

Dann setzte er sich an seinen Arbeitstisch, um die Briefe seines Großonkels weiter durchzusehen, denn trotz der Bemühungen seiner chinesischen Freunde wollte er sie selbst weiter für sich erschließen und ihnen diese literarische Anmutung geben, mit der er sie in seinen Roman zu übertragen gedachte. Für die Werke Wang Mians hätte er später noch genügend Zeit.

Lieber Bruder!
Die Yi Ho Tuan sind stark dezimiert, aber ihr Geist besteht fort. Wir befinden uns in Sicherheit. Sie sind es müde, weiter zu morden. Sie suchen auch nicht mehr nach Waffen, nachdem sie begriffen haben, daß unsere Waffen entweder vergraben oder zerstört sind. Unser gedemütigtes, vom Schicksal verfolgtes Land muß nun den beschwerlichen Weg seiner Geschichte weitergehen.

Aber wir haben keine Eile, die Mühlen der Geschichte mahlen langsam. Eines Tages wird unser Traum in Erfüllung gehen, die Yi Ho Tuan werden wiedergeboren, und wir werden unsere Gewehre neu spannen. Unsere Schüsse werden durch die Morgenröte hallen.

Das Heilige Manuskript habe ich abgeliefert. Der französische Leutnant will es in Sicherheit bringen und es uns später, wenn das alles vorbei ist und wir zurückkehren können, zurückgeben. So hat er gesprochen. Ich glaube ihm, denn er ist ein kultivierter Mensch. Ein Ehrenmann. Er kennt unsere Namen, deinen und meinen, und wird es einem Boten, der ihm unsere Namen nennt, aushändigen. So lautet unsere Verabredung. Er wird sie halten. Nachdem ich ihm das Manuskript überreicht hatte, bin ich aus Peking fortgegangen. Zurück nach Lijiang, um unser Haus zu sehen, den Ort, an dem wir beide zur Welt gekommen sind. Nachdem ich so viele Tode gestorben bin, habe ich mich danach gesehnt, hierher zurückzukehren. Ich bin den Tod leid. Ich will nicht noch mehr Schmerz. Ich werde auf dem Feld arbeiten. Papa und Mama sind wohlauf. Ich werde mich um sie kümmern. Alles ist so wie immer. In Lijiang ist die Zeit stehengeblieben. Ich warte jeden Tag auf Dich, Xu.

Nelson strich sich übers Kinn. Bei dem Manuskript handelte es sich um *Weite Transparenzen der Luft* von Wang Mian, Wen Chen hatte es erwähnt. Wer war nur dieser französische Leutnant? Wenn das Manuskript in den Archiven der Französischen Kirche aufgetaucht war, hieß das entweder, daß der französische Leutnant es nicht wieder herausgerückt hat oder daß niemand gekommen ist, um es zu holen. Vielleicht konnte die Verabredung nicht überliefert werden. Die übrigen Briefe Xus an seinen Großvater, die alle in Lijiang verfaßt worden waren, erzählten Begebenheiten aus dem Alltag, man fand darin zwar immer wieder Anspielungen auf die Yi Hu Tuan oder Boxer, doch das Manuskript wurde nicht mehr erwähnt. Wahrscheinlich, schloß Nelson, hat es hundert Jahre an ein und demselben Ort gelegen, jedermann zugänglich. Manchmal ist der naheliegendste Ort das beste Versteck, wie in Poes *Der entwendete Brief*. Verrückt, dachte er, alles in seinem Leben war Literatur. Wie sollte es auch anders sein, bei ihm als Vollblutschriftsteller. Er nahm ein weißes Blatt und schrieb:

Meine Herkunft steht auf einem Papier, geschrieben
mit chinesischer Tinte, in verschlungener Handschrift.
Manches kann ich nicht begreifen,
dunkle Perioden
meines Lebens,
die vertuscht worden sind.
Die Zeit wird es zeigen.
Jetzt
sind der Körper einer russischen Prinzessin
und das zarte Zittern ihrer Haut
das einzige Blatt,
das ich beschreibe.

Während er das Geschriebene noch einmal las, nahm er einen süßen Duft wahr. Eine Flut blonder Haar fiel ihm über die Augen. Als er wieder sehen konnte, erblickte er die nackte Irina, sie saß auf ihm.

»Ich habe Hunger, wollen wir etwas bestellen?« sagte sie.

Nelson küßte sie auf die Lider, die noch geschwollen waren vom Schlaf.

»Das Frühstück, das ich bestellt habe, dürfte schon bereitstehen«, sagte er und stand auf, um zum Telefon zu gehen. »Ich habe ihnen gesagt, sie sollen erst hochkommen, wenn ich anrufe. Hast du einen besonderen Wunsch?«

»Ja, russischen Kaviar und Champagner.«

Nelson schluckte.

»Spinnst du?« rief er aus. »Irina, ich bitte dich. Wir sind in einem Hotel in Peking, nicht im Winterpalast.«

»Na gut, dann nehme ich Milchkaffee, Orangensaft und Toast.«

»So ist's gut.«

Er gab die Bestellung auf und kam zurück. Er küßte sie wieder.

»Du schuldest mir eine Menge Geld, *sweetheart.*«

Während sie das sagte, lehnte sie sich im Sessel zurück, hob die Hüften und spreizte die Beine. Neben dem After am Po hatte sie ein kleines Tattoo. Träumte er? Es waren Hammer und Sichel.

»Mein Freunde werden dir bezahlen, was ich dir schulde. Bist du Kommunistin?«

Irina schloß die Beine und zündete sich eine Zigarette an.

»Ja. Mein Großvater hat mit Georgi Schukow bei der Verteidigung Moskaus gekämpft, als Hitler unser Land überfallen hat. Mein Vater war auch Militär, er hatte den Rang eines Leutnants, man hat ihn aber als Putschist ins Gefängnis gesteckt. Er wollte Gorbatschow stürzen. Er sitzt noch immer in Haft. Mama ist gestorben, und ich bin nach Peking gegangen, um mir hier mein Brot zu verdienen, ich könnte diese Arbeit einfach nicht in meinem Land machen. Mein Großvater hat Moskau verteidigt, und seine Enkelin wird dort Nutte, das geht doch nicht, oder?«

»Da hast du recht, aber sei nicht so hart zu dir«, sagte Nelson, während er ihr übers Haar strich.

»Du brauchst kein Mitleid mit mir zu haben«, sagte sie, »ich weiß, was ich tue. Ich studiere Medizin, aber seit letztem Jahr müssen wir Ausländer hohe Studiengebühren zahlen. Wenn ich fertig bin, will ich nach Europa.«

»Hast du einen festen Freund?«

Irina kratzte sich an den Zehen.

»Ja, in Moskau. Ich habe ihn seit zwei Jahren nicht gesehen, ich glaube, er hat mittlerweile eine andere. Aber ich liebe ihn immer noch. Vielleicht sehe ich ihn nie wieder.«

»Wenn das so ist, warum liebst du ihn dann immer noch?«

»Weil die Liebe mir guttut«, sagte Irina. »Für mich. Es spielt keine Rolle, was er denkt oder tut.«

»Eine noble Philosophie«, rief Nelson aus.

»Vorhin habe ich dich auf den Arm genommen«, sagte sie.

»Vorhin?«

»Ja, als ich das mit dem Kavier und Champagner gesagt habe. Ich wollte wissen, wie dumm du wirklich bist. Es war ein Test.«

»Und wie habe ich ihn bestanden?«

»Gut«, sagte Irina. »Du bist nicht dumm. Zumindest weniger dumm als andere.«

»Wie viele Männer hast du schon gehabt?« fragte Nelson.

»Sechsundsiebzig«, antwortete Irina. »Ich mache das noch nicht so lange und arbeite auch nicht viel.«

»Keine schlechte Nummer, dafür, daß ich von so weit hergereist bin«, witzelte Nelson. »Ich bin die Nummer sechsundsiebzig von Irina Schukow. Klingt gut.«

»Klingt gut, stimmt aber nicht ganz. Du bist die fünfundsiebzig. Gestern nachmittag hatte ich noch einen.«

Nelson sah sie erstaunt an.

»Ich begreife nicht, wie du so kalt sein kannst.«

»Ich habe geschäftliches Interesse, keine Gefühle. Ich darf dich daran erinnern, daß ich Unternehmerin bin. Dieser Körper, an dem du so eifrig herumknutschst, ist wie ein Bürogebäude; in jedem Büro arbeiten Leute bis spät nachts, um Gewinn zu erzielen. Was weißt du schon von Kälte oder Wärme. Du weißt nichts über mich.«

»Ich weiß, wie du riechst.«

»Wie scharfsinnig aber auch« – Irina lachte. »Jetzt könnte man schon meinen, du bist dumm. Unterhalb des Nabels riechen alle Frauen gleich. Willst du, daß ich gehe?«

»Nein, bleib doch, gleich kommt der Kaffee.«

Nelson dachte, daß auch er ein riesiges Gebäude war, nur kein Bürohaus. Sein Haus bestand aus langen Gängen voller Bücher und Papiere, aus Salons für erbauliche Gespräche und Stuben zur

Lektüre. Die privaten Räume des Schöpfers. In ihnen trafen sich unzählige Dichter, Philosophen, Mystagogen, moderne wie klassische Autoren.

Baudelaire, Martín Adán, William Borroughs und Porfirio Barba Jacob rauchten Marihuana und hörten Jazz unter dem strengen Blick des Benediktiners Feijóo; Gombrowicz schob seine Hand heimlich Arthur Rimbaud in die Hose, dessen Blick sich wiederum mit dem Wittgensteins kreuzte; Rubén Darío unterhielt sich angeregt mit Li Po und rang ihm das Versprechen ab, daß sie in Managua ordentlich einen draufmachen würden; Henry Miller trank Wein mit Omar Khayam und zeigte ihm den Mond, während er Lou Andreas-Salomés Geschlecht streichelte; Ricardo Palma las Faulkner laut einen Vers vor und suchte dessen Zustimmung, doch der schenkte sich einen Whisky nach dem anderen ein und zankte mit Fjodor Dostojewski über eine Würfelpartie, die sie am Abend zuvor in Mallarmés Zimmer gespielt hatten; Céline und José Eustasio Rivera unterhielten sich über die Armut im ecuadorianischen Urwald und machten sich über Chateaubriands diesbezügliche Meinungen lustig; Lezama Lima philosophierte mit Tertuliano über die arabische Erfindung der Null; Nietzsche fragte Sophokles, wie er auf diese großartige Idee von *König Ödipus* gekommen sei. Und so beherbergte sein Gebäude, genauso wie sein schöpferisches Bewußtsein, ein fröhliches Allerlei. Er sollte etwas darüber schreiben, sagte sich Nelson, einen Essay. Er würde ihn Irina widmen.

Zum Frühstück schalteten sie CNN ein, aber Nelson hatte nur Augen für sie. Sie war bildschön; und sie besaß die damit verbundene Arroganz und Autorität. Als Irina ihren Kaffee ausgetrunken hatte, ging sie ins Bad. Kurz darauf stand sie angezogen vor ihm.

»*Da svidania*«, sagte sie. »Das Geld hole ich mir bei deinen Freunden ab. Wenn ich noch mal kommen soll, sag es ihnen einfach. Entschuldige, wenn mir die Zunge etwas locker saß. Aber es ist deine Schuld. Du bringst mich zum Reden.«

In dem Moment klopfte es zweimal an der Tür. Als Nelson öffnete, stand Wen Chen vor ihm.

»Ich störe ungern, mein Freund«, sagte Wen Chen, »aber ich muß Sie bitten, mitzukommen. Es ist etwas passiert.«

»Erzählen Sie.«

Sie gingen hinaus. Draußen wartete ein Auto.

»Der deutsche Professor, Ihr Freund, ist verschwunden. Unbekannte haben ihn gestern abend gezwungen, in ein Auto zu steigen, er ist bis jetzt nicht ins Hotel zurückgekehrt.«

»Professor Gisbert Klauss? Ich fasse es nicht«, sagte Nelson. »Wollen Sie damit sagen, daß er ein Agent ist?«

»Das könnte sein, ist aber eher unwahrscheinlich. Folgendes: Vor seinem Verschwinden war der Professor in der deutschen Botschaft gewesen. Anschließend in der französischen. Von dort ging er mit einem Botschaftsangestellten zu den Archiven der Französischen Kirche. Am Abend, als er alleine war, wurde er entführt.«

»Wer kann es gewesen sein?«

»Das versuchen wir gerade herauszufinden. Einer unserer Männer ist ihnen zu einem Industriegelände im Südosten der Stadt gefolgt, dort, zwischen den Lagerhallen, hat er sie allerdings aus den Augen verloren. Es ist ein ziemlich großes Areal. Wir haben mehrere Leute auf die Suche geschickt.«

»Warum haben Sie mich nicht schon gestern abend benachrichtigt?« fragte Nelson sehr ernst.

»Wir wollten lieber bis heute warten, wir haben gehofft, schon etwas herauszufinden«, sagte Wen Chen. »Ich wollte Sie nicht stören, schließlich waren Sie nicht allein.«

»Das ist sehr freundlich«, sagte Nelson.

Sie fuhren zu demselben Haus wie am Tag zuvor. Nelson schenkte sich im Büro einen Tee ein und dachte laut nach. In der Runde seiner chinesischen Brüder fühlte er sich gut.

»Die entscheidende Frage ist, meine geschätzten Freunde«, sagte Nelson, »was für ein Motiv hinter der Entführung stehen könnte. Erst dann können wir den Verbrechern auf die Spur kommen.«

Während ein Raunen anhob, übersetzte Wen Chen für die, die kein Englisch verstanden. Alle sahen respektvoll zu Nelson. Einige machten sich Notizen.

»Und dafür müssen wir uns rasch einen Überblick verschaffen«, sagte er, zufrieden mit der Wirkung, die seine Worte auf die Zuhörer machten. »Punkt eins: Was macht Gisbert Klauss in Peking? Punkt zwei: Was für ein Interesse könnte jemand haben, einen deutschen Sinologieprofessor zu entführen? Und wenn Klauss am Tag seiner Entführung die deutsche und die französische Botschaft besucht hat, müssen wir dann nicht französische oder deutsche Agenten als Räuber des Manuskripts in Betracht ziehen? Meine Herren?«

Seine chinesischen Freunde tuschelten und stellten Hypothesen auf. Stirnen legten sich in Falten, nervöse Hände machten sich Notizen. Schließlich hob einer die Hand und ergriff das Wort:

»Wir wissen, daß Professor Klaus über das Werk Wang Mians geforscht hat, das heißt, er hat von der Existenz des Manuskripts gewußt. Seine Entführer können zwei Gründe gehabt haben: Entweder hoffen sie, wertvolle Informationen aus ihm herauszubringen, oder sie wollen verhindern, daß er den Fang macht.«

Der Mann, der das gesagt hatte, war ein hagerer Mann. Ein anderer Chinese, er sah älter aus, stand nun auf.

»Wenn seine Entführer dieselben Leute sind, die den französischen Priester und damit das Manuskript haben, würde ich mich der These meines Genossen anschließen. Ich begreife nicht, was sonst für ein Interesse jemand, der das Manuskript sucht, an Klauss haben sollte. Wie könnte er uns zum Beispiel helfen?«

»Vielleicht ist der Täter nicht so gut informiert wie wir«, sagte ein anderer aus einer der hinteren Reihen. »Vielleicht glaubt er, Klauss weiß in seiner Gelehrtheit etwas, das ihn auf die richtige Spur bringen kann.«

»Bei allem Respekt, diese Ansicht kann ich nicht teilen«, sagte der ältere Mann. »Philologisches Wissen ist hier doch überhaupt nicht gefragt. Akademische Gelehrtheit nutzt einem wenig, wenn man ein Manuskript finden will. Ich unterstütze die erste These: Die Entführer sind dieselben Leute, die das Manuskript haben.«

Nelson ließ seinen Blick über die versammelten Menschen schweifen und sah viele nickende Gesichter. Offenbar waren alle einverstanden.

»Gut«, sagte er schließlich. »Halten wir die These fest, daß diejenigen, die ihn entführt haben, auch das Manuskript haben. Damit haben wir Punkt zwei gelöst. Und nun zu Punkt eins: Was hat Gisbert Klauss eigentlich in Peking gemacht?«

Lange Zeit war es still. Alle zeichneten Diagramme oder schrieben etwas in ihre Hefte.

»Professor Klauss«, sagte Wen Chen, »ist nach Peking gekommen, um sein Forschungsvorhaben über das Werk von Wang Mian voranzubringen. Außerdem gibt es neue Informationen hinsichtlich seines Besuchs bei der deutschen Botschaft.«

Wen Chen holte seine Brille heraus und las einen Bericht, den er in einer Mappe mitgebracht hatte.

»Wie man mir gesagt hat, bat Klauss um einen Brief, den er bei der französischen Botschaft vorlegen wollte«, sagte er, »den brauchte er, um die Genehmigung zu bekommen, Einsicht in die Archive der Französischen Kirche nehmen zu dürfen. Den beiden Ländervertretungen hat Klauss erklärt, er arbeite an einer Studie über die Yi Ho Tuan. Das heißt also, unser Professor hat noch etwas anderes gesucht.«

»Und das wiederum stützt unseren Verdacht, daß Klauss tatsächlich ein Agent ist«, schlußfolgerte Nelson, »und daß die Besitzer des Manuskripts ihn entführt haben, um ihn aufzuhalten. Ich schlage vor, wir warten erst mal ab, was dieser Tag noch bringt. Vielleicht werden die Leute, die das Gelände absuchen, fündig. Steht das Hotel weiter unter Beobachtung?«

»Ja, mein Herr«, sagte Wen Chen.

Das tat es wirklich.

Die Straßen des Industriegeländes, wo man Gisbert Klauss' Entführer aus den Augen verloren hatte, waren kaum befahren.

Darum war es so schwierig, sie zu überwachen. Ein alter Mann mit einem Obstkarren hatte an einer Ecke seinen Beobachtungsposten. Ein paar junge Männer fuhren auf Fahrrädern umher und hofften, daß irgendwo eine Tür aufginge und ihnen das Geheimnis enthüllte oder daß in irgendeiner Garage die beiden Autos »Rote Fahne« aus chinesischer Produktion auftauchen würden, hinter deren getönten Scheiben der deutsche Spion entführt worden war. Ein Studentenpärchen ging Hand in Hand spazieren, hielt hin und wieder in einem Hauseingang an. Alle hatten ihre Handys eingeschaltet, um sofort Alarm schlagen zu können.

Als ich aufwachte, hatte ich nur einen Gedanken: Omaira. In den Laken hing noch der Duft ihres Parfüms, vermengt mit ihrem Schweiß, und ich tat nun etwas, das ich nie tue, ich wühlte mich in sie hinein wie ein Tier, das eine unter dem Schnee verborgene Spur sucht. Ich mußte mich sehr beherrschen, nicht zum Telefon zu greifen und sie anzurufen. Ich verbot es mir, außerdem war ich mit Zheng verabredet, ich mußte mich also rasch anziehen, am Selbstbedienungsbufett des Hotels noch schnell etwas frühstücken – Rührei, Milchkaffee, Orangensaft und Croissants –, dann eilte ich zu unserem Treffpunkt.

Er begrüßte mich mit militärischer Geste.

»Ich habe Ihnen einiges zu erzählen, gehen wir«, sagte er und stieg in den Lieferwagen. »Als erstes noch mal zu gestern. Der Name und die Adresse, die uns unsere Geisel netterweise genannt hat, haben uns um einiges weitergebracht. Die Person ist tatsächlich einer der Führer der neuen Boxer in Peking, gehört aber keiner dieser gewalttätigen Splittergruppen der *Weißen Lilie* an. Er heißt Wen Chen, angeblich ist er ein angesehener Agraringenieur, man würde ihn auf den ersten Blick also nicht unbedingt verdächtigen. Ich habe mich in einem ihrer Begegnungszentren umgesehen, und tatsächlich haben sie Hunderte von Mitarbeitern, die anonym ein und aus gehen, alles ganz normale Leute, die nirgendwo auffallen würden. Das ist eindeutig ihre Stärke; nur so konnten sie dem Manuskript auf die Spur kommen.«

»Heißt das«, sagte ich, »daß dieser Mann unseren Priester in der Gewalt hat?«

»Das ist gut möglich, allerdings würde ich andere Hypothesen nicht ausschließen. Vielleicht hat er ihn nicht selbst, sondern irgendjemand anderes der Organisation. Seit heute morgen lasse ich ihn überwachen. Gegen Mittag erstattet mir mein Agent Bericht.«

Plötzlich tauchte aus dem Automeer die Mauer auf, die die Verbotene Stadt umgibt, mit ihrem breiten Graben und den von Pavillons gekrönten Eingangstoren. Ein wunderschöner Anblick. Neben der Straße erhob sich der Hügel im Jangshan-Park, gekrönt von einem Turm mit Porzellandächern. Mir kam es vor, als wäre ich schon eine Ewigkeit in Peking, dabei hatte ich noch gar keine Gelegenheit gehabt, die Stadt zu besichtigen. Ich nahm mir fest vor, das vor meiner Abreise noch zu tun, und stellte mir vor, wie ich mit Omaira Tinajo durch die Straßen schlenderte. Wie spät mochte es sein? Ich hatte ihr versprochen, sie um die Mittagszeit anzurufen.

»Außerdem wollte ich mit Ihnen über diesen deutschen Agenten reden«, fuhr Zheng fort. »Sie werden es nicht glauben: Klauss war in der französischen Botschaft.«

»In der Botschaft?« fragte ich überrascht.

»Ja, stellen Sie sich vor« antwortete Zheng. »Während wir ihn überall gesucht haben, saß er in aller Seelenruhe in unserem Bau. Es ist einfach unglaublich.«

»Und warum hat uns niemand Bescheid gesagt?«

Zheng langte sich an den Kopf.

»Bürokraten eben, keine Ahnung. Nicht alle Diplomaten werden über unser Tun auf dem laufenden gehalten. Er hat eine Genehmigung beantragt, um die Archive der Französischen Kirche durchsehen zu dürfen, am Nachmittag war er in Begleitung eines französischen Beamten tatsächlich dort.«

Ich konnte ein Kichern nicht unterdrücken.

»Nicht zu fassen, und ich suche das *Kempinski* nach ihm ab und gehe auch noch in ein falsches Zimmer. Wir müssen wirklich besser werden.«

»Ja, da haben Sie recht …«, sagte Zheng beschämt. »Wegen solcher Fehler gehen Kriege verloren. Stellen Sie sich vor, nur eine Stunde, nachdem er in der Kirche gewesen war, hat jemand Oslovski informiert, aber da hatten wir seine Spur schon verloren. Heute morgen haben wir ganz früh jemanden geschickt, der sein Hotel überwachen soll, aber offenbar ist Klauss ausgezogen, gestern abend ist er jedenfalls nicht zurückgekehrt. Es kann sein, daß er uns entdeckt hat und sich eine neue Basisstation gesucht hat. Merkwürdig ist nur, daß er so viel dagelassen hat. Unter anderem Originalausgaben von Wang Mian, außerdem einige französische und spanische Bücher, die wir noch untersuchen müssen. Mein Mitarbeiter wird sie mitbringen. Sie können uns dabei sicher behilflich sein, Sie interessieren sich doch für Bücher, oder nicht?«

Der letzte Satz überraschte mich.

»Ja, woher wissen Sie das?« fragte ich.

»Ich bin Profi, Herr Suárez Salcedo«, antwortete Zheng. »Glauben Sie mir, ich habe mir das Gutachten über Sie, das man uns aus Paris geschickt hat, genauestens angesehen, bevor ich Kontakt zu Ihnen aufgenommen habe.«

»Und was stand noch in dem Gutachten?« wollte ich wissen.

»Alles mögliche, auch ein paar weniger freundliche Urteile über Sie, aber ich habe mich davon überzeugt, daß sie falsch sind.«

»Was denn zum Beispiel?«

»Daß Sie ängstlich sind, unterwürfig, leicht zu beeinflussen und eine schwach ausgeprägte Persönlichkeit haben«, führte Zheng auf.

»Allerhand, hat man mich deshalb vielleicht nach Peking geschickt?«

»Das habe ich auch gedacht«, sagte er. »Dabei sind Sie überhaupt nicht unterwürfig oder ängstlich.«

»Danke, daß Sie so eine gute Meinung von mir haben, Zheng«, sagte ich.

Vermutlich stand Casteram dahinter, ich haßte ihn, erst recht, weil im Grunde alles zutraf. Ich bin ängstlich und leicht zu beeinflussen. Ich habe noch nie jemanden hart angegangen außer mein eigenes Gesicht im Spiegel. Das ist die traurige Wahrheit.

»Sagen Sie mal, Zheng«, fiel mir auf einmal ein, »wohin fahren wir eigentlich?«

»Gute Frage«, antwortete er. »Wir treffen uns mit einem meiner Männer. Mit dem, der das Zimmer des deutschen Agenten überwacht hat.«

Augenblicklich schoß mir das Blut in den Kopf, und wenn ich ein Wort herausgebracht hätte, hätte ich nur einen Namen gesagt: Omaira Tinajo. Warum? Sie wohnte im selben Hotel wie der deutsche Agent.

»Ins *Kempinski*?« fragte ich erwartungsfreudig.

»Nein, wir treffen uns an einem Ort, der sicherer ist«, antwortete Zheng zu meiner bitteren Enttäuschung. »Im *Kempinski* sind überall Augen auf einen gerichtet.«

»Im Ernst?«

»Ja«, sagte er und setzte eine ernste Miene auf, »nachdem wir Wen Chens Basisstation gefunden hatten, sind wir ein paar seiner Leute gefolgt. Er hat vierzehn Mann im *Kempinski* untergebracht.«

»Ach ...«, entfuhr es mir.

Wir kamen zu dem alten Gebäude, in dem ich schon Oslovski getroffen hatte, und als ich diesen Mitarbeiter sah, fiel ich fast um vor Erstaunen: Es war Chow, der Zwerg! Entgegen meiner angeborenen Schüchternheit übte ich vorsichtig Kritik:

»Ehrlich gesagt, habe ich so meine Zweifel«, sagte ich Zheng ins Ohr, »ob Chow als Geheimagent so geeignet ist.«

»Ach ja?«

»Mit seinem Körperbau ist er vielleicht ein wenig auffällig.«

»Er ist viel wendiger als andere Agenten. Trotzdem, ich nehme

Ihre Kritik zur Kenntnis. Ich werde sie für zukünftige Einsätze im Kopf behalten.«

Wir setzten uns. Oslovski und Sun Chen waren nicht da. An ihrer Stelle waren zwei weitere Männer anwesend, schweigsame Chinesen, die ich noch nie gesehen hatte. Jemand brachte Tassen mit Teeblättern und eine Thermoskanne mit heißem Wasser. Chow klemmte sich die Hände unter die Achseln und begann zu sprechen.

»Die Information, die wir heute morgen bekommen haben, zusammen mit dem gestrigen Bericht aus der französischen Botschaft, gibt uns ausreichend Anlaß zu der Feststellung, daß der deutsche Agent Gisbert Klauss, dessen Decknamen wir nicht kennen, nach Peking gekommen ist, um Nachforschungen über den Boxeraufstand und das Werk Wang Mians zu betreiben, von letzterem habe ich mehrere Werke in Originalausgaben in seinem Zimmer gefunden, des weiteren ein Buch mit Tagebuchcharakter von einem Autor namens Pierre Loti, sie alle befinden sich unten in einer Tasche.«

Chow räusperte sich, holte Luft und spuckte geräuschvoll zum Fenster hinaus. Dann fuhr er mit seiner hochtrabenden Rede fort.

»Das alles veranlaßt mich zu der Hypothese, daß Klauss in unsere Stadt gekommen ist, um nach dem Manuskript von *Weite Transparenzen der Luft* zu suchen, ohne Zweifel haben ihn die Behörden, für die er arbeitet, darauf angesetzt. In diesem Zusammenhang darf ich an einen historischen Umstand erinnern, nämlich daß viele der christlichen Vereinigungen, die ab 1850 im Norden und in der Mitte Chinas gewirkt haben, von deutschen Priestern geleitet wurden, und ein großer Teil der bei dem Aufstand ermordeteten Kleriker stammte aus ihren Kreisen. Deutschland verfolgt Interessen in China, das wissen wir, und wenn wir uns daran erinnern, daß die Boxer einen wichtigen Feldherrn ermordet haben, wird ihr Interesse auch aus historischer Sicht begreiflich.«

Während wir dasaßen und uns brav Chows Erkenntnisse anhörten, klingelte Zhengs Telefon. Er sprach auf Chinesisch, sein Gesicht verriet mir, daß etwas vorgefallen sein mußte.

»Gerade habe ich erfahren«, sagte Zheng leise, »daß Wen Chen fünfundzwanzig Agenten auf ein Industriegelände im Südosten Pekings geschickt hat. Das bedeutet zwei Dinge: erstens, daß sie nicht den Priester haben, und zweitens, daß sie vielleicht herausgefunden haben, wo er sich aufhält. Los.«

Zheng rannte die Treppen hinunter. Bevor er hinausging, nahm er noch die Tasche mit den Büchern, die er in Gisbert Klauss' Zimmer gefunden hatte, und drückte sie mir in die Hand.

»Ach, noch was«, sagte er. »Mein Informant hat mir mitgeteilt, daß sich auch ein Agent aus den Vereinigten Staaten bei ihnen eingeschleust hat. Ein Peruaner chinesischer Abstammung. Er heißt Shou-shen mit Nachnamen. Offenbar ist er ein Schriftsteller.«

»Ein Schriftsteller?« fragte ich.

Omaira Tinajo hatte mir von einem peruanischen Romancier erzählt. Wie hieß er noch? Nelson vielleicht, ja, Nelson. Kein Schriftsteller heißt Nelson. Ob er es war?

Nachdem wir in den Lieferwagen gestiegen waren, holte ich mein Handy heraus und rief im *Kempinski* an. Mit stockendem Atem verlangte ich Zimmer 907.

»Bist du's?« sagte Omaira.

»Ja, ich bin's«, antwortete ich. »Jedenfalls wenn mit diesem ›du‹ der kolumbianische Journalist gemeint ist, den du gestern abend kennengelernt hast.«

»Aha, und wer, bitteschön, sollte mit diesem ›du‹ noch gemeint sein können?« erwiderte Omaira.

»Ach, der peruanische Schriftsteller zum Beispiel, mit dem du getanzt hast, oder der brasilianische Arzt«, sagte ich.

»Aber, mein Junge, was redest du da«, unterbrach mich Omaira. »Endlich meldest du dich, ich habe schon seit zehn Minuten das Telefon auf dem Schoß und warte sehnlich auf deinen Anruf. Bist du weit weg?«

»Im Südosten der Stadt«, sagte ich, »ich muß ein Interview machen. Am Nachmittag habe ich noch andere Termine. Und du?«

»Ich habe bis drei Uhr frei, dann fängt die Nachmittagssitzung an. Übrigens habe ich Rubens gesagt, daß du dich gestern abend schlecht gefühlt hast und ich dich ins Krankenhaus begleitet habe. Ich bin mir nicht sicher, ob er mir geglaubt hat. Wahrscheinlich nicht, es ist auch egal. Und wie sieht's heute abend aus?«

»Ähm ... Heute abend? Ich hoffe, daß ich frei habe«, sagte ich. »Sobald ich genauer weiß, wie mein Tag heute läuft, hinterlasse ich dir eine Nachricht im Hotel.«

»Mach dich nicht so wichtig, Serafín, ja oder nein?«

»Wenn's nach mir ginge, würde ich auf der Stelle zu dir fliegen, aber das ist nicht so einfach. Wir Journalisten sind von den Terminkalendern der anderen abhängig, verstehst du?«

»Na gut, aber ruf an, ja?« sagte sie. »Ich habe den ganzen Vormittag an dich gedacht. Ich habe überhaupt nicht zugehört, worüber es bei der Sitzung heute morgen ging. Ich bin mit meinen Gedanken ganz woanders, es ist wunderbar.«

»Ich auch.«

»Sehen wir uns also heute abend?«

»Ja.«

Ich legte auf und überlegte, wie ich das alles unter einen Hut bringen sollte. Wenn es im *Kempinski* von Agenten wimmelte, sollte ich vielleicht besser gar nicht dorthin gehen. Allerdings konnte ich Omaira auch nicht die Wahrheit erzählen, damit würde ich sie nur hineinziehen. Und dann war da noch diese heikle Angelegenheit mit dem peruanischen Schriftsteller. Wenn Omaira und Zheng denselben meinten, müßte ich schweren Herzens die Möglichkeit einschließen, daß auch Omaira eine Spionin war und folglich ihre Affäre mit mir Teil eines ausgeklügelten Plans.

Während ich darüber nachdachte, öffnete ich die Tasche mit den Büchern des deutschen Agenten und sah die Titel durch.

Pierre Lotis *Die letzten Tage von Peking*, ein paar chinesische Schwarten, zu meiner großen Überraschung ein Buch auf spanisch von José María Arguedas, und noch ein spanisches Buch, offenbar ein Roman, es war *Cuzco Blues* von ... Nelson Chouchén Otálora!

Meine Bestürzung war so groß, daß Zheng scharf bremste, das Steuer herumriß und den Lieferwagen auf dem Gehweg parkte.

»Was ist los?« schrie er.

»Sieh doch, Zheng«, antwortete ich und zeigte ihm den Buchtitel. »Da haben wir den Peruaner mit den chinesischen Vorfahren. Chouchén Otálora. Der Name stimmt doch mit dem überein, den man Ihnen gegeben hat, oder nicht? Das kann doch nur heißen, daß Klauss diesen Agenten verfolgt und offenbar sogar kennengelernt hat.«

»Klingt pausibel«, sagte Zheng freundlich.

Als ich das Buch aufschlug, bestand kein Zweifel mehr. Auf der zweiten Seite fand ich folgende Widmung: »Dem Philologen Gisbert Klauss, Kollegen und Freund, Entdecker unsterblicher Peruaner in den Buchhandlungen Pekings. Mit herzlichem Gruß von Nelson Chouchén Otálora.« Darunter stand das Datum von vor drei Tagen.

»Sie haben sich tatsächlich kennengelernt«, schloß ich. »Hier in Peking.«

Zheng strich sich über sein bartloses Kinn.

»Wir müssen also eine weitere Hypothese in Betracht ziehen«, sagte Zheng, »es kann sein, daß der Peruaner und Klauss zusammenarbeiten. Mit Wen Chen, meine ich.«

Ich hörte ihm mit halber Aufmerksamkeit zu. In mir tobte der klassische Kampf zwischen Herz und Hirn. Alles schien darauf hinzudeuten, daß Omaira in die Sache verwickelt war, aber sobald ich ihr Gesicht vor mir sah, ihre Stimme hörte, mich an ihren Geruch erinnerte, waren alle Vernunftargumente aufgelöst wie Zucker in einem Glas Wasser. Ich dachte an Madame Butterfly, an *Der Spion, der mich liebte*, an Mata Hari. Meinte sie es aufrichtig, wenn sie darum bat, mich zu sehen, oder war es Teil eines Plans, um mir Informationen zu entlocken? Wie auch immer, einen Vorteil hatte ich nun: Ich war gewarnt.

Das brachte mich in die unbehagliche Lage, Zheng einen Teil der Tatsachen verbergen zu müssen, zumindest durfte ich ihm nichts erzählen, bis ich mich nicht noch einmal mit ihr getroffen hatte. Dann sähe ich vielleicht klarer. Es war schon verrückt, sagte ich mir, in was für einem Elfenbeinturm ich in Paris gelebt hatte, dort waren meine einzigen Sorgen unerhebliche journalistische Arbeiten gewesen, mein einziger Kummer unglückliche Liebesbeziehungen und eine gescheiterte Schriftstellerkarriere. Seit ich Spion bin, dachte ich, führe ich ein viel aufregenderes Leben. Wer hätte das gedacht: gestern noch ein antriebsloser Journalist beim staatlichen französischen Rundfunk, heute ein Geheimagent, der in einer heiklen Angelegenheit im Fernen Orient unterwegs ist, geborgen in den heißen Hüften einer kubanischen Mata Hari. Aber das war schon eine idealisierte Sicht: Im Grunde zählte für mich nur Omaira.

Zheng ließ den Lieferwagen an, wir nahmen eine breite Straße, die nach und nach schmaler wurde, und irgendwann standen wir vor der Garageneinfahrt eines alten Gebäudes. Es sah verlassen aus, der ganze Häuserblock wirkte heruntergekommen.

»Beim Anblick eines Westlers würden sie sofort Lunte riechen«, sagte Zheng, »wir postieren uns lieber hier.«

Vom Dach des Gebäudes aus überblickte man das gesamte Gelände: Lagerhallen, gespenstische Schuppen, Reihen grauer Häuser, die noch bewohnt aussahen. Die Leuchtreklamen in chinesischer Schrift machten das Ganze zu einer prachtvollen Kulisse. Von einer alten Werbetafel lächelte eine junge Frau in einer blauen Arbeiteruniform den Passanten zu.

»Meine Leute sind drei Straßen weiter, sehen Sie sie« – er reichte mir das Fernglas. »Ungefähr auf der Höhe dieser roten Bretterwand.«

»Ja, ich hab' sie«, sagte ich. »Sind dort auch Wen Chens Leute?«

»Kann sein, angeblich sind sie sehr viele. Sie haben überall auf der Straße Posten aufgestellt, einige auch auf den Dächern. Wir müssen vorsichtig sein. Sie könnten uns sehen.«

»Und wie schaffen es unsere Leute, nicht erkannt zu werden?« fragte ich.

»Na ja, sie schwimmen einfach in der Menge mit. Wen Chens Leute wissen nicht, daß wir sie überwachen, das ist unser Vorteil. Jetzt heißt es abzuwarten.«

Ich nahm die Tasche mit den Büchern des Agenten Klauss und setzte mich in einen alten Sessel, Zheng rauchte auf dem Sofa eine Zigarette. Während er dem sich kräuselnden Rauch nachsah, erzählte er, daß es bei dieser Arbeit viel Leerlauf gebe und daß Geduld eine der wichtigsten Voraussetzungen sei.

»Es geht einem wie einem Fischer am See«, sagte er. »Man muß den richtigen Augenblick abpassen, an dem der Fisch anbeißt. Es kann sein, daß dieser Moment einen ganzen Nachmittag lang nicht kommt, aber wenn man auch nur eine Sekunde verschläft, hat man ihn vielleicht schon verpaßt.«

»Oder, wie wir im Westen sagen, Murphy's Gesetz«, sagte ich.

Er sah mich verwirrt an.

»Darum stellt man sich den Weg des Fisches idealerweise vor, bevor man den Köder auswirft. Eine Reise auf dem Grund des Sees.«

Ich sah die französischen Bücher durch. Das von Loti handelte tatsächlich vom Boxeraufstand. An den Seitenrändern standen viele Anstreichungen und Notizen.

»Verstehen Sie Deutsch?« fragte ich Zheng.

»Nein«, antwortete er. »Ich habe meine Ausbildung während des Kalten Kriegs gemacht, Deutschland durfte damals keine Armee haben. Es war kein Land, gegen das man sich wappnen mußte.«

»Aber Sie sprechen spanisch und französisch«, entgegnete ich. »Welche Gefahr sollte denn von diesen beiden Welten ausgehen?«

»Französisch war in China sehr präsent, außerdem ist das die Sprache meiner Religionsgruppe. Spanisch habe ich gelernt, weil ich Lust dazu hatte. Englisch und Russisch hat man mir schon sehr früh eingetrichtert, auf der Militärakademie. Wenn ich muß, kann ich auch Japanisch reden.«

»Zu schade, daß Deutschland nicht als Gefahr galt«, sagte ich, »hier stehen nämlich eine Menge Anmerkungen auf deutsch, die ich nicht verstehe.«

»Wir geben sie Oslovski«, sagte Zheng, »er ist polnischer Abstammung, und wie jeder gute Pole kann er ein bißchen Deutsch.«

»Für die Polen war Deutschland tatsächlich eine Bedrohung.«

Ich begann, Lotis Buch zu lesen, und vergaß bald, daß ich in einem Zimmer neben einer Dachterrasse unter dem Pekinger Himmel saß, denn die exzellente Prosa und die plastischen Beschreibungen nahmen mich gefangen. Ich wußte von Lotis Ruhm als Schriftsteller und Reisender, aber ich hatte noch nie etwas von ihm gelesen. Seine Seiten veranschaulichten einem, wie sehr die Stadt nach dem Aufstand der Boxer gelitten hatte, den Vorgängern von Wen Chen und allen diesen Menschen, die drei Straßen weiter unter unserer strengen Beobachtung standen. Noch nie hatte ich zu einem Buch eine so seltsame Verbindung gehabt.

Ich verstand zwar Klauss' Anmerkungen nicht, las aber die Absätze mit seinen Anstreichungen besonders aufmerksam, und bald stieß ich auf mehrere Erwähnungen eines Manuskripts, damit mußte der Text gemeint sein, den wir suchten. Ich beschloß, Zheng aus seiner philosophischen Zerstreuung zu wecken – aus seinem »Spaziergang auf dem Grund des Sees« –, um ihm einige Stellen vorzulesen.

»Dann hat es also ein französischer Leutnant versteckt«, sagte er. »Ich bin beeindruckt, wie ist Klauss nur an dieses Dokument gekommen? Der Nachrichtendienst in Berlin oder in Bonn oder wo auch immer scheint gut informiert zu sein.«

Anschließend las ich die angestrichenen Abschnitte aus dem Buch des belgischen Autors, Dominique Aristides, und damit war Gisberts Klauss' Interesse restlos bestätigt.

»Darum ist er also ins Archiv der Französischen Kirche gegangen«, sagte ich, »andererseits heißt das, daß Klauss nicht weiß, daß das Manuskript aufgetaucht und entführt worden ist. Hat er denn, als er den Antrag gestellt hat, nichts Genaueres gesagt?«

»Nein. Klauss hat einfach nur gesagt, daß er über den Boxeraufstand forschen will. Weiter nichts. Ach, ich habe Ihnen noch gar nicht die Fotos gezeigt, die man von ihm in der Botschaft gemacht hat. Sie sind hier, in dieser Mappe.«

Klauss' Gesicht sah ebenso weise wie unschuldig aus. Er mußte um die sechzig sein. Den Geheimagenten sah man ihm wirklich nicht an. Ob man ihn, wie mich, kurzfristig eingesetzt hatte? Oder war er ein erfahrener Spion? Wir würden es schon noch erfahren. Wenn man sich seinen Lebenslauf und seine Lektüre ansah, mußte man zu dem Schluß kommen, daß er ein großer Gelehrter war. Verrückt, man findet nicht alle Tage eine Originalausgabe von José María Arguedas im Hotelzimmer eines deutschen Agenten.

Zheng schien das Interesse an Klauss verloren zu haben, er würdigte die Bücher kaum eines Blickes. Statt dessen ging er immer wieder auf die Terrasse hinaus und sah durch den Feldstecher. Aber nichts geschah. Ich vermutete, daß er zu nahe an seinem Beobachtungsobjekt war und sein Radar darum die eigentlichen Bewegungen nicht erfaßte.

Ich schlug *Cuzco Blues*, den Roman des Peruaners, auf und fing an zu lesen. Schon die ersten Zeilen stimmten mich skeptisch:

> »Mami, Mamilein!« kreischte Pilar.
>
> »Halt die Klappe, kleiner Schreihals!« protestierte Abundio, der Bruder: »Laß Mamilein auf ihrem Sterbebettchen in Ruhe.«
>
> »Aber für mich lebt Mamilein.«
>
> Dann gingen die beiden Geschwister weiter ins Tal.

Die Abendsonne schien bereits zum Fenster herein, ich wurde unruhig. Ich mußte mir irgend etwas einfallen lassen, um mich mit Omaira Tinajo treffen zu können, ich hielt es kaum mehr aus. Wenn es im *Kempinski* vor Feinden wimmelte, wäre es vernünftiger, sie käme zu mir ins Hotel. Ich holte also mein Handy heraus und rief sie an. Sie war noch nicht zurückgekehrt, also hinterließ ich ihr eine Nachricht: »Ich erwarte dich um neun bei mir im Hotel zum Abendessen. Ich küsse dich. Serafín.« Ich war selbst überrascht, wie selbstverständlich mir mein Name über die Lippen ging.

Als es gegen acht immer noch keine Neuigkeiten gab, beschloß Nelson, ins Hotel zurückzugehen. Er wollte sich endlich an seinen großen Roman setzen, denn an diesem Abend fühlte er sich inspiriert. Er hatte viel Material und glaubte, den Ton gefunden zu haben: »Das Haus in der Zhinlu Bajie, 7, Houhai, gefiel uns, weil es groß und geräumig war, und nahe dem Xihai-See ...« Ja. Genau so. Mit dem Haus in Houhai würde er beginnen, so könnte er im ersten Kapitel das Pekinger Leben zu Ende des neunzehnten Jahrhunderts beschreiben; dann würde er einen gewagten – und gemessen am literarischen Kanon innovativen – Sprung ins Cuzco der dreißiger Jahre machen, wo aus dem Jungen vom Anfang ein reifer Mann geworden ist, gestählt von den Kämpfen und den Erfahrungen des Exils; im dritten Kapitel gäbe es wieder einen Sprung, der diesmal nicht nur innovativ, sondern geradezu waghalsig sein würde, ins Austin (Texas, USA) am Ende des zwanzigsten Jahrhunderts, und dieser Teil wäre aus der Ich-Perspektive erzählt. Es würde ein großer Roman werden. Orient und Okzident vereint in einem Buch. Das dreifache Exil: von Peking nach Cuzco, von Cuzco nach Texas, von Texas nach Peking. Ein Jahrhundert Weltgeschichte. Eine Familiensaga. Es müßte schon mit dem Teufel zugehen, wenn sie in Hollywood nicht einen Film daraus machen würden. Und so ging Nelson durch die Straßen, er betrachtete die Lichter der Einkaufszentren und die beleuchteten Wolkenkratzer und träumte von seinem Buch, von den Angeboten der Filmgesellschaften, von üppigen Dollarschecks. Bald würde die Welt auf ihn aufmerksam werden, und alle diese blaßgesichtigen Hauptstädter aus Lima, die ihn so gedemütigt hatten, kämen auf Knien angerutscht, um sich bei ihm zu entschuldigen, »wir haben dir Unrecht getan, Nelson, komm, laß ein bißchen deinen Einfluß spielen, ja?«, und das täte er natürlich; er würde mit seinen Freunden in Hollywood reden, ihnen eine anständige Arbeit verschaffen; er sah in seinen Gedanken schon das Foto, das gleichzeitig in der *New York Times*, *El Comercio* aus Lima und *El País* aus Madrid abgedruckt sein würde: »Nelson Chouchén Otálora und Steven Spielberg unterhalten sich während der Dreharbeiten zu *Der Orient ist rot*, dem neuen Film des US-amerikanischen Regisseurs, der auf dem gleichnamigen Bestseller von Chouchén Otálora basiert.« Wie er sich diesen ersehnten Tag vorstellte, an dem er endlich die wohlverdienten Lorbeeren ernten würde, traten ihm die Tränen in die Augen; doch dann schwenkte die imaginäre Kamera zu Roberto Flores Armiño in dessen Büro, mit seinem Hofstaat aus klugscheißenden Arschleckern, die sich gemeinsam über den Artikel beugten und befanden, daß das zu viel sei, daß sie ihn offenbar nicht aus dem Sattel heben konnten und sich besser nicht mehr mit Professor Chouchén anlegen würden. Auch sie würden einer nach dem anderen an seiner Tür um Brosamen betteln. Das stand fest.

Als er sich von Wen Chen verabschiedet und sein Zimmer betreten hatte, fand er einen Zettel mit einer Telefonnachricht. Sie war von Irina: »Ich möchte dich heute abend sehen, aber ohne deine Freunde. Geh durch den Wirtschaftseingang hinaus, hinter dem Fitneßraum. Entschuldige, daß ich heute morgen so kurz angebunden war. Kuß, Irina.« Bombig, dachte Nelson, das Leben meinte es gut mit ihm. Welcher Schriftsteller würde diese süße und freizügige junge Dame links liegenlassen, nur um sein Arbeitspensum zu erfüllen? Balzac, sein großes Vorbild, jedenfalls nicht, und das war für ihn nicht nur Rechtfertigung, sondern Ansporn. Ein Blick auf die Uhr sagte ihm, daß er sich beeilen mußte. Er holte ein gebügeltes Hemd aus dem Schrank, ging ins Bad, um sich die Zähne zu putzen, sich einzuparfümieren und zu deodorieren, dann ging er hinaus. Irinas Anweisungen waren klar und deutlich, aber erst mußte er seine Bodyguards loswerden. Da sie am Haupteingang standen, war das gar nicht so schwer.

Über mehrere Flure gelangte er zum Fitneßraum. Drei Fettsäcke, unverwechselbare Amis, strampelten auf Trimm-dich-Fahrrädern; ein junger Chinese machte Liegestützen; eine Frau schwitzte auf dem Laufband, die Hände am Gesäß. Er fand sofort die Tür, sie war hinter den Bädern, und gelangte auf die Straße.

Er blickte in die Dunkelheit, da sah er, wie in einiger Entfernung Autoscheinwerfer aufblendeten. War sie das? Ja. Kaum hatte er den Arm gehoben, setzte sich der Wagen in Bewegung. Er sprang hinein, und sie fuhren los.

»Ich hatte auch Lust, dich zu sehen, meine schöne Matruschka«, sagte Nelson und küßte sie auf den Hals. »Ich wußte, daß deine Kühle nur den Kontakt mit dem lateinamerikanischen Blut braucht, schon wird dir heiß.«

»Um ehrlich zu sein, *sweetheart*, mir kocht das Blut, aber aus einem anderen Grund. Ich habe auf der Rückbank eine Überraschung für dich. Schau mal hinter dich.«

Als Nelson sich umdrehte, erblickte er einen Mann im dunklen Anzug, er war maskiert. Und er sah einen Revolverlauf.

»Aber, was ist das …?« rief Nelson. »Wer zum Teufel ist dieser Kerl? Er hat eine Pistole in der Hand. Bleib stehen, bitte, ich glaube, ich steige lieber aus. Treffen wir uns lieber ein anderes Mal …«

»Du hast nicht ganz begriffen«, sagte Irina. »Er hat die Pistole nicht nur in der Hand, um sie dir zu zeigen. Er kann jederzeit damit schießen.«

Nelson stützte sich in seiner Nervosität am Handschuhfach ab, und der Maskierte drückte ihm die Waffe an die Schläfe.

»Er ist nicht sehr gesprächig«, erklärte Irina, »aber unmißverständlich. Mach keine Dummheiten; er ist blitzschnell.«

Das war das erste Mal, daß jemand Nelson eine Pistole vor die Nase hielt. Wenn er ehrlich war, war sein vorherrschendes Gefühl nicht Angst, sondern Lächerlichkeit und Verärgerung. Jemand erlaubte sich einen Spaß mit ihm. Wen Chen und seine Leute würden ihn da schon herausholen, also atmete er tief durch und bemühte sich, die Fassung zu bewahren. Was zum Teufel hatte Irina mit alldem zu tun? Eine schöne Verräterin, das war sie. Ein Köder, auf den er, ein Schwächling, natürlich angebissen hatte.

»In wessen Auftrag entführst du mich?« fragte Nelson.

»Ich bin nicht deine Entführerin«, erwiderte Irina. »Ich stelle nur meine Mitarbeit zur Verfügung, natürlich ist das alles von langer Hand geplant, wie du dir denken kannst. Aber mehr kann ich dir jetzt nicht erklären. Hebe dir deine Fragen für später auf.«

Es ging durch Straßen, Gassen und große Verkehrsadern. Da Nelson die Straßenschilder nicht lesen konnte, hießen sie für ihn alle gleich. Eine war mit rot-gelben Lampions gesäumt. Nachdem sie schließlich einen Park hinter sich gelassen hatten, in dem ein Stück der alten Mauer stand, gelangten sie in eine weniger belebte Gegend. Dann legte ihm der Kapuzenmann eine Augenbinde an.

Irgendwann bog Irina von der Straße ab, und sie kamen zu einer Garageneinfahrt, wo es nach Fisch in Lake, gebratenem Soja und Gewürzen roch, offenbar handelte es sich um den Personaleingang eines Eßlokals. Dort fuhren sie hinein. Nachdem sie eine Reihe von Toren und ziemlich engen Höfen durchquert hatten, waren sie am Ziel. Sie stiegen aus, Nelson durfte sich die Augenbinde abnehmen, aber der Maskierte ging weiter mit gezückter Pistole hinter ihm her. Nachdem sie mit einem Lastenaufzug mehrere Stockwerke hochgefahren waren, gelangten sie in einen Gang, in dem vor Feuchtigkeit die Farbe abblätterte.

Vielleicht sind das die aufgelassenen Büroräume einer Schifffahrtsgesellschaft, dachte Chouchén Otálora, der für den Entwurf seines Pekings zu Großvaters Zeiten überall nach poetischen

Bildern suchte, und seien sie noch so absurd. Am Ende des Gangs öffnete der Maskierte eine Tür, stieß Nelson hinein und schloß sie wieder.

»Mach's gut, *sweetheart*«, hörte er Irina sagen.

Nelson fiel über ein paar leere Holzkisten, sprang aber sofort wieder auf die Beine. Überall lauerte Gefahr. Es war stockdunkel, er spannte seine Muskeln an, als müßte er den Angriff eines wilden Tiers abwehren. Allmählich lichtete sich die Dunkelheit etwas, und er sah einen riesigen Saal, eine Art überdimensionalen Dachstuhl – alles in China war groß, das wußte er schon ... alles außer den Chinesen – , der voll mit Holzkisten stand. Dann hörte er ein Geräusch, das ihn in Alarm versetzte. Hinter einem Kistenstapel tauchte ein Licht auf, und fast gleichzeitig der Kopf eines Mannes. Nelson traute seinen Augen nicht. Der Mann, der hinter den Kisten hervorkam, war nicht etwa ein Bettler, sondern Gisbert Klauss, der deutsche Professor! Schwer zu sagen, wer von den beiden mehr überrascht war.

»Sind Sie nicht der peruanische Schriftsteller?« fragte Gisbert Klauss und starrte ihn mit mondgroßen Augen an.

»Und Sie ... sind Klauss!« entgegnete Nelson.

Wenn Nelson diese Begegnung in einem seiner Romane hätte beschreiben müssen, hätte er Anleihen bei einer apokalyptischen Szene à la Thomas Pynchon gemacht, oder noch radikaler, à la Philip K. Dick. Ungefähr so: »Mitten aus den Trümmern, leeren Kisten und rostigen Metallteilen ragte der Kopf eines Mannes. Auf diesem Raketenfriedhof hatte sein Gesicht nichts Heroisches; eher etwas Resignatives, als erschütterten die Haufen an nutzlosem Material seinen Glauben an das Leben.«

»Was machen Sie hier?« fragte Professor Klauss.

»Tja, das würde ich auch gerne wissen«, antwortete Nelson. »Was zum Teufel mache ich hier.«

Wie ein Lichtpilz leuchtete in der Dunkelheit ein zweiter Kistenberg auf. Dieser war aufwendiger konstruiert, mit Dachpappe zum Verschließen der Fenster. Die Gestalt, die daraus zum

Vorschein kam, erinnerte Nelson an einen alten Schiffbrüchigen, an einen Verdammten auf einer Gefängnisinsel, wie Papillon oder Edmond Dantès – natürlich würde bei seiner triumphalen Rückkehr die Figur des Grafen von Montecristo herhalten müssen, schließlich würde er alle, die ihm übel mitgespielt haben, bestrafen –; Mad Max kam ihm auch in den Sinn, doch dann bemerkte er, daß an seinem Hals ein Kruzifix und ein Heiligenmedaillon baumelten.

»Ich darf Ihnen Pater Gérard vorstellen«, sagte Gisbert Klauss. »Er war der erste an diesem seltsamen und ungastlichen Ort. Sagen Sie, Pater, Sie sprechen doch englisch, oder nicht?«

Gérard bejahte. Dann rückte er dermaßen nah an Nelson heran, daß dieser ihn schon zu riechen glaubte.

»Sind Sie Kolumbianer?« fragte er.

»Nein«, sagte Nelson. »Peruaner.«

»Aha, wir nähern uns also«, sagte der Priester. »Dann sind Sie vielleicht derjenige, auf den ich warte. Ich mache einen Test mit Ihnen: Interessieren Sie sich für chinesische Dichtung aus dem achtzehnten Jahrhundert?«

Nelson warf Klauss einen verständnislosen Blick zu, und dieser schien ihm sagen zu wollen: »Zuerst denkt man tatsächlich, er sei verrückt, aber das legt sich. Er ist einfach zu lange allein gewesen. Hören Sie ihm zu. Es lohnt sich.«

»Ich weiß nicht, was Sie meinen, Pater, tut mir leid«, erklärte Nelson. »Ich war für heute abend verabredet, und als ich das Hotel verließ, wurde ich hierher verschleppt. Ich kenne den Herrn Professor, aber Sie ...«

In dem Moment erinnerte er sich an seine Unterhaltung mit Wen Chen. Er hatte ihm von einem verschollenen französischen Priester erzählt, alle suchten ihn, weil er das Manuskript hatte. Blitzschnell schlußfolgerte er: Das ist er, er befindet sich in den Händen von Klauss. Klauss ist also doch ein Agent, er hat seine Entführung in die Wege geleitet. Außer Wen Chen wußte nur Klauss, in welchem Hotel er wohnte. Klauss konnte ihn auch mit

Irina gesehen haben, schließlich hatte er sie im *Kempinski* kennengelernt, das auch Klauss' Hotel war. Diese Gedanken schossen ihm, als hätte er eine Erleuchtung, alle gleichzeitig innerhalb von Sekundenbruchteilen durch den Kopf. Mißtrauisch blickte er zu Klauss.

»Ich hoffe nicht, daß Sie von mir denken, ich hätte …«, sagte Klauss.

Nelson spannte alle Muskeln an und sprang mit einem Satz auf die Kisten.

»Jetzt lassen Sie endlich die Katze aus dem Sack«, sagte Nelson. »Ich komme nicht herunter, bis Sie mir nicht alles erklärt haben.«

»Seien Sie vorsichtig!« sagte Klauss. »Sie können nach hinten abrutschen und sich das Genick brechen oder sich an einem rostigen Nagel verletzen.«

»Meinetwegen verbringen Sie den Rest Ihres Lebens oben auf dieser Kiste«, sagte Gérard. »Wenn Sie nicht mein Kontaktmann sind, machen Sie doch, was Sie wollen. Also wirklich …«

Nachdem er das gesagt hatte, verschwand er wieder in seinem Iglu aus Holz und Blech. Dann löschte er das Licht, und der Pilz sank in die Dunkelheit zurück. Klauss redete weiter auf ihn ein.

»Jetzt kommen Sie doch in Gottes Namen herunter. Sie können sich wehtun. Kommen Sie, ich erkläre Ihnen alles, was ich weiß.«

Nelson zögerte. Das konnte eine Inszenierung von Klauss sein, um ihn glauben zu machen, daß sie ihr Gefangenenlos teilten, und dann könnte er die Vertrautheit, die sich normalerweise zwischen zwei Unglückseligen entspinnt, ausnützen und ihm Informationen entlocken. Aber irgendwie paßte das alles nicht zusammen: Wenn dieser Priester von eben derselbe war, den Wen Chen meinte, mußte das Manuskript auch hier in dieser dunklen Halle sein.

»Kommen Sie bitte herunter«, sagte Klauss noch einmal. »Seien Sie nicht kindisch, und bringen Sie sich vor allem nicht in Gefahr. Kommen Sie, geben Sie mir die Hand.«

Nelson beschloß herunterzukommen, allerdings ohne die Hilfestellung des Professors anzunehmen. Mit einem Satz war er unten. Dann zündete er sich eine Zigarette an.

»Was soll das alles, Professor?« fragte er.

»Ich erzähle Ihnen jetzt erst mal, wie ich hierhergekommen bin«, sagte Klauss. »Daraus erklärt sich in gewisser Weise, warum Sie hier sind. Es ist alles meine Schuld. Sie haben damit nichts zu tun.«

Nelson war dankbar, daß die Konversation auf Englisch stattfand, eine Sprache, die sie beide einigermaßen beherrschten, wohingegen ihn die Spanischfehler des Professors wahnsinnig machten. Womit hatte er nichts zu tun? Er setzte sich also auf einen alten Limonadekasten und war ganz Ohr.

»Gestern abend war ich im Zizhuyuan-Park, waren Sie schon mal dort?« fragte Gisbert Klauss. »Egal, es spielt auch keine Rolle, ein wunderschöner Ort im Nordwesten. Ich trank Tee und machte mir ein paar Notizen über meinen Aufenthalt in der Stadt, über die Bücher, die ich gefunden, und die Dinge, die ich gelernt habe. Als ich mich auf den Heimweg machte, hielten vor dem Park zwei Autos neben mir an, und Unbekannte, die sich mir natürlich nicht zu erkennen gaben, verschleppten mich hierher. Ihre Geschichte ist wahrscheinlich ähnlich, und ich vermute leider, daß Sie wegen mir hineingezogen worden sind. Ich gehe davon aus, daß diese Leute in meinem Zimmer Ihren Roman mit Ihrer Widmung gefunden haben und das Kärtchen, auf dem ich mir Ihr Hotel notiert habe. Die ganze Geschichte mag für Sie ein bißchen verrückt klingen, aber wenn Sie sich etwas beruhigt haben, erzähle ich sie Ihnen von vorne. Wie gesagt, ich bin an allem schuld. Schuld an allem ist nur meine Eitelkeit.«

Dann erzählte er Nelson von Anfang an, wie er auf das Werk Wang Mians gekommen war, von seinen gelehrten Artikeln darüber und seinem Vorhaben – das ihm nun frivol vorkam –, einen Meilenstein zu setzen in jener Wissenschaft, die im Okzident einen so schwierigen Stand hatte und an deren Anfang der von ihm so bewunderte Jesuit, Pater Mateo Ricci, stand. Kein Wunsch von ihm war größer, als mit ihm in einem Atemzug genannt zu werden. Natürlich, so Professor Klauss, herrschten in den Wissenschaften andere Verhältnisse als in der Kunst, wo er, der illustre Romancier, zu Hause sei, denn in der Wissenschaft würden Entdeckungen immer nur gelten, bis sie von neueren Errungenschaften abgelöst würden, was früher oder später eintrete, und am schlimmsten sei es, wenn irgendwann Hinz und Kunz sich damit brüsteten, und erst, als er all diese Binsenweisheiten ausgebreitet hatte, kam er endlich auf *Weite Transparenzen der Luft: Von allem, was ich gesehen habe und nicht erzählen konnte,* er erzählte, wie er von einem liebenswürdigen Buchhändler in der Dongzhi Dajie davon erfahren hatte, bei dem er im übrigen auch die Originalausgabe von José María Arguedas aufgestöbert hatte, mit der, wie er betonte, alle Verwicklung begonnen habe, trotzdem sei er froh, diesen berühmten Vertreter der amerikanischen Literatur kennengelernt zu haben. Daraufhin erging sich Klauss detailliert über seine Entdeckungen, die er bei der Lektüre Pierre Lotis gemacht hatte, und verschwieg auch nicht, daß die Initialzündung in Paris stattgefunden hatte, so wie seinen plötzlichen und alles beherrschenden Wunsch, eine Reise zu unternehmen, um endlich das Leben nachzuholen, das er in den vergangenen fünfzig Jahren so sträflich vernachlässigt hatte, vergraben in sein Studium, in die Bücher und Lesesäle, während draußen das andere, das echte Leben pulsierte, für das er sich nie interessiert hatte. Bis zu dieser Reise. Und jetzt saß er hier, offenbar war er zu weit gegangen und bezahlte nun für seine Unerfahrenheit, denn daß das Manuskript Unglück bringen würde, wußte er schon, man hatte es ihm gesagt, aber aus Hochmut habe er die Finger nicht davon lassen können, sich den Warnungen verschlossen, und das habe er nun davon, und durch ein Mißverständnis habe er auch noch den erlauchten Dichter mit hineingezogen, und so schwor er, ihm bei Gelegenheit alles zu erklären und alles Menschenmögliche zu unternehmen, damit man ihn frei ließe, seinen Freund, den Schriftsteller, das haben Sie nicht verdient, sagte er sehr überzeugt und fügte an, daß er Chinesisch spreche und auch schon eine Ahnung habe, wer ihre Entführer sein könnten, eine Geheimgesellschaft, eigentlich eine Sekte, trotzdem brauche Nelson, redete er ihm gut zu, sich keine Sorgen zu machen, machen Sie sich keine Sorgen, mein Freund, genauso wie ich Sie in dieses Schlamassel gebracht habe, werde ich Sie auch wieder herausholen, darauf können Sie sich verlassen, und wenn es das letzte ist, was ich in diesem Leben tue.

Nelson war von dem, was er gerade gehört hatte, tief beeindruckt. Wenn das alles zutraf – und aus dem Stand fiel ihm nichts ein, was dagegen spräche –, war Klauss also nur zu dem Manuskript vorgedrungen und hatte nicht die geringste Ahnung von Nelsons Beziehung zu Wen Chen und der Geheimgesellschaft, die Klauss offenbar für alle drei Entführungen verantwortlich machte. Vieles von dem, was Klauss ausgeführt hatte, wußte Nelson bereits. Waren sie etwa zufällig hier zusammengetroffen? Wohl kaum. Aber gut, Klauss hatte ihn um keine Erklärung gebeten.

»Und dieses Manuskript, von dem Sie reden, Professor«, fragte Nelson mit gespielter Unwissenheit, »wo ist es?«

»Hier ...«, antwortete Klauss. »Gérard, der französische Priester, hat es. Gestern abend habe ich es mit eigenen Augen gesehen. Es ist seine Mission, darauf aufzupassen, aber er hat mir erlaubt, einen Blick darauf zu werfen. Es ist das Original. Er hat es sich mit Draht an den Rücken gebunden.«

Nelson konnte es nicht fassen. Er hatte es gefunden! Mein Gott, sagte er sich, wenn es ihm gelänge, es herauszuschleusen, würden die Leute der Geheimgesellschaft ihm endgültig zu Füßen liegen. Einen Vorteil hatte er: Weder Klauss noch dieser Mönch wußten, wer er war und was für eine Rolle er in dieser Geschichte spielte. Natürlich waren noch einige Hürden zu überwinden, angefangen bei dieser seltsamen Entführung. Wer hielt sie gefangen? Er mußte vorsichtig sein. Bevor er einen Fluchtplan ausheckte, sollte er wahrscheinlich als erstes herausfinden, wo sie überhaupt waren. Als zweites müßte er das Zutrauen dieses Priesters gewinnen, damit er auch ihm seinen kostbaren Schatz zeigte, und schließlich müßte er sich etwas ausdenken, um es an sich reißen und abhauen zu können, zumindest müßte er die Wachen Wen Chens alarmieren, sie konnten nicht weit weg sein.

Eigentlich war alles klar. Wie spät war es? Zwei Uhr nachts. Bis er zur Tat schreiten konnte, mußte er warten bis zum Morgengrauen. Er bot Gisbert Klauss eine Zigarette an, schließlich wollte er dessen Schuldgefühl noch möglichst lange für sich ausnutzen. Doch auf einmal hörten sie hinter sich ein Geräusch. Gisbert legte den Finger an die Lippen. »Schsch«, sagte er. Nelson sah zu dem Verschlag des französischen Mönchs, aber es ging kein Licht an, offenbar hatte er es nicht gehört. Dann schlichen sie lautlos in die Richtung des Geräuschs, und auf einmal sahen sie, wie eine unter einer grindigen Plastikfolie verborgene Bodenklappe aufging, zum Vorschein kam der scharfe und dunkle Umriß eines Mannes.

Einer von Zhengs Agenten brachte mich zum Hotel, nicht ohne mir vorher einzuschärfen, daß ich sofort zurückkommen müsse, sobald es Neuigkeiten gebe. Zheng, der in den militärischen Theorien der Roten Armee geschult war, mißtraute seinen eigenen Leuten, wenn sich also die geringste Spur zu dem Priester finden sollte, durften nur wir beide ihr nachgehen. Wie er mir erzählte, wechselte er täglich seine Agenten aus, keiner von ihnen sollte erfahren, nach was er eigentlich auf der Jagd war. Ich sagte zu allem ja, um so schnell wie möglich wegzukommen.

»Ach, Liebster, ich dachte schon, du würdest gar nicht mehr kommen« – Omaira Tinajos Stimme glitt wie ein Tropfen Glycerin in mein Ohr. »Ich bin gleich oben.«

Wie sollte ich sie empfangen? Ein wenig distanziert, damit sie nervös wurde und einen Fehler machte? Vielleicht war das eine gute Methode: Kein Interesse zeigen, dann würde sie garantiert irgendwann gestehen. Tock, tock, hörte ich es klopfen und ging entschlossen, sehnsüchtig und glücklich öffnen. Wie gut, daß ich wußte, wie ich mit ihr umzugehen hatte.

»Hallo«, sagte sie zu mir, wunderschön, in flattrigem Röckchen und mit verführerischem Dekolleté. »Ich bin vor Sehnsucht nach dir gestorben.«

Sie küßte mich tief, ihr Atem war erregt, ihre Zunge tastete jeden Winkel meines Mundes ab. Dann hob sie ihren Rock und führte meinen Kopf zwischen ihre Schenkel, wo ich mich in einem Gestrüpp gekräuselter, feucht verklebter Haare wiederfand, unter denen die rötliche Narbe eines Kaiserschnitts verborgen lag. Ich änderte meine Strategie, das mit dem »desinteressierten Beobachten« fing schon schlecht an. Dann zog Omaira mich aus und bedeckte mich mit Küssen, was meinen Plan nun doch ernsthaft gefährdete, vor allem, als sie sich kurz darauf nackt auf den Tisch legte, die Beine spreizte und bettelte: »Sag nichts mehr, nimm mich.« Damit waren alle Pläne vergessen, denn in Wirklichkeit wünschte ich mir nichts so sehr, als mich ihr hinzugeben, gedankenlos, wie beim ersten Mal, und mein Herz explodierte, als ich sie berührte, als ich in ihr Fleisch drang, und in dem Moment begriff ich die Seele des Son, die Poesie des schwarzen Guillén, den Chachacha, *Azúcar*! von Celia Cruz, die spielerische Prosa Cabrera Infantes, den Rhythmus der Van Van, alles, alles zur gleichen Zeit in einer Sekunde Ewigkeit, denn es war bereits um mich geschehen, ich war verliebt, wie schön ist das Leben, Omaira, wie trostlos, häßlich, feindlich ist die Welt ohne dich, Omaira, und ich traute mich zu sagen, ich liebe dich, und sie schrie »ach, Liebster, wenn du das noch mal zu mir sagst, komme ich«, woraufhin ich, außer mir, zu ihr sagte, »Omaira, verlaß mich nie«, und sie wieder einen Schrei ausstieß, »Aber Serafín, wie soll ich dich denn verlassen, schau mich an, du hast mich doch hier festgenagelt«, und ich fragte lieber nicht weiter, nahm an, daß ihre Worte Ergüsse der Lust waren, gesprochen im Wahn des Rauschs, und dann, als ihr Körper zusammenzuzucken begann und sie keuchte wie ein Büffel, sagte sie mir ins Ohr »ah, mein süßer Comandante, lade deine

Truppen bei mir ab«, da spürte ich den Mahlstrom Poes, einen Big Bang, den Meteoritenhagel, das gesamte Universum in meiner Wirbelsäule, und sie, von ihrer eigenen Spucke überspült, zitierte mit ruhiger Stimme, »songoro cosongo, pinga de sensemayá, warum gibst du mir das alles, das große Glück«, und so erlosch sie, ganz langsam, zärtlichkeitstrunken, ihr Blick kehrte zurück, und ich half ihr aufzustehen, und wir zogen um ins Bett, und dort verschlangen wir uns in blinder Umarmung, krochen unter die Decke, suchten Schutz vor einer unbekannten Macht, die uns feindlich gesinnt war, die uns früher oder später trennen und uns dieser Welt der Finsternis zurückgeben würde, in der wir wie Verlorene gelebt hatten, ohne zu wissen, was das Leben ist.

»Hast du Hunger?« fragte ich sie.

»Nein, woher sollte ich Hunger haben«, gab sie zurück und küßte mich wieder. »Ich will hierbleiben, mit dir zusammen. Ich will nicht, daß du weggehst. Ich will deinen Atem spüren.«

Madame Butterfly, Mata Hari, wer auch immer du bist, ich liebe dich, dieses Manuskript kann mir gestohlen bleiben, sagte ich mir und knipste das Licht aus, in ihre Arme gekuschelt, auch ich will deinen Atem spüren, und so vereint schliefen wir allmählich ein, während meine früheren literarischen Anwandlungen wieder aufkeimten und mir einen Vers León De Greiffs in Erinnerung riefen, den ich ihr aufsagte: »Oh, Nacht, schlafen wollen wir für immer, niemand wird uns wecken nimmer.«

Aber die Wirklichkeit ist das einzige, auf das Verlaß ist, und gegen ein Uhr nachts zerriß das Klingeln des Telefons die Nachtruhe.

»*Aló?*«

»Ich glaube, wir haben ihn« – es war Zhengs Stimme. »Kommen Sie runter zur Rezeption. Ich schicke gleich jemanden zu Ihnen.«

»Können wir das nicht auf morgen verlegen?« flehte ich, während ich mich an Omaira klammerte.

»Nein, beeilen Sie sich. Ich erkläre es Ihnen gleich. Klick …«

Peking war gespenstisch in dieser Nacht, aber das Wissen, daß

Omaira in meinem Hotelzimmer auf mich wartete, tröstete mich. »Wenn du wegmußt, geh nur, ich bleibe hier«, hatte sie gesagt und hinzugefügt: »Ich weiß ja nicht, worin du da verwickelt bist, Serafín … Ich werde dir keine Fragen stellen, aber wehe, wenn eine Frau im Spiel ist: So was rieche ich!« Ihre Eifersucht gefiel mir. Auf ihre Weise sagte sie damit: »Du gehörst mir.«

Als ich bei unserem gestrigen Beobachtungsposten ankam, zerrte Zheng mich mit dem Feldstecher in der Hand auf die Terrasse.

»Dort, sehen Sie sich das an.«

Am Anfang sah ich nur zwei schwarze Kreise, dann aber konnte ich zwischen irgendwelchen blendenden Punkten einen Gebäuderumpf erkennen.

»Wie haben Sie sie gefunden?« fragte ich.

»Einer meiner Leute sah auf der Rückseite eines Restaurants einen Wagen aus der Garage fahren. Am Steuer saß eine Blondine. Das ist eher außergewöhnlich, also schlug er Alarm. Vielleicht ist es ja gar nichts, das sehen wir gleich. Los.«

Ich bekam die Wut, er hatte mich doch nicht etwa wegen einer vagen Vermutung aus meinem Liebeslager gerissen? Ich war es leid, ich wollte nur zurück.

»Müssen wir unbedingt beide gehen?« sagte ich.

»Ja«, antwortete Zheng. »Ich erinnere Sie daran, daß nur Sie autorisiert sind, das Manuskript an sich zu nehmen. Ich darf Sie nur zu ihm führen.«

»Herr im Himmel«, rief ich aus, »was für ein Privileg. Also los, gehen wir.«

Vor unserem Aufbruch gab Zheng mir eine schwarze Jacke, eine Laterne, eine Mütze und Handschuhe.

Nachdem seine Leute uns grünes Licht gegeben hatten, machten wir uns auf den Weg zu der düsteren Garageneinfahrt. Zheng ging als erster hinein, ich folgte ihm. Wenn uns jemand begegnen würde, bekäme er einen gehörigen Schrecken, allein schon wegen dieser Wollmützen, sie kratzten natürlich wie Drahtbürsten.

Tatsache, hinter der Garage des Restaurants verlief ein schmaler Weg, der ins Innere des Gebäudeblocks führte.

Zheng sprang von Schatten zu Schatten, ich hinterher, in hastigen Bewegungen; da ich nicht wußte, wo das alles noch hinführen würde, bekam ich Angst, gleichzeitig fühlte ich mich so sicher wie nie, fast unsterblich, das mußte an dem Sex mit Omaira Tinajo liegen. Wie anders ist ein Mensch, wenn er geliebt wird, philosophierte ich, aber ich kam nicht dazu, den Gedanken weiterzuverfolgen, denn in diesem Moment endete unser Weg vor einem Stahltor. Zheng setzte eine Brechstange an und schaffte es, das Tor ein paar Zentimeter anzuheben. Wir schlüpften hinein und gelangten auf einen feuchten, verlassenen Hof, der zu einem weiteren Hof führte, und dieser wiederum zu einem dritten. Dort endete der Weg.

Wir standen vor einer halbverfallenen Lagerhalle. Es war ein leichtes, eines der Fenster zu öffnen, sämtliche Scheiben waren eingeschlagen und die Fensterhebel rostig. Eine Sekunde später standen wir drinnen. Wo sollte man in dieser Halle zu suchen beginnen, in welchem der beiden dunklen Schiffe mit Eisentreppen, die in schwindelerregende Höhen führten?

»Gehen Sie dort lang«, sagte Zheng. »Und denken Sie daran: langsam gehen, darauf achten, wohin man tritt, sich im Schatten halten. Wenn Sie etwas finden, egal was, drücken Sie auf die Taste an Ihrem Telefon; wenn Sie nicht reden können und in Gefahr sind, klopfen Sie mit dem Finger zweimal auf das Mikrophon. Wenn Sie sich fertig umgesehen haben, gehen Sie die Treppe dort hoch und machen mit dem oberen Stock weiter. Ich nehme mir diese Seite hier vor. Wenn wir nichts finden, treffen wir uns oben. Noch eine Frage?«

»Ja, ist das denn nicht ein bißchen gefährlich?«

Zheng kratzte sich am Kinn.

»Hängt davon ab«, sagte er. »Denken Sie daran, daß Ihnen aus jedem Schatten jemand an die Gurgel springen kann. Seien Sie auf alles vorbereitet, das ist das beste.«

»Danke für den Rat«, entgegnete ich.

»Viel Glück, wir sehen uns oben.«

Er gab mir die Hand, und ich sah ihn mit kleinen Sätzen davonspringen, lautlos.

Ich versuchte, es ihm gleichzutun, aber kaum drehte ich mich um, stieß ich mit dem Fuß polternd an eine Kiste. Ich weiß nicht, ob es laut war, aber mir gefror das Blut in den Adern. Dann zündete ich die Laterne an, um mir einen Weg zu suchen, und löschte sie gleich wieder. Ich ging los. Es war das erste Mal, das ich eine nächtliche »Untersuchung« machte. So etwas kannte ich nur aus Filmen, also hielt ich mich an Harrison Ford in *Blade Runner*, an die Szene, wo er auf einem Gebäudedach dem Führer der »Gegner« hinterherjagt. Der Ort hier erinnerte mich wirklich an die Schauplätze aus dem Film, es war eine alte, verlassene Lagerhalle.

Ich ging das Gebäudeschiff bis nach hinten durch, ohne etwas Auffälliges zu entdecken, also machte ich mich widerstrebend daran, die Treppe zu erklimmen, um genau zu sein, waren es nur in die Wand geschlagene Eisennägel. Ich merkte gleich bei den ersten Kletterschritten, daß ich ein paar Gramm abgespeckt hatte, so leicht fühlte ich mich. Vielleicht waren es auch die Nerven. Keine Ahnung. Ich vermied es, nach unten zu gucken, und gelangte nach kurzer Zeit auf eine Art Zwischenboden, schätzungsweise fünfzehn Meter über dem Boden. Ich verschnaufte, ruhte die Arme aus und zündete wieder die Laterne an, deren Lichtkegel nach oben zeigte und damit möglichen Fremden nicht so leicht sichtbar war. Halb verfaulte Holzkisten standen herum, durchweichte Pappkartons, Metallteile, die irgendwann einmal zu Maschinen gehört hatten, also mehr oder weniger das gleiche Zeug wie ein Stockwerk tiefer. Ich beugte mich über ein Eisengeländer und sah mich nach Zheng um, aber ich fand ihn nicht. Etwas weiter weg erblickte ich dafür eine Wendeltreppe, die ins Obergeschoß führte, sie endete an der Decke. Vorsichtig ging ich auf sie zu und zündete wieder meine Laterne an. Aus meiner Erfahrung als Cineast weiß ich, daß bei jeder Treppe eine oder zwei Stufen brechen, vor allem, wenn man Lärm vermeiden möchte, also machte ich bei jeder Stufe zuerst eine Belastungsprobe. Nach drei Windungen stieß die Treppe an eine hölzerne Falltür, die natürlich verschlossen war. Zum Glück hing das Schloß an der Unterseite. Mit Hilfe der Laterne untersuchte ich den Rost der Scharniere, offenbar war sie lange nicht geöffnet worden. Darum rührte sich die Klappe zuerst auch nicht, aber beim zweiten Ruck, den ich ihr mit der Schulter gab, gab sie nach. Die Scharniere quietschten. Reglos blieb ich unter der geöffneten Falltür stehen, ich wartete ab, bis das Echo verstummt war, aber es rührte sich nichts. Also öffnete ich die Klappe und stieg durch die Öffnung in den oberen Stock, der, so nahm ich an, genauso sein würde wie der vorherige.

Doch als ich aufsah, standen zu meiner Überraschung zwei Männer vor mir, die in einer Mischung aus Neugierde und Nervosität jede meiner ungeschickten Bewegungen genau verfolgten. Das war für meine Nerven zuviel. Die Laterne kullerte auf den Boden, das Blut schoß mir in den Kopf, und das Universum mit all seinen Sternenlichtern brach über mir zusammen.

Gisbert Klauss und Nelson Chouchén Otálora beobachteten diesen Fremden, der aus der Dunkelheit auftauchte, eine ganze Weile lang ungläubig. Doch in dem Augenblick, als dieser sich zu ihnen herdrehte, machte er ein panisches Gesicht, seine Augen kullerten wie die Zahlen auf einem Flipperautomaten, dann fiel er ohnmächtig zu Boden.

Gisbert und Nelson waren nun erst recht neugierig, allerdings waren sie sich unschlüssig, ob sie ihn nach einer Waffe durchsuchen oder ihm helfen sollten. Bei beiden überwog die menschliche Seite, also hoben sie vorsichtig seinen Kopf. Gisbert, der sich dunkel an einen Erste-Hilfe-Kurs erinnerte, knöpfte ihm die Jacke auf, damit er Luft bekam.

Nach ein paar Sekunden schlug der Unbekannte die Augen auf, zwinkerte und murmelte einen Namen: »Omaira«. Die beiden Gefangenen, die um ihn herum standen, sahen sich verdutzt an und warteten ab. Nelson dachte an die Kubanerin und sagte sich, daß das nicht möglich sein konnte, das wäre schon ein arger Zufall. Dann rieb sich der Neuankömmling seine Beule am Kopf, sah sie erneut an und fragte:

»*Du ju spiek inglis?*«

Gisbert und Nelson sahen sich an. Sollten sie antworten? Woher tauchte auf einmal dieser torkelnde, schwarz gekleidete Mann auf? Er bot einen jämmerlichen Anblick, sie konnten sicher sein, daß er ihnen nichts zuleide tun würde. Dazu wäre er gar nicht in der Lage.

»*Yes*«, sagten sie schnell.

»Dann sagen Sie mir doch bitte, wo zum Teufel ich hier gelandet bin und wer Sie sind.«

»Also«, sagte Nelson, »es grüßt der, der kommt. Ich glaube, Sie sollten uns erst mal sagen, wer Sie sind, und vor allem, wo wir sind. Wie ich Ihren Akzent so höre, tippe ich darauf, daß Sie aus einem spanischsprachigen Land kommen.«

»Stimmt, ich bin Kolumbianer«, sagte der Mann. »Ich heiße Suárez Salcedo.«

Die Gefangenen sahen sich an: Dann war er der berühmte Kolumbianer, auf den Pater Gérard so sehnsüchtig wartete!

Sie musterten ihn neugierig wie ein Tier in einem Terrarium oder ein seltenes Gewächs. Nelson dachte: »Wenn das der heiß ersehnte Retter ist, dann Prost Mahlzeit.« Die Gedanken des alten und weisen Gisbert gingen in eine etwas andere Richtung: »Das Heldenbild hat sich zum Ende dieses Jahrhunderts hin ja ziemlich verändert.«

»Ich bin Nelson Chouchén«, sagte Nelson, »Peruaner.«

Dem Neuankömmling glitt schon wieder die Laterne aus der Hand. Er schien bestürzt zu sein, diesen Namen zu hören.

»Und ich bin Gisbert Klauss, Deutscher.«

Wieder riß der Kolumbianer die Augen auf, und seine Überraschtheit war gepaart mit einem anderen Gefühl: Angst. Das waren die beiden Spione, der Deutsche und der Peruaner! Und beide an einem Ort. Hier irgendwo mußten sie diesen französischen Priester festhalten, und mit ihm das Manuskript. Er mußte die Taste auf dem Telefon drücken, um Zheng zu alarmieren, aber irgend etwas hielt ihn zurück. Eigentlich wirkte keiner der beiden gefährlich. Er beschloß abzuwarten.

»Dann sind Sie …«, sagte Suárez Salcedo. »Sie sind … Warten Sie, Sie sind Professor an der Universität Hamburg, und Sie sind Schriftsteller, nicht wahr?«

Beide nickten. Trotz der Umstände fühlte Nelson sich geschmeichelt, daß ein Unbekannter ihn als Schriftsteller erkannte.

»Sagen Sie uns doch bitte: Wie sind Sie hierher gekommen, und wo sind wir überhaupt?« beharrte Nelson.

Suárez Salcedo sah sie neugierig an. War es möglich, daß sie es nicht wußten? Tatsächlich verhielten sie sich nicht wie Wächter, sondern wie Gefangene. Wie auch immer, er beschloß, mit ihnen offen zu reden.

»Wo wir sind und was das für ein Ort ist, weiß ich genausowenig wie Sie«, sagte Suárez Salcedo. »Als erstes sollen Sie wissen, daß das Gebäude umstellt ist. Es gibt nicht die geringste Möglichkeit zu entkommen. Ich würde Ihnen raten, sich widerstandslos zu ergeben, denn bald werden bewaffnete Agenten hier eintreffen. Die unteren Stockwerke sind unter Kontrolle, zahlreiche Wagen sperren die umliegenden Straßen ab. Falls Sie Waffen haben, legen Sie sie bitte auf den Boden.«

»Waffen? Ergeben sollen wir uns?« rief Gisbert Klauss in einer Mischung aus Überraschung und Wut. »Das ist der größte Unsinn, den ich je in meinem Leben gehört habe! Wenn wir doch gegen unseren Willen hier sind. Sagen Sie uns lieber, wer zum Teufel Sie sind!«

»Ich habe Ihnen schon gesagt, wer ich bin, das interessiert hier am wenigsten«, antwortete Suárez Salcedo. »Ich bin gekommen, den Priester zu befreien, den Sie in Ihrer Gewalt haben. Zeigen Sie mir, wo er ist, und es wird Ihnen nichts passieren. Sie, Professor Klauss, können in Ihrer Botschaft Zuflucht suchen, und was Sie angeht, verehrter Dichter, verpflichtet mich mein lateinamerikanisches Solidaritätsgefühl, Sie laufen zu lassen. Aber erst, wenn Sie mir den Priester übergeben haben. Haben wir uns verstanden?«

Gisbert Klauss' Augen sprühten Feuer, er war wütend über die »irrationale Lage«, in der er sich befand, wobei »irrational« Synonym für »lächerlich« war. Als Nelson seinen Zustand höchster Erregung sah, flüsterte er ihm ins Ohr:

»Professor, ich regle das schon«, sagte er zu ihm. »Er ist Kolumbianer und ich Peruaner. Lassen Sie mich nur machen. Atmen Sie tief durch, und halten Sie sich raus. Seien Sie so gut.«

»In Ordnung«, sagte Klauss.

Nelson drehte sich um und ging auf Suárez Salcedo zu. Er legte ihm die Hand auf die Schulter, führte ihn ans Fenster und sagte in unverfälschtem lateinamerikanischen Spanisch zu ihm:

»Los, mein Freund, regeln wir die Chose unter Brüdern. Der Professor ist nur nervös, eigentlich ist er ganz in Ordnung. Na ja, und er hat gar nichts mit der Angelegenheit zu tun. Drücken wir uns nicht länger um die Wahrheit: Sie suchen das Manuskript, habe ich recht?«

»Ja, und lassen Sie sich eine Sache gesagt sein«, sagte Suárez Salcedo: »Ich gehe nicht eher weg, bevor ich es nicht unterm Arm und den französischen Priester befreit habe, wobei letzteres nicht so wichtig ist.«

»Schon gut, regen Sie sich nicht gleich so auf...«, ermahnte ihn Nelson. »Ich erzähle Ihnen jetzt erst mal, wer ich bin, was ich hier mache und für wen und wer dieser Deutsche dort wirklich ist. Dann sagen Sie mir, wer Sie sind und für wen Sie arbeiten, und dann klären wir die ganze Angelegenheit unverzüglich auf. Und bevor ich zur Sache komme, will ich Ihnen noch eine persönliche Frage stellen, wenn Sie nichts dagegen haben: Haben Sie zufällig etwas von mir gelesen? Sie haben mich vorhin als Schriftsteller erkannt.«

Suárez Salcedo versuchte, sich an das Buch zu erinnern, das er in Gisbert Klauss' Zimmer gefunden hatte, und bereute, daß er nicht mehr als einen Absatz gelesen hatte. Er könnte sich sonst jetzt mit diesem armen Menschen gutstellen.

»Stellen Sie sich vor, ich habe wirklich angefangen, einen Ihrer Romane zu lesen, *Cuzco Blues*, leider habe ich das Buch erst vor kurzem bekommen, darum bin ich noch nicht damit fertig«, sagte Suárez Salcedo und vermied, Omaira Tinajo zu erwähnen. »Es hat ein hübsches Cover, mit diesem Foto von der Plaza de Armas vor blauem Hintergrund, und sein Stil ist sehr geschmeidig.«

Nelsons Brust schwoll an wie bei einem Pfau; aus dem Nichts heraus fand er den Besucher kultiviert und gebildet.

»Wenn Sie einen guten Geschmack haben, könnte es sein, daß es Ihnen gefällt«, sagte Nelson. »Das hoffe ich zumindest.«

»Daß ich einen guten Geschmack habe oder daß es mir gefällt?« fragte Suárez Salcedo.

»Beides.«

»Es wird mir ganz bestimmt gefallen«, sagte Suárez Salcedo. »Wissen Sie, als ich jung war, wollte ich auch Schriftsteller werden, irgendwo in einer Schublade müssen noch ein paar meiner Jugendsünden liegen.«

»Ach, dann sind wir nicht nur beide Lateinamerikaner, sondern noch dazu Kollegen«, sagte Nelson, »da wäre es ja gelacht, wenn wir uns nicht gleich einig werden würden. Schade, daß wir hier keine Flasche Pisco haben. Oder Rum. Sie trinken sicher gerne Rum, stimmt's? Ich meine, sie, die Kolumbianer.«

Von der Falltür aus verfolgte Gisbert die Unterhaltung der beiden Lateinamerikaner. Sie gingen vor dem Fenster auf und ab, blieben stehen und gestikulierten, klopften sich auf die Schulter und redeten und gingen weiter. Dann malte Chouchén Otálora eine Skizze – so zumindest erkannte es der Professor – auf die verdreckte Fensterscheibe, und Suárez Salcedo nickte. Seltsamerweise schienen sie auf einmal unterschiedlicher Meinung zu sein, zumindest kam es Gisbert so vor, denn sie gestikulierten und sagten nein. Klauss verfolgte sie aufmerksam, denn er wollte verstehen, da legte sich auf einmal sanft eine Hand auf seine Schulter. Es war Pater Gérard.

»Wer ist dieser andere Mann?« fragte er.

»Ein Kolumbianer«, antwortete Gisbert. »Ich glaube, Pater, Ihre Gefangenschaft neigt sich dem Ende zu. Und ich hoffe, meine auch.«

»Dann ist er also der Erlöser?«

»Na ja«, sagte Professor Klauss. »Ihn so zu nennen, finde ich etwas übertrieben. Ich würde ganz einfach sagen, er ist der Mann, auf den Sie gewartet haben.«

»Gelobt sei der Herr«, sagte Gérard und starrte in die Dunkelheit. »Und was treiben sie dort?«

»Das weiß ich nicht genau«, antwortete Klauss. »Ich nehme an, sie versuchen sich zu einigen. Und ich hoffe, das gelingt ihnen, bevor noch jemand kommt. Wenn das so weitergeht, ist für alle bald kein Platz mehr im Schuppen.«

In dem Augenblick bemerkten die beiden Lateinamerikaner, daß der Priester aus seinem Bau gekrochen war, und kamen heran.

»Sind Sie Régis Gérard?« fragte Suárez Salcedo.

»Ja, der bin ich«, sagte der Priester. »Und Sie sind ...«

»Suárez Salcedo. Ich bin gekommen, um Sie hier herauszuholen.«

Der Priester trat schweigend zu ihm und studierte eingehend sein Gesicht. Er besah sich seine Stirn, die Augen, Nase und Mund. In aller Ausführlichkeit. Ohne eine Regung musterte er ihn von oben bis unten. Schließlich nickte er.

»Es stimmt«, sagte Gérard. »Sie sind es. Ich erkenne Ihr Gesicht. Kommen Sie mit, ich habe etwas für Sie.«

»Die Sonnenbrille des Botschafters?« fragte Suárez Salcedo.

»Ja, genau«, rief der Priester aus. »Endlich versteht jemand meine Worte. Kommen Sie mit. Meine Herren, bitte entschuldigen Sie uns einen Augenblick.«

Gérard führte Suárez Salcedo in sein Iglu. Unterdessen ging Nelson mit Gisbert zum Fenster, um ihm zu erklären, was er mit dem Kolumbianer geredet hatte.

»Bitte, kommen Sie«, sagte Gérard zu Suárez Salcedo.

Der Priester hatte aus den in der Halle herumliegenden Materialien ein Refugium gebaut. Er schlief zwischen Kartons, auf einer kleineren Kiste, die ihm gelegentlich als Nachttisch diente, hatte er eine Gaslaterne stehen.

»Am Anfang hatten Sie mich an einem besseren Ort versteckt, mit mehr Licht und Aussicht auf die Stadt«, sagte der Priester, »vor einigen Wochen haben sie mich dann hierhergebracht, angeblich ist es hier sicherer.«

Wahrscheinlich, so Suárez Salcedo, würde es sich gar nicht mehr lohnen, Gérard zu erklären, daß man ihn betrogen hatte. Daß die Leute, die ihn hier festhielten, in Wirklichkeit gar nicht zur Französischen Kirche gehörten. Seltsam nur, daß sie ihm das Manuskript nicht weggenommen hatten.

»Und wer hat Sie hierhergebracht?« fragte Suárez Salcedo.

»Wenn ich ehrlich sein soll, ich weiß es nicht«, sagte Gérard. »Es waren Chinesen, glaube ich, ich hatte sie noch nie gesehen, wie die, die mich am Anfang versteckt hatten, die hatte ich auch noch nie gesehen. Sie fragten mich nach dem Manuskript, aber ich habe ihnen nur gesagt, daß es an einem sicheren Ort ist. Oslovskis Befehl lautete, es niemand anderem zu geben als Ihnen. Noch nicht einmal ihm selbst. Jedenfalls niemandem, der nicht das Losungswort kennt. So hat er es mir gesagt.«

»Und wo ist es?«

»Warten Sie.«

Gérard zog sich die Kutte aus, ein wollenes Hemd und schließlich ein Flanellunterhemd. Suárez Salcedo unterdrückte einen Aufschrei des Ekels, als er die in das Fleisch eingeschnittenen Drähte erblickte, das verkrustete Blut und die zerschundene Haut. Mit zusammengebissenen Zähnen machte sich der Priester daran, den Draht abzuwickeln. An seinen Rücken hatte er eine blutverklebte Plastiktüte geschnürt. Darin befand sich das Manuskript.

»Die Sonnenbrille des Botschafters!« rief Suárez Salcedo aus und drückte das Päckchen fest an sich.

»Meine Mission ist erfüllt«, sagte Gérard. »Jetzt kann ich zu meinen Gebeten zurückkehren, zur Arbeit in der Nachbarschaftshilfe und der Lektüre der Evangelien.«

»Und was haben Sie die ganze Zeit gemacht?« fragte Suárez Salcedo.

»Still gebetet, über die Gefangenschaft und die Einsamkeit nachgedacht, das Manuskript betrachtet und aufgeschrieben, was mir meine umherschweifenden Gedanken diktiert haben, nur Notizen. Wissen Sie was? Jetzt, da alles vorbei ist, bin ich ein anderer Mensch.«

Suárez Salcedo sah, daß in der Plastiktüte noch etwas war. Ein kleines Heft, auf dessen Umschlag zu lesen war: »Ein Mann, versteckt in einem Schuppen.« Es waren Pater Gérards Aufzeichnungen.

»Darf ich sie lesen?« sagte er zu ihm, während er das Heft aufschlug.

»Nehmen Sie es bitte mit. Diese Aufzeichnungen sind nicht meine, sie gehören zu dem Manuskript. Ihm habe ich es zu verdanken, daß ich sie geschrieben habe.

»Aber das Heft ist Ihres.«

»Nein, das sind nur Ideen«, sagte er. »Die Ideen kommen und gehen, sie gehören niemandem. Nehmen Sie es mit, und wenn Sie es gelesen haben, schenken Sie es von mir aus weiter, oder werfen Sie es weg. Machen Sie damit, was Sie wollen. Ich kehre zurück zu Gott, ich will nichts anderes.«

Suárez Salcedo schob die Tüte in seine Brusttasche. Dann ging er hinaus. Klauss und Nelson Chouchén erwarteten ihn.

»Was meinen Sie, Professor Klauss?« fragte Suárez Salcedo.

»Ich bin mit allem einverstanden. Können wir jetzt gehen?«

»Ja«, sagte Nelson Chouchén. »Gehen wir.«

Pater Régis Gérard warf einen letzten melancholischen Blick auf sein Versteck, und alle bemerkten, daß ihm trotz aller Entbehrungen, die er in seiner Haft hatte erleiden müssen, der Abschied schwerfiel. Sie ließen ihn für einen Augenblick mit sich allein und schwiegen. Endlich wollten sie durch die Falltüre hinabsteigen, doch da befahl ihnen eine Stimme in gebrochenem Englisch stehenzubleiben.

»Keine Bewegung!« – Ein maskierter Mann mit Pistolen in beiden Händen ging auf sie zu. »Wohin wollen Sie? Hände hoch! Legen Sie sich auf den Boden, langsam, mit verschränkten Armen.«

Das war zuviel, dachte Nelson. Zum zweiten Mal an einem Abend bedrohte ihn jemand mit einer Pistole. Professor Klauss rutschte aus, rappelte sich aber gleich wieder auf, um den Befehl erfüllen zu können. Suárez Salcedo und Gérard standen da wie versteinert.

»Auf den Boden!« schrie der Maskierte noch einmal.

Als alle vier in Form eines großen Kreuzes auf dem Boden lagen, kam der Mann heran. Dann hörte man, wie zwei Magazine nachgeladen wurden.

»Ich weiß nicht, wer von Ihnen das Manuskript hat«, sagte er, »aber ich zähle bis fünf. Wenn es bis dahin nicht auftaucht, schieße ich Ihnen in die Beine. Eins, zwei, drei ...«

Suárez Salcedo schob ganz langsam die Hand in Richtung Sakkotasche.

»Vier, fünf ...«

»Hier ist es, nicht schießen ...«, sagte er und warf die Tüte dem Maskierten vor die Füße.

»Und jetzt hören Sie mir gut zu«, sagte er. »Ich gehe jetzt hinaus, sobald einer von Ihnen versucht aufzustehen, wird mein Kollege ihm eine Kugel in den Kopf jagen. Er hat ein Präzisionsgewehr und einen sehr ruhigen Puls.«

Kaum hatte er diese Worte gesagt, hörte man einen Schlag, gefolgt von drei Schüssen. Ein Bündel rollte über den Boden.

Suárez Salcedo hob vorsichtig den Kopf und erblickte Zheng. Dann robbte er auf ihn zu; er erreichte ihn genau in dem Augenblick, als dieser dem Maskierten die Kapuze runterriß.

»Crispín!« riefen beide aus.

Suárez Salcedo vergewisserte sich, daß der Spanier nicht verletzt war. Die Kugeln waren aus seinen Pistolen gekommen.

»Er hat nur einen Schlag auf den Kopf bekommen, nichts Ernstes«, sagte Zheng, während er ihm die Waffen abnahm. »Aber er hätte Schlimmeres verdient, dieser Verräter. Alle aufstehen! Nichts wie raus hier.«

Suárez Salcedo nahm die Tüte wieder an sich. Klauss stieg als erster durch die Falltür. Gefolgt von Gérard und Nelson. Als Suárez Salcedo gerade den Abstieg beginnen wollte, hörte er ein Pfeifen neben seinem Ohr.

»Auf den Boden«, schrie Zheng. »Jemand schießt auf uns.«

Eine Maschinengewehrsalve schoß durch den Raum und wirbelte den Staub auf. Zheng schoß mit Crispíns Pistolen zurück.

»Geh runter!« schrie er zu Suárez Salcedo, der sich daraufhin mit dem Kopf voran durch die Luke stürzte.

Auf dem Zwischenboden angelangt, sah er seine drei Gefährten, sie kauerten hinter einer Metallkiste.

»Was passiert dort oben?« fragte Klauss.

»Der Maskierte ist nicht allein«, antwortete Suárez Salcedo. »Los, wir müssen nach unten.«

Er zeigte ihnen die Treppe an der Wand, aber auf einmal blieb Nelson stehen.

»Einen Augenblick«, sagte er, »von unten kann auch jemand schießen. Das ist zu riskant.«

Im oberen Stockwerk bot Zheng mehreren Scharfschützen Paroli. Robbend gelangte er zu Crispín, der das Bewußtsein noch nicht wiedererlangt hatte, und zerrte ihm mehrere volle Magazine aus den Taschen. So ließ es sich kämpfen. Mit dem Spanier im Schlepptau kehrte er zurück zu der Luke, von dort feuerte er. Schätzungsweise waren zwei Gewehre auf einem höheren

Gebäude aufgestellt, die anderen Schüsse kamen von der Tür. Dann schob er Crispíns Körper durch die Luke, stieg selbst hinunter, schloß die Falltür und kletterte hinunter auf den Zwischenboden.

»Warum bringst du ihn mit?« fragte Suárez Salcedo und zeigte auf den demaskierten Crispín.

»Nur er kann uns sagen, wer auf uns schießt«, sagte Zheng. »Sie können gehen, wenn das hier vorbei ist, aber ich lebe hier. Man sollte doch wissen, wer einen so gnadenlos niedermäht.«

»Ist unsere Lage denn ernst?«

»Keine Sorge«, antwortete Zheng. »Ich bin für schlimmere Situationen ausgebildet. Wir müssen einen zweiten Ausgang finden auf der rechten Seite des Gebäudes. Das ist die einzige Richtung, aus der sie nicht schießen.«

»Wollen Sie Verstärkung holen?« fragte Suárez Salcedo.

»Kommt nicht in Frage«, antwortete er. »Ich nehme Probleme lieber selbst in die Hand. Hier, nehmen Sie die Pistole, und halten Sie sie auf ihn, er wacht gleich auf.«

Crispín blinzelte tatsächlich, er gab ein klägliches Winseln von sich. Als er Zheng erblickte, packte ihn zunächst die Panik, dann die Wut.

»Scheiße, Zheng, das war vielleicht ein Schlag. Das bist hoffentlich nicht du gewesen.«

»Eine Kugel hätte ich dir in den Kopf jagen sollen«, sagte Zheng. »Jetzt steh auf und komm mit. Einer meiner Männer hält die Pistole auf dich, mach also keine Dummheiten.«

Zheng ging auf die zweite, ins untere Geschoß führende Treppe zu und warf eine leere Büchse hinunter. Augenblicklich krachten sechs Schüsse. Drei davon durchschlugen das Blech.

»Sie schießen mit einer AK-47«, analysierte er. »Hier können wir nicht runter, wir müssen durch die Fenster raus.«

Er zeigte auf einen Austritt auf der rechten Seite. Von dort aus gelangte man auf ein Flachdach und von dort aufs Nachbargebäude.

Gisbert sprang als erster hinüber. Trotz seines Alters schien er der Beweglichste zu sein. Nelson dachte an Elsa, an seine Verpflichtung zur Literatur, an seinen Traum vom Ruhm, vielleicht würde mit alldem heute abend Schluß sein.

»Würde es Ihnen etwas ausmachen, nicht so laut zu beten?« bat Nelson Pater Gérard. »Wenn mich ein Schuß erwischt, will ich das nicht als letztes hören.«

Alle erreichten das Flachdach, auch Crispín. Zheng, der in alle Richtungen mit den Pistolen fuchtelte, ging vor. Doch kurz bevor sie das Nachbargebäude erreichten, hörten sie erneut Schüsse. Sie warfen sich alle auf den Boden. Einer der Scharfschützen war auf den Zwischenboden gelangt und schoß durch eines der Fenster.

Zheng, schnell wie der Blitz, feuerte drei Schüsse in die Richtung ab, aus der gefeuert wurde. Man hörte es poltern, etwas fiel zu Boden. Er hatte ihn getroffen. Sie wollten weiterrennen, aber Pater Gérard rührte sich nicht. Suárez Salcedo, der neben ihm stand, versuchte, ihm aufzuhelfen, doch dann sah er, daß Blut aus seiner Brust quoll. Drei weitere Schüsse pfiffen an ihnen vorbei.

»Laß ihn liegen«, sagte Zheng, »er ist tot.«

»Tot?« sagte Suárez Salcedo, voller Grauen. »Was heißt hier ›tot‹?«

»Das Gegenteil von lebendig«, antwortete Zheng. »Beruhigen Sie sich. Das passiert jedem irgendwann. Kommen Sie. Wir müssen weiter!«

»Er hat gebetet, mein Gott«, sagte Nelson. »Und ich habe ihn gebeten aufzuhören. Ich Elender.«

Kaum hatte er das gesagt, krachte ein weiterer Schuß. Zheng feuerte zurück. Dann schleppten sie sich weiter vorwärts, wie Würmer kriechend. Blut strömte über Nelson Chouchéns Arm.

»Scheiße«, sagte er, »sie haben mich getroffen.«

»Können Sie alleine weitergehen?« fragte Klauss.

»Ja, nicht der Rede wert.«

Endlich kamen sie an eine Mauer. Es war der einzige Übergang zwischen den Gebäuden, so daß sie erst mal in Sicherheit waren.

•

»Noch jemand verletzt?« fragte Zheng.

Niemand meldete sich zu Wort, doch dann hörte man Crispíns Stimme.

»Ich, *macho*. Mir zerspringt fast der Schädel!«

»Was meint er mit *macho*?« fragte Gisbert Klauss.

»Das ist jetzt nicht der geeignete Moment, Ihre Spanischkenntnisse aufzubessern«, beschwerte sich Nelson. »Ich glaube, wir sollten hier schnellstens weg. Das wird noch richtig häßlich.«

»Rufen Sie mich über Handy an, sobald Sie unten ankommen«, sagte Zheng. »Ich decke Sie von hier oben.«

Von der Mauerkante aus erwiderte Zheng das Feuer, denn einige Männer versuchten bereits, sich übers Dach anzupirschen. Suárez Salcedo ging mit Crispín an der Hand voraus und suchte einen Weg, um auf die Straße zu gelangen. Diesmal war es keine Lagerhalle, sondern ein altes Bürogebäude, und sie konnten durchs Treppenhaus nach unten. Als sie das Erdgeschoß erreichten, sahen sie einen hellen Schein. Die Morgendämmerung. Suárez Salcedo rief Zheng an. Bei ihm waren immer noch Schüsse zu hören.

»Wir sind draußen.«

»Wie heißt die Straße? Ich muß einen Chauffeur bestellen ... Warten Sie, nicht auflegen« – Zheng unterbrach für einen Augenblick das Gespräch, und Suárez Salcedo hörte das Rattern eines Maschinengewehrs. »Das war's, hören Sie mich? Ich habe Ihnen gesagt, ich brauche den Namen der Straße, damit Sie jemand abholen kommen kann.«

»Ich kann ihn leider nicht lesen, Zheng«, sagte Suárez Salcedo. »Er steht auf Chinesisch da. Moment ... Kann jemand von Ihnen Chinesisch lesen?«

Crispín äußerte sich nicht. Gisbert Klauss tat einen Schritt vor.

»Ich«, sagte er, »was wollen Sie wissen?«

»Lesen Sie meinem Kollegen den Straßennamen vor«, sagte er zu ihm und reichte ihm das Telefon.

Klauss, der stolz war, daß er auch etwas zur Flucht beitragen konnte, ging ans Telefon und las den Namen.

»In zwei Minuten holt Sie ein Lieferwagen ab«, sagte Zheng.

»Und Sie?« fragte Suárez Salcedo.«

»Ich brauche noch die Munition auf und haue dann ab. Ich könnte auch jetzt schon gehen, aber es macht mir höllischen Spaß. Ich bin noch vor Ihnen an der Basisstation, Sie werden schon sehen.«

»Denken Sie daran, daß wir Crispín verhören müssen.«

»Ja«, sagte Zheng, »das will ich mir um nichts in der Welt entgehen lassen.«

Während sie redeten, krachten die Schüsse. Suárez Salcedo legte auf und wartete ungeduldig auf die Ankunft des Wagens. In diesem Augenblick erinnerte er sich an die Pistole in seinem Gürtel und daß er Crispín in Schach halten mußte, aber er kam sich lächerlich vor. Nelson Chouchén Otálora hob vorsichtig den Stoff des Jackenärmels, um seine Wunde zu untersuchen.

»Zehn Zentimeter weiter links, und ich würde jetzt nicht mehr hier stehen, zum Glück war's nur ein Streifschuß.«

»Es wäre ein großer Verlust für die spanischsprachige Literatur gewesen«, meinte Klauss. »Ich bin erleichtert, daß der Schütze so schlecht gezielt hat.«

»Mir tut es um das Sakko leid«, sagte Nelson. »Es war ein gutes Stück. Ein großer Verlust für meinen Kleiderschrank.«

Der Wagen kam, und alle stiegen ein. Der Fahrer zog Crispín sicherheitshalber eine Kapuze über und fesselte ihn mit den Händen an den Vordersitz. Diese Maßnahme erschien allen übertrieben, schließlich hatte sich der Spanier kooperativ gezeigt und schien es akzeptiert zu haben, daß er das Spiel verloren hatte.

Als sie zu dem Quartier kamen, waren sie alle hochüberrascht: Zheng saß auf dem Sofa und trank genüßlich eine Tasse Tee. Er hatte einen Arm verbunden.

»Er ist verletzt«, sagte Suárez Salcedo.

»Bei jeder Schlacht kriegt man etwas ab«, sagte Zheng. »Nicht der Rede wert.«

Jemand versorgte Nelson Chouchéns Verletzung, und Gisbert Klauss streckte auf einem Sofa die Beine aus.

»Ich bin fix und fertig«, sagte er. »Ich habe mich seit vierzig Jahren nicht so viel bewegt.«

Zheng trank seinen Tee aus und rief Suárez Salcedo zu sich.

»Komm, Crispín wartet auf uns.«

Sie gingen in einen der hinteren Räume. Dort war der Spanier mit Händen und Füßen an einen Metallstuhl gefesselt.

»Also, Crispín«, sagte Zheng. »Es gibt zwei Methoden: eine langsame und eine schnelle. Bei beiden kommt man ans selbe Ziel, nur daß man bei der langsamen ein bißchen leidet.«

Crispín hob den Kopf und schaute ihn wütend an.

»Ich denke nicht daran, dir irgend etwas zu sagen, erst recht nicht, nachdem du mich so malträtiert hast, du Arschloch.«

»Das wird dir wie eine Liebkosung vorkommen, wenn du erst mal erfahren hast, was mein kolumbianischer Freund alles draufhat.«

Zheng zwinkerte ihm zu. Suárez Salcedo machte ein hartes Gesicht. Crispín wurde es mulmig.

»Und was, verdammte Scheiße, wollt ihr wissen?«

»Ganz einfach«, sagte Zheng. »Erstens, was du maskiert und mit einer Pistole in diesem Schuppen zu suchen hattest. Da ich nicht annehme, daß du für einen Alleingang genügend Mumm besitzt, ergibt sich gleich die zweite Frage: Für wen arbeitest du, und wer sind die anderen Bewaffneten? Das wäre schon mal ein guter Anfang.«

Crispín war nervös, ihm entkam ein »Leck mich doch am Arsch«. Dann biß er sich auf die Zunge.

»Paß auf, Zheng, du weißt genau, daß ich in der Tinte sitze ... Ich brauche Geld, habe große Schulden. Da ist ein Typ gekommen und hat mir einen Batzen Knete geboten, wenn ich das hier mache, ich hatte nicht die Wahl.«

Zheng packte ihn am Kinn und sah ihm fest in die Augen. Dann verpaßte er ihm einen gehörigen Faustschlag auf die rechte Wange, so gewaltig, daß Suárez Salcedo sich die Hände vors Gesicht hielt. Crispín war nahe dran, vom Stuhl zu kippen, aber die Fesseln hielten ihn.

»Arschloch!« schrie der Spanier. »Wenn du mir auch nur einen Zahn ausschlägst, bring' ich dich um. Verdammt, Zheng, mach mir das Leben nicht schwer. Es war dieser Typ, von dem ich dir erzählt habe. Tony, der Kanadier.«

Zheng goß ein Glas Wasser ein, ging zu Crispín und hielt es ihm an den Mund. Das schien lindernd zu wirken.

»Schon besser«, sagte Zheng. »Die Kanadier haben dich also angestellt? Und die bewaffneten Männer, waren das Agenten der Methodistenkongregation?«

Suárez Salcedo verkroch sich hinter Crispín. Er war mit Zhengs Methoden nicht einverstanden, unternahm aber auch nichts, um ihn daran zu hindern. Schließlich waren sie wirksam.

»Paß auf«, sagte Crispín schließlich. »Ich erzähl' dir alles, wenn du versprichst, mich zu schützen. Diese Typen sind sehr gefährlich.«

»Ich fürchte, du bist nicht in der Position, um Forderungen stellen zu können«, erwiderte Zheng. »Rede erst mal, dann sehen wir weiter.«

Crispín spuckte aus. Ein Gemengsel aus Blut und Spucke klatschte auf den Boden. Dann fing er an zu sprechen.

»Tony, der Kanadier, ist gar nicht der Neffe von Hochwürden Oslovski. So wie ich es verstanden habe, hat man ihn nach Peking geschickt, damit er das Manuskript holt und in Sicherheit bringt. Aber das Arschloch ist schlauer als gedacht, er hat es noch vor seiner Abreise Chinesen in New York angeboten. Wem genau, weiß ich nicht. Ich habe nur gehört, daß es sich um eine Geheimgesellschaft handelt, die unbedingt vermeiden möchte, daß das Manuskript ans Licht kommt. Sie fürchten offenbar, daß in diesem Fall die andere Sekte, die das Manuskript hier in Peking will, enormen Zulauf gewinnt und ihnen Anhänger wegnimmt. So in der Richtung. Ich weiß, daß man Tony fünfhunderttausend Dollar für das Manuskript geboten hat. Die Typen mit den Kalaschnikows hat Tony hier rekrutiert.«

»Und die Methodisten«, fragte Zheng, »was sagen die dazu?«

»Die haben keine Ahnung. Oslovski glaubt, daß Tony für ihn arbeitet, aber in Wirklichkeit betrügt er ihn. Wie gesagt, dieser Typ hat es faustdick hinter den Ohren.«

»Und was hat er dir geboten?« fragte Zheng.

»Dreitausend Dollar. Weißt du, damit wollte ich die Schulden bezahlen und mir einen neuen Fernseher kaufen. Einen Farbfernseher mit Fernbedienung. Diese Schwarzweißkiste, die bei mir zu Hause herumsteht, steht mir bis hier.«

Zheng machte eine Faust und näherte sich seinem Gesicht.

»Und das war es dir wert, dir eine Pistole zu schnappen und uns zu bedrohen?«

»Verdammte Scheiße, Zheng, sei nicht so, ich hab' doch noch nicht mal geschossen. Du weißt doch, mit den Typen, denen ich die Kohle schulde, ist nicht zu spaßen. Sie haben mir gesagt, daß sie mich zu Mus machen, wenn ich vor Ende des Monats nicht zahle.«

Zheng zog einen Stuhl heran und setzte sich. Suárez Salcedo kam zu ihnen und bot eine Runde Zigaretten an.

»Dann ist ja alles geklärt«, sagte Suárez Salcedo. »Was machen wir jetzt?«

Zheng rieb sich den verbundenen Arm. Dann stand er auf und ging ins Nebenzimmer.

»Nichts«, sagte Zheng. »Wenn ich richtig gezählt habe, sind vier von Tonys Scharfschützen im Himmelreich, und Sie haben das Manuskript. Meine Mission ist beendet.«

»Stimmt, trotzdem muß ich Sie noch um etwas bitten«, sagte Suárez Salcedo. »Ich brauche noch einen Tag in Peking. Ich nehme dann heute abend die letzte Maschine nach Hongkong.«

»Und was kann ich tun?«

»Sagen Sie Oslovski nicht, daß wir das Manuskript haben. Ich will es ihm später selbst sagen.«

»Das geht mich nichts an«, antwortete Zheng. »Wann Sie ihn benachrichtigen wollen, müssen Sie selbst wissen. Ich hatte den Auftrag, Sie zu dem Manuskript zu führen. Sie sollten nur bedenken, daß dieser französische Priester noch auf dem Dach liegt.«

»Können wir nicht jemanden schicken, der ihn holen soll?«

»Ich denke schon.«

Zheng holte sein Telefon heraus und sagte etwas auf Chinesisch. Dann legte er auf und sagte:

»Schon alles geregelt. Ich habe den Befehl gegeben, daß man ihn holen soll, ohne irgendwem etwas davon zu sagen. Bis heute abend werden wir ihn schon bei uns behalten können.«

»Danke«, sagte Suárez Salcedo. »Ich habe noch eine klitzekleine Bitte an Sie, sie ist allerdings streng vertraulich. Kommen Sie, wir gehen ans Fenster, niemand darf uns hören.«

Die beiden Männer entfernten sich. An den Fensterrahmen gelehnt, hielten sie ihre Unterredung. Zheng nickte, anschließend gaben sie sich die Hände. Dann kehrten sie zurück ins Wohnzimmer. Nelson Chouchén Otálora und Gisbert Klauss dösten auf dem Sofa.

»Können wir jetzt gehen?« fragte Gisbert Klauss mit vor Müdigkeit rauer Stimme.

»Ja, Zheng wird Sie hinausführen«, sagte Suárez Salcedo.

Als nächstes rief Suárez Salcedo in seinem Hotel an und ließ sich mit seinem Zimmer verbinden. Es war sieben Uhr morgens.

»Ja, bitte?«

Es war Omairas Stimme.

»Ich bin's, Serafín.«

»Junge, wo steckst du? Es ist schon sieben Uhr morgens!«

Suárez Salcedo klaubte in seinem Gehirn nach Worten. Schließlich sagte er:

»Ich bitte dich, tue jetzt genau das, was ich dir sage. Warte nicht auf mich. Geh und pack deine Sachen, und sei um fünf Uhr nachmittags wieder bei mir im Hotel. Pünktlich um fünf, ja? Wir müssen reden.«

»Du erschreckst mich, Serafín«, sagte Omaira. »Ich will gar nicht wissen, wo du hineingeraten bist, sag mir nur, ob es dir gutgeht.«

»Ja, mir geht es gut. Um fünf, sei bitte pünktlich.«

»Schon gut, schon gut. Ich werde dasein. Willst du mir sonst nichts sagen?«

»Doch«, sagte Suárez Salcedo. »Ich liebe dich, für immer und ewig.«

Die vier Männer gingen auf die Straße hinaus und stiegen in einen schwarzen Wagen »Rote Fahne«. Der morgendliche Verkehr war dicht. Das neblige Licht verlieh Peking etwas Unwirkliches, dabei waren sie es, die, auf die Autositze gedrängt, hier fehl am Platz waren. In einem Park machte eine Menschenmenge Morgengymnastik. Es war ein Tag wie jeder andere.

Als ich mich dem Hotel näherte, fiel mir ein Ausspruch von Jake La Motta, dem von Robert de Niro gespielten Boxer aus *Wie ein wilder Stier* ein. Er sagt zu seiner Freundin: »Küß mir die Wunden, dann heilen sie schneller.« Schon seit einiger Zeit zog ich mir Verwundungen zu, unsichtbare Risse, die eines Tages aufklaffen würden. Würde Omaira kommen? Bestimmt. Sobald man weiß, daß etwas das Richtige ist, ist es schwierig, es nicht zu tun. Das hatte Oslovski gesagt.

Bevor ich auf mein Zimmer ging, sah ich mich in dem Einkaufszentrum um und suchte eine Geschäftsstelle der Air France. Die Dollars meines Reisegelds und meine Kreditkarte reichten für ein Erste-Klasse-Ticket Peking-Paris, kurz entschlossen ließ ich es auf den Namen Omaira Tinajo ausstellen. Mit dem Flugticket in der Tasche ging ich auf mein Zimmer, um auf sie zu warten. Der Moment ist gekommen, sagte ich mir, da ich alles auf eine Karte setzen muß. Mit Niederlagen kann man leben, aber das heißt nicht, daß es das ehrliche Glück nicht gäbe, allerdings nur, wenn man sich dafür einsetzt. Ich dachte an Corinne und Liliana. Ich dachte an Priester Gérards Leiche auf dem Dach und an seine Aufzeichnungen, die ich in meiner Sakkotasche trug. Ich dachte an Casteram und an Malraux, und ich dachte an mich, vor meiner

Reise nach Peking, aber es stellte sich kein Gefühl ein. Diese ganzen Namen waren leere Worthülsen.

Endlich kam sie. Sie war sehr nervös.

»Was soll diese Geheimniskrämerei, Serafín?« fragte sie und stürzte auf mich zu.

»Frag mich das jetzt nicht, Omaira«, antwortete ich, »das spielt jetzt keine Rolle. Um neun geht mein Flug nach Hongkong. Das ist unser Abschied.«

Omaira drückte mich fest. Ihre Augen füllten sich mit Tränen.

»Ach, Liebster. Ich flehe dich an. Bleib noch eine Nacht bei mir.«

Ich rutschte auf die Knie. Dann umarmte ich ihre Beine. Ich grub mein Gesicht in ihren Rock und sagte:

»Antworte mit Ja oder Nein auf das, was ich dich jetzt fragen werde. Nenn mir keine Gründe, sag nur ja oder nein.«

Sie nickte stumm. Ich reichte ihr das Flugticket. Zeigte ihr, daß sie es benutzen konnte, wann sie wollte, von Peking oder von La Habana aus. Es hatte unbegrenzte Gültigkeit.

»Wirst du kommen?« fragte ich sie.

Omaira sank zu Boden und umarmte mich wieder. Sie hatte aufgehört zu weinen.

»Ja«, antwortete sie. »Warte auf mich.«

Ich biß mir auf die Lippen, der Geschmack, den ich wahrnahm, war zwischen süß und bitter. Dann hob sie ihren Rock und zog sich, während sie sich auf die Bettkante setzte, Strümpfe und Slip aus.

»Komm, Serafín, mach's mir«, sagte sie. »Mach's mir, nimm mich.«

Als wir fertig waren, ordnete sie ihre Kleider, dann ging sie zum Spiegel und richtete sich das Make-up und die Haare. Ich begleitete sie zur Tür.

»Was für ein Wetter ist in Paris?« fragte sie.

»Nicht mehr lange, dann wird es kalt.«

Sie versank kurz in Gedanken; das brachte mich schon wieder ins Zittern.

»Dann kaufe ich mir am besten noch hier einen Mantel«, sagte sie.

Sie küßte mich auf den Mund und ging zum Aufzug. Als sie schon am Ende des Gangs war, sagte sie noch einmal:

»Warte auf mich.«

Wenige Stunden später am Flughafen bestieg ich die Maschine nach Hongkong. Als das Flugzeug abhob, wurde mir bewußt, wieviel ich hier in Peking erlebt hatte, ich fühlte eine starke Sehnsucht nach dieser Stadt, deren Lichter ich jetzt betrachtete. Ein Meer leuchtender Punkte. In einem von ihnen war Omaira und betrachtete das Flugticket, die Entscheidung über unsere gemeinsame Zukunft lag in ihrer Hand. Vielleicht hätte ich bleiben, etwas mehr Einsatz zeigen sollen, aber das Manuskript lastete mir auf der Seele. Ich wollte dieses Abenteuer zu Ende bringen, darum hatte ich mich für den Abendflug entschieden.

Pétit und Gassot empfingen mich am Kai-Tak-Flughafen, es war nach Mitternacht. Seltsamerweise zeigte sich keiner von beiden irgendwie erfreut, das Manuskript entgegenzunehmen. Gassot öffnete einfach nur das Päckchen, überprüfte seinen Inhalt und sagte:

»Sie haben gute Arbeit gemacht, dann doch noch.«

»Unbestreitbar«, fügte Pétit hinzu. »Gute Arbeit, dann doch noch.«

Ich übernachtete im selben Hotel wie bei der Ankunft, im *Prince*, nur daß mich diesmal weder die Lichter noch das hektische Treiben der Insel betörten. Am Mittag des darauffolgenden Tags würde ich zurück nach Paris fliegen, ich wollte jetzt einfach nur allein sein. An Omaira zu denken, traute ich mich nicht. Ich hatte das absurde Gefühl, lieber nicht über ihre Ankunft und über unser glückliches Leben zu phantasieren, das würde nur alles gefährden. In gewisser Weise hatte ich mein Schicksal in die Hand einer Unbekannten gelegt. Das einzige, was ich jetzt dringend tun mußte, war Schlafen.

Nachdem sie die anderen beiden zu ihren Hotels gebracht hatten, blieb Professor Gisbert Klauss allein bei Zheng zurück, der hatte sich nämlich bereit erklärt, ihm beim Abholen des Gepäcks zu helfen. Zheng hatte bereits jemanden zum *Kempinski* vorgeschickt, der ins Zimmer gehen, alles in einen Koffer packen und das Zimmer wieder unbemerkt verlassen sollte, so daß der Professor gar nicht mehr selbst dort aufkreuzen mußte. So war es ausgemacht. Als Treffpunkt mit dem Agenten hatten sie den Parkplatz vor dem Freundschaftsladen an der Jianguomennei Dajie verabredet, einen ziemlich belebten und sicheren Ort. Als sie dorthin fuhren, dämmerte es bereits.

»Wir treffen uns um sechs, Professor«, sagte Zheng. »Mein Agent würde Sie sehr gerne zum Flughafen fahren, ich habe leider hier in der Stadt noch etwas zu erledigen.«

»Sie waren mir eine wertvolle Hilfe, werter Herr«, sagte Gisbert Klauss. »In gewisser Weise verdanken wir Ihnen unser Leben.«

Der Professor fühlte in seiner Tasche das Manuskript und fügte bewegt hinzu:

»Und da ist noch gar nicht eingerechnet, was die Philologie und Literaturwissenschaft Ihnen zu verdanken hat.«

Zheng sagte darauf nichts. Er gehörte zu den Menschen, die Dankbarkeitsbekundungen, und seien sie noch so verdient, unangenehm berühren.

Sie kamen zu dem Parkplatz, und Zheng parkte vor einem Café. Gisbert Klauss wirkte nervös, obwohl er selbst vor allem Erschöpfung empfand, eine tiefe, auf die Euphorie folgende Erschöpfung. Schließlich hatte er es doch noch bekommen. Er hatte es. Er konnte es kaum erwarten, endlich ins Flugzeug zu steigen und Peking hinter sich zu lassen, denn erst in seinem Arbeitszimmer oder im Lesesaal der Bibliothek fände er die Ruhe, um sich mit aller Konzentration in die Lektüre dieses aufregenden Textes vertiefen zu können. Natürlich würde er Peking vermissen. Eigentlich vermißte er es schon jetzt, denn er fühlte, daß der Mensch, der an diesem Abend nach Deutschland zurückreisen würde, ein anderer war als der, der vor einiger Zeit hier angereist war. Er wußte nun viel mehr vom Leben. Was er erlebt hatte, hatte ihn über sich selbst hinauswachsen lassen, sein Leben mit neuem Sinn erfüllt. Und er hatte die Aufgabe gelöst, die Lotis Tagebuch ihm gestellt hatte. Damit war er nicht nur für seinen Eifer als Leseratte und Bücherwurm belohnt worden, auch seine Laufbahn als Akademiker würde davon profitieren. Folgendes Ergebnis konnte er, wenn auch erst vorläufig, festhalten: Keiner der Aspekte des Lebens war verzichtbar, auch das Streben nach Perfektion, das immer einseitig war und auf Kosten der anderen Lebensbereiche ging, diente nicht als Entschuldigung, denn wenn man erst mal die Gesamtheit des Lebens der Verarmung aussetzte, würde irgendwann auch der eine Aspekt, den man besonders hatte fördern wollen, verkümmern. Diesen Grundsatz, so dachte er, wollte er im Flugzeug aufschreiben und in eine gute Formulierung bringen, er könnte den Anfang eines Hefts bilden, in dem er seine Gedanken über seine neue Lebenshaltung niederschreiben wollte, und wer weiß, vielleicht konnte er es später einmal unter dem Titel veröffentlichen: *Gedanken zu einer neuen Lebenshaltung.*

Während er in seine Gedanken versunken war, hielt neben ihnen ein Wagen. Zheng stieg aus dem Lieferwagen und begrüßte einen klein gewachsenen Mann. Dann winkte er den Professor herbei.

»Der Herr wird Sie zum Flughafen bringen«, sagte er. »Es ist Zeit, daß wir uns verabschieden.«

Gisbert Klauss überlegte kurz, ob er ihn umarmen sollte. Schließlich beließ er es bei einem höflichen, aber herzlichen Händedruck.

»Ich bin Ihnen einiges schuldig, Zheng«, sagte er noch einmal und steckte ihm eine Visitenkarte zu. »Sollten Sie irgend etwas brauchen, rufen Sie mich an.«

Zheng sah ihnen nach, wie sie in Richtung vierter Peripheriering wegfuhren; jetzt, da alle abreisten, blieben ihm die weniger appetitlichen Reste des Banketts, die schmutzigen Teller und die verfleckte Tischdecke. So war es immer gewesen. Darin hatte er Routine.

In dem Wagen des Agenten saß auf der Rückbank ein zweiter Mann, der sie, so erklärte man Gisbert, sicherheitshalber zum Flughafen begleitete. Der Professor grüßte ihn höflich, stellte sich vor, dann betrachtete er ein letztes Mal die beeindruckenden Wolkenkratzer. »Wenn Peking in diesem Tempo weiterwächst, wird es noch ein *Metropolis* wie von Fritz Lang, mitten in Asien«, dachte er. Dann fuhren sie auf die Autobahn, die Fahrt ging nun sehr viel rascher. Es wurde dunkel. Ein kalter Wind zog durch die Fensterritzen herein, Gisbert erinnerte sich daran, daß er vor dem Einchecken seinen Schal aus dem Koffer holen wollte.

Die Lichter des Flughafens leuchteten wie ein riesiges Feuer in der Nacht. Sie fuhren durch eine seitliche Einfahrt in die Parkgarage, denn sie hatten noch über eine halbe Stunde Zeit.

Dann geschah alles sehr schnell. Gisbert stellte gerade im Kopf eine Liste auf mit all den Dingen, die er im Dutyfree kaufen wollte, eine Flasche Reislikör, Tee für Jutta und vielleicht eine kleine Jadeschnitzerei, doch plötzlich riß ihn eine Explosion aus den Gedanken. Die Fensterscheiben des Wagens zersprangen in tausend Stücke, das bekam er gerade noch mit. Die erste Kugel durchbohrte ihm das Schulterblatt, die zweite den Hals und die dritte die rechte Brustwarze. Bevor er das Bewußtsein verlor, faßte sich Gisbert instinktiv an die linke Seite der Brust, vielleicht, um das Manuskript zu schützen.

Drei Tage später erwachte er im *Rockefeller* Krankenhaus in Peking, zu seiner Überraschung saß Jutta bei ihm und hielt seine Hand. Professor Klauss war, wie er erfuhr, von denselben Leuten überfallen worden, die ihn entführt und in den Schuppen verschleppt hatten, also von der Killerbande des Kanadiers Tony. Er und der Fahrer hatten schwere Verletzungen erlitten, aber der junge Mann auf der Rückbank, der mit einer *Ingram* zurückgeschossen hatte, hatte ihnen das Leben gerettet. Die chinesische

Polizei traf sofort am Tatort ein und nahm drei Schützen, die unversehrt geblieben waren, fest – einer hatte dran glauben müssen, und ein anderer war von zwei Schüssen getroffen worden, allerdings nicht tödlich –, sie rückten auf der Stelle mit dem Namen Tony heraus, der wenig später im internationalen Abflugbereich des Flughafens verhaftet wurde, dort wartete er auf nichts anderes als das Manuskript, das ihm seine Kumpanen hätten bringen sollen, und wollte noch am selben Abend nach Tokio abreisen. Das alles erzählte ihm Zheng, der bei Jutta war, als der Professor die Augen aufschlug.

Das Manuskript befand sich in Sicherheit. Offenbar hatten es die Killer in ihrem Geständnis der Polizei gegenüber nicht erwähnt, wahrscheinlich wußten sie überhaupt nicht, was die Plastiktüte enthielt, die sie beschaffen sollten. Der Mann, der gestorben war, wußte als einziger darüber Bescheid.

»Gefällt dir Peking?« fragte Gisbert Jutta.

»Das kann ich nicht sagen«, antwortete sie, »ich kenne nur das, was ich aus dem Fenster gesehen habe. Erst mal macht es mir Angst.«

Die Ärzte warteten, bis Gisbert sich von der ersten Operation am Hals erholt hatte, um eine zweite, und vielleicht noch eine dritte Operation am Schulterblatt durchzuführen. Er hatte viel Blut verloren. Wie einer der Krankenpfleger Zheng gesagt hatte, war Gisbert Klauss bereits klinisch tot gewesen. Doch jetzt war Jutta bei ihm, die ihn voller Bangen küßte und ihm ins Ohr flüsterte: »Wenn wir zurück in Deutschland sind, erzählst du mir schön der Reihe nach, was passiert ist und auf was du dich da eingelassen hast, Herr Professor.«

Nelson Chouchén Otálora kam am *Holiday Inn* an, ein Wagen mit Wen Chens Leuten stand bereits vor dem Haupteingang. Sicherheitshalber wartete Zheng kurz mit laufendem Motor, während Nelson mit seinen Leuten etwas besprach. Diese machten ihm sofort im Auto Platz, sie waren etwas verwirrt, daß der Mann, den sie seit Stunden suchten, plötzlich vor ihnen stand. Nelson verabschiedete sich rasch, er drückte Zheng und Gisbert Klauss die Hand.

Zu letzterem sagte er:

»Wenn ich nach Hamburg komme, um die deutsche Über-setzung eines meiner Romane vorzustellen, werde ich Ihnen eine Einladung zukommen lassen, Professor. Ich würde mich sehr freuen, Sie wiederzusehen.«

Gisbert Klauss war gerührt, er wollte zum Abschied noch etwas in der Landessprache seines Freundes sagen.

»*Será una grande placer*, es wäre mir ein großes Freude. Ich werde hoffen darauf. Und vieles Glück für Sie.«

Einer von Wen Chens Leuten sagte Nelson, daß sie jetzt fahren sollten, es war nicht auszuschließen, daß sie jemand beobachtete, und sie wollten auf keinen Fall neue Schwierigkeiten. Bevor sie das Haus erreichten, in dem sie die Vorbereitungstreffen abgehalten hatten, drehte der Fahrer zur Sicherheit noch einige Runden, hielt an, wechselte die Route und behielt stets den Rückspiegel im Auge.

Nelson lächelte. Was er in der Innentasche seines Sakkos trug, würde wie eine Bombe einschlagen, sein Platz in der Welt der chinesischen Kultur war besiegelt, nichts stand seinem lang ersehnten Erfolg mehr im Wege: in die Höhe schnellende Verkaufszahlen – wenn nur einer von zwei Anhängern der Geheimgesellschaft seine Bücher kaufen würde, würden Bestseller daraus –, Verträge mit der internationalen Presse, so daß seine Meinungsartikel in Europa, den Vereinigten Staaten und Lateinamerika abgedruckt werden würden. Damit würde er schlagartig zum exklusiven Club der Spitzenschriftsteller gehören, neben Umberto Eco, Salman Rushdie, García Márquez, Naipaul, Vargas Llosa, Saramago, William Styron, um nur einige zu nennen; möglicherweise würde man ihn für den Nobelpreis nominieren, und vielleicht, was spräche dagegen, wäre er sogar einer der nächsten Preisträger, und um dafür gewappnet zu sein, feilte er schon an seiner Rede: »Ein Preis bedeutet größere Ehre dem, der ihn gespendet hat, als dem, der ihn empfängt, darum möchte ich heute abend der Schwedischen Akademie gratulieren ...« Endlich konnte er aufatmen, er hatte seinen Platz in der Welt gefunden. Nicht mehr und nicht weniger. Einzig der literarische Ruhm vermochte ihn aus dem Wankelmut zu erlösen, zu dem sein unruhiger, feiner Geist ihn verdammte. Wie schön war das Leben, sagte er sich, wie reich beschenkte es einen.

Ein scharfes Bremsen riß ihn aus seiner Träumerei, genau in dem Moment, als er sich gerade ein Foto in der *New York Times* mit folgender Unterschrift vorstellte: »Der Preisträger Nelson Chouchén Otálora begrüßt König Gustav von Schweden.« Sie waren angekommen.

»Geschätzter Freund« sprach Wen Chen ihn an. »Wo zum Teufel haben Sie gesteckt? Unsere Männer haben die ganze Nacht lang das Hotel und seine Umgebung durchkämmt. Wir waren am Verzweifeln. Außerdem ist etwas Unerhörtes geschehen: Auf dem Industriegebiet, das wir seit zwei Tagen überwachen, ist es zu einer heftigen Schießerei gekommen. Kaum hatten wir die Lagerhalle ausfindig gemacht und unsere Agentenprofis zusammengerufen, kam die Polizei, und wir mußten uns zurückziehen. Seit heute morgen versuchen meine Männer herauszufinden, was dort genau passiert ist.«

Nelson sah ihn aus seinen Heldenaugen an. Er trug den Gesichtsausdruck eines Mannes, mit dem das Glück es gut meint.

»Ich hatte etwas Heikles zu erledigen«, antwortete er. »Ich mußte es allein machen, mein Freund, es war äußerst riskant. Hier haben Sie das Ergebnis.«

Er zog das Päckchen aus der Tasche und warf es lässig auf den Tisch. Wen Chen öffnete es. Als er sah, was es war, fiel er auf die Knie. Plötzlich sagte er etwas auf Chinesisch, und alle im Raum knieten nieder. Nelson setzte sich gemächlich und zündete sich eine Zigarette an.

»Mein Großonkel hat dieses Manuskript aus der Katastrophe gerettet«, sagte Nelson. »Es war eine Familienpflicht, es für Sie wiederzubeschaffen. Ich hätte es mir nie verziehen, in die Vereinigten Staaten zurückzukehren, ohne die Angelegenheit zum Abschluß gebracht zu haben. Jetzt ist mein Gewissen rein.«

Wen Chen übersetzte seine Worte; noch auf den Knien, wandten ihm alle als Zeichen der Huldigung den Kopf zu.

»Ich erkenne in dir das Kriegerblut der Shou-shen, der historischen Anführer der Yi Ho Tuan«, sagte Wen Chen. »Jetzt, da wir das Manuskript haben, wird auf uns übergehen, was dieser Text ausstrahlt. Wir sind gerettet. Unser Überleben als neue Yi Hu Tuan ist Wirklichkeit geworden, und diese Verbrecher, die unseren Namen schänden, werden von der Bildfläche verschwinden. Auch wenn unsere Mittel andere sein werden, unsere Motive sind dieselben wie die unserer Vorfahren: Ehre des Vaterlands, psychische und physische Gesundheit, Würde unseres Volks. Wer diesen fernen Wunsch in Erfüllung gehen sehen möchte, der komme und setze sich in unseren Kreis. Wer sich selbst, das Vaterland und unsere Geschichte mit Ehre überschütten möchte, der komme und setze sich in unseren Kreis. Wer ein reiches Leben sucht, erfüllt mit Würde und Sinn, der komme und setze sich uns gegenüber.«

Kurz darauf wurde Nelson Chouchén Otálora unter Beifallsstürmen zum Führer ad honorem gewählt, eine Ehrung, die er annahm unter der Bedingung, daß er in sein Haus in Austin, USA, zurückkehren durfte, denn dort lebte er. Er würde in ständigem Kontakt zu ihnen stehen, häufige Reisen nach Peking unternehmen und den monatlichen Versammlungen der Gesellschaft in den Vereinigten Staaten beiwohnen. Alle waren einverstanden. Wen Chen würde wegen seiner Kenntnisse der Tradition der eigentliche Vorsitzende sein, hierarchisch gesehen aber nur ein Faktotum Chouchén Otáloras. Die Geheimgesellschaft akzeptierte außerdem, daß Nelson sein früheres Leben wieder aufnehmen und sein großes Werk schreiben würde, in dem er die wechselreiche Geschichte einer chinesisch-peruanischen Familie durch die Jahrhunderte erzählen und ihnen damit ein Denkmal setzen wollte. Dieses Werk wollte man gleich nach Erscheinen ins Chinesische übersetzen und den Yi Ho Tuan als Lektüre anempfehlen, auch dieser Vorschlag Nelson Chouchéns wurde bereitwillig aufgenommen, nachdem er verraten hatte, daß er in seinem Werk einige Denkmodelle darstellen wolle, die ihn umtrieben und die, wie er jetzt wußte, von der rebellischen und freiheitsliebenden Mentalität seines Großvaters rührten. Um sie darzustellen, so Nelson Chouchén, gebe es für ihn als Schriftsteller keine andere Ausdrucksform als den erzählenden Text.

Die Rückkehr des Manuskripts wurde mit einem prachtvollen Bankett im Hauptsitz gefeiert, man stellte es in einer gläsernen Urne aus, die Tag und Nacht von bewaffneten Sicherheitsleuten bewacht wurde. Jeden Monat wollte man in einer Lesestunde für die Sektenmitglieder laut daraus vorlesen, und man beschloß, keine Kopien des Werks zuzulassen, um seinen Inhalt nicht zu profanisieren, und vor allem, um es vor fremden Blicken zu schützen. Nelson erlebte einen Moment des Ruhms, als die siebenhundert großen Meister der Geheimgesellschaft sich vor ihm verbeugten und gelobten, sein Denken und seine Doktrin zu verbreiten.

Selbstverständlich kümmerte sich jemand darum, sein Gepäck zu holen, und bis zu seiner Abreise in die Vereinigten Staaten wohnte er auf einem Landsitz der Yi Ho Tuan.

Zwei Abende später fragte Nelson Wen Chen, ob es möglich sei, Irina herzuholen, man müsse sie in die neuesten Entwicklungen ja nicht einweihen.

»Natürlich, geschätzter Freund«, antwortete er. »Wir bringen sie noch heute abend.«

Zu seiner großen Überraschung rollte gegen sieben Uhr abends ein Rote-Fahne-Wagen ein, und heraus stieg Irina, die schöne und verräterische Russin. Als er sie vom Fenster des zweiten Stocks aus sah, begriff er sofort, daß er einen tödlichen Fehler begangen hatte. Er hatte Wen Chen nicht aufgeklärt, so daß dieser wahrscheinlich auch keine Sicherheitsmaßnahmen getroffen hatte, dabei war es sehr gut möglich, daß seine Entführer ihr zu ihm gefolgt waren.

Bevor er hinunterging, rief Nelson Wen Chen in einen Nebenraum und erklärte ihm, ohne weiter ins Detail zu gehen, daß dieser Besuch gefährlich sein konnte.

»Ja, mein Freund«, sagte Wen Chen. »Damit habe ich von Anfang an gerechnet. Schöne Frauen haben leider ihren Preis. Wenn sie ihren Körper verkaufen, muß man damit rechnen, daß sie auch ihre Integrität verkaufen. Machen Sie sich keine Sorgen, ich habe alle nötigen Maßnahmen getroffen. Wir haben geplant, daß sie bis zu Ihrer Abreise hierbleibt. Wenn Sie sie nicht in Ihrer Nähe haben wollen, bringen wir sie in einem anderen Flügel des Hauses unter.«

»Es ist schon gut so, Wen«, sagte Nelson. »Sie können sie jetzt heraufholen.«

Nelson trug einen Hausmantel aus Seidenbrokat, in dem er ein bißchen aussah wie ein taoistischer Philosoph. Als er sie kommen hörte, stellte er die Teetasse auf dem Tisch ab und ging ihr entgegen.

»Hallo, *sweetheart*«, sagte Irina. »Ich wußte, daß du mich nicht vergessen würdest. Was wollten eigentlich diese Herren an dem Abend? Ich hoffe, sie haben dir nichts angetan.«

»Nein, war nicht schlimm«, entgegnete Nelson. »Du siehst doch, mir fehlt nichts.«

»Ich kann es kaum erwarten, genauer nachzusehen, *sweetheart*«, sagte sie und kam näher. »Ich werde dich davon überzeugen, daß ich keine Kaltblüterin bin. In meinen Adern fließt das Wasser des Don, er ist nicht so friedlich, wie Solowjow sagt.«

»Verdammte Hacke«, sagte Nelson, »wie kommt es, daß du literarisch gebildet bist?«

»Ich war auf einer sowjetischen Privatschule«, sagte sie und sah Nelson mit ihren türkisgrünen Augen an. »Ich bin fast beleidigt, daß du so überrascht bist, schließlich ist Solowjow ein russischer Schriftsteller. Daß du ihn kennst, ist viel ungewöhnlicher.«

»Schon gut«, bog Nelson das Thema ab. »Bevor wir über Literatur diskutieren, wozu ich liebend gerne bereit bin, bist du mir wohl eine Erklärung schuldig.«

»Du meinst, der Mann mit der Pistole?«

»Genau.«

Irina setzte eine Unschuldsmiene auf. Dann setzte sie sich ihm gegenüber und spreizte ein wenig die Beine.

»Na ja, es ist ganz einfach«, sagte sie: »Sie wußten, daß du ein Kunde von mir bist. Sie haben mir einfach eine dicke Summe geboten, dafür sollte ich dich aus dem Hotel holen. Ganz einfach.«

»Und wieviel haben sie dir gezahlt?«

»Tausend Dollar, also nicht wenig«, antwortete Irina. »Du machst dir keine Vorstellung, wieviel ich normalerweise schuften muß, um das zu verdienen.«

»Und du hast überhaupt kein, sagen wir, moralisches Problem damit gehabt, mich auf diese Weise zu verraten?«

»Nein, überhaupt nicht«, sagte sie sehr ruhig. »Man kann nur jemanden verraten, dem man gehört. Alles andere ist normale Härte. Wenn du deinen Schwanz in meine zarte Muschi steckst, wie du mein Geschlecht letzte Nacht genannt hast, bist du auch ein Verräter, schließlich bist du ein verheirateter Mann. Ganz zu schweigen davon, daß wir gegen geltendes Gesetz verstoßen, in China ist Prostitution verboten. Heißt: daß du und ich zusammen sind, ist verabscheuungswürdig und noch dazu illegal, trotzdem suchst du immer weiter den Kontakt zu mir. Merk dir also: Moralische Lektionen sind hier fehl am Platz, *sweetheart*. Bald sind wir beide tot, und Massen von Würmern, deren Larven bereits in unserem Gedärm sitzen, werden unsere Körper auffressen. Hör auf damit, was gut oder böse ist. Zieh lieber die Hose aus und laß dir einen blasen. Davon hast du wenigstens was.«

Nelson gehorchte, und einen Augenblick später, als er in ihr Fleisch sank, vor Lust schrie, das Universum verfluchte, das Jenseits und die Sterne, hatte er alles vergessen. Irina hatte recht:

Sobald man sich bewußt macht, daß man eines Tages stirbt, verblaßt alles vor den irdischen Freuden.

Ein hauchdünner Film der Lust bedeckte ihre Körper, dann stiegen sie in ein warmes Bad, planschten darin bis zum Abendessen, das sie auf der Terrasse vor dem Zimmer im letzten Licht der Abenddämmerung einnahmen.

»Spielst du Schach?« fragte Nelson.

Irina, die in einen seidenen Bademantel gehüllt war, sagte zu ihm:

»Ich sehe es als eine Beleidigung an, eine Russin zu fragen, ob sie Schach spielen kann. Viel verwunderlicher ist, daß du es kannst.«

Sie setzten sich vor das Spielbrett, während ein chinesischer Diener Holz in den Kamin schichtete und das Feuer entfachte.

»Ich hasse es, mit weiß anzufangen«, sagte Nelson, »zehn Partien?«

»Du fängst an.«

Nelson dachte, daß diese Szene ein sehr schöner Schluß für sein Buch wäre, also stand er auf und schrieb sie, so wie sie ihm in den Sinn kam, auf: »Schon als ich sie zum ersten Mal sah, sagte ich mir: Der Tag wird kommen, da Irina mit mir Schach spielt.« Der Satz kam ihm irgendwie bekannt vor, wie auch immer, er war gut.

Als ich in der Maschine von *Cathay Pacific* saß, die mich zurück nach Hause bringen sollte, dachte ich an mein Leben, das mich in Paris erwarten würde, und auf einmal überkam mich Mutlosigkeit. Was war mit mir los? Es war dieser besserwisserische Gnom und Spielverderber, der mir penetrant ins Ohr raunte: »Sie wird nicht kommen, sie wird nicht kommen«, worauf ich einwandte: »Sie hat es selbst gesagt, unmißverständlich: Warte auf mich. Das waren ihre Worte.« Aber der Gnom in mir war ein Skeptiker, immer wieder sagte er: »Sie wird nicht kommen, wenn sie entschlossen gewesen wäre, ihr Leben zu ändern, wäre sie gleich mitgekommen und würde jetzt hier sitzen, und ich müßte nicht auf dich einreden.« Vielleicht hast du recht, du grausamer Zwerg, und darum hasse ich dich, sagte ich zu ihm und bestellte ein Fläschchen Gin und dazu irgendeine Zeitung oder Zeitschrift, schnell, wenn ich bitten darf, irgend etwas, um mich abzulenken, das diesen verdammten Zwerg, der mich bedrängt, verscheucht.

Die *South China Morning Post* und das Fläschchen Gordon's mit Schweppes kamen auf der Stelle, und ich fing an zu lesen, obwohl mich die Nachrichten nicht die Bohne interessierten. Was sich schlagartig änderte, als ich eine Meldung auf der dritten Seite las. Ich verschluckte mich an dem Gin, ich mußte husten. Es war eine kurze Meldung unter der Rubrik »Polizeinachrichten«.

> Schießerei auf Pekinger Flughafen.
> Peking (Xinhua). Ein Toter und drei Verletzte sind die Opfer einer heftigen Schießerei, die gestern abend um 18:30 auf dem internationalen Flughafen von Nunyuán/Peking stattfand. Zu dem Feuergefecht kam es, als eine Gruppe Gewalttätiger unter dem Befehl einer ausländischen Mafia-Organisation mit Schußwaffen ein mit drei Mann besetztes Auto angriffen.
>
> Ein deutscher Professor, Gisbert Klauss, 65 Jahre alt, sein Chauffeur und sein Bodyguard, beide chinesischer Nationalität, wurden unter Beschuß genommen, als sie gerade in die Parkgarage des Abflugterminals einfuhren. Einer der Schützen fiel bei einem Schußwechsel mit dem Bodyguard, ein anderer wurde verletzt, und drei weitere von der Polizei festgenommen. Der deutsche Professor und sein Chauffeur wurden sofort in ein Pekinger Krankenhaus gebracht, über die Schwere ihrer Verletzungen ist nichts bekannt. Wenig später wurde im internationalen Bereich des Flughafens der kanadische Staatsbürger Anthony Villemarais festgenommen, den

die Täter als Auftraggeber des Überfalls nennen, es handelt sich vermutlich um einen Agenten einer Mafia-Organisation, die in Kanada und dem Norden der Vereinigten Staaten agiert.

Die Motive liegen bislang im unklaren. Die Polizei und die deutsche Botschaft in Peking haben die Ermittlungen aufgenommen.

Das alles war passiert, kurz bevor ich zum Flughafen gekommen bin! Unvorstellbar, daß Gisbert Klauss verletzt sein sollte. Die Namen der verletzten Chinesen waren in der Zeitung nicht genannt – vielleicht, um sie zu schützen –, und ich dachte sofort an Zheng. Doch dann erinnerte ich mich, daß ein Mitarbeiter Zhengs Klauss fahren sollte, wahrscheinlich war ihm also nichts passiert.

Die Idee der drei Manuskripte hatte Chouchén Otálora gehabt, und so ungern ich es zugebe – ich hätte diese Idee selbst gerne gehabt –, das war die Lösung. Aber man muß auch sagen, daß Zheng der Sache die Krone aufgesetzt hat, als er vorschlug, die Kopien von einem Freund von ihm anfertigen zu lassen, einem Antiquar in der Liulichang-Straße – Chouchén hatte anfangs einfach von farbigen Laserkopien gesprochen –, der ein Experte im Fälschen von Originalen war und nach Zhengs Worten nicht immer den engen Rahmen des Gesetzes wahrte, kurz gesagt, der ideale Partner für uns.

Der Antiquar, ein nicht mehr ganz junger Mann, der, wenn er lächelte, der Welt eine reiche Sammlung fauliger Zähne zur Schau stellte, führte den Auftrag mit größter Gewissenhaftigkeit aus, denn er schuldet unserem Freund so manchen Gefallen. Gegen acht Uhr morgens betraten wir seine Werkstatt, und um vier überreichte er uns die fertigen Abschriften, die er mit Hilfe zweier, in der Kunst der Kalligraphie geschulter Mitarbeiter angefertigt hatte. Die Kopien waren so perfekt, daß nur ein Fachmann und Büchernarr wie Professor Klauss zwischen Original und Fälschung unterscheiden konnte. Aus Gründen des Respekts entschied ich, daß das Originalmanuskript den neuen Yi Ho Tuan gehören sollte, seinen wahren Besitzern, also ging es an Nelson Chouchén Otálora, den wir als ihren Vertreter anerkannten. Klauss und ich begnügten uns mit den Fälschungen des Antiquars. Was meinen Fall anging, war ich mir sicher, daß das Manuskript, nachdem ich es in Hongkong Pétit übergeben haben würde, in irgendeinem Archiv einer französischen Behörde den Schlaf der Gerechten schlafen würde, bis es in ein- oder zweihundert Jahren wiederentdeckt werden würde, und bis dahin hätte die Zeit so viele Spuren verwischt, daß es wieder als Original würde gelten können. Gisbert Klauss bewegte ein vergleichsweise persönliches Anliegen, und weder er noch sonstwer würde sich dran stoßen, eine gefälschte Abschrift zu behalten.

»Eine schöne Antiquität«, sagte der Antiquar. »Ich beglückwünsche Sie, Professor.«

»Nun ja«, wandte Klauss ein, »es ist eine gefälschte Antiquität. Schön, aber falsch.«

»Nein, Professor, es ist eine Antiquität«, beharrte der Alte. »Sie brauchen nur ein wenig Geduld zu haben.«

Omaira kam nicht mit dem nächsten Flugzeug, auch nicht mit dem übernächsten, sie kam mit überhaupt keinem der Flugzeuge, die in den nächsten drei Monaten aus Peking und La Habana eintrafen, genau wie es mein Kobold, dieser Spielverderber, vorausgesagt hatte. Aber seit meiner Rückkehr habe ich viele Abende in der Cafeteria der Ankunftshalle des Flughafens gesessen. Von dort sehe ich den ankommenden Reisenden zu, und während ich meine Tasse Tee trinke, stelle ich mir Omaira Tinajo in ihrem blauen Kleid und mit ihrem Handgepäck vor, und ich sehe sie winken und wie sie von weitem sagt, Serafín, hier bin ich, ich habe es dir doch versprochen, und dann stelle ich mir vor, wie ich ergriffen aufstehe und ihr mit geöffneten Armen entgegenlaufe, und meine Augen füllen sich mit Tränen, als wäre es Wirklichkeit, dann blicke ich nach unten, damit mich niemand für einen Verrückten hält, für einen Einsamen, der Abend für Abend an diesen Ort zurückkehrt, um auf jemanden zu warten, der nie kommen wird, auf einen Passagier, der sich niemals auf die Reise gemacht hat.

Epilog

Das ist also die Geschichte der drei Blender. Was mich betrifft, wissen Sie ja schon, daß ich auf dem Dach des Schuppens sehr abrupt die Szene habe verlassen müssen, im Augenblick der Flucht, als Zheng uns gerade zu dem Nachbargebäude führen wollte. Zwei Schüsse in den Rücken haben mir die Lungen zerfetzt, sie haben mich zum Innehalten gezwungen, und in gewisser Weise haben sie mir dazu verholfen, daß mein Körper endlich entspannen kann. So gerne ich es würde, ich kann Ihnen nicht sagen, von wo aus ich das alles erzähle und woher ich die vielen Einzelheiten weiß. Ich gebe Ihnen nur einen einfachen Wink: Ich sehe. In gewisser Weise bleibe ich versteckt, obwohl es nichts mehr zu beschützen gibt. Ich bin nicht in einem Schuppen, sondern an einem Ort des Lichts und der Stille. Diese Geschichte ist die einzige, die ich habe, und jetzt, da ich sie erzählt habe, kann ich verschwinden, mit dem Nichts einswerden. Zu guter Letzt bin ich nichts weiter als ein einfacher Schreiber, ein Soldat Gottes, der IHM einen bescheidenen Dienst erwiesen und seine Gnade erhalten hat oder das zumindest glaubt. Aber jetzt, da ich mich entferne, muß ich schweigen.

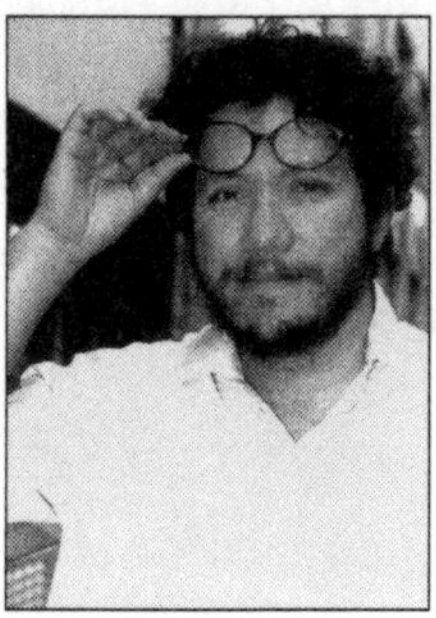

Santiago Gamboa, 1965 in Bogotá geboren, studierte spanische Philologie in Bogotá und Madrid. Er lebt als freier Autor in Rom und Bogotá.

Lateinamerikanische Autoren im Quart*buch*

Santiago Gamboa Verlieren ist eine Frage der Methode
Roman
Ein höchst spannender Krimi von einem jungen kolumbianischen Autor über einen Journalisten im Kampf gegen die Korruption.
»Ein unglaublich spannender Roman, mit großer Leichtigkeit geschrieben: Neben García Marquez ist Gamboa der bedeutendste kolumbianische Autor.« Manuel Vázquez-Montalbán
Aus dem kolumbianischen Spanisch von Stefanie Gerhold
Gebunden. 328 Seiten

Santiago Gamboa Das glückliche Leben des jungen Esteban
Roman
Die Beschreibung einer Kindheit und Jugend in Kolumbien und Europa.
»Einer der schönsten lateinamerikanischen Romane, die zuletzt in deutscher Sprache erschienen sind.«
Florian Borchmeyer, Frankfurter Allgemeine Zeitung
Aus dem kolumbianischen Spanisch von Stefanie Gerhold
Gebunden. 390 Seiten

Manuel Vázquez Montalbán Kaiser oder nichts
Roman
Dar katalanische Kardinal Borgia wird 1492 zum Papst Alexander VI. gekrönt und begründet die berüchtigte Herrschaft der Borgias. Ein Roman über Macht und Schicksal, Erfolg und Niederlage, über die Brutalität und das Charisma großer historischer Persönlichkeiten.
»Montalbáns brillanter Borgia-Roman ist nicht weniger spannend und unterhaltsam als die Krimis aus seiner Feder, in denen Privatdetektiv Carvalho ermittelt.« Klaus Haupt, Neues Deutschland
Aus dem Spanischen von Theres Moser
Leinen. 360 Seiten

Jorge Edwards Der Ursprung der Welt
Roman
Ein scheinbar harmloser Museumsbesuch verändert das Leben eines angesehenen Arztes. Vor einem berühmten Bild kommt ihm ein unheilvoller Gedanke: Stand seine eigene Ehefrau Modell für Aktfotos? Ein turbulenter Roman über die Kraft der Phantasie und der Eifersucht.
Aus dem chilenischen Spanisch von Sabine Giersberg
Gebunden. 176 Seiten

Sergio Pitol Defilee der Liebe
Roman
Ein mexikanischer Gesellschaftsroman mit exzentrischen Gestalten, in deren Mitte ein Mord geschieht.
»Ein sehnsüchtiges Mehr! seufzt der Leser dem großen Romancier entgegen.« Frankfurter Allgemeine Zeitung
Aus dem mexikanischen Spanisch von Petra Strien
Gebunden. 272 Seiten

Ricardo Piglia Brennender Zaster
Roman
Vier Banditen, ihre blutige Spur durch zwei Großstädte und ihr ebenso erhabenes wie schlimmes Ende: erschreckend, grell, sehr spannend – von einem der wichtigsten unter Lateinamerikas modernen Autoren. Ein preisgekrönter Roman aus Argentinien.
»Dieser Roman ist ein Adrenalin-Trip erster Klasse.«
Aimée Torre Brons, Frankfurter Rundschau
Aus dem argentinischen Spanisch von Leopold Federmair
Gebunden. 192 Seiten

Wagenbachs *andere* Taschenbücher

Boris Vian Herbst in Peking
Roman
Der exaltierteste Roman von Boris Vian, der weder im Herbst, noch in Peking spielt: Er erzählt die Geschichte einer Liebe und das Scheitern einer großen Spekulation.
»Vians Literatur ist ernster Tiefsinn, der sich hinter großem Spaß versteckt hält in Texten, die man sich als Leser gern gefallen läßt.«
Urs C. Hangartner, Luzerner Neueste Nachrichten
Aus dem Französischen von Eugen Helmlé
WAT 271. 296 Seiten

Sergio Pitol Eheleben
Roman
Das Eheleben von Jacqueline und Nicolás ist ein Feuerwerk an mißlungenen Morden. Eine Geschichte über Geld, Liebhaber, Älterwerden und andere Überlebensfragen.
Aus dem mexikanischen Spanisch von Petra Strien
Mit einem Nachwort von Antonio Tabucchi
WAT 513. 144 Seiten

Die spanische Originalausgabe erschien 2002 unter dem Titel
Los impostores bei Seix Barral in Barcelona.

Die Übersetzung aus dem Spanischen wurde mit Mitteln des
Auswärtigen Amtes unterstützt durch die Gesellschaft
zur Förderung der Literatur aus Afrika, Asien und Lateinamerika e.V.

Die Übersetzerin dankt dem Deutschen Übersetzerfond
für die Unterstützung ihrer Arbeit.

1. Auflage im März 2005

Verlag Klaus Wagenbach, Emser Str. 40/41, 10719 Berlin
Umschlaggestaltung Julie August unter Verwendung eines Fotos
© Ulrike Schamoni/Ag. Focus sowie (Hintergrund) eines Fächers
mit chinesischen Zeichnungen © doublepoint pictures/buchcover.com.
Gesetzt aus der Berling von Viola Eistert. Vorsatzpapier von Schabert.
Gedruckt auf chlor- und säurefrei gebleichtem Papier
und gebunden bei GGP Media GmbH, Pößneck.
Printed in Germany.

ISBN 3 8031 3195 2